Os amantes de Hiroshima

TONI HILL

Os amantes de Hiroshima

tradução de
Fátima Couto

TORÐSILHAS

Copyright © 2014 Toni Hill Gumbao
Copyright © 2014 Penguin Random House Grupo Editorial, S. A. U.
Copyright da tradução © 2015 Tordesilhas

Publicado originalmente sob o título *Los amantes de Hiroshima*.

Todos os direitos reservados. Nenhuma parte desta edição pode ser utilizada ou reproduzida – em qualquer meio ou forma, seja mecânico ou eletrônico –, nem apropriada ou estocada em sistema de banco de dados, sem a expressa autorização da editora.

O texto deste livro foi fixado conforme o acordo ortográfico vigente no Brasil desde 1º de janeiro de 2009.

EDIÇÃO UTILIZADA PARA ESTA TRADUÇÃO   Toni Hill, *Los amantes de Hiroshima*, Barcelona, Debolsillo, 2015.
EDIÇÃO UTILIZADA PARA A TRADUÇÃO DA EPÍGRAFE   Henry James, *Outra volta do parafuso*, tradução de Brenno Silveira, Rio de Janeiro, Civilização Brasileira, 1961.
PREPARAÇÃO   Fátima Couto
REVISÃO   Bárbara Parente, Rosi Ribeiro Melo
CAPA   Andrea Vilela de Almeida
IMAGEM DE CAPA   Paloma Rodriguez De Los Rios Ramirez (fundo),
            Nasakid9 (pássaro) / dreamstime.com

1ª edição, 2016

Dados Internacionais de Catalogação na Publicação (CIP)
(Câmara Brasileira do Livro, SP, Brasil)

Hill, Toni
    Os amantes de Hiroshima / Toni Hill; tradução Fátima Couto. -- São Paulo: Tordesilhas, 2016.

    Título original: Los amantes de Hiroshima.
    ISBN 978-85-8419-040-9

1. Ficção policial e de mistério (Ficção espanhola) 2. Romance espanhol I. Título.

16-02363   CDD-863

Índice para catálogo sistemático:
1. Ficção policial e de mistério : Literatura espanhola 863

2016
Tordesilhas é um selo da Alaúde Editorial Ltda.
Avenida Paulista, 1337, conjunto 11
01311-200 – São Paulo – SP
www.tordesilhaslivros.com.br

 /Tordesilhas

Mas Miles já havia escapado de meus braços e, voltando-se para o outro lado, ficou a fitar perscrutadoramente a janela, não vendo senão o dia tranquilo. Ante o golpe dessa perda, de que eu tanto me orgulhava, soltou um grito de criatura lançada sobre um abismo, e o gesto com que o segurei bem poderá ter sido o de agarrá-lo em sua queda. Agarrei-o, sim, apertei-o de encontro ao peito... e bem se pode imaginar com que paixão! Mas, ao cabo de um minuto, comecei a sentir o que realmente estreitava em meus braços. Estávamos a sós no dia tranquilo, e o seu pequeno coração, despossuído, deixara de pulsar.

Henry James, *Outra volta do parafuso*

Os amantes de Hiroshima

Prólogo

A primeira coisa que a alertou foi uma sombra no espelho. Uma mancha fugaz, passageira, rapidamente relegada ao fundo da mente pelo arrepio que lhe percorreu a espinha e a obrigou a fechar os olhos enquanto Daniel deslizava a língua por seu pescoço, sabendo que se tratava de um de seus pontos fracos. Um preâmbulo simples, um prólogo que mesclava a carícia úmida com as suaves cócegas das faces mal barbeadas, e no entanto eficaz: conseguia vencer qualquer resto de resistência, desarmá-la e submergi-la em um estado quase de transe. Ainda assim, o sinal de alarme devia persistir em algum lugar de seu cérebro, porque quando ele se deteve, tornou a olhar. O cristal, velho e manchado, lhe devolveu apenas a imagem imprecisa de seu rosto e do corpo forte de Daniel em cima dela. As costas brilhantes de suor, as nádegas como uma mancha reluzente, quase cômica, sobre aquelas coxas morenas, e suas próprias mãos tensas, as unhas que se cravavam nos ombros do parceiro, puxando-o para si como se temesse perdê-lo.

Uma visão conhecida e excitante, que fez desaparecer qualquer resquício de temor.

O espelho havia sido ideia sua, apesar de Daniel não ligar a mínima para aquilo. De fato, poucas coisas relacionadas com o sexo o incomodavam, e se ela desfrutava o fato de se observar enquanto faziam amor, se isso a fazia gozar ainda mais, ele não tinha nada a objetar. "Se você quiser, põe o espelho no teto", dissera ele com aquele sorriso voraz que lhe mudava a expressão do rosto, em geral apática, quando falavam de sexo. Assim, foram comprá--lo juntos e, apenas para se divertir e escandalizar a vendedora da loja de móveis, discutiram os prós e os contras dos diversos modelos e formas até escolherem um antigo, de moldura branca e reclinável, que colocaram naquela mesma tarde perto da cama. Ela se despiu e deitou sobre os lençóis enquanto ele, obedecendo a suas instruções, o ia inclinando até que ela desse sua aprovação. Ou melhor, até que ele se cansou de se limitar a olhar e se lançou sobre aquele corpo esplêndido que se oferecia sem pudor. Isso acontecera havia meses, e desde então haviam acontecido muitas coisas. Nem todas boas. Algumas terríveis. Mas o curioso era que naquela casa abandonada, o lugar inóspito que havia se transformado no seu refúgio, tinham encontrado outro espelho – de madeira carcomida e um cristal que nada conseguia limpar. Mas para eles servia.

Cris relaxou, tentando esquecer aquela sensação de inquietude que permanecia recolhida, pronta para voltar a qualquer momento. Não era nova, acompanhava-a com frequência nos últimos tempos. Perto, um pássaro de ferro voava para seu ninho, e quando o teto da casa tremeu sob a sombra ensurdecedora do avião, ela abraçou Daniel com mais força, incitando-o com uma sacudidela a terminar de uma vez antes que sua mente se impusesse ao instinto e lhe secasse a vontade, mas ele não quis lhe obedecer. Ou talvez tenha interpretado mal o seu gesto, e parou. "Não fale agora", implorou ela sem palavras. "Que droga, não estrague tudo falando!"

– Você está bem? – sussurrou ele ao seu ouvido.

Cris deslizou os braços por suas costas e depois os deixou cair para os lados, inertes, já resignados ao vazio que substituía os orgasmos perdidos. Virou a cabeça para a janela, para evitar o quadro que se desenhava no espelho; não queria contemplar o desengano em seu próprio rosto para evitar recordá-lo depois.

Não era a primeira vez que sentia falta do estado de ligeireza, da inconsistência frívola que a perfeita combinação de álcool e coca provocava nos dois.

Apesar de todos os argumentos contrários, das razões esgrimidas e admitidas, o sexo sem drogas não era a mesma coisa.

Aproximou o rosto do peito de Daniel e aspirou o seu cheiro. Depois ergueu a cabeça e o fitou nos olhos quase negros — um efeito realçado pelas sobrancelhas cheias e escuras —, e sentiu um vislumbre de ternura ao comprovar que em seu rosto ainda se notavam os rastros dos golpes recebidos. Estava quase levando a ponta do dedo indicador ao hematoma que ele conservava na face e que lhe dava o aspecto de um boxeador abatido quando ouviu algo que, naquele instante, não conseguiu identificar. Apesar de até então ninguém ter se aproximado daquela casa perdida no meio do campo, os dois sabiam que estavam expostos à entrada de qualquer um. Crianças brincando, adolescentes à procura de um lugar onde transar, viciados desesperados por uma picada, falsos amigos. Cris teria dito algo se ele não tivesse atalhado seu intento com um beijo com o qual desejava reavivar as brasas ainda acesas. Beijou-a com força, exigente e avassalador, e ela identificou o sabor que Daniel conhecia, e se esforçou para ser a Cristina de sempre: atrevida, passional e impetuosa.

A partir desse momento empenharam-se em esquecer o entorno, o passado recente, e concordaram em repetir a dança cujos passos conheciam e haviam praticado milhares de vezes, sem querer se dar conta de que, por mais que se empenhassem, o resultado começava a parecer uma imitação. Queriam desejar-se como antes, como se nada tivesse acontecido, mas algo estava faltando. Ainda assim seus corpos jovens reagiam ao contato e à pele, e quinze minutos depois Cristina teve a satisfação de se contemplar no espelho segundos antes de chegar ao orgasmo, o que a excitava profundamente.

Então ela o viu. Viu-o, sem a menor dúvida, e antes de distinguir a arma que ele tinha na mão, o instrumento que dentro de um instante arrebentaria a superfície do espelho, Cristina sentiu o perigo e pressentiu que Daniel, ao contrário, permanecia alheio a ele, relaxado demais para perceber a ameaça até que já fosse tarde. Tentou avisá-lo emitindo um gemido que não tinha nada a ver com o prazer. Não serviu para nada. A barra de aço se abateu com força contra a cabeça de seu amante e a arrebentou com um ruído seco. Ela abriu a boca e tentou traduzir o pânico com um grito que nasceu mudo.

Cristina Silva levou consigo uma última imagem. Em um presságio funesto do que seria o seu fim, entreviu seu rosto fragmentado na teia de aranha que sulcava o cristal. Sepultada sob um corpo inerte que se havia transformado em um escudo inútil, um peso morto que a impedia de se mover, a única coisa que pôde fazer foi fechar os olhos para evitar a visão daquela arma que, depois de esmagar a nuca de Daniel, ia cair sobre ela sem demonstrar o menor resquício de dúvida ou de piedade.

A dor é misericordiosa. O primeiro golpe a deixou inconsciente, e ela não sentiu mais nada.

As vítimas

1

"Para sobreviver ao sistema é preciso enganar o sistema." Sem saber por quê, essa frase se transformou em um mantra nos últimos dias. Ele nem sequer sabe de onde tirou a frase, se a ouviu em algum filme ou se se trata de um lema que alguém lançou por ali nesses tempos de indignação pacífica, mas ela se ajusta como uma luva à sua situação, e, na falta de outra melhor ou mais original, Héctor a adotou como uma síntese perfeita: a única frase que é capaz de pronunciar, a tese que justifica o que está prestes a fazer.

Sentado em uma cadeira incômoda, em um aposento insultantemente vazio, sua mente não tem com que se distrair a não ser com o relógio de parede. De plástico barato, tão branco como as paredes, os ponteiros se movem com uma lentidão ofensiva. Ele sabe que a espera faz parte do jogo. Ele mesmo já esteve do outro lado de uma porta parecida com a que agora vê no extremo esquerdo do aposento, e adiou o interrogatório do suspeito muitos minutos além dos necessários. A espera provoca irritação, a irritação dá lugar ao nervosismo, o nervosismo provoca descuidos, e neles, às vezes, desponta a verdade.

É precisamente isso que não pode se permitir hoje. O que vai contar poderia ser verdade. De fato, será verdade desde que acreditem nele. Depende disto: de sua firmeza, da veracidade de sua atuação, da credibilidade que confira à história como narrador. Porque a verdade não é um valor absoluto. Já o foi em um passado recente, mas agora não mais. Ele quer se convencer de que a única verdade que importa é aquela em que se acredita, porque os pecadores não podem se permitir o luxo de aspirar a outra coisa. Sorri, ignorando por que essa palavra, "pecadores", lhe veio à cabeça, já que nunca foi um homem crente. Se teve fé em alguma coisa ao longo da vida, é exatamente no que vai traí-la dentro de instantes. Na necessidade de chegar ao fundo das coisas, de desenterrar os fatos e submetê-los à fria luz da intempérie. Deseja que aqueles que vão interrogá-lo não se pareçam consigo, com o inspetor que repetiu em inúmeras ocasiões que, já que a justiça é imperfeita, o único consolo real é expor os fatos à luz.

Não é que tenha renunciado a seus princípios. Agora sabe, no entanto, que às vezes a catarse pode trazer algo muito diferente do consolo. Pode acarretar uma condenação, uma maldição. E principalmente pode ser, em sua essência, muito mais injusta que uma mentira útil.

Pigarreia e, sem querer, olha novamente o relógio, que continua avançando no seu ritmo, alheio a desejos e pressões. O trabalho policial deveria ser assim, pensa ele: automático, coerente na execução, constante e pausado. Asséptico e despido de emoções. A realidade, no entanto, não pode ser mais diferente: avança aos trambolhões, por intuições que às vezes parecem um retrocesso ou desembocam em uma trilha morta; depois se retoma devagar, tentando aprender a lição, mas o frenesi da investigação acaba se impondo, e o ritmo se acelera outra vez. Às vezes, com sorte, consegue-se chegar ao objetivo depois desse *sprint*, e ultrapassá-lo com o corpo dolorido e a cabeça embotada pelo esforço.

Por isso acontece o que acontece. Por isso alguém morre. Por isso ele está onde está.

"Enganar o sistema é a única forma de sobreviver." Héctor toma fôlego e retém o ar nos pulmões a fim de tomar coragem para enfrentar o que o espera. Nunca foi um bom mentiroso, mas agora deve tentar. O pior de tudo é que jamais acreditou em vergonha: tudo seria muito mais simples se estivesse convencido de que o assassino de Ruth merece a morte. Não é assim, não pensa assim, nunca defenderia a tese que reivindica "olho por olho", porque lhe parece simplista, irracional, imprópria de um sistema civilizado. É claro que a raiva teve um papel nisso, mas a ira não dá direito à vingança, só à justiça.

Também não lamenta que aquele homem tenha morrido, mas arrepende-se, e muito, de não ter previsto que isso podia acontecer, de não ter se adiantado aos acontecimentos, de não ter intuído o desastre antes que ele acontecesse.

Por tudo isso e por outras coisas mais, seu castigo está claro. Deve mentir e carregar a solidão que acompanha os logros. O desabafo, essa catarse libertadora, está proibido para ele. Só uma pessoa o acompanhará nessa viagem, mesmo que à distância. Sim, isso também está claro, e sem dúvida lhe dói mais que seu próprio destino. Respira fundo ao pensar em Leire Castro, em sua decisão inquebrantável, em uma obstinação que afinal havia sido contagiosa, e se esforça para afastar da mente outros momentos compartilhados. É vital, tristemente imprescindível, afugentar o menor indício de que por alguns dias ele deixou de ser apenas seu chefe, e para isso tem que esquecer; afastar da voz essa nota terna que surge sem querer e revela os sentimentos. Não falaram disso, não foi preciso; no entanto, tem certeza de que ela já chegou à mesma conclusão. Talvez seja o melhor, de qualquer modo. Talvez aquilo tenha acontecido por influência da primavera, ou por causa do caso que tinham investigado nos últimos tempos, tão marcado por pessoas que, em certo sentido, haviam transgredido as regras não escritas do amor até um ponto além do razoável. Agora tanto faz. O primeiro castigo pela mentira é exatamente esse: esquecer Leire.

A porta se abre, e, apesar de esperar por isso, não consegue evitar um leve sobressalto. Os ponteiros do relógio parecem parar também. Ele se levanta devagar, fingindo uma tranquilidade necessária para que o público que o espera do outro lado acredite em sua atuação. Não vai ser fácil. Mas é disso que se trata: de enganar o sistema.

De sobreviver.

Apesar de normalmente se incomodar com o sol do verão, hoje precisa dele. Não conseguia ficar no apartamento, as paredes a oprimiam, e, como sua mãe está passando alguns dias em casa e pode cuidar de Abel, Leire optou por sair. Uma vez na rua, também não se sentiu com ânimo para passear, de maneira que procurou uma mesa livre em um terraço próximo, e está há algum tempo olhando as pessoas sem realmente vê-las. A única coisa que lhe interessa, a única em que pode pensar agora, é em Héctor enfrentando as perguntas, como ela fez na véspera. Capciosas, insinuantes, exaustivas. A mesma questão formulada de ângulos diversos, até que você perde qualquer noção de tempo, e tudo parece um *déjà-vu*. As perguntas deles e as suas respostas formam uma espécie de sinfonia monocórdia, quase amável, com súbitas notas dissonantes para as quais, com sorte, você acredita estar preparada. Ou não. Quem pode saber?

As pessoas passeiam pela avenida, e a Sagrada Família se interpõe entre elas e o sol. Leire pediu um café que ainda não chegou, e, por um instante, sente a tentação de ir embora. Mas não apenas desse terraço – da cidade. Ao contrário do que é habitual nela, invade-a a urgência de se rodear da família, de seus pais, de se refugiar neles como uma menininha que acordou no meio da noite assediada pelo pior dos pesadelos. Que absurdo! Ela não tinha sofrido terrores noturnos, e sempre se rira do irmão que, apesar de ser dois anos mais velho, corria a se refugiar na cama dos pais no meio da noite. Ela não: nunca tinha olhado debaixo da cama à procura de possíveis monstros, nem sentira medo do homem do saco, nem imaginara fantasmas na escuridão. Também não mudou tanto; é a realidade que a inquieta. O que fizeram. O que contou ontem. O que Héctor deve estar expondo nesse momento. O que ambos terão que repetir, juntos e separadamente, até que o caso seja encerrado de vez. E no entanto não sente remorso algum. Está convencida de que fez o que devia, e isso afasta de sua mente qualquer temor que não seja o de algo real. Tangível. Deste mundo.

"Fiz isso por você, Ruth", murmura quase em voz alta, e, apesar de jamais ter acreditado em espíritos nem em influências sobrenaturais, agora tem certeza de que aquela mulher lhe dá a sua bênção. Começa a notar o calor e semicerra os olhos. Oxalá pudesse relaxar, apesar de a ioga ou a meditação sempre lhe terem parecido bobagens para neuróticos. Daria qualquer coisa para visualizar um riacho, um céu azul ou uma fonte, mas à sua cabeça apenas chegam as imagens daquela casa onde encontraram os corpos. Passaram-se semanas e não conseguiu esquecê-la, e agora se esforça para mergulhar nela. Para recordar cada detalhe, cada instante. Porque qualquer coisa é melhor do que pensar no outro: no disparo vindo do nada, como uma bomba; no sangue, aquela mancha vermelha tão pequena que parecia incapaz de conter a vida de alguém, manchando o chão de uma forma quase impertinente.

Como sua mente despreza os amanheceres e os riachos, tem que se conformar em recorrer aos outros mortos. "Os amantes de Hiroshima", como alguém da imprensa os chamou, e apesar de a palavra "amante" lhe parecer antiquada, precisa reconhecer que é bonita, e que ela mesma a usou há não muito tempo, em forma de pergunta irônica. "Somos amantes?", perguntou. E Héctor encolheu os ombros, com aquele meio sorriso, sem responder de imediato.

Não. Precisa controlar esses pensamentos que escapam à sua vontade e se levantam, rebeldes, contra o que já está decidido. Precisa voltar a se concentrar nos amantes mortos, naqueles que já se encontram além do desamor ou da saudade, naqueles que encontraram numa manhã de maio no porão de uma casa abandonada, juntos, abraçados, como se tivessem morrido depois de fazer amor.

2

Nem sequer notou que o carro parava. De fato, a última coisa de que se lembrava era de ter apoiado a cabeça no encosto, agradecida pelo suave calor do sol da manhã que a alcançava através da vidraça. A voz de seu companheiro, tímida, a tirou de alguns minutos de sono reparador.

– Leire... Sinto muito – murmurou Roger Fort. – Já chegamos.

Leire pestanejou e por um momento não soube onde estava nem o que fazia ali, o que lhe provocou uma sensação imediata de irritação consigo mesma e com o mundo em geral. Fort devia tê-lo notado, porque, sem dizer nada, saiu do carro, como se quisesse lhe dar alguns segundos a sós para que voltasse ao presente. E ela pensou, ainda de mau humor, que em circunstâncias normais teria se sentido envergonhada, mas o cansaço acumulado, as noites inteiras sem dormir, lhe tiraram qualquer resquício de remorso.

Observou-se no espelho retrovisor. Uns círculos escuros e delatores haviam aparecido sob seus olhos; primeiro eram uma sombra leve, fácil de maquiar, mas três meses depois se haviam tornado escuros e inapagáveis. Se continuasse assim, eles logo se tornariam parte de seu rosto para sempre, provas indeléveis dos sacrifícios da maternidade. Sorriu ao pensar em Abel, e sentiu uma saudade tão forte dele que quase a surpreendeu. Eram as contradições nas quais vivia mergulhada havia quatro meses: a necessidade física de vê-lo, tocá-lo, senti-lo, unida ao desespero das noites em que o menino decidia, de maneira unilateral, chorar como se não houvesse amanhã, como se quisesse acelerar a chegada do dia com sua birra. O médico dizia que eram cólicas e que elas não demorariam a desaparecer, mas Leire começava a duvidar disso.

Ao descer do carro, a luz lhe golpeou os olhos, impedindo-a de ver claramente o que tinha diante de si. Uma nuvem veio em sua ajuda, e aquela casa abandonada, perdida nos arredores do terminal do aeroporto, surgiu diante dela como se alguém acabasse de desenhá-la. Lembrou-se do telefonema, recebido na delegacia na primeira hora da manhã, exatamente quando ela acabava de se sentar diante de sua mesa, e das palavras de seu companheiro: "Encontraram dois cadáveres em uma casa *okupa* nas redondezas do Prat".

Enquanto se recuperava da sesta improvisada, Leire percebeu que Fort conversava com um dos guardas municipais, e que ambos dirigiam os olhos para o edifício. A seus ouvidos chegaram palavras como *"punks"* e "desalojar", ou "achado"; no entanto, antes de se juntar a eles, continuou observando a construção que se erguia a poucos metros de distância. Custava crer que alguém, por mais marginal que fosse, tivesse se atrevido a entrar naquela ruína. O que se erguia diante deles, a obra retangular de cimento coberta com um telhado que parecia ter sofrido os efeitos de um bombardeio, era absolutamente inabitável. A porta de tábuas de madeira carcomidas pelos anos e pelo descaso parecia ter diminuído em relação ao vão original, e as janelas, uma de cada lado, tinham um ar sinistro, já que alguém, aqueles "tarados", provavelmente, as havia coberto com dois remendos do mesmo tecido, preto e desgastado, para evitar a entrada da luz. Um deles continuava bem preso, fechando o vão; o outro se havia soltado e ondulava ao ar como a bandeira de um navio pirata. Estranhamente, só os carros da polícia local e os homens vestidos de uniforme situados diante da porta davam ao lugar um ar de normalidade.

"O que é inegável é que esse antro tem um terreno enorme", pensou Leire enquanto andava em direção ao companheiro. Mesmo que o terreno fosse um campo tomado por arbustos e ervas daninhas, que se estendia até se confundir com a paisagem de fundo.

– Esta é a agente Leire Castro. Leire, o sargento Torres. Ele e seus homens encontraram os corpos.

Leire apertou a mão do sargento, um indivíduo de cerca de quarenta anos que a cumprimentou com um sorriso nervoso.

– O pessoal da polícia científica chegou há pouco tempo – esclareceu ele. – Já estão lá dentro.

Olhou para a estrada antes de acrescentar:

– Estamos esperando o juiz de instrução.

Exatamente nesse instante uma sombra enorme os cobriu, e o chão vibrou sob seus pés. Torres abriu um sorriso.

– Dão medo, não é? O aeroporto está muito perto, e esses malditos trastes voam baixo. – Fez uma pausa. – Sabem o que há na casa?

– Dois cadáveres, não é? – disse Leire em um tom que lhe saiu desnecessariamente brusco.

– Não é só isso, agente Castro. Não são apenas dois corpos. Vou lhes contar.

E ela teria jurado que o sargento estremecera ao dizer isso.

Torres lhes contou que tinham chegado cerca das nove da manhã, já que, segundo sua própria teoria, aqueles que ocupavam casas vazias eram no melhor dos casos uns vagabundos por natureza, uns desocupados desadaptados que não punham um pé no mundo antes do meio-dia. Apesar de em outros assuntos se considerar um indivíduo de mentalidade aberta para seus quarenta e seis anos de idade, no que se referia à propriedade privada, seu julgamento era inflexível: não se podia permitir que uma quadrilha de mentecaptos que nunca na vida haviam dado no couro, e que ainda por cima arrastavam uma matilha de cães imundos, se apropriassem do espaço alheio. "Bando de porcos", era como ele os chamava, e o adjetivo englobava tanto aos humanos quanto aos cães esfomeados que os seguiam com uma devoção tão cega como incompreensível.

Uma semana atrás, quando lhe chegara a primeira notícia de que uns indivíduos de aparência estranha rondavam a praia e tinham sido vistos caminhando naquela direção, o sargento se pusera a investigar a quem pertencia a propriedade e chegara à incômoda conclusão de que, para efeitos práticos, não existia dono conhecido. A última proprietária que constava como tal era a sra. Francisca Maldonado, morta havia vinte anos. Levando em conta que a mencionada senhora havia falecido em idade provecta e que os impostos correspondentes estavam sem pagar desde antes que ela passasse desta para melhor, a propriedade não era de ninguém, tecnicamente falando. Cabia a suspeita de que o terreno não havia sido expropriado pela prefeitura e vendido como área destinada à construção de novas casas porque, anos depois de construída aquela casa, a zona fora afetada pelos planos de obra do novo terminal do Aeroporto do Prat. Afinal, contra os prognósticos iniciais, a casa e os campos adjacentes tinham conseguido se salvar, e tanto as autoridades como os construtores pareciam ter-se esquecido deles, já que não lhes serviam de nada: a proximidade do aeroporto e o trânsito constante de aviões os inutilizavam para qualquer propósito.

Em resumo, o sargento não estava disposto a aguentar que alguns imbecis e seus cachorros, segundo os testemunhos, se instalassem em seu município assim sem mais, e tinha certeza de que uma visita enérgica das forças da ordem os persuadiria a sair dali. Não lhe interessava para onde iriam, nem tinha a menor intenção de prendê-los, a não ser que opusessem resistência ou que ele encontrasse algo manifestamente criminoso no interior da casa, e nesse caso ficaria feliz em engaiolar todos eles. Sim, o mais prático era plantar-se na casa, fazê-los sair de maneira firme, mas não violenta, bloquear a porta e as janelas com tapumes e dar o assunto por resolvido. O sargento era um fiel seguidor da máxima segundo a qual "mais vale prevenir que remediar", e tinha certeza de que cedo ou tarde uma quadrilha de *okupas* acabaria lhe dando problemas. Em virtude disso, vinte e quatro horas antes, depois de várias reuniões e uma vez avaliada a informação por seus superiores, havia sido autorizado a agir.

E ele fizera exatamente isso às oito e meia da manhã de quarta-feira, 11 de maio: dirigira-se à casa com alguns de seus homens. Depois de jogar o cigarro no chão e pisá-lo com raiva, Torres indicou ao policial Gómez que batesse na porta. Um gesto inútil, porque nesse exato instante o rugido de um avião que decolava abafou qualquer outro som, e a rajada de ar que ele provocou fez tremer as tábuas de madeira com mais ímpeto que qualquer punho humano. A improvisada cortina preta da janela começou a esvoaçar freneticamente, como se fosse um corvo aleijado incapaz de alçar voo, e outro dos policiais, um dos mais jovens, abaixou a cabeça, sobressaltado, enquanto soltava um "porra" que, mesmo que tivesse sido dito aos berros, também não foi ouvido pelo resto. O certo é que era impressionante ver aqueles bichos de aço tão de perto, e por alguns segundos os olhos de todos, Torres inclusive, seguiram o rastro branco que o pássaro mecânico deixava no céu com a mesma fascinação com que os garotos contemplam os balões quando eles escapam das mãos.

O agente Gómez foi o primeiro a virar a cabeça, e pigarreou ao mesmo tempo que encolhia ligeiramente os ombros, como se pedisse licença antes de bater na porta novamente. Dessa vez as batidas ressoaram, mas, do mesmo modo que antes, ninguém respondeu.

– Tem certeza de que há alguém aí, sargento? – perguntou. – É estranho que nem os cães tenham latido.

Torres estava pensando a mesma coisa quando ouviu um grunhido seco atrás deles. Ao se voltar, encontrou um animal magro como um galgo que os observava com mais curiosidade que outra coisa. Por via das dúvidas, o sargento levou a mão ao cassetete, e então o cão latiu, mas continuou imóvel, expectante.

– Maldito vira-lata! – resmungou o sargento. E, dirigindo-se ao resto, ordenou: – Dane-se. Vamos entrar de uma vez.

Sob o atento olhar do animal, Gómez empurrou a porta e, de lanterna na mão, entrou na casa seguido pelos demais. Depois, quando contaram o ocorrido, formalmente no boletim de ocorrência ou em um tom mais descontraído, na intimidade de seu círculo de parentes e amigos, um deles disse que mal entrara, pressentiu que aquela batida não ia ser como as outras, mas o certo é que a princípio a única coisa que lhes pareceu estranha no interior da casa foi a ordem e a limpeza que imperavam no espaço. Uma mesa, quatro cadeiras, um sofá velho e duas poltronas, um espelho quebrado. Então um deles olhou as paredes, e nesse momento perceberam que as pessoas que se haviam instalado naquela casa não eram *okupas* comuns.

– Agora vão ver – terminou o sargento, já à porta da casa. – É tudo muito estranho. Ninguém tinha imaginado que pudesse haver um porão em uma casa dessa zona; por aqui é tudo pântano. Bom, chamar isso de porão é exagero; na verdade, não passa de uma adega.

O cachorro, deitado a alguns metros de distância, ergueu a cabeça ao ouvi-los chegar, sem dar mostras de querer se aproximar deles. Latiu quase por obrigação, e depois tornou a se deitar, resignado a ver seu território invadido por estranhos.

– Ele é inofensivo – comentou Torres ao ver que Roger Fort o olhava de soslaio. – Não sei o que vamos fazer com ele.

– Então vamos entrar, sargento? – perguntou Leire.

Tanto ela como seu companheiro haviam escutado educadamente o relato minucioso do sargento; no entanto, Leire tinha a sensação de que, de algum modo, Torres os estava retendo no umbral, como se quisesse retardar seu acesso ao interior e provocar neles um sentimento de expectativa em relação ao que iam encontrar ali. Algo que, no caso de Leire Castro, estava começando a gerar uma impaciência difícil de conter.

– Claro. Sigam-me.

Havia pouca luz, apenas a que entrava pelo vão da porta, de maneira que as paredes eram engolidas pela escuridão. Torres deu uma lanterna a cada um, para que examinassem o espaço. Leire não conseguiu evitar uma exclamação de surpresa ao ver o que o sargento, transformado em uma espécie de guia, focalizava com a sua.

Os habitantes da casa haviam coberto as paredes com telas brancas, peças enormes que iam do chão ao teto. Fort e Leire demoraram um pouco para compreender que aqueles panos iam formando uma espécie de painel que começava no lado esquerdo da porta, com um desenho da casa vista do exterior. Desde a primeira olhada não lhes restou a menor dúvida de que o artista não era nenhum amador, já que ele não apenas havia representado o edifício de forma a torná-lo perfeitamente reconhecível, como também havia conseguido transmitir a ideia de solidão e abandono que emanava dele ao traçar ao seu redor alguns pássaros de asas rígidas que conferiam ao conjunto um ar macabro. Os pássaros negros se repetiam em outro dos quadros; um fundo cor de gema salpicado de animais de asas estendidas e bicos abertos, como se estivessem gritando. Na verdade, essa cor, o amarelo em diferentes tons, era uma constante na obra, apesar de nem sempre adotar a mesma forma: às vezes era utilizado para pintar manchas grossas e dispersas, como se o sol tivesse estalado, outras para dar a impressão de uma chuva suja e quente. Nos outros quadros, passava para a parte inferior da tela – arbustos queimados, cães seguindo um rastro, serpentes secas ou a própria terra colada –, e em um deles, o mais impressionante, o que fez os três pararem, apontando para ele com suas lanternas como se quisessem crivá-lo de luz, aquela cor o invadia quase todo. Formava um tapete de flores delicadamente delineadas na parte inferior, que iam se esfumando à medida que subiam, como se o artista estivesse agachado aos pés de uma tela imaginária e dali contemplasse seus ocupantes, que apareciam na parte superior do quadro. Duas caveiras negras, carbonizadas, dois braços descarnados, duas mãos decrépitas entrelaçadas sobre o fundo floral.

Um roçar de pernas fez com que Roger Fort se sobressaltasse e deixasse cair a lanterna no chão. Era o cachorro, que o observava sem sair do seu lado e não se desviou nem quando o agente fez um gesto para afastá-lo, mais pelo susto que tivera do que com a intenção de maltratá-lo. Outro animal de rua teria lhe mostrado os dentes ou fugido, escaldado por surras anteriores; esse se limitou a olhá-lo com paciência, como se já estivesse acostumado a essas reações iniciais e não lhes desse maior importância.

O incidente teve a virtude de romper o encanto e devolver a todos seu papel de agentes da lei e não de visitantes improvisados de um museu secreto. Por alguns instantes, Leire iluminou o resto da sala com a lanterna. Ao contrário do que se poderia esperar, não estava muito suja: distinguiu latas de comida em uma estante, todas sem abrir; um saco de lixo meio cheio, um suéter velho jogado em um canto e cinzeiros cheios de bitucas que não eram exatamente de tabaco. Reconheceu o cheiro de erva que flutuava no ambiente fechado da casa.

– E não há nenhum rastro dos *okupas*? – perguntou Fort.

O sargento negou com a cabeça.

– Desapareceram. Há testemunhas que os viram durante o fim de semana, portanto não devem estar muito longe. Por outro lado, tampouco dispomos de uma descrição detalhada. Já sabem, as pistas habituais.

Leire caminhou até a mesa, que estava apoiada em uma das paredes da sala, e depois se dirigiu à cozinha, se é que se podia chamar assim aquele aposento diminuto, cujas paredes haviam perdido os azulejos com o tempo e agora pareciam um álbum de vãos brancos que contrastavam com os escassos ladrilhos azul-celeste.

– *Okupas* que lavam os pratos antes de sair? – comentou, irônica. – Realmente, as coisas mudaram.

Era verdade. Na pia de cerâmica, rachada na metade, viam-se vários pratos e uma panela descascada, tudo perfeitamente limpo e seco. O cachorro se aproximou dela e farejou um dos armários baixos. Leire intuiu que sua comida devia estar ali dentro.

–Você está com fome? – sussurrou.

Abriu o armário e, de fato, encontrou um saco de ração. Procurou uma tigela ou um recipiente, mas não viu nenhum. Diante da perspectiva de se alimentar, o animal deu um latido seco e fechou a porta da cozinha com o focinho. Ali estava uma vasilha de plástico amarelo. Leire pôs a comida e se reuniu ao companheiro na sala.

– E os cadáveres? – perguntava nesse momento Roger Fort.

– Lá embaixo. No porão. Depois de ver os quadros, tive a impressão de que a casa escondia algo além do que se notava à primeira vista. – O sargento pigarreou. – O pintor havia retratado motivos reais: a casa, os cachorros. Os aviões. A única coisa que parecia ter imaginado eram os mortos. Então decidi inspecionar a casa a fundo. E os encontrei. Sigam-me, por favor, mas não caberemos todos.

Ao cruzar a sala, Leire notou um objeto que não tinha visto antes. Junto ao catre que fazia as vezes de cama havia um espelho. De lanterna na mão, viu seu rosto projetado no cristal quebrado e estremeceu sem querer diante daquela espécie de quadro cubista. Lembrou-se das salas de espelhos dos parques de diversões que deformavam os corpos; nunca gostara delas. O cão, que havia se aproximado dela outra vez tão silenciosamente como se pertencesse ao mundo felino, latiu de novo. Ele também não gostava de seu reflexo fragmentado.

Leire sacudiu a cabeça e seguiu Fort e Torres até o fundo da sala. Ali havia uma escada que subia ao piso superior; atrás se ocultava um alçapão que descia para o porão. Ouvia-se barulho embaixo: o pessoal da polícia científica estava fazendo seu trabalho.

Desceu devagar, atrás dos dois homens, e apesar de já ter uma ideia mais ou menos clara do que a esperava, não conseguiu reprimir um gesto de desgosto ao dirigir o facho de luz àquele túmulo recém-profanado. Sabia o que encontrariam desde que vira o quadro na parede, mas ainda assim surpreendeu-se ao ver o plástico, uma espécie de oleado estampado com flores amarelas cobrindo os dois corpos, que, descompostos, apenas reduzidos a pele e ossos, continuavam fundidos em um abraço eterno.

Ela já se havia acostumado com o constante tráfego de aviões, e agradecia ao sol que brilhava sem complexos àquela hora. O pessoal da polícia científica continuava dentro da casa, em plena atividade, e o juiz de instrução havia chegado e ordenado o levantamento dos cadáveres. Uma tarefa complicada, devido ao estado dos mortos e à escada íngreme. Leire se voltou em direção à porta; não tinha vontade de tornar a entrar naquela casa, mas teve que fazê-lo quando Roger Fort surgiu para chamá-la, com um sorriso de satisfação que lhe pareceu impróprio, quase deslocado. Tinham começado a trabalhar juntos havia pouco tempo, desde que ela se havia reincorporado depois da licença-maternidade, e apesar de ele se mostrar amável e ser evidentemente um rapaz educado, ela ainda não tinha certeza de gostar dele.

– Acho que tivemos sorte – disse ele ao vê-la entrar. – Debaixo dos corpos havia uma espécie de mochila. Não – corrigiu-se ele –, uma mochila. Dentro dela pode haver algum objeto que nos ajude a identificá-los.

O perito não quisera se arriscar a fazer uma estimativa de quanto tempo fazia que estavam mortos, mas para todos era óbvio que aqueles corpos estavam ali havia anos. Leire sabia que o plástico com que os haviam coberto podia encobrir as possibilidades de fixar uma data exata. O que estava claro, em uma análise preliminar, era que aqueles dois cadáveres – um homem e uma mulher – não haviam morrido de morte natural. Uma incisão na base do crânio dele indicava que alguém o havia golpeado com força. O dela estava clara e cruelmente partido em dois.

Com as luvas calçadas, Fort abriu a mochila e inspecionou seu conteúdo. Leire aguardava, e enquanto o fazia concentrou-se nas telas, que estavam sendo tiradas uma a uma da parede. Guardou mentalmente a ordem em que se encontravam, apesar de depois poder verificá-la pelas fotografias. Sem saber por quê, tinha a sensação de que a disposição daquelas telas era importante, e que, principalmente, queria contar alguma coisa.

– Bem – exclamou Fort, mas seu rosto se fechou logo depois, ao tirar as cédulas de identidade que havia nas carteiras. – Eram muito jovens.

Leire observou os documentos. Os rostos das vítimas a fitavam com um sorriso forçado e olhos assustados.

– Daniel Saavedra Domènech. Cristina Silva Aranda. – Leu as datas de nascimento. – Caramba, eram bem jovens.

– Alguém deve ter denunciado o seu desaparecimento. Não têm jeito de...

Leire entendeu o que Fort queria dizer. Alguém devia ter sentido falta daqueles garotos de nacionalidade espanhola e rosto sorridente. Nas horas seguintes, duas famílias confirmariam o que já suspeitavam, ou teriam que admitir a morte de suas esperanças.

O sargento Torres se uniu a eles.

– Encontraram alguma pista da identidade deles?

Leire lhe mostrou as carteiras de identidade. O homem assentiu com a cabeça.

– Isso vai facilitar as coisas para vocês. Nós vamos continuar procurando os *okupas* – disse, e os dois agentes tiveram a impressão de que lhe custava separar-se do caso. – Manteremos contato.

– Claro – afirmou Leire, mas não estava muito convencida de que isso fosse acontecer. – Encontraremos impressões digitais na casa, com certeza. Quisessem eles ou não, devem ter deixado impressões. Se algum deles estiver fichado, poderemos identificá-lo.

O sargento assentiu. Sorriu, algo resignado, e se despediu.

– Vamos examinar o resto do conteúdo na delegacia – disse Leire, com vontade de ir logo embora dali.

Saíram, e já estavam quase entrando no carro quando um latido os deteve. O cão os observava do umbral, e em sua expressão de animal mil vezes abandonado adivinhava-se a desolação de quem tem consciência de sua pouca sorte. Leire suspirou e deu meia-volta, mas então ouviu, surpreendida, o modo como seu companheiro assobiava com força, ao mesmo tempo que abria a porta traseira do carro.

O cão ficou em dúvida por uns dez segundos. Depois correu para seu novo destino com a ilusão inocente dos animais. Quando Leire olhou para Fort, este havia enrubescido ligeiramente.

– Sempre quis ter um – disse ele a título de explicação.

Ela sorriu. Começava a gostar do rapaz.

3

Se em alguma coisa se notava que ele havia ultrapassado com folga a fronteira dos quarenta, não era em sua forma física, que continuava sendo bastante decente, nem em sua agilidade mental, da qual ainda não tinha muitas queixas. Héctor Salgado já sabia que a idade se manifestava nele de uma maneira mais enigmática, injetando-lhe uma dose sutil de preguiça na hora de empreender certas atividades que em algum momento do dia, normalmente na primeira hora da manhã, quando planejava o dia, se havia proposto concluir.

No entanto, essa preguiça repentina era algo contra o que o inspetor também havia aprendido a lutar. Assim, nessa quarta-feira de maio, ao chegar em casa depois do trabalho, e apesar de seu corpo lhe ordenar subir para o terraço, abrir uma cerveja e fumar três ou quatro cigarros com toda a tranquilidade proporcionada pelo fato de estar sozinho, um princípio de rebeldia que ele qualificava como juvenil fez calar essas sugestões e o decidiu a trocar de roupa e sair para correr.

Eram quase oito e meia, e Héctor começou a trotar devagar, com a intenção de esquentar a musculatura, evitando olhar para as pessoas que tinham se deixado vencer pela inércia e relaxavam nos terraços, de bebida na mão. Apesar de ter tentado usar fones de ouvido e ouvir música enquanto fazia exercício, a verdade é que desfrutava mais o ruído natural da rua e o ritmo de seus próprios passos, que se aceleravam à medida que os minutos passavam. Correndo, abstraía-se do que o rodeava em níveis inacreditáveis, concentrado apenas em sentir como seu corpo ia soltando a tensão a cada passada, preparando-se para alcançar uma velocidade com a qual muitos de sua idade apenas podiam sonhar. Orgulho bobo, talvez, mas completamente inofensivo. Quando chegou ao Passeig Marítim e notou, aliviado, a brisa que aquele domesticado mar de cidade desprendia, quase sorriu, satisfeito por se encontrar ali, exercitando o corpo, em vez de estar afundado numa poltrona em casa. Sua barriga, essa parte tão tímida da anatomia masculina que resistia a deixar-se ver, lhe agradeceria. E Lola também.

Acelerou ainda mais a corrida ao pensar nela. Desde a noite da nevasca, quatro meses antes, a relação entre eles havia experimentado uma espécie de recomeço. Como se acabassem de se conhecer e não quisessem se comprometer além da conta, eles se viam esporadicamente: uma vez a cada três semanas, mais ou menos. O lapso de tempo não era casual, correspondia às viagens que Lola fazia a Barcelona, apesar de Héctor suspeitar que a jornalista aproveitava qualquer desculpa para se deslocar até Ciudad Condal. Mas ela jamais admitiria isso. Lola se escudava no trabalho, e ele não estava em posição de reprovar isso. Pouco a pouco, a partir de comentários soltos, de frases espontâneas, Héctor tinha começado a perceber que sua ruptura anterior, a que decidira de maneira unilateral para permanecer ao lado de sua mulher e seu filho, tinha significado para Lola um revés muito mais duro do que havia imaginado. Nada nela havia revelado isso na época. Lola não era daquelas que choravam diante dos homens: a vida lhe havia ensinado a enfrentar as más notícias com orgulho, talvez até com dignidade. Como Madame de Merteuil, a malvada e fria dama francesa que para Héctor sempre teria os traços de Glenn Close, ela havia aprendido a cravar um garfo na palma da mão por baixo da toalha e a sorrir ao mesmo tempo. Mas, diferentemente dela, Lola não merecia ter de fazer isso. Sob a fachada de mulher dura, resoluta e até um pouco austera, escondia-se alguém mais frágil, que Héctor não descobrira antes.

Em sua relação anterior, aquela infidelidade que para ele fora principalmente um desafogo sexual diante da inapetência habitual de Ruth, a verdadeira Lola não se havia revelado. Tinham-se visto com tanta frequência quanto fora possível, tinham transado e conversado sem dizer muita coisa, porque naquela situação as palavras tendiam a escorregar para lugares-comuns que ambos detestavam: nem ele queria criticar sua mulher diante de Lola, nem ela era tão hipócrita para dar conselhos matrimoniais ao homem com quem acabara de dormir. Por isso, quando ele decretara o fim, não pensou que isso fosse afetá-la muito; como todos os casados que mantinham aventuras com mulheres solteiras, tinha quase certeza de que havia outros amantes, uma impressão que Lola tinha se empenhado para reforçar, apesar de, agora ele sabia, isso não corresponder à verdade.

A brisa se transformava em ar, e na calçada restavam apenas outros corredores que também se esforçavam para chegar a uma meta que estava unicamente na cabeça deles. Para se superar. Para ganhar alguns segundos de tempo. Ou talvez, como às vezes acontecia com ele, essas corridas noturnas se transformavam em um simulacro de fuga, na possibilidade remota de se afastar da rotina, de deixar tudo para trás em busca de um novo caminho, de um final diferente.

Era impossível, bem o sabia, porque antes ou depois as pernas se negavam a segui-lo; davam meia-volta e regressavam ao ponto de partida, como se alguém puxasse uma correia invisível e lhe marcasse os limites. Aos quarenta e poucos, não podia permitir-se fazer o mesmo que aos dezenove: alçar voo, fugir sem medo para um futuro que, pintado pela ilusão e pela imaturidade, lhe parecia melhor, mais atraente. Escapar para outra cidade, do outro lado do mar, dando as costas a uma infância não muito feliz e a um pai que gostava demais de erguer a mão. Aos quarenta e poucos, o que pesava era o presente, que agia como uma âncora, mantendo-o preso a uma terra, uma casa, uma vida. "O que importa é o momento", disse a si mesmo, "as possibilidades imediatas e reais. Correr até o limite de suas forças, voltar para casa em passo relaxado, jantar com Guillermo, ligar para Lola." E depois, cumpridas todas as obrigações, ir a um compromisso que tinha previsto.

As pernas obedeceram a uma ordem deliberada e aceleraram de maneira firme e sustentada. Era noite fechada quando, extenuado, quase sem fôlego, Héctor começou a voltar. A um lado, mar e céu já se confundiam em um todo negro debruado de espuma suja. Depois, enquanto corria em um ritmo mais calmo, os acontecimentos do dia foram desfilando por sua mente, muito mais desperta e nítida que antes de iniciar a corrida.

As fotos espalhadas sobre a mesa punham a nota gráfica no relato verbal que seus agentes lhe ofereciam. Uma casa abandonada, ocupada por uns desconhecidos que se haviam dedicado a decorar as paredes com as imagens que agora ele tinha diante de si, capturadas em fotografias. Um porão transformado em mausoléu. Uma tela macabra estampada à guisa de mortalha, como se o túmulo fosse um leito de flores. A forte sensação de que os mortos tinham sido amantes e de que alguém, provavelmente seu assassino, queria que estivessem juntos.

– Sabemos mais alguma coisa a respeito dos cadáveres? – perguntou Héctor.

– Por enquanto não – respondeu Roger Fort. – As carteiras de identidade estão intactas, e os nomes coincidem com os de uma denúncia de desaparecimento feita em 2004. Estamos esperando o relatório do caso.

Héctor sabia que o relatório tinha que chegar à unidade dirigida pelo inspetor Bellver. Todas as denúncias de desaparecimento passavam pelo seu departamento. "Inclusive a de Ruth", pensou.

– Vamos cruzar os dedos para que não demorem muito – disse ele secamente.

Leire sorriu. As relações entre seu chefe e Dídac Bellver nunca tinham sido realmente fluidas.

– E a mochila? O que havia dentro dela? – perguntou Héctor.

O conteúdo da mochila estava cuidadosamente classificado em sacos plásticos etiquetados. Héctor começou a examinar um depois do outro. Uma caixinha de preservativos. Duas mudas de roupa de baixo, masculina e feminina. Um *nécessaire* com duas escovas de dente e um creme dental pequeno. Tudo isso era normal. O surpreendente era o resto.

– O que é isso?

Héctor apontou para umas folhas de papel, amassadas e quase ilegíveis.

Leire se aproximou da mesa. Havia deixado que seu companheiro se ocupasse do resumo oral porque, no fundo, não conseguia se concentrar no trabalho.

– Eu diria que são letras de músicas com os acordes de violão.

– Você também sabe música, Fort?

– Bom, quem já não fez parte de alguma banda?

Héctor assentiu educadamente.

– Tudo bem, podem servir para alguma coisa. – Pegou um envelope grande, comprido, típico do correio bancário. Era o último objeto encontrado na mochila.

– Isso é o mais curioso de tudo, senhor – disse Fort. – É claro que quem os matou não tinha a intenção de roubá-los.

Isso era verdade. Porque nenhum ladrão, profissional ou amador, teria ignorado o conteúdo daquele envelope polpudo. Notas de quinhentos euros, perfeitamente dobradas, e em uma quantidade que não era de desprezar.

– Quanto tem aqui?

– Vinte notas idênticas, senhor. Nada mais nada menos que dez mil euros.

Héctor ficou pensativo por alguns instantes, tentando imaginar em que circunstâncias alguém poderia ter ignorado a existência de uma quantia como aquela. Alguém que havia golpeado aquelas duas pessoas até matá-las e depois as havia disposto em uma espécie de rito funerário. Alguém capaz de assassinar, mas não de roubar um morto. De matar e depois honrar, à sua maneira, as vítimas.

— Bom, vamos esperar a chegada do relatório, e que a perícia faça o seu trabalho... — Interrompeu-se. — Mas, se existe uma denúncia de desaparecimento, parece improvável que a mochila estivesse ali por acaso. De qualquer modo, não avisaremos as famílias até amanhã, quando tivermos mais informações. Havia algo na casa que se destacasse? — perguntou ele. — Além dos quadros, é claro.

— Um cachorro — disse Leire, sorrindo ao perceber que seu companheiro enrubescia. E ao ver a cara de seu chefe, acrescentou em tom mais sério: — Estão tentando identificar as impressões digitais deixadas pelos ocupantes. Vamos ver se podemos encontrar algo aí.

— Certo. Mantenham-me informado. E, Leire, tente descobrir alguma coisa sobre esses desenhos. Depois vou examiná-los com calma. Agora preciso assistir a uma...

Héctor ia terminar a frase quando uma ligação lhe informou que o delegado Savall o esperava em seu escritório.

Ele ouviu a porta do andar da zeladora se entreabrir e parou; fazia dias que não se encontrava com ela. A mulher se deteve no patamar, e Héctor ficou admirado com sua boa aparência. Apesar de sua idade exata ser um dos segredos mais bem guardados do universo, Carmen devia rondar os setenta anos, e no entanto andava sempre arrumada, mesmo em casa. Uma vez comentara isso com ela, e ela lhe havia explicado com um sorriso que a velhice já era desgraça suficiente para ainda lhe acrescentar em cima o desalinho. Os roupões e chinelos não eram trajes para ela; a qualquer hora usava as mesmas roupas que vestiria para sair à rua: cômodas, mas formais, como se estivesse sempre à espera de visitas.

– Mas que cara é essa?! – repreendeu ela, meio de brincadeira. – Qualquer dia essas corridas ainda vão te causar um aborrecimento.

– É preciso pôr o corpo em forma, senão ele enferruja – retorquiu ele com uma voz mais rouca do que esperava.

– Eu diria que ultimamente você está se exercitando bastante. – Carmen sorriu. – E fico contente com isso, pode acreditar.

Ele enrubesceu, mas sua cara de cansaço disfarçou em parte o aperto. Aproveitando que Guillermo tinha feito uma viagem de final de curso, Lola havia passado um fim de semana em sua casa. Carmen, caseira por casualidade e curiosa por vocação, não deixara de notar a visita daquela mulher, a primeira que pisava na casa desde que Ruth fora embora.

Héctor ia se despedir e subir para seu apartamento, dois andares acima, mas ela não deixou.

– Espere, não vá embora tão depressa. Entre um pouquinho.

– Estou cheirando mal...

A mulher fez um gesto de desdém e fechou a porta atrás de si.

– Vem até a cozinha, tenho algo para te dar.

Não precisou dizer de que se tratava: o cheiro de empanadas recém-saídas do forno, aquele aroma quase crocante, chegou até ele e o inundou de lembranças e de apetite.

– Não sei se ficaram boas – disse ela enquanto tirava uma dúzia delas do forno e as colocava sobre um papel-alumínio para embrulhá-las. – Você sabe que eu gosto de misturar receitas.

– Devem estar uma delícia. Guillermo adora, você sabe.

– Esse menino precisa comer mais. Ontem eu o vi, e ele está um pouco mais alto, mas magro como um palito.

Era verdade. O garoto havia saído à mãe: ossos finos, extremidades longas, talento para desenhar. A única coisa que herdara de Héctor era o que este teria preferido não lhe legar: uma seriedade imprópria para os seus catorze anos, uma maturidade precoce com a qual às vezes era difícil lidar. Mas nem tudo se podia atribuir à genética. O último ano não tinha sido fácil para ninguém, menos ainda para seu filho.

A mulher fez um pacote com as empanadas e no último momento acrescentou mais duas. Depois enfiou tudo em uma sacola de plástico, mas não lhe deu. Deixou-a sobre a mesa da cozinha e fitou Héctor com uma expressão subitamente triste. Ele intuiu de que se tratava; Carmen só podia se inquietar com uma pessoa.

– Está acontecendo alguma coisa com Carlos? – perguntou ele.

Carlos, Charly para os amigos, era o filho de Carmen, e uma cruz que ela não merecia. Com seus trinta e poucos anos, ele havia se metido em quase todas as confusões imagináveis, mas até então conseguira sair delas mais ou menos ileso. Desde sua primeira prisão, aos dezoito anos, por roubar um conversível e depois espatifá-lo, a biografia de Charly era um rosário de delitos de pouca importância, farras eternas e más companhias. Se tivesse que mandar um currículo para pedir um emprego, sua "experiência profissional" deixaria boquiaberto qualquer recrutador de pessoal. Por sorte ou por desgraça, Charly nunca se vira numa conjuntura dessas; Héctor tinha certeza de que ele nunca tivera a menor intenção de encontrar um trabalho normal. Cada vez que pensava nele, vinha-lhe à cabeça a letra de um velho tango cujo título não sabia, mas que dizia mais ou menos algo assim: "*No vayas al puerto, te puede tentar! Hay mucho laburo, te rompés el lomo, y no es de hombre pierna ir a trabajar*".[1]

Dez anos atrás, quando Charly estava no auge de seus vários vícios, Héctor o ouvira ameaçar a mãe, e interviera de forma tão contundente que o rapaz, que tinha então apenas vinte anos, havia saído de casa e levara uma década para voltar. Carmen nunca o reprovara abertamente, mas o inspetor tinha certeza de que em mais de uma ocasião ela o havia culpado pela ausência do único filho. Uma ausência prolongada, com aparições pontuais em busca de dinheiro, que havia terminado havia pouco tempo.

---

1 "Não vá ao porto, você pode ficar tentado! Há muito trabalho, você vai travar as costas e ficar sem as pernas." (N. da E.)

No último janeiro, qual ovelha desgarrada, Charly tinha voltado ao redil e se havia instalado no andar que ficava entre o de Carmen e o seu, e que a mulher sempre mantivera vazio, na esperança de que o filho voltasse. Nesses quatro meses, Héctor havia cruzado com ele algumas vezes na escada, mas nenhum dos dois se havia dado ao trabalho de cumprimentar o outro além de um gesto vago. Algumas experiências são difíceis de esquecer, e aqueles que tinham visto Héctor Salgado furioso costumavam se lembrar dessa imagem com uma nitidez apreensiva.

Ela suspirou.

— Está e não está, Héctor. — Ela se deixou cair em uma das cadeiras, e seus dedos acariciaram um pano de prato que estava primorosamente dobrado sobre a mesa. — Não tem importância, vai jantar. Guillermo está te esperando. Conversaremos em outro momento.

— Nem pensar. Não vou te deixar assim. — Seu tom de voz deixou transparecer um vislumbre de raiva ao dizer: — Ele te causou problemas?

— Não.

Ele a fitou com incredulidade, e ela reforçou a negativa.

— É verdade, Héctor. Nesse aspecto não tenho nada que lhe reprovar. Ele está mais calmo, e até onde sei, abandonou as drogas.

Héctor assentiu, porque de fato, nas poucas ocasiões em que o tinha visto, tivera a mesma impressão. Charly era um sujeito delgado, de aspecto juvenil, e de longe, ou melhor, de costas, poderiam confundi-lo com algum amigo de Guillermo. O rosto, no entanto, não conseguia ocultar totalmente a idade e a vida desregrada: olhar fugidio, olhos escuros incapazes de se fixar nem um instante; olheiras profundas e perenes; maçãs do rosto rígidas, que pareciam querer perfurar uma pele fina e pálida, e uma boca pequena, condenada pelo costume a um esgar entre a rebeldia e a apatia. Ruth sempre dizia que o rapaz tinha cara de furão, lembrou Héctor, mas tinha certeza de que sua ex-mulher se referia a outro animal, porque os furões lhe pareciam simpáticos. Charly, não.

– Então...?

– Ele foi embora – anunciou Carmen em voz não muito firme. – Fazia três dias que eu não sabia dele, e esta manhã entrei no apartamento. Ele levou suas coisas.

Héctor não conseguiu disfarçar um gesto de aborrecimento. Carmen não merecia esse desgosto. Custava despedir-se, dar uma explicação, mesmo que fosse mentira, e deixar a pobre mulher tranquila? Sua cabeça começou a enumerar as possíveis razões daquela partida improvisada, e lhe ocorreram tantas possibilidades que ele desistiu.

– Não me engano, Héctor – continuou ela. – Sei como é, mas juro que nunca consegui entender por quê. Desde pequeno a mente dele sempre estava tramando algum jeito de se meter em confusões. Mas dessa vez ele estava mais calmo. Nada dava a entender que ele estivesse planejando ir embora.

– Ele saía pouco de casa, não é?

Ela apoiou a palma da mão no pano de prato, como se fosse se levantar.

– Você também notou? Ele quase nunca saía. Uma ou outra noite eu o ouvi descer, mas logo depois voltava, em tão pouco tempo que só poderia ter dado uma volta no prédio. Ele não queria se afastar daqui. Também acho que ele não queria que o vissem muito. Me parece que não lhe restam muitos amigos no bairro, mas ele ainda tem alguns. Apesar disso, ninguém, nem uma única pessoa, veio vê-lo. Ao menos que eu saiba.

Ela se interrompeu. Desdobrou devagar o pano de prato, como se não estivesse satisfeita com o seu aspecto, e depois tornou a dobrá-lo até deixá-lo exatamente como antes. Ergueu a vista, aqueles olhos de um azul profundo que a idade não havia conseguido atenuar, e disse, sopesando as palavras com cuidado:

– Tenho medo, Héctor. E, para variar, não é do que ele possa fazer, mas do que possa lhe acontecer. Tem mais uma coisa.

– O quê?

– Charly tinha um revólver. Eu sei, deveria ter te contado. Mas juro que só descobri há pouco tempo.

– E por que está me contando agora? – inquiriu Héctor, apesar de saber a resposta.

– A arma sumiu. Ele a levou. Héctor, estou com medo. De verdade.

Ele a fitou nos olhos. Deus, as mães podiam chegar a fazer tantas bobagens! Mas Carmen não precisava de pitos, e sim de soluções. E ele sabia como tranquilizá-la, pelo menos agora.

–Vou tentar averiguar, prometo. Sabe por onde ele andou nos últimos tempos?

– Ele não falava do passado. – Ela esboçou um sorriso sarcástico. – Nem do futuro, verdade seja dita. No domingo almoçamos juntos, e tive a ideia de lhe perguntar o que pensava em fazer, quais eram seus planos.

– E o que ele disse?

– Ele respondeu que o futuro é uma miragem. Que parece bonito de longe, até que a gente se aproxima e vê que é a mesma merda que o presente.

Custou-lhe pronunciar a última frase. Carmen pertencia a uma geração em que as senhoras não diziam palavrões. Quase envergonhada de tê-lo feito, ela se ergueu e lhe estendeu a sacola com as empanadas.

–Vamos, vai para casa jantar, ou elas vão esfriar. Não quero te dar mais trabalho do que você já tem.

– Em troca, você pode me dar todo o trabalho que quiser. – Ele parou um momento antes de sair. Lamentava não poder ficar mais, mas estava ficando tarde. – Carmen – acrescentou –, não se preocupe. Vou tratar disso.

– Eu sempre disse que era bom ter um policial à disposição – disse ela, e sorriu. – Mesmo que seja argentino...

4

— Tem certeza de que não quer beber nada?

Leire Castro já sabia que o garoto que tinha diante de si recusaria o oferecimento e acrescentaria que "só tinha passado para vê-los rapidamente". Assim foi, e Leire sorria enquanto o acompanhava até o quarto de Abel, que dormia em seu berço sob um móbile de estrelas que o próprio Guillermo tinha pintado e montado para ele, e que, por enquanto, o bebê nem notava.

— Não quero acordá-lo — sussurrou Guillermo, sem se atrever a cruzar o umbral.

— Não se preocupe. É a melhor hora para vê-lo. Ele já jantou, está limpo, e com um pouco de sorte continuará dormindo até que volte a ter fome. — Suspirou ao pensar na noite, nos episódios de choro lancinante, mas tentou não se adiantar aos acontecimentos. — Venha, chegue mais perto.

Guillermo se aproximou, mas só ficou alguns instantes perto do berço. Leire achava engraçado que, na família atípica que rodeava seu filho, estivesse essa espécie de "irmão mais velho", que se sentia assim desde o dia em que, por puro acaso, tivera que acompanhá-la ao hospital, quatro meses atrás. Desde então, Guillermo Salgado aparecia em sua casa mais ou menos uma vez por semana, de repente, e ela achava curioso que um rapaz que ainda não tinha quinze anos quisesse passar algum tempo com uma mãe e seu bebê. Às vezes se preocupava com o fato de o garoto ser filho de seu chefe, mas a verdade é que ele mal se referia ao pai, a não ser que ela lhe perguntasse por ele. E Leire evitava fazer isso.

Durante os meses de licença-maternidade, as visitas de Guillermo haviam sido uma estranha, mas agradável, forma de quebrar a rotina. Uma rotina à qual ela se havia adaptado com uma mescla de receio e entusiasmo. A princípio se sentira amarrada, como se uma corrente invisível, mas de elos indestrutíveis, a unisse àquele corpinho prematuro e indefeso, incapaz de sobreviver sem ela. Esse medo de ser a única responsável pela vida daquele bebê a agoniara ao voltar do hospital. A todo momento era assediada por perguntas que nunca havia feito a si mesma. O que aconteceria se algo sucedesse com ela? Ou então: ela, que jamais quisera ter nem um periquito, seria capaz de cuidar como devia de alguém que estava sob sua total responsabilidade? Depois, pouco a pouco, a realidade foi mostrando que, ou por instinto maternal ou unicamente por sensatez, ela, a agente Leire Castro, parecia saber o que fazer em cada momento, e isso a tranquilizou.

Em linhas gerais, também ajudava o fato de Abel – o "Gremlin", como era chamado por Tomás – progredir adequadamente. Quer dizer, comia, dormia e engordava com a serenidade de um pequeno buda, e quando estava acordado durante o dia contemplava o mundo com a mesma paz de espírito: aqueles olhos grandes, da mesma cor de mel que os de seu pai, avaliavam seu entorno com algo que parecia resignação. Como se dissesse a si mesmo que, em conjunto, a sorte não fora tão madrasta em relação ao lugar onde ele nascera ou aos pais que lhe couberam. Isso sim, talvez para honrar o apelido dado por seu pai, a partir do primeiro mês Abel começou a acordar à meia-noite acometido por um choro inconsolável, e ela passava horas passeando pelo apartamento com ele no colo. Sua perpétua sensação de fadiga a tinha levado a proibir Tomás, com uma seriedade digna de melhor causa, de tornar a chamá-lo de Gremlin.

– Como quiser – respondera ele. – De fato, neste momento ele tem mais pinta de porquinho. Um porquinho limpo e feliz – apressou-se em acrescentar diante do olhar incendiário que ela lhe lançou.

"E realmente", pensou Leire sorridente enquanto o via dormir, tranquilo e rosado, com umas pernas que pareciam duas bolas unidas por pregas, "Abel parece um porquinho satisfeito."

Guillermo e ela foram à sala e se sentaram no sofá, diante de uma televisão sem som e de uma babá eletrônica de última geração, com uma tela nítida que mostrava Abel adormecido, um instrumento no qual ela tinha ficado tão viciada como outros no celular.

– Bem, me conte, como vai tudo? O curso deve estar acabando, não?

– Ainda falta um pouco – disse ele. – Os exames. O pior. E você, como está? É a sua primeira semana, não é?

– Não me lembre disso – respondeu Leire com um suspiro, apesar de que, no fundo, nos dias anteriores à sua reincorporação tinha tido uma vontade surpreendente de voltar à delegacia. – Parece que não acaba nunca.

– E Abel?

– Até setembro ele vai ficar em casa, como um canguru. E depois, creche. É a vida dura dos bebês de pais trabalhadores.

Havia sido difícil encontrar a pessoa adequada, e ela tinha feito um processo de seleção que tinha mais de intuitivo que de racional, mas afinal encontrara uma mulher mais velha que lhe tinha inspirado a confiança necessária para deixar o filho em suas mãos. Leire nunca havia sido chefe de ninguém, e se surpreendeu ao descobrir até que ponto podia chegar a ser precavida e exigente. Teresa Costa, a senhora por quem se havia decidido, tinha um longo currículo como parteira, e lidava com o bebê com mais facilidade que qualquer das outras candidatas, jovens com mais boa vontade que experiência.

– É claro, já falei com ela a seu respeito – acrescentou ela. – Com Teresa, a senhora que cuida de Abel. Para o caso de você vir vê-lo algum dia.

– Claro.

Ele assentiu, sorridente, mas Leire não podia deixar de pensar que sob aquela tranquilidade existia uma corrente de tristeza difícil de definir, mas presente em um olhar que nunca chegava a ficar totalmente alegre. Como o de seu pai, ponderou Leire, mas muito mais desanimador em um garoto de catorze anos que em um homem de mais de quarenta.

–Você está bem? – não conseguiu deixar de perguntar.

Guillermo encolheu os ombros.

– Sim. Como sempre.

E nesse momento, tal como havia acontecido em alguns instantes fugazes, a cara daquele menino se mesclou em sua memória com a foto que guardava de sua mãe. Leire não queria levantar o assunto: sabia que não houvera nenhum progresso, e que, apesar de seus próprios esforços, os fatos que rodeavam o desaparecimento de Ruth Valldaura, a ex-mulher de Héctor e mãe de Guillermo, continuavam sendo um mistério indecifrável.

– Alguma vez te pediram um favor que pode te meter em confusão? Um amigo, por exemplo.

A pergunta havia saído à queima-roupa, e Leire levou algum tempo para responder.

– De zero a dez, que nota você daria a essa confusão?

Guillermo esboçou um sorriso.

– Mais para vinte.

– Está bem. E o amigo vale a pena? Quero dizer, ele faria o mesmo por você?

– Acho que não.

O garoto parecia pouco à vontade, como se estivesse arrependido de ter levantado o assunto, e Leire notou que ele procurava algo para dizer, qualquer coisa que desviasse a atenção.

– Acho que papai tem uma namorada – disse ele afinal. E, se pretendia chamar a atenção dela, conseguiu.

–Tem certeza?

– Bom, ele fala com alguém pelo telefone um bom tempo depois de jantar. E sorri.

Leire riu, apesar de ela mesma nunca ter sido muito de falar ao telefone; no máximo algumas conversas curtas, entre carinhosas e picantes. Mas Héctor era de outra geração.

– Sim. Isso pode ser uma boa pista. Olha, não quero me meter nisso, mas é normal, você não acha? Teus pais estavam separados havia algum tempo, tua mãe já estava com Carol. Ele também tem que refazer a vida.

Ele tornou a encolher os ombros, e Leire reprimiu a vontade de abraçá-lo. "Bendito instinto maternal!", resmungou entre dentes.

– Eu sei – murmurou Guillermo baixando a cabeça. – Não acho ruim, e ele está mais feliz. É só que...

–Você tem medo de que ele se esqueça de Ruth? Que pare de procurá-la? – perguntou ela em voz muito baixa, apoiando uma das mãos em seu joelho. – Olha pra mim. Eu não conheci a tua mãe, mas daria qualquer coisa para ter tido essa sorte. Ela não parece ser uma pessoa que se possa esquecer facilmente. Até onde eu sei, teu pai não parou de investigar, e, no fundo, sofre por não estar conseguindo obter resultados. – Fez uma pausa e tentou escolher as palavras adequadas. – Mas a vida continua. Para ele, para você, para Carol. Viver no passado não vai ajudar em nada, vocês não podem ficar parados no tempo. Ela não teria querido isso, e neste caso isso não é uma frase feita. Você sabe disso melhor do que eu.

Mas sua mente voltou àquela frase que havia encontrado anotada em um dos desenhos de Ruth. "O amor gera dívidas eternas."

Leire não sabia mais o que dizer, e ambos mergulharam em um silêncio cômodo, até que, de repente, assustando os dois, a porta se abriu e Tomás apareceu na sala.

– Pode-se saber o que vocês estão fazendo aqui no escuro?

Então tanto Leire como Guillermo perceberam que era verdade, a noite havia caído. Da varanda podiam-se entrever vagamente as torres da Sagrada Família, mas eles estavam sentados diante de uma tela diminuta e contemplando um bebê adormecido, tão absortos em seus pensamentos que tinham se esquecido de acender a luz.

Mais tarde, depois de jantar e de Tomás ir para seu apartamento, e após entrar pela enésima vez para verificar se Abel continuava dormindo, Leire se deitou e tirou da mesinha de cabeceira a foto de Ruth que encontrara em uma das pastas de desenhos no apartamento em que ela vivia quando desaparecera.

Na verdade, um dos fatos mais estranhos de todo aquele caso era que o *loft* parecesse estar intacto. Nem um único sinal de violência, nada fora do lugar. Os pratos do café da manhã, a última refeição que Ruth fizera em casa, estavam limpos e colocados no escorredor. Faltavam sua sacola de viagem e quatro peças de roupa, as imprescindíveis para passar um fim de semana em um apartamento na praia. De acordo com todos os indícios, naquela sexta-feira de julho Ruth tinha saído do apartamento e fechado a porta a chave, mas por algum motivo não tinha chegado a seu carro, que até onde sabia ainda permanecia a uma quadra de distância, em um estacionamento próximo. Em algum ponto do caminho, Ruth Valldaura Martorell, *designer* de trinta e nove anos de idade, separada e unida sentimentalmente a sua sócia, Carolina Mestre, havia desaparecido para sempre.

Leire havia prometido abandonar o caso quando tivera Abel. Não apenas a si mesma, mas também a seus superiores; ainda temia que, depois de voltar da licença, o delegado Savall lhe dissesse algo a respeito, coisa que até então não havia acontecido. Mas o mais importante é que ela havia prometido isso a seu chefe direto. Lembrou-se da conversa que tivera com Héctor como se estivesse diante dele. Aquele olhar que oscilava entre a repreensão e o agradecimento, e que denotava um resquício de frustração. A decepção pelo fato de Leire, apesar de ter avançado no caso, também não haver chegado a nenhuma conclusão definitiva sobre alguns fatos cuja resolução se chocava sempre com as mesmas perguntas.

Alguns meses antes de Leire se unir à equipe de Salgado, ele havia colaborado no desmantelamento de uma rede de prostituição de meninas africanas, algumas praticamente crianças, que viviam escravizadas e atemorizadas por crenças tão arraigadas quanto perversas. Os traficantes não usavam de violência, pelo menos não excessivamente, porque não era preciso. Um deles, um velho conhecido como dr. Omar, se encarregava de manter as garotas nos trilhos com ritos e ameaças nas quais elas acreditavam de pés juntos. Na verdade, a única que se atrevera a mencionar seu nome, uma garota nigeriana chamada Kira, havia acabado morta pelas próprias mãos, apavorada diante das consequências que sua traição podia acarretar. E, a partir disso, tudo havia saído dos eixos. "Bom", pensou Leire, "a verdade é que Héctor Salgado se descontrolou e deu uma tremenda surra no doutor." Isso havia sido, com toda a probabilidade, o começo de tudo.

Leire tornou a olhar o retrato de Ruth. Como teria ocorrido àquela mulher morena, atraente e independente, pensar que podia agir por sua conta e ir ver o velho Omar para tentar persuadi-lo de que esquecesse o que seu ex-marido lhe havia feito? Certamente por aquele ar aristocrático, herdado de sua família, aquele orgulho que a fazia acreditar ser imune a ameaças vagas.

– Você fez isso, Ruth. A sua imagem ficou gravada nas fitas quando visitou aquele filho da puta. Não podemos saber o que ele te disse, mas deve ter sido algo terrível, porque no teu rosto já não havia confiança, mas surpresa. E nojo. É claro que você não podia saber o que estava enfrentando, e achava que sua intervenção, seu encanto, facilitariam o caminho para seu ex. Se o amor gera dívidas eternas, você devia algo a Héctor, porque ele te amou e você o amou. Sim. Não posso censurá-la por isso. E não sei se em algum momento acreditou nas maldições que o doutor lançou contra vocês, se chegou a levá-las a sério.

O que nem Ruth nem ninguém poderia ter suspeitado era que o caso daria uma guinada definitiva e inesperada quando Omar, que se saía melhor nas maldições alheias que nas previsões sobre si mesmo, foi assassinado pelo próprio advogado, um sujeito medíocre que, atiçado pela cobiça, tivera a coragem de matá-lo. No meio de tudo isso, quando as investigações sobre a morte de Omar ainda não estavam concluídas, Ruth desapareceu. Ela sumira depois de conversar por telefone com a mãe, com o ex-marido e com o filho de ambos, Guillermo, para lhes comunicar que pretendia passar o fim de semana em Sitges. Sozinha. Tranquila. Antes de partir tinha dado mais um telefonema: para sua companheira de então, Carolina Mestre. Era tão típico de Ruth o fato de querer se afastar de todos por alguns dias como de informá-los de seus planos. A sensatez e a independência eram compatíveis, e Ruth era uma boa prova disso.

As investigações de Leire, que nas últimas semanas de gravidez chegara a ficar quase obcecada pelo caso, só tinham resultado, além daquelas macabras fitas de vídeo, em mais uma informação. Algo que pertencia ao passado de Ruth, algo que provavelmente nem ela mesma sabia, e que talvez, se soubesse, teria optado por não tornar público. Mas os mortos não têm o direito de ter segredos, nem de ter sua intimidade respeitada. Nem os desaparecidos.

– Tive que contar para Héctor. Você compreende, não é?

Leire havia feito para um atônito inspetor Salgado um relato minucioso dos dias anteriores ao parto. Já estava tudo na delegacia: a cópia do relatório de Ruth e as fitas que havia encontrado. Sua investigação paralela, feita sem a permissão de ninguém, não havia acrescentado mais nada, pelo menos oficialmente.

Ao sair do hospital, ela havia recebido Héctor em sua casa, e como seu chefe costumava fazer, ele a deixara falar sem interrompê-la. No entanto, Leire não era capaz de predizer qual seria sua reação final, e ficou nervosa, intranquila, quando ele não disse nada e continuou ensimesmado, processando uma informação que – ela tinha consciência disso – tornava a relacioná-lo diretamente com o caso de sua ex-mulher. Se Ruth tinha ido ver

Omar para defendê-lo, se ela se metera na boca do lobo, recaía sobre Héctor uma responsabilidade difícil de evitar.

– Tem mais uma coisa – acrescentara Leire ao final, em voz muito baixa.

Ela se levantou e se dirigiu ao móvel onde havia guardado os outros papéis, os que não eram estritamente policiais, antes de entregar o relatório. Entregou-o a Héctor, que o leu por cima e a olhou sem compreender.

Ela pigarreou.

– Acho que Ruth não era filha dos Valldaura. E também que foi adotada ao nascer, de uma forma bastante irregular.

– O quê?

– Prometi que não revelaria a fonte, mas isso é um extrato das contas de um convento de freiras de Tarragona. Há uma doação em nome de Ernest Valldaura que coincide com a data da certidão de nascimento de sua filha Ruth. Poderia ser uma casualidade, mas esse lugar, que atualmente está fechado, foi denunciado por várias mulheres que afirmam que deram à luz ali, e cujos bebês, segundo elas, foram roubados.

Héctor assimilou a notícia. Seus olhos escuros se tornaram mais negros, cheios de perguntas para as quais ela também não tinha respostas. O assunto dos bebês roubados, não apenas durante a ditadura, mas também depois, em plena transição política e inclusive quando a democracia já avançava, era um escândalo que ocupava as manchetes dos jornais e os programas de tevê. Fossem as notícias verdadeiras ou não, o efeito era terrível, e denotava uma total falta de princípios. Um mercado infame de seres inocentes e uma rede mais indecente ainda de culpados: os que se calavam, os que entregavam, os que cobravam por aquilo. Os que convenciam mães consternadas pela morte de seus bebês e lucravam, envolvendo outras famílias, tão inocentes quanto as originais, em suas torpes manobras. O assunto estava provocando muita revolta, ao menos na mídia, apesar de a prescrição dos crimes e a dificuldade de encontrar evidências claras complicarem muito que se fizesse justiça.

– Não acredito que isso tenha nada a ver com o seu desaparecimento, por isso não o incluí no relatório quando o devolvi. É... um assunto de família. – Tomou fôlego. – Mas achei que você devia saber disso. Para o caso de...

Ele assentiu, pensativo.

– Não fale disso a ninguém – respondeu ele afinal. – Pelo menos por enquanto. Guillermo praticamente não tem outra família além dos pais de Ruth. Meu irmão e a família dele estão em Buenos Aires, eles mal se conhecem. Não quero que ele tenha mais surpresas em sua vida se não for estritamente necessário.

– Claro.

Héctor se levantou, disposto a ir embora, mas Leire intuiu que a conversa ainda não tinha terminado. Não estava errada.

– Leire – disse ele, olhando-a fixamente nos olhos. – Obrigado.

– Mas...? – acrescentou ela, certa de que o agradecimento não era a única coisa que ele queria lhe dizer.

O inspetor sorriu com aquele mesmo meio sorriso que ela começava a conhecer.

– A partir de agora, deixe isso comigo. Cuide do seu filho. Isso é assunto meu.

– O trabalho em equipe dá resultados melhores que fazer tudo por conta própria. O senhor – disse ela, frisando o tratamento que usava apenas na delegacia – repete sempre isso.

– É verdade. Mas as equipes têm um chefe. E o desta sou eu.

O tom era leve, mas continha uma nota de advertência que ela não podia ignorar.

– Olha – continuou ele –, como inspetor, parte do meu trabalho é evitar que vocês se metam em confusão. E, como Héctor, acho que devo me ocupar desse assunto pessoalmente.

Ela assentiu, mas não quis dar o braço a torcer.

– O senhor manda. Principalmente porque acho que agora não tenho muito tempo para nada. – Sorriu. Abel havia começado a choramingar.

– Está vendo? – respondeu ele. – Estes meses com teu filho podem ser incríveis, Leire. Não estrague isso com coisas ruins. Prometo que se precisar de sua ajuda eu peço.

– Feito, chefe. Agora, desculpe...

O choro de Abel reclamando comida estava cada vez mais forte, e ela o pegou no colo. O bebê se acalmou por um momento, e depois, percebendo que o prelúdio da alimentação se prolongava mais do que de costume, retomou seu protesto com mais impaciência.

– Acho que você definitivamente tem outras obrigações urgentes para atender, agente Castro. Esqueça a delegacia, os chefes e os casos em andamento. Não quero vê-la antes de quatro meses, entendido?

Ela assentiu, um pouco ruborizada diante do tom rabugento que, misturado com aquele leve sotaque argentino, quase imperceptível, resultava numa combinação muito *sexy*. "Para com isso já!", pensou ela. A verdade era que ter um chefe atraente não era lá muito conveniente.

"Pois os quatro meses já acabaram", murmurou Leire de si para si. Respirou fundo, verificou as horas e disse a si mesma que era melhor aguentar acordada mais um pouco, e que a próxima mamada de Abel seria dentro de quarenta e cinco minutos. "Sou uma vaca com um temporizador", pensou ela olhando para os seios.

– Sabe de uma coisa? – sussurrou ela dirigindo-se novamente à foto de Ruth. – Acho que estou aprendendo a fazer as coisas direito. Sem me precipitar, com honestidade e sem fazer mal a ninguém. Pelo menos voluntariamente.

Depois de algumas deliberações, ela e Tomás Gallego, o pai de seu filho, haviam decidido seguir o plano previsto, e no começo de fevereiro ele se instalara em um estúdio próximo. Era verdade que seu trabalho de assessor financeiro de uma consultoria de âmbito internacional o obrigava a viajar constantemente, mas para Leire isso não importava. Abel Gallego Castro tinha um pai que, apesar de não viver na mesma casa, o visitava sempre que podia. Diariamente se estava em Barcelona, e com o mesmo entusiasmo que qualquer outro progenitor de primeira viagem. Continuavam fazendo sexo esporadicamente, mas não se podia dizer que a maioria das visitas acabasse com papai e mamãe se pegando; na verdade, cada vez mais pareciam dois amigos. Por enquanto, tinham esquecido outro tipo de promessas. Tomás e ela se entendiam bem, gostavam um do outro, e o tempo diria se sua relação se transformaria em uma coisa mais forte ou se ficaria naquilo que já compartilhavam. Um filho, algo único. O primeiro de ambos.

Abel se queixou uns vinte minutos depois, e ela correu para atendê-lo, rezando para que nessa noite ele não chorasse até o amanhecer.

5

Era quase uma da manhã quando Héctor tornou a sair. Guillermo já estava dormindo, mas ainda assim ele fechou a porta do apartamento com cuidado, para não o acordar, e desceu a escada devagar, como se, em vez de inspetor de polícia, fosse um ladrão.

Uma rua deserta o recebeu. Nos primeiros cinco minutos cruzou apenas com um sujeito que passeava com um cão ridiculamente pequeno e com outro homem, mais jovem e estrangeiro, que revirava uma lixeira enquanto sua mulher, jovem e grávida, o esperava junto a um carrinho de supermercado ao qual faltava uma roda. Era uma imagem que estava se tornando habitual. Essa e os cartazes que anunciavam locais para alugar, negócios que estavam fechando, espaços vazios. Durante o dia não se notava tanto, mas de noite, sem nada com que se distrair, aqueles letreiros pendurados sobre persianas sujas, definitivamente baixadas, chamavam a atenção e davam à paisagem urbana um ar de cidade à venda.

Ele foi andando pela sua rua em passo rápido até o cruzamento com a Calle Marina, e depois virou à esquerda. Três esquinas abaixo ficava o parque onde havia estado com Ginés Caldeiro. Seus encontros iam variando de endereço, mas não era a primeira vez que se viam ali. Caldeiro gostava daquele lugar porque à noite nunca havia ninguém, e porque nele havia uma sugestiva escultura de uma bunda "maravilhosamente redonda" que o deixava de bom humor.

Quando Héctor chegou, à uma em ponto, Ginés já estava lá, mas não exatamente admirando o traseiro de pedra: sentado em um banco, falava em voz baixa ao celular. Quando viu Héctor, desligou o telefone.

– Negócios a esta hora? – perguntou Salgado.

O outro sorriu.

– Meus negócios não têm horário. Você sabe disso.

Héctor sabia e não perguntava nada. Conhecia-o havia anos, o suficiente para saber que a maioria deles era ilegal, mas não imorais. Era uma diferença dificilmente defensável, mas importante para Salgado. Caldeiro estava havia anos metido em contrabando de tabaco; antes havia estado ligado a assuntos de drogas, e tinha ido parar na cadeia. Outros negócios de Ginés incluíam o que ele chamava de "atenção turística de alto padrão", ou seja, proporcionar garotas amáveis e pequenas quantidades de coca a executivos que passavam uma ou duas noites em Barcelona e queriam celebrar seus negócios com uma festa particular. Ginés tinha contatos nas recepções da maioria dos hotéis de luxo da cidade, que confiavam nele porque era um sujeito sério e porque, invariavelmente, os clientes ficavam satisfeitos, as garotas também, e os encarregados da recepção recebiam gorjeta dobrada.

Corpulento e já beirando os sessenta, Caldeiro tocava seus negócios com a mesma diligência que qualquer outro empresário. Estava separado e, segundo ele, não pensava em tornar a complicar a vida com problemas de casal. Héctor o conhecera anos atrás – para ser exato, ele é que o havia encarcerado, algo que, segundo Ginés, o havia feito "mudar de vida". Como quem tem uma revelação repentina, ele tinha visto a luz na parede da cela, e se comprometera a evitar grandes confusões no futuro. A visão não havia sido tão intensa que o fizesse tentar encontrar um emprego honrado; de fato, havia optado por uma fórmula que não o obrigava a madrugar ou a aguentar um chefe, nem tampouco lhe proporcionava muitos problemas. Além disso, para atenuar esses possíveis contratempos, ele colaborava com Héctor quando este lhe pedia, consciente de que é preciso merecer os favores, tanto como o céu.

Apesar de na corporação policial não ser bem visto lidar com informantes, o homenzarrão que tinha diante de si lhe havia demonstrado sua utilidade em mais de uma ocasião. Graças à questão do contrabando, que chegava a toda parte, Caldeiro conhecia quase todo mundo na cidade, e era o primeiro a não querer que a delinquência descontrolada ou violenta se instalasse em Barcelona, basicamente porque prejudicava seus outros negócios turísticos. Na verdade, ele e os sucessivos prefeitos de Ciudad Condal tinham mais objetivos em comum do que se podia pensar.

– Como andamos, chefe? – perguntou ele.

– Andamos, e já é muito. E você?

Ginés encolheu os ombros.

– Mais ou menos como sempre. Os caras com grana continuam querendo diversão e garotas, mas estão começando a regatear o preço. – Ele sorriu. – Inutilmente, claro. De qualquer modo, estou pensando em me aposentar.

Héctor deve ter feito uma cara de surpresa, porque seu interlocutor replicou:

– Qual é? Vou fazer sessenta anos, e trabalho há mais de quarenta e cinco. – Parou. – Eu ia acrescentar "honradamente", mas também não é o caso. De qualquer forma, não tenho corpo nem idade para outra crise.

– E o que você está pensando em fazer? Ir para o campo contemplar a natureza?

– Por que não? Há alguns anos comprei um terreninho lá na minha terra, e pouco a pouco construí uma casa que, sinceramente, está do caralho. No começo odiava aquele silêncio, chegava a me dar medo, e o cricrilar dos grilos entrava na minha cabeça e não me deixava dormir. Mas com o tempo percebi que quando estou aqui sinto falta deles. Você acredita? – Meneou a cabeça. – Então, estou quase me decidindo. Vamos ver se vou embora depois do verão.

– Você vai acabar montando um negocinho por lá – sugeriu Héctor.

O outro riu.

– Você me conhece bem. – Piscou um olho para ele e disse: – Na verdade, já estou de olho em um bar de garotas de programa. Daqueles decentes, hein? Daqueles para a vida toda. Garotas profissionais e da região. Clientes de cidadezinhas que precisam desafogar em algum lugar. Zero problema e poucos lucros, mas constantes. Não vamos mais ficar ricos, chefe. Então precisamos garantir uma velhice digna, e isso é o mais difícil. Não quero passar os últimos anos da vida mendigando.

Héctor assentiu. Acendeu um cigarro e fumou em silêncio, enquanto pensava em como os medos do gênero humano eram semelhantes: medo da dor, da doença. Medo da velhice, da pobreza e, principalmente, das duas coisas juntas.

– Ainda fuma? – Ginés estava orgulhoso de haver abandonado o hábito. Como ele dizia, tinha mais mérito considerando-se o fato de o cigarro lhe sair grátis.

– Tem alguma novidade? – perguntou Héctor bruscamente.

No fundo, sabia a resposta. Ginés não teria demorado em lhe dar a notícia se tivesse conseguido averiguar alguma coisa; sabia que era muito importante.

– Chefe... – Ginés apoiou as mãozorras nos joelhos. – Eu lhe disse na última vez em que nos vimos. E na anterior. Nunca tinha ouvido nada igual. Sua ex desapareceu como se a terra a tivesse engolido, e juro que ninguém tem a menor ideia do que lhe aconteceu. Pelo menos no meu lado do mundo.

Héctor permaneceu calado enquanto tentava controlar aquela decepção que lhe nascia no estômago e azedava o sabor do cigarro. Farto, jogou-o no chão e ficou vendo a bituca se apagar. Seu acompanhante desviou o olhar e, depois de pensar um instante, acrescentou:

– Todos dizem sempre a mesma coisa: que aquele Omar era um bicho ruim, capaz de qualquer coisa. Que seus negócios iam além do tráfico de mulheres e das previsões. E que ele tinha seus próprios métodos de fazer mal a alguém. Já sabíamos de tudo isso. No entanto, ninguém sabe nada da sua Ruth. Se aquele velho louco planejou algo contra ela, não entrou em contato com ninguém para fazer isso por ele. Pelo menos com ninguém que continue na cidade. Pode ter certeza disso. E ele já não está entre os vivos para contar.

Era um consolo muito pequeno. E apesar de ser óbvio que o mundo estava muito melhor sem um personagem como Omar, Héctor teria dado o que fosse para ficar a sós com ele por algumas horas em um quarto fechado. Dessa vez ninguém poderia reprová-lo por arrancar a verdade na porrada. Uma verdade que sem aquele sujeitinho tinha se transformado em uma parede contra a qual não adiantava dar cabeçadas. "O pior dos castigos", tinha dito o velho sacana.

Héctor acendeu outro cigarro. Ginés estava acostumado a ver o amigo absorto em seus pensamentos, e normalmente respeitava seu silêncio, como se quisesse lhe conceder espaço para pensar. Nessa noite, no entanto, apoiou uma das mãos enormes no ombro do inspetor.

— Você tem que deixar de pensar nisso, chefe. Falo sério.

— Falar é fácil — retorquiu Héctor. — Fazer é outra coisa. Consigo me concentrar em meu trabalho, em minha vida. Em meu filho. Mas ao mesmo tempo não consigo parar de procurá-la. Ela merece que alguém procure por ela.

Ginés suspirou. Seu corpanzil parecia conter uma enorme quantidade de ar, e Héctor sorriu.

— Obrigado por tudo, Ginés.

— Obrigado por nada, é o que você devia dizer. A verdade é que eu gostaria de poder te ajudar mais.

O homem meneou a cabeça em um gesto entre a solidariedade e a desesperança, e Héctor aproveitou o momento.

— Tem mais uma coisa. Queria que você perguntasse por aí por um tal de Carlos Valle. Charly Valle. Ele voltou a Barcelona há alguns meses, e agora parece ter ido embora.

– O nome não me é estranho. O que ele faz?

– Agora mesmo, nada, ou assim parece. É um assunto pessoal, filho de uma vizinha, então seja discreto.

– Se eu não fosse, não faria negócios. Fique descansado, quanto souber de algo eu te ligo. – Os joelhos rangeram quando ele se levantou do banco. – Tenho que ir embora. A verdade é que meu corpo já não aguenta essas andanças.

– Não se meta em confusão – disse Héctor à guisa de despedida.

– Claro que não, chefe. Desejo uma vida tranquila e nada mais. Escutar os grilos. E tomar um Viagra para comer um traseiro firme como o de uma estátua de vez em quando – acrescentou antes de partir.

Salgado o viu afastar-se. Ele também precisava voltar para casa, apesar de se sentir absolutamente desperto. A noite era o seu território natural, como o dos lobos. "E das corujas", disse a si mesmo para baixar a bola. Aguçou o ouvido, mas Ginés tinha razão: em Barcelona não havia grilos. "Nem estrelas", pensou ele olhando para o céu. Mesmo assim, já não imaginava a vida em outro lugar. Para o bem ou para o mal, essa se havia convertido na sua cidade, por mais pretensiosa que às vezes a considerasse. "Barcelona é como a madrasta da Branca de Neve", lhe havia dito Lola um dia, enquanto passeavam pelas ruazinhas do Born. "Ela se acha tão linda que esquece que não é a única, que o tempo passa e que logo, se não tiver cuidado, alguém mais jovem e menos autocomplacente competirá com ela." Lola e suas frases. Não era jornalista à toa.

– Bom – replicara ele, assumindo a defesa de sua cidade adotiva –, pessoalmente, prefiro as maduras maldosas às jovenzinhas pentelhas que mordem o que não devem.

– Está me chamando de velha? – perguntou ela. – De má? Ou de ambas as coisas?

Dadas as opções, Salgado havia aprendido que a melhor resposta, ou talvez a única, era lhe dar um beijo. Mas ela se vingou com uma mordidinha rápida.

– Cuidado com as maduras maldosas, inspetor. Nós também sabemos morder.

Héctor sorriu enquanto caminhava para casa. Sabia que não veria Lola antes de duas semanas, no mínimo, e percebeu que começava a sentir saudades dela. Mas era melhor assim. Devagar. A história já tivera começo e fim, e não era necessário repetir todos os passos da versão anterior. Odiava admitir: em parte, as visitas de Lola constituíam um alívio diante da perspectiva de passar dois dias de feriado sozinho com o filho.

Meneou a cabeça ao pensar naqueles pais de filme americano que levam seus rebentos para pescar no rio ou a uma partida de futebol; tirar Guillermo de seu quarto já era uma proeza, conseguida à custa de ameaças. "Se você quiser, podemos bater papo pelo Skype", tinha dito ele um dia em que o filho havia passado tantas horas diante do computador que ele sentira a tentação de desligar a máquina e pisotear aquela maldita tela até reduzi-la a um monte de cabos destruídos. O rapaz o havia olhado como se a idade tivesse começado a afetar seu cérebro, e lhe respondera, com uma lógica esmagadora, que uma pessoa que passara o mesmo número de horas vendo filmes em DVD não tinha moral para lhe dar bronca. Entretanto, um minuto depois ele havia abandonado a toca e lhe sugerira a possibilidade de irem ao cinema ou dar um passeio, oferta que ele, sentindo-se de repente como se tivesse ganhado o troféu de pai do ano, se apressara em aceitar.

Olhou o relógio e decidiu fumar um último cigarro, o último mesmo, no terraço. Cada vez precisava de menos horas de sono, bastavam-lhe cinco para descansar. Se as prolongasse, sua mente atuava por conta própria e inundava sua cabeça de pesadelos, imagens angustiantes e incoerentes. Não, era melhor dormir pouco, mesmo que isso significasse continuar preso à única coisa que lhe ocupava a mente nas noites em que ficava sozinho. Ligeiramente aborrecido, lembrou-se de que naquele domingo havia se encontrado com Carolina Mestre. "A namorada de minha mulher." Que esquisito! Parecia o título de uma comédia italiana com Virna Lisi. Na verdade, não havia nada de cômico no encontro; tinham que decidir o que fazer com o apartamento vazio de Ruth. Com o seu escritório. Com o que seu desaparecimento havia deixado sem concluir.

A revelação da agente Castro sobre a origem de Ruth constituía uma surpresa difícil de aceitar, mas mais uma rua sem saída no que se referia ao seu caso. Montserrat Martorell, a mãe de sua ex-mulher, se mostrara firme a esse respeito: certamente haviam adotado Ruth recém-nascida e tinham feito uma doação ao "lar" que lhes havia facilitado as coisas. Eram outros tempos, e as coisas funcionavam assim, mas a adoção havia sido legal. A mãe natural tinha renunciado ao bebê desde que aceitara dar à luz ali, e nunca havia dado sinal de querer saber mais nada. Nem mesmo conheciam seu nome nem sabiam nada sobre ela, além de se tratar de uma garota muito jovem, solteira e incapaz de tomar conta de um filho na Espanha do começo dos anos 1970. Por uma única vez a altiva senhora lhe havia pedido algo com lágrimas nos olhos: "Só nos resta Guillermo. Não faça com que ele se sinta um estranho conosco. Por favor". E mesmo que não servisse de precedente, ele concordou. Não adiantaria nada confundir ainda mais o garoto por algo que, mesmo sendo verdade, nas atuais circunstâncias era irrelevante.

Por previdência, antes de cumprir a promessa, Héctor havia recolhido todas as informações possíveis sobre o Hogar de la Concepción, apenas para constatar que, mesmo que seus muros pudessem ter abrigado manobras sinistras, o tempo havia apagado seus rastros. O lar tinha fechado muitos anos atrás, e o jornalista que conversara com Leire, Andrés Moreno, se negara taxativamente a lhe dar o nome da antiga freira que se transformara em sua fonte de informação. Não conseguira convencê-lo do contrário, e, com sinceridade, também não tinha nada de concreto em que apoiar seu pedido. O desaparecimento de Ruth dificilmente podia ter origem em seu nascimento, acontecido trinta e nove anos antes. Não quando havia outras ameaças muito mais recentes.

Porque, por muitas voltas que desse, o perigo só podia ter chegado de um lado. Héctor não conseguia evitar um calafrio cada vez que se lembrava daquela gravação embaçada que mostrava Ruth no consultório do dr. Omar. Afinal, tudo acabava voltando para aquele homem. O mesmo que o havia ameaçado; o mesmo que, era de se supor, Ruth tinha ido ver em uma tentativa descabida de interceder pelo ex-marido. Mesmo parecendo uma loucura, aquilo encaixava com o temperamento de Ruth. Ela nunca se teria deixado amedrontar por um velho louco, apesar de a fita, muda, mostrar uma Ruth francamente impressionada ao ouvir as palavras pronunciadas por aquela serpente. Como se estivesse recebendo uma maldição.

Héctor não acreditava em poderes obscuros nem em cultos de nenhum tipo. Por não acreditar, sequer concedia a si mesmo o consolo de esperar que existisse algo depois da morte, nem bom nem mau. Algumas vezes havia desejado ter aquela fé; a convicção íntima de que Ruth estava em um lugar diferente, um espaço de onde os observava com carinho e velava por eles. Mas quando fechava os olhos, o que lhe acudia à mente não era a imagem de um céu inspirador, mas outras bem diferentes.

Um buraco na terra. Um corpo sepultado. Um túmulo sem flores.

6

Leire contemplou as fotos dos quadros: a casa, os pássaros e, principalmente, a imagem salpicada de flores amarelas que cobria os amantes mortos. Ao mesmo tempo, sua cabeça se enchia de perguntas que, vinte e quatro horas depois dos achados, ainda não tinham resposta. Por que alguém teria pintado exatamente aquela imagem? Os mortos estavam ali havia anos. Teriam sido encontrados por acaso e isso teria estimulado a inspiração dos artistas? Custava-lhe acreditar que alguém continuasse vivendo mesmo que temporariamente em uma casa cujo porão abrigava dois cadáveres. Ainda assim, se os ocupantes eram suficientemente macabros para conviver com dois esqueletos no porão, por que tinham sumido de repente? Mais uma vez lhe ocorria uma resposta para a qual não tinha nenhuma prova. Talvez, apenas talvez, tivessem partido ao terminar o que tinham ido fazer ali. Pintar as telas. Pôr o segredo da casa em imagens que todos pudessem ver sem se apresentar como os descobridores dos cadáveres. Poderiam confiar que seus quadros despertariam a curiosidade de alguém como o sargento Torres, um policial consciencioso, que revistara a casa a fundo? Ela mesma teria confiado em algo assim?

Tudo eram perguntas. Os primeiros compassos de uma investigação sempre produziam nela uma irritação constante, e a cada vez a faziam sentir-se mais desperta e viva que nunca. Uma vitalidade que exigia movimento, ação, em vez de esperar sentada que chegassem os relatórios das autópsias. "Com sorte, sexta-feira", havia dito o pessoal do instituto forense. Os relatórios de pessoal também estavam chegando. E, apesar de não dizerem, ela intuía que os mortos do passado não ocupavam o primeiro lugar na lista de prioridades.

Tornou a estudar as fotos. Não chegava nem perto de ser uma entendida em arte, mas ao ver pela enésima vez a casa, ilhada, rodeada daqueles pássaros rígidos, os cães cheirando a terra amarela, ou a principal, a maior e mais impactante de todas, a dos amantes mortos, ocorreu-lhe que os quadros pareciam ir contando uma história. Havia um certo fio narrativo, como se se tratasse de ilustrações: imagens repetidas e uma unidade cromática que pareciam conformar um relato gráfico. Levada por essa ideia, teclou no computador uma busca de cursos de ilustração em Barcelona, certa de que obteria resultado. Não estava enganada, e foi anotando em um caderno os endereços das escolas que os ofereciam. Não tinha ideia de aquilo vir a servir de algo, mas pelo menos havia encontrado um caminho para explorar.

Um pouco mais satisfeita, respirou fundo, e estava pensando em se presentear com o segundo café sem cafeína da manhã como prêmio quando seu colega chegou até sua mesa. E, pelo brilho de seu olhar, ele trazia boas notícias.

– Eu ia tomar um café. Você vem comigo e me conta?

Dirigiram-se à máquina, situada em uma sala que normalmente era usada para as reuniões de *briefing* e que naquele momento estava vazia.

– Como vai o cachorro? Você já lhe deu um nome? – perguntou Leire enquanto esperava que a máquina vertesse o líquido no copo.

– Bom, digamos que ontem ele fez uma exploração completa no meu apartamento.

Disse aquilo em tom de pesar.

– Muito completa?

– Bastante. Ele gostou principalmente da lata de lixo. Vou ter que me acostumar a fechar as portas antes de sair. – E sorriu.

Ele era desses rapazes de poucos sorrisos, como se tivesse a seriedade incorporada ao semblante, e ao fazê-lo seu rosto adotava um ar completamente diferente. Sua tez, naturalmente bem morena, escurecia mais ainda sob aquela barba insistente, que evidentemente ele tentava barbear logo cedo para que no meio da manhã já tivesse crescido até formar um bloco denso e uniforme. Depois de conviver com ele quatro dias, Leire começava a pensar que sob a aparência extremamente educada e formal de Roger Fort podia haver uma pessoa divertida. E até atraente, apesar de não ser o seu tipo.

– E quanto ao nome, a verdade é que não me ocorreu nada. Então, até agora, ele não tem nenhum. Aceito sugestões.

– Acho que também não é a minha praia. Não sei, olha para a cara dele e põe o primeiro nome que te passar pela cabeça.

Roger a observou com uma expressão de dúvida, como se não tivesse muita certeza de que aquele método pudesse funcionar.

– Bom – prosseguiu Leire –, o que você ia me contar?

Para ela, o café daquelas máquinas não saía nunca suficientemente quente, então bebeu-o depressa, quase de um gole só.

– O relatório chegou. Está em cima da minha mesa. Bellver em pessoa o trouxe, e disse que depois vai falar com o chefe, quando ele tiver um minuto. Há impressões pessoais que ele quer comentar.

Leire sacudiu a cabeça. Não era nenhum segredo na delegacia que Bellver não se distinguia exatamente por sua eficácia ou, no mínimo, por sua dedicação ao trabalho. Os rumores maliciosos sobre sua ascensão haviam sido insistentes, e todos sugeriam que ela se devia mais à habilidade no manejo de estatísticas e à sua capacidade de fazer as amizades adequadas do que à resolução de casos concretos.

– Quando o desaparecimento deles foi denunciado?

– No dia 27 de agosto de 2004. Examinei só por cima, mas parece que saíram de férias semanas antes e nunca mais voltaram. As famílias decidiram dar o alarme no fim de agosto. Tinham vinte e quatro e vinte e três anos quando desapareceram, o que bateria com os comentários do perito forense sobre os cadáveres. O caso deu em nada porque os corpos não foram encontrados, apesar de haver um suspeito muito evidente. E tem mais uma coisa.

— O quê?

— Ele tocava em uma banda. Amadores, mas já é alguma coisa.

— Vamos — disse ela. — Temos que falar com Salgado. Eu também tenho algumas coisas para lhe contar.

Depois de três reuniões chatas, às cinco da tarde Héctor conseguiu abrir o relatório do caso.

A denúncia do desaparecimento de Daniel Saavedra, de vinte e quatro anos, e Cristina Silva, um ano mais nova, tinha sido feita num 27 de agosto. Segundo constava nos papéis que tinha diante de si, os pais dele estavam havia tempo sem notícias do filho. A princípio, não tinham sentido falta dele: era verão, e no fim de junho Daniel lhes havia anunciado que ia sair em viagem com a namorada, Cristina Silva, sem especificar o destino das férias. Ele lhes havia dito, conforme relatava essa primeira denúncia, que "precisava de alguns meses de afastamento, e que entraria em contato com eles em setembro, quando voltaria". Héctor não conseguiu evitar que a idade e uma incipiente insubordinação filial o fizessem torcer a cara. As necessidades de afastamento dos jovens começavam a irritá-lo, provavelmente porque, sem grandes esforços, imaginava Guillermo jogando-lhe no rosto uma frase desse tipo. E, segundo parecia, o cânone do pai moderno impunha o respeito absoluto a esses períodos de reflexão: um "não enche, e, se você está preocupado, dane-se" que o deixava fora de si.

No entanto, os pais de Daniel, que viviam em Girona, não haviam esperado o outono para dar o alarme. A data de aniversário de sua mãe, em 20 de agosto, fora o catalisador que os havia levado a se preocupar com o filho. Naquele dia, a mãe de Daniel havia conversado com o companheiro de apartamento do filho, Ferran Badía, sem que este fizesse menção alguma ao paradeiro de Daniel. Mas a mãe – eram sempre as mães que tinham esse sexto sentido que as advertia do perigo e as levava a agir – havia notado algo estranho na conversa com o rapaz. E afinal, depois de inúmeras ligações perdidas para o filho e de uma semana de conversas tensas, tinha convencido o marido a irem juntos a Barcelona e falar com Ferran cara a cara.

No terceiro andar da Calle Mestres Casals i Martorell, número 26, haviam encontrado um quadro difícil de esquecer: o companheiro de apartamento de seu filho acabava de tomar uma *overdose* de remédios. Assustados e completamente desconcertados, chamaram a emergência e, quando chegaram ao hospital, contaram aos agentes que estavam ali por causa da tentativa de suicídio. Foi então que o pai de Daniel admitiu estar a par de que o filho, a garota e o companheiro de apartamento haviam mantido o que o relatório descrevia, entre aspas, como uma "relação triangular".

Héctor separou as fotos dos três vértices daquele triângulo pensando que, no pior dos casos, dois deles haviam encontrado a morte, enquanto o terceiro, Ferran Badía, estava, de acordo com os relatórios, preso em uma instituição psiquiátrica. Mau final para todos. Não eram fotografias de qualidade muito boa, especialmente a de Ferran. Cristina Silva, ao contrário, aparecia com absoluta nitidez: uma moça de cabelo muito curto, quase raspado, de feições marcadas e olhos verdes. As sobrancelhas eram apenas uma linha, e conferiam a seu rosto um ar de máscara, ao mesmo tempo que transmitiam a ideia de que aquela jovem talvez não fosse uma beleza excepcional, mas, sem dúvida, tratava--se de alguém interessante. Cristina teria podido encarnar uma Cassandra moderna: seu olhar penetrante parecia ver além do objetivo, perder-se nas visões do futuro, ou talvez em maquinações para que este se acomodasse a seus desejos. Não se via naquele rosto o menor resquício de timidez ou modéstia; ao contrário, ela olhava a câmera de frente, com uma expressão quase desafiadora. Seu rosto parecia dizer: "Aqui estou, roube-me a alma, se você se atreve".

Daniel Saavedra, seu malogrado amante, era um exemplar mais comum. Sem dúvida era bonito, mais ainda para os padrões modernos. Moreno tanto de cabelo como de pele, com sobrancelhas cerradas e olhos quase negros, a dureza do conjunto era compensada por um sorriso que devia ter derretido o coração da maioria das mulheres com quem havia cruzado na vida. Ao contrário de Cristina Silva, que na foto se mostrava impassível, quase inescrutável, Daniel sorria para se fazer amar. E, Héctor tinha certeza, o truque devia funcionar desde que ele era pequeno. Uma barba malfeita, a sombra de um cavanhaque e o cabelo mais comprido que o da namorada, sem chegar ao excesso, o dotavam desse encanto masculino ao qual as garotas se rendiam, tanto as de hoje como as de antigamente: o rapaz rebelde, mas simpático, de olhos escuros com algo de sonhador.

Ao contrário, se poderia afirmar que o universo feminino ignoraria Ferran Badía, apesar de a má qualidade da imagem tornar difícil julgá-lo com propriedade. Diante do computador, Héctor efetuou uma busca com seu nome, mas aparentemente se tratava da foto oficial, a única que conseguiu encontrar. E isso porque, sem dúvida, Ferran havia alcançado mais fama que os outros dois. Enquanto lia os artigos de imprensa que encontrou sem muito esforço, Héctor disse a si mesmo que a maldade, entre aspas, resultava agora mais fascinante que a beleza ou a juventude.

Ferran Badía havia sido objeto de análise de psicologia barata e servira de exemplo para os críticos interessados que pretendiam transformá-lo no ícone malvado de uma geração mimada, incapaz de tolerar a frustração, arrogante e sem compaixão. Era curioso como conseguiam torcer certos fatos para que se encaixassem em suas teses: a falta de valores da juventude do século XXI se encarnava, de acordo com alguns colunistas mais reacionários, naquele jovem pálido e loiro, muito culto, mas carente de princípios morais. A relação com Daniel e Cristina, que tanto ele como os outros amigos do casal haviam reconhecido abertamente, o situava a um passo da depravação, e explicava sua manifestação de violência como se a promiscuidade e o assassinato fossem duas faces da mesma moeda. Um desses estudiosos chegava a dizer que, "dada a relação insana estabelecida entre os três, qualquer deles, levado pela insegurança patológica, poderia ter matado os outros membros do trio". Vieram-lhe à memória as diatribes de Lola contra os pregadores com coluna própria.

Alguns artigos assinalavam que Ferran Badía havia sido objeto de *bullying* no colégio, o que poderia ter provocado o rancor latente que "o levara presumidamente a explodir como uma bomba". A presunção de inocência era simplesmente isso, um advérbio ou um substantivo que mantinha as aparências sem enganar a ninguém. Porque a maioria dos artigos destacava sua frieza, sua aparente falta de empatia para com os pais das vítimas, seu distanciamento do que acontecia ao seu redor. A imprensa havia decidido que, de acordo com os indícios e as declarações de Badía, ele havia matado os outros dois. Pena que tais indícios não conseguiam se apoiar em provas reais. Apesar da pressão no sentido contrário, não fora possível obter dele uma confissão nem a menor informação sobre o acontecido, e por fim uma nova tentativa de suicídio enviara o jovem a uma instituição psiquiátrica, fato que também havia sido considerado por essa mesma imprensa como uma espécie de fracasso da justiça e das forças da ordem.

Héctor apoiou as costas na cadeira. A tensão se acumulava em seus ombros, mas não exatamente por causa da postura. Às vezes, quando lia ou ouvia esse tipo de opiniões, tinha a impressão de que a modernidade social que havia impregnado seu país de adoção era apenas uma moda, um invólucro que escondia uma realidade muito mais atávica, conservadora e intolerante, que aproveitava qualquer fresta para se revelar. Justo nesse momento a porta se abriu depois de um toque leve, quase imperceptível.

—Você tem um momento?

Ele tinha, é claro, mas não estava muito a fim de passá-lo com Dídac Bellver. Aos quarenta e três anos, Héctor sabia que não podia se dar bem com todo mundo, nem tentava. No entanto, não conseguia pensar em outro colega por quem sentisse uma antipatia parecida. Adquirida com esforço, sem dúvida. O fato de ele ser o inspetor indicado por Savall para prosseguir no caso de Ruth também não havia ajudado nada a diminuir a inimizade.

—Você está com o relatório dos desaparecidos? Certamente desta vez vocês vão poder enfiar aquele desgraçado na cadeia.

—Você se refere a Ferran Badía?

— Claro. A ausência de cadáveres nos impediu de fazê-lo há sete anos. Agora não tenho dúvida de que vocês vão encontrar as provas necessárias.

Héctor não soube o que responder.

— Foi ele. Não tenha dúvida — afirmou Bellver. — E o cretino deu um jeito de passar por um anjinho deprimido diante de todos. Conseguiu até enganar Andreu.

— Martina Andreu trabalhou no caso?

— Sim. Ela estava comigo naquela época.

— Fiquei sabendo.

Héctor sorriu ao recordar os comentários da subinspetora Andreu em relação ao ex-chefe, apesar de ter sido por muito pouco tempo.

— Não se engane, Salgado. Nesses casos é sempre o amante despeitado. — Ele poderia ter parado por ali, a frase estava bem clara sem que ele precisasse acrescentar mais nada. — A esposa enganada. O marido abandonado.

Héctor hesitou um instante. Tinha a oportunidade de deixar passar — ou não — o que a seus ouvidos soava como uma indireta.

— As coisas não são sempre tão simples. Com a sua experiência, você devia saber disso.

—Você acha? Estou cada vez mais convencido de que a explicação mais simples costuma ser a correta.

– Bom, pode ter certeza de que se eu encontrar provas que incriminem Ferran Badía, você ficará sabendo.

– Você vai encontrar. Elas sempre acabam aparecendo. Como os cadáveres, e com eles as provas.

Héctor não queria responder às insinuações que, vendo o sorriso de Bellver, haviam sido feitas com a intenção de provocá-lo. O silêncio tomou conta do ambiente enquanto seu visitante procurava algo mais para dizer.

– Continuamos sem novidades no caso de sua ex-mulher. Mas não nos esquecemos dele, garanto.

– Nem eu.

Héctor se levantou da cadeira e olhou Bellver fixamente.

– Eu já estava de saída – disse ele.

– Claro. Se você precisar de mais alguma coisa, já sabe onde me encontrar.

Bellver saiu sem se despedir, e o ar ficou tenso, como o que se devia respirar nas madrugadas em que dois duelistas se batiam pela honra. Héctor disse a si mesmo que precisava sair, procurar a calma química em um cigarro, andar e liberar a tensão. Por isso, em vez de ir para casa, pegou a Gran Via e avançou em passo rápido até o centro. Queria ver o lugar onde tinham vivido aqueles três moços, mesmo que tivesse sido por pouco tempo. Atravessou o centro da cidade, repleto de turistas agitados, e desceu pela Via Laietana até virar em direção ao Palau de la Música. Olhou-o de soslaio, com uma certa ironia – um edifício tão lindo por fora, protagonista de um dos maiores escândalos de corrupção dos últimos anos: uma espécie de caverna de Ali Babá em versão moderna. Desceu por uma ruazinha menos transitada e depois tornou a virar à esquerda.

O número 26 da Calle Mestres Casals i Martorell ficava quase na esquina com Sant Pere mès Baix. Então era ali, naquele imóvel velho, com uma grande porta de madeira que evocava séculos passados, que Daniel Saavedra e Ferran Badía haviam compartilhado um apartamento. Ignorava por que tinha caminhado até ali, já que essa visita não podia lhe servir de grande coisa, e no entanto, uma vez no lugar, observou a rua. A Sant Pere més Baix era estreita e, em resumo, tinha um ar triste. Imigrantes caminhando sem rumo concreto por uma calçada tão estreita que quase tinham que fazer fila indiana, até acabar invadindo a rua. Lojas de bairro já quase fechando, balconistas com cara de tédio que baixavam as persianas como se quisessem não tornar a erguê-las.

Acendeu um cigarro, pensando que os turistas deviam achar aquela rua pitoresca depois de ter desfrutado a beleza opulenta do Palau. À sua direita, exatamente pela rua que ele tinha ido inspecionar, subia um pequeno grupo de turistas com um guia que, de repente, parou diante do número 26 e começou um relato em inglês segundo o qual, até onde Héctor conseguiu entender, no primeiro andar daquele prédio haviam prendido duas mulheres acusadas de assassinar crianças. Os turistas tiravam fotos da porta como se ela fosse a entrada do inferno e os espíritos das crianças ainda vagassem por ali, escondidos em algum canto da escada. "Lendas negras de Barcelona", disse Héctor a si mesmo, e quase sorriu ao pensar no que diriam aquelas pessoas se ele lhes contasse que, um século depois, três habitantes daquele mesmo edifício tinham se envolvido em um duplo assassinato. Sem dúvida, isso confirmaria as superstições que davam de comer ao guia, que, é preciso dizer, desempenhava seu papel com entusiasmo e dava uma ênfase adequada às passagens mais truculentas: ao que parecia, aquelas mulheres usavam as crianças mortas para fabricar todo tipo de unguentos e cremes. Entre enojado e divertido, Héctor os deixou tirando fotos e se dirigiu à estação de metrô mais próxima. Já era hora de voltar para casa.

7

O escritório recebeu a ligação pouco antes das quatro da tarde, uma hora em que os bancos costumavam estar fechados ao público, exceto às quintas-feiras, dia que parecia interminável para os empregados, pouco habituados ao turno dobrado. De qualquer modo, nos últimos tempos e para desespero dos colegas, Álvaro Saavedra nunca tinha pressa, e costumava organizar reuniões assim que se fazia o fechamento do caixa, em qualquer dia da semana, para discutir assuntos que cada vez tinham mais a ver com contas a descoberto, falta de pagamento e ameaças de embargo. Ele havia tentado conservar um mínimo de decência naqueles anos em que tudo dava a impressão de estar enlouquecendo, mas já começava a se render à realidade, a se blindar diante de assuntos como ordens de despejo, da mesma forma que um coveiro não derrama uma lágrima seja qual seja o cadáver que deva sepultar.

No dia anterior, de fato, havia mandado duas cartas de despejo a duas famílias da cidade, e tivera que lidar com um dos destinatários, que se plantara no seu escritório com os nervos à flor da pele. A situação lhe havia deixado um gosto ruim na boca diante do qual se dispôs a não ceder: tinha que viver com ele, da mesma forma que convivia com as perguntas sobre seu filho, da mesma forma que aquele pobre homem convivia com sua ruína econômica.

Quando o telefone tocou, ele já estava quase saindo; tinha trabalhado sem parar o dia todo. Álvaro Saavedra era um homem ponderado e paciente, e se podia se orgulhar de alguma coisa, era de não fazer nada sem pensar. Mesmo nos piores momentos, encontrava tempo para parar, estudar a situação com tanta objetividade quanto as circunstâncias permitiam e em seguida agir: sem paixão, guiado pelo que considerava bom senso. Talvez em algum momento tivesse preferido ser mais visceral, menos reflexivo, mais atirado, mas, aos cinquenta e cinco anos, já se resignara ao temperamento que a genética e a vida haviam forjado.

Depois do telefonema, ficou um bom tempo com a mão apoiada no receptor, enquanto tudo que o rodeava desaparecia. Os móveis do escritório, a mesa, a porta e as janelas desapareceram, e a única coisa real, a única que existia era aquela mão e aquele telefone. Ele era apenas um corpo que a sustentava, sem nem ao menos poder dominá-la. Sabia qual devia ser o passo seguinte, tinha consciência de que devia voltar para casa, sentar-se ao lado de Virgínia, dar-lhe a notícia, não menos traumática por ser esperada, e ficar ali para ampará-la quando o pranto a fizesse desmontar como um castelo de areia submetido ao embate de uma onda furiosa. Ficar ao seu lado e acompanhá-la naquela dor compartilhada que ela parecia reclamar como sua. Acontecesse o que acontecesse, ele tinha que se manter no controle.

Não fez nada disso.

Como se agissem por conta própria, seus dedos teclaram o número do restaurante de Joan Badía, e sua voz – devia ser a sua voz, apesar de no primeiro momento lhe parecer estranha – disse:

– Aconteceu uma coisa. Precisamos conversar.

A caminho do encontro, deu-se conta do tempo que tinha ficado paralisado no escritório. O sol descia, e com o entardecer havia chegado um ar fresco, mais de outono que de primavera, que o fez agradecer o fato de estar usando casaco. Ele cruzou o poente e subiu a encosta que levava à catedral e, além dela, aos banhos árabes. Justamente à direita havia um parque solitário, uma espécie de bosque que se internava seguindo um regato que também havia conhecido tempos melhores. Àquela hora da tarde o lugar se encontrava tão vazio como era de se esperar.

Joan Badía estava esperando; o restaurante que ele gerenciava ficava apenas a cinco minutos de distância a pé. Álvaro Saavedra se aproximou dele, sem ânimo para sorrir. Também não tinha motivos para tanto, e o homem com quem havia marcado o encontro menos ainda. Sentou-se ao seu lado em um dos bancos de pedra, e antes de se decidir a falar, observou disfarçadamente aquele que havia sido seu melhor amigo. A idade o havia maltratado um pouco além da conta: as olheiras escuras sobre as maçãs do rosto macilentas, o pomo de adão que sobressaía no pescoço como um osso fora de lugar e um corpo que parecia ter minguado dentro da roupa. Álvaro, ao contrário, mantinha um corpo robusto sem chegar a ser gordo, e apesar de anos atrás a desgraça tê-lo feito perder mais de dez quilos, com o passar do tempo os havia recuperado e ganhado alguns mais. Sua pele mais morena, a barba bem-feita e o terno escuro, imaculado, lhe conferiam um ar sério, que nos vinhos se chamava de soleira e nos homens tendia a se denominar elegância, saber se apresentar. Alguns fios grisalhos, que pareciam desenhados nos cabelos negros, acentuavam essa imagem de masculinidade grave. Álvaro Saavedra fora bonito na juventude, e continuava sendo. Todo mundo sempre dizia que Daniel era a cara do pai.

– Como vai? – perguntou Joan.

Era a única pessoa com quem podia se abrir, por isso ele o fez:

– Estou bem, apesar de o trabalho no banco estar cada dia mais... desumano. Nico continua do mesmo jeito, tentando encontrar qualquer tipo de trabalho no estrangeiro. E Virgínia... Bom, você pode imaginar como estão as coisas.

Joan assentiu. Não havia necessidade de terminar a frase: os dois sabiam que Virgínia bebia, quase sempre às escondidas, mas à medida que o vício suplantava a prudência, ela começara a fazê-lo em plena luz do dia. Não muito, dois ou três gins-tônicas no meio da tarde e acompanhada por alguma amiga. Apesar disso, seu alcoolismo ainda não era de domínio público: as pessoas viam apenas uma mulher endurecida, intolerante, sempre criticando em voz alta qualquer coisa que a incomodasse, perdendo a paciência com razão, mas em proporções exageradas. Talvez no fim da tarde alguma vizinha mais observadora tenha chegado a notar que ela enrolava um pouco as palavras e não emitia as frases com fluidez, mas só sua família e Joan Badía sabiam com certeza que aquela boca, às vezes ácida e às vezes lenta, havia saboreado uma generosa quantidade de gim: bebida em doses pequenas e constantes, do meio-dia até a noite. Era então que a mescla de álcool e cansaço lhe desfocava o olhar, lhe azedava a voz e a mergulhava em um pranto seco e convulso, desembocando num sono que tinha mais de inconsciência que de repouso.

– Tentei fazê-la enfrentar o problema, e ela ficou uma fera.

– Ela sempre foi uma mulher de temperamento forte.

Álvaro Saavedra concordou.

– Sim. – E seus lábios se entreabriram num projeto de sorriso ao recordar a Virgínia do passado, a mulher desenvolta e decidida que atravessava a rua cortando o ar com o olhar, orgulhosa de sua casa e de sua família: de um marido que muitas amigas desejavam em segredo e de um filho, Daniel, que as filhas dessas amigas perseguiam sem pudor. – E vocês? Como vai o restaurante?

– Vai indo. Melhor do que seria de se esperar. Nos fins de semana está sempre cheio, e, nos tempos que correm, já é dizer muito.

O tom de cansaço, quase de saturação, era tão evidente como as olheiras que lhe envelheciam o rosto.

– Pensei em arrendá-lo, mas Júlia não quis nem ouvir falar do assunto. E afinal, acho que ela tem razão. Sou muito jovem para ficar sem fazer nada. – Sorriu. – E velho demais para ter vontade de fazer alguma coisa. Às vezes dou graças a Deus por ter Laia. Ela serve para que eu recupere a confiança na bondade do mundo.

Álvaro assentiu. Tinha consciência de que nesse momento da vida não se podia voltar atrás. O melhor era resignar-se e continuar o caminho traçado, mesmo que parecesse menos interessante que o previsto. Joan tivera sorte com Júlia, uma dessas mulheres práticas e responsáveis, uma dessas esposas às quais até o marido chamava de "mamãe", e também com Laia, a filha que todos adoravam porque era impossível não responder com amor à ingenuidade que emanava de alguém que mentalmente seria sempre uma menina.

Anos atrás, quando ambas as famílias se haviam transformado em tema de conversa de uma cidade suficientemente pequena para que isso tivesse importância, as pessoas haviam deixado de ir ao Can Badía. Nem todos o fizeram deliberadamente, mas houve alguns que se acreditaram no direito de castigar assim os pais que haviam engendrado semelhante monstro; outros, a maioria, simplesmente decidiram escolher um lugar diferente para suas celebrações familiares. Correu o rumor de que iam fechar: os longos meses de inverno, sem turistas alheios ao escândalo, estavam se transformando em uma carga insuportável. Álvaro Saavedra resolveu tomar uma atitude, e no dia de São Narciso apareceu no restaurante acompanhado da família. Cumprimentou o que havia sido seu melhor amigo, instalou-se em uma mesa ao lado da janela, para que todos o vissem, e comeu sem pressa sob o olhar fixo de sua mulher e a cara de perplexidade do filho.

Depois, em casa, continuou uma batalha que tinham deixado no meio antes, quando Álvaro havia sugerido e depois ordenado, em um tom raro nele, que naquele dia comeriam no Can Badía. Ferran já estava internado, e seus pais não tinham por que pagar com seu negócio os presumidos atos de um filho desajuizado. Não o mereciam, e, além disso, Joan Badía era seu amigo. Antes de sair, sua esposa havia lançado o enésimo dardo envenenado: "Antes não tivéssemos descido a Barcelona naquele dia. Antes não tivéssemos chegado a tempo de salvá-lo".

– Encontraram os corpos – disse Álvaro com os olhos postos no regato seco. Sem olhar, percebeu que o amigo de repente ficava tenso. – Acabam de me ligar. Precisamos ir a Barcelona amanhã para que nos tirem amostras de DNA. Mas, pelo tom da pessoa que ligou, eles não tinham muitas dúvidas.

Ouviu uma inspiração profunda, acompanhada de um suspiro lento. O corpo de Joan Badía parecia mais frágil do que nunca.

– Quis te contar eu mesmo, antes que ouvisse... – ele parou – você sabe, por outras pessoas ou pela imprensa.

Houve alguns minutos de silêncio. Nada se mexeu naquela paisagem de águas quietas. Até mesmo o vento havia amainado.

– Te disseram mais alguma coisa?

– Não. Imagino que em pessoa me darão mais informações.

– Pelo menos vocês vão poder enterrá-los – disse Joan Badía em voz baixa.

– Sim. E talvez...

– Talvez.

Olharam-se e entenderam-se como só duas pessoas que se conhecem há muito tempo podem fazer. Talvez surgissem novas provas, talvez surgisse algo, uma informação da polícia forense, alguma pista ignorada que levasse à verdade, fosse qual fosse, que confirmasse de maneira taxativa as suspeitas, que afirmasse sem sombra de dúvida que Ferran Badía havia matado Daniel e sua namorada, ou que o eximisse de toda a responsabilidade.

– Obrigado por me contar. – Ele tossiu, nervoso. – Álvaro, não sei se eu seria capaz de agir como você.

– Você agiria sim, e sabe disso. – Ele se levantou; de repente sentia vontade de ir para casa, não porque fosse um refúgio ou um lar, mas porque queria falar com Virgínia antes que o álcool a tivesse vencido. – Preciso ir embora, tenho que contar para minha família.

Álvaro Saavedra e Joan Badía apertaram a mão um do outro em um gesto convencional de despedida que, no caso deles, tinha muito mais significado. Confiança, amizade, rancor superado. Honestidade e dor compartilhada. Enquanto caminhava para casa, Álvaro Saavedra desejou conservar aquela sensação reconfortante de uma amizade que havia superado provas duríssimas, mas pouco a pouco as imagens do filho morto foram invadindo sua consciência até lhe paralisar os passos. Levou uma das mãos ao peito para comprovar que o coração continuava batendo. Continuava.

Havia pouca gente na rua, e menos ainda no poente. Apenas um homem cruzou com ele na direção oposta à sua, mas Álvaro não o reconheceu até tê-lo diante de si e o homem parar. Era o mesmo que na manhã anterior fora ao escritório para pedir um prazo maior, uma prorrogação que, ambos sabiam, só serviria para aumentar a dívida. O homem o fitou em silêncio, e por um momento um e outro se detiveram na metade do poente. Álvaro encontrou forças para lhe sustentar o olhar, e, com um ímpeto de confiança em si mesmo, continuou adiante em passo firme. Sentia os olhos do outro fixos em sua nuca, podia sentir suas perguntas e mesmo suas súplicas. Uma súbita amargura lhe subiu do estômago até a boca: tinham matado um filho seu – isso não era uma tragédia maior, mais cruel, menos merecida?

Quando chegou ao fim do poente, não pôde evitar e virou a cabeça. O homem continuava parado, mas já não o fitava; olhava para o rio de águas cinzentas, e Álvaro Saavedra sentiu a tentação de voltar sobre seus passos para falar com ele.

Não o fez. Diferentemente do dia em que entrara no apartamento de Dani e o encontrara enroscado naquela espécie de orgia a três, deixou que sua mente controlasse o impulso e continuou andando até chegar em casa. Respirou fundo para recobrar as forças. Ia tirar as chaves de casa do bolso quando Nicolás o alcançou na porta.

– Papai! Ei, você está bem?

E então, ao ver aquele rosto tão parecido com o de Daniel e ao mesmo tempo tão diferente, os mesmos olhos escuros em um rosto de traços mais amáveis, menos arrogantes, Álvaro Saavedra não conseguiu aguentar mais. Largou as chaves, apoiou a cabeça na porta de madeira e, pela primeira vez, desmoronou e soluçou como uma criança. Não tanto pela morte de Daniel, mas porque naquele instante soube que não se perdoaria jamais por ter dito ao filho com tanta clareza a opinião que tinha dele.

8

Quem não soubesse que se encontrava diante da Ciudad de la Justicia de Barcelona teria pensado que os blocos de diferentes tons que a conformavam eram na verdade uma espécie de urbe futurista, uma metrópole cúbica que poderia servir de cenário para uma distopia. O conjunto tinha um ar harmonioso e moderno, e conseguia fazer esquecer aqueles antigos tribunais de madeira nobre onde a justiça adquiria a consistência de um ente abstrato e poderoso, convenientemente afastado do cidadão comum. "No entanto", pensou Héctor, "quando se perambula por seu interior, e apesar do cuidado posto em todos os aspectos arquitetônicos dos edifícios, as emoções humanas traem o espírito do lugar: continua havendo nervos; temor, justificado ou não; especialistas e leigos, tensão e sentenças."

Via de regra, Salgado evitava ir ao instituto forense, a não ser que fosse imprescindível. No entanto, naquela sexta-feira ele decidiu começar por ali. Fumou um cigarro antes de cruzar a porta do cubo mais escuro de todos os que formavam a cidade judicial. Foi um cigarro rápido, daqueles que se acendem mais pela necessidade de nicotina do que realmente por vontade. Enquanto o apagava, disse a si mesmo que devia começar a pensar a sério em parar, um assunto a respeito do qual Lola e Guillermo concordavam, cada um por seu lado.

– Não me lembrava de termos nem um assunto pendente, o senhor e eu – soltou a dra. Ruiz ao vê-lo na porta de seu escritório. Ela era uma das melhores especialistas forenses de Barcelona, e, ao mesmo tempo, uma das pessoas mais ariscas que Salgado havia conhecido na vida. – Pelo menos nada que justifique uma visita a esta hora.

– Na verdade, eu vim porque estava morto de vontade de vê-la.

– Morra e me verá bem de perto – replicou ela, mas sorriu. – Venha, esse encanto portenho comigo não cola. Diga o que deseja.

A dra. Celia Ruiz era conhecida nos ambientes policiais e forenses por várias coisas: pela perícia, pelo profissionalismo, pelo mau humor e pela língua viperina. De estatura pequena, ligeira como um esquilo, dominava aquele reino de estudiosos dos mortos com mão de ferro. Além disso, por mais antipática que pudesse ser em alguns momentos, as forças da lei se congraçavam com ela quando liam seus relatórios forenses detalhados e precisos. Héctor tinha certeza de que aquela mulher se dava ao luxo de ser como era porque sabia que, em seu campo, poucos a superavam. E, verdade seja dita, depois que a pessoa a conhecia e se armava de paciência, ela não era tão inacessível.

– Estou vindo por causa dos corpos que foram encontrados na casa abandonada – disse Héctor, e aguardou a explosão que não se fez esperar.

– Já lhe disse que estamos tratando disso. Hoje vamos recolher as amostras de DNA dos pais do rapaz e do pai da garota. Bom, o sr. Silva já veio. O senhor não espera que já tenhamos os resultados se ainda nem começamos.

De fato, assim era, e ele não podia dizer o contrário.

– Veja – prosseguiu a doutora em tom mordaz –, se começamos a pressionar pedindo o impossível, teremos problemas, inspetor Salgado.

– Não é pressão, dra. Celia. Chame de curiosidade. – Héctor exagerou o sotaque argentino, consciente, por outras reuniões, de que a dra. Ruiz o achava simpático.

– Não tente dourar a pílula.

– Estou convencido de que pode me dizer mais alguma coisa.

– Pois não esteja. Aqui cada vez somos menos, sabe?

– Mas são os melhores. Aqui entre nós, acha que são eles?

Ela respirou fundo e pôs os óculos, sinal de que tinha decidido esquecer os protestos e lhe daria algumas informações. Revirou a mesa e abriu uma pasta; deu uma olhada rápida nela e encolheu os ombros.

– Há muitos dados que coincidem. A altura, a compleição e a idade aproximada de ambos, para começar. A data do desaparecimento.

– Então existe uma possibilidade de que sejam eles, não?

– Aqui entre nós, como você disse, eu tenho poucas dúvidas.

– De acordo. Pode me dizer algo mais sobre o modo como morreram?

– Não muita coisa. Os resultados forenses coincidem com o que já se sabia. Os dois morreram pouco depois de seu desaparecimento, há sete anos. A morte dos dois foi causada por feridas feitas com um objeto contúndente. No caso dele, foi instantânea: esmagamento do lobo occipital, mas o assassino não se conformou com um golpe apenas e lhe deu mais alguns. Ela morreu por lesões da mesma arma; falando claro, abriram-lhe a cabeça. *Crac*, como se fosse um melão. E lhe destroçaram o rosto. Um crime horrível.

– Eles foram assassinados ali mesmo?

– Depois de tanto tempo não posso ter certeza, mas eu diria que sim. Eles foram mortos e transportados imediatamente para o porão, e depois os cobriram com a tela.

– Isso pode ter sido feito por uma só pessoa?

– Lá vem o senhor. Pode, é claro que pode, mas deve ter sido difícil. Em qualquer caso, pela gravidade das lesões, estamos falando de um homem, um homem relativamente forte. E muito enfurecido.

Héctor assentiu. Odiava as generalizações, mas aquilo tinha todo o aspecto de ser um assassinato cometido por um homem.

O que o intrigava mais, à primeira vista, era a disposição posterior dos cadáveres: aquela atenção de recriar algo parecido a um leito onde os mortos repousassem.

– Está pensando nos adornos? – perguntou a dra. Celia. – Sim, não vou dizer que isso não seja estranho. Os objetos dos mortos, o dinheiro. Parece uma espécie de ritual funerário.

– Ritual?

– Há muitas culturas que enterram seus mortos com objetos de valor. O senhor ouviu falar das pirâmides, inspetor?

Héctor riu ao reconhecer o falso sotaque na boca da dra. Ruiz.

– Mas não apenas os egípcios – prosseguiu Celia. – A tradição japonesa também observa rituais semelhantes.

– Dinheiro para o outro mundo? Lá também continuaremos sendo pobres? – brincou Héctor.

– Bom, não tanto para o outro mundo, mas para chegar a ele. Se me perguntar, vou dizer que são bobagens, mas muito arraigadas: algumas moedas para o barqueiro que deve te levar à outra margem ou para subornar os guardas do mundo inferior.

– Dez mil euros não são algumas moedas.

– Não diga! O que leva a pensar que ou o assassino desconhecia a quantidade de dinheiro ou isso não lhe importava. Além de ser um tipo perigoso, devia estar completamente maluco.

Héctor sorriu.

– Em qualquer caso, o assassino, louco ou não, teve o trabalho de deitá-los de perfil, olhando um para o outro. Teve que colocá-los logo, ou o *rigor mortis* não o teria deixado conseguir esse efeito.

– Toda essa delicadeza depois de partir o crânio dos dois.

– É. Você sabe como eles são: às vezes, depois que a fúria passa, eles se arrependem e tentam encontrar uma maneira de dar um jeito.

Ele concordou. Não era o primeiro caso de assassinos que demonstravam uma delicadeza incomum depois de haverem matado suas vítimas.

– E isso me leva a outra coisa – replicou Héctor. – Pergunto isso apenas como impressão geral. Havia algo mais na forma como estavam colocados? Alguma coisa especial que fizesse pensar que seu assassino queria transmitir uma mensagem determinada?

– Inspetor, havia algo macabro na disposição desses cadáveres: eles não apenas estavam de frente, mas abraçados, cobertos como se se tratasse de uma cama. Sim, dá a impressão de que o assassino quis transformar a tumba deles em algo íntimo.

– Como se os tivesse amado em vida?

– Sou uma legista, inspetor, não uma adivinha. E agora, se me perdoa, tenho outros casos urgentes para atender. Ah, e mande lembranças a seu chefe.

– Tento ver os chefes o menos possível. Mas vou fazer isso pela senhora.

– Outra coisa – disse a dra. Ruiz antes de se despedir –, já vi cadáveres com uma cara melhor do que a sua hoje. Cuide-se, não quero vê-lo aparecer por aqui em posição horizontal, está bem?

As visitas ao necrotério sempre lhe deixavam um gosto amargo na boca, pensou o inspetor enquanto saía. Por mais asséptico que fosse o lugar, por mais desapaixonadas que parecessem as informações, Héctor não conseguia evitar a sensação de que, quando estava lá dentro, respirava pela metade, como se a presença daqueles cadáveres invisíveis, etiquetados e armazenados, lhe minasse o ânimo. Ou talvez seus pulmões se negassem a inalar uma grande quantidade daquele ar cheio de morte.

O sol era um bom antídoto para os maus pensamentos, e Héctor parou um instante na saída, observando o barulho do tráfego que invadia a avenida com uma sensação quase de alívio. Quando ia pisar na rua, unindo-se novamente ao mundo dos vivos, ouviu às suas costas uma voz masculina e rouca:

– Desculpe. Não queria incomodar.

Héctor se voltou e deu de cara com um homem de meia-idade que, ao lhe ver o rosto, deu a impressão de vacilar. Sua voz deixava transparecer um tom que se associava a outras épocas: um formalismo respeitoso que Héctor se lembrava de ter ouvido de sua mãe ao se dirigir a médicos ou professores, e que agora provavelmente havia desaparecido. O indivíduo que tinha diante de si, no entanto, continuava usando esse tom com os agentes da lei, ou talvez com os desconhecidos em geral. Mas não se enganou; só de fitá-lo nos olhos percebeu que, apesar de ele ser educado, não se tratava em absoluto de um homem dócil.

– Eu o ouvi despedir-se da legista – prosseguiu ele. – Sou Ramón Silva, o pai de Cristina. O senhor tem um momento?

Tivesse ou não, dava no mesmo. Aquele homem não ia aceitar um não como resposta.

– É claro – disse ele antes de se apresentar.

Cumprimentaram-se com um aperto de mãos, e, ao fazê-lo, Héctor se deu conta de que aquele homem de estatura média, forte sem chegar a ser gordo e quase completamente calvo, havia trabalhado duro na vida. Não sabia em quê, mas aquele tato áspero e aquela mão larga não deixavam lugar a dúvidas. O terno e a gravata que usava nesse dia não haviam sido o seu uniforme de trabalho habitual.

– Quer um café? – perguntou Héctor, enquanto procurava com o olhar um bar nas proximidades.

A escola Visor era a terceira que Leire e Fort visitavam na sexta-feira de manhã, e, pelo que tinham podido ver no dia anterior, diferia pouco das outras. Como se a mesma pessoa as tivesse desenhado, todos os espaços tinham teto alto e janelas de madeira pintadas de branco, piso de lajota gasto, um certo ruído de fundo e um pessoal sorridente, mas que, até então, não havia sido de grande ajuda.

Esperavam o diretor, que afinal tinha um aspecto mais decente que os anteriores, mesmo que fosse apenas pelo terno. Um bigode farto lhe dava o toque excêntrico que seu posto aparentemente requeria.

Ele os fez entrar no escritório e ouviu com grande interesse um relato que os agentes já começavam a repetir com uma ligeira falta de vontade. Pôs os óculos quando lhe mostraram as fotos e observou-as com calma, mas acabou meneando a cabeça com o mesmo gesto desolador que haviam recebido até então.

– Sinto muito. Receio não poder ajudá-los. É muito difícil reconhecer um autor e sua obra, a menos que essa seja muito especial. E centenas de alunos passam por aqui. A única coisa que posso lhes dizer é que têm razão em uma coisa: parece que explicam uma história, e, quase sem dúvida alguma, foram pintadas pela mesma pessoa. O estilo é constante. Muita cor no fundo, atenção com os detalhes. Têm um ar de quadrinhos, num certo sentido. Como se estivesse ilustrando um conto gótico; casa abandonada, cadáveres e... o que é isso? Pássaros?

– Como lhe disse, foram encontrados em uma casa *okupa*, perto do aeroporto. Não sabemos muito bem se são pássaros... ou aviões.

– São pássaros. Pássaros de bico aberto. Vejam este. É como se estivesse ferido ou fosse atacar.

Era verdade, e uma vez mais a ilustração, ou que diabo fosse aquilo, fez com que Leire tivesse um ligeiro estremecimento. O que havia inspirado o artista não era exatamente uma história agradável.

– Sinto muito não poder ajudar mais. Se quiserem perguntar para algum dos alunos... em cinco minutos a aula vai terminar. Nos cursos da tarde há mais gente, mas agora vão encontrar alguns professores. Falem com eles, talvez o estilo lhes recorde algo.

Disse isso em um tom tão incrédulo que Leire e Fort se sentiram quase envergonhados. Não tinham muitas esperanças, mas já que estavam ali, também não custava nada fazer um último esforço.

Saíram para o corredor. Não era uma escola muito grande, mas tinha o encanto dos prédios antigos do Eixample. As janelas davam para um pátio interno, bem-cuidado e bem amplo. De fato, uma das aulas era dada ali. Naquele ambiente se respirava paz, e Leire se surpreendeu observando de soslaio os desenhistas que, sentados nos bancos do pátio, pareciam concentrados em sua tarefa. Não eram tão jovens como haviam pensado; havia alguns, principalmente mulheres, que já tinham uma certa idade. Ela sentiu uma inveja fugaz, o que era um absurdo. Cada um é como é, e ela não era das que ficavam sentadas rabiscando em uma manhã de primavera.

A aula terminou, e os agentes se separaram. Leire foi para o pátio falar com a professora; a conversa durou apenas alguns minutos. Ela era nova na escola, e nenhum daqueles desenhos lhe era familiar. A agente Castro se despediu e voltou para dentro. Roger Fort estava em uma das classes, mostrando as provas para um jovem professor que as observava em silêncio. Da porta Leire contou em voz baixa os segundos que transcorreriam até que também aquele negasse com a cabeça. Levou mais do que o previsto, quase um minuto, mas quando o gesto afinal surgiu, ela não o viu. Sua atenção já não estava no professor, mas em um dos alunos, um rapaz que mal teria vinte anos e que contemplava a cena com a rigidez estática de quem sente ao mesmo tempo tensão, interesse e surpresa. Sem perder tempo, Leire se aproximou pelas costas, e o jovem se sobressaltou.

– Você quer vê-los de perto? – perguntou ela mostrando-lhe as fotografias.

O rapaz dissimulou o susto como pôde.

– Não. Não sei do que a senhora está falando.

Leire sorriu.

– Vamos, você estava ouvindo o que eles diziam sem se atrever a se aproximar, como se a sua vida dependesse disso. Não se preocupe, só estamos procurando por informações.

– Informações sobre o quê?

– Sobre estes desenhos.

Colocou-os diante dos olhos dele para que ele não tivesse outra opção a não ser examiná-los, e, a julgar por sua avaliação rápida, ela teve a imediata certeza de que ele os reconhecia. No entanto, depois de alguns instantes, o jovem recuperou o controle e se limitou a dizer:

– Não tenho a menor ideia. Por que querem saber?

– Bom, se você não os conhece, também não lhe interessa saber por que estamos perguntando.

Fitou-o de soslaio. O rapaz enrubesceu e começou a recolher suas coisas.

– Se por acaso se lembrar de alguma coisa, pode me ligar. Aqui está o meu cartão.

Ele o pegou e em seguida foi embora, murmurando um até-logo entre dentes.

Entraram em um local arrendado por chineses, que pareciam ter ampliado o espectro de suas especialidades culinárias para todo tipo de comida. Héctor continuava se surpreendendo de ver como de repente serviam *patatas bravas* com a mesma eficácia insípida que o eterno arroz *chop suey*.

Ramón Silva pediu um *carajillo* e o tomou quase de um trago, sem açúcar e, a julgar pelo copo embaciado, bem quente. Não havia dito mais nada e mantinha o olhar fixo na mesa. Apesar de Salgado só ter visto algumas fotos de Cristina, não conseguiu encontrar a menor semelhança entre ambos. Nela, ou pelo menos nas fotos, havia um ar de desafio, a consciência de ser bonita e inteligente ao mesmo tempo. No homem que tinha diante de si podia distinguir uma força em estado bruto, apesar de domada pelos acasos da vida. Aqueles olhos apagados haviam aceitado há muito tempo que as coisas não eram justas. Seu rosto, anuviado pelo cansaço acumulado, fruto do trabalho e da responsabilidade, evidenciava que Ramón Silva havia trabalhado muito para chegar a usar aquele terno que o incomodava e aquele relógio de pulseira metálica que devia custar no mínimo dois dos seus salários.

No fundo do bar, uma televisão, a novidade do lugar, emitia imagens de uma corrida de Fórmula 1. Sem som. Apenas carros dando voltas e voltas no mesmo circuito. Seu interlocutor olhou para lá, mas em vez de se fixar na tela, ficou observando o jovem oriental que era o único empregado.

– Viu só? – disse ele. – Eles são os únicos que prosperam hoje em dia. E sabe por quê? Trabalham de sol a sol, sem se preocupar com bobagens. Para eles o horário não tem importância, nem os feriados.

A cara de Héctor deve ter revelado seu ceticismo, porque o outro se apressou a acrescentar:

– Não estou dizendo que isso seja bom, só economicamente rentável.

– Não duvido – admitiu Salgado, e mordeu a língua para não pontificar que a escravidão também devia ser. Para os fazendeiros, é claro.

Por sorte, Ramón Silva não continuou com o assunto, e Héctor, que também acreditava no tempo e na eficácia, abordou o que lhe interessava sem rodeios.

– Quero lhe dizer que talvez seja um pouco cedo para manter esta conversa. Em algumas semanas teremos os resultados finais e saberemos se... – Não terminou a frase, e também não fazia falta.

Ramón Silva assentiu. Continuava sem o fitar; havia apoiado os cotovelos na mesa, e uma de suas grandes mãos cobria a outra, cerrada. A tensão nos dedos era óbvia. Héctor notou que suas unhas estavam escrupulosamente limpas.

– Acredita realmente que foi aquele garoto? – soltou Silva de repente.

A pergunta o surpreendeu, porque era a última coisa que esperava ouvir.

– O senhor não?

O homem lhe cravou o olhar, mais sério ainda do que antes. Naquela fronte cinzelada com linhas que pareciam cortes se ocultava uma ideia que as palavras não se atreviam a expressar.

– Eu não entendo de leis, inspetor, mas dirigi um caminhão durante muitos anos. Graças a isso, viajei por toda a Europa e conheci muita gente. Muitos homens. Agora tenho uma frota inteira de caminhoneiros às minhas ordens. – Separou as mãos e as mostrou. Os dedos eram tão grossos que a aliança parecia um anel. – Está vendo estas mãos? Não sou um indivíduo violento, mas já vi muitas brigas. Descarreguei muitas caixas. O senhor viu as desse rapaz? A única coisa que ele pegou na vida foi uma esferográfica.

– Ainda não o conheço pessoalmente. Mas...

– Ah. Já sei o que vai dizer: ele não usou as mãos, mas algo mais duro. Ainda assim, falta raiva suficiente àqueles dedos. Quando o vir vai entender.

Sua convicção era palpável, e Héctor decidiu que estava diante de um homem de ideias fixas, que ele dificilmente poderia persuadir, mesmo que quisesse fazê-lo. No entanto, era curioso que o pai de uma das vítimas questionasse a culpabilidade do presumido assassino de sua filha. Por isso, decidiu desviar a conversa para alguém a quem o homem devia conhecer bem, ou pelo menos melhor do que a Ferran Badía.

– O senhor se importa de falar um pouco de sua filha?

O homem encolheu os ombros. Por experiência, Héctor sabia que havia pais que naquelas circunstâncias tinham vontade de falar dos filhos; por alguns momentos, enquanto os elogiavam ou até os criticavam com afeto, era como se aqueles rapazes ou moças continuassem vivos. Outros, ao contrário, se mostravam incapazes de falar deles com serenidade. E por último havia aqueles que aceitavam abordar o assunto como um mal necessário, algo imprescindível. Nesse caso, os sete anos de distância entre o desaparecimento de Cristina e o presente ajudavam a dar à conversa um tom mais tranquilo, mas com certeza não mais objetivo. As pessoas tendiam a idealizar os mortos, e mais ainda quando eram jovens e lhes haviam cortado a vida antes do tempo. Não obstante, o inspetor logo se deu conta de que Ramón Silva não abraçava a correção política nem era capaz de dissimular seus sentimentos. Mesmo que não fossem os que as pessoas esperassem ouvir.

– O que deseja saber? Ela tinha vinte e três anos, e fazia tempo que levava sua vida.

– "Levava sua vida"? Refere-se ao fato de ela não morar com os senhores?

O homem tomou fôlego antes de responder.

– Não. Ela não vivia conosco. De fato, quando saiu do internato, disse que queria se estabelecer por sua conta, e não achei ruim. Eu lhe dava uma quantia fixa por mês, nada muito generoso, o suficiente para cobrir os seus gastos.

–Viam-se com frequência?

– Com a que ela queria. As portas de minha casa sempre estiveram abertas para Cristina – disse ele quase na defensiva.

– Tenho certeza disso. – Não tinha, mas se aquele homem se fechasse em copas, não poderia tirar muita coisa mais dele. – Às vezes os filhos precisam de espaço, de liberdade...

– Foi isso que eu disse a mim mesmo. Não pense que eu seja tão antiquado a ponto de não entender que a vida já não é como antes.

– Sua primeira esposa, a mãe de Cristina...

O homem assentiu.

– Nieves não estava bem. Morreu há muitos anos, depois que nos separamos.

– O que ela tinha exatamente?

– Chamavam de transtorno bipolar. Papagaiada. O que aconteceu com Nieves foi que ela perdeu a vontade de viver. Um dia não aguentou mais, e seu cérebro se desconectou. Pode acreditar, foi horrível: vê-la se apagar dia a dia, perder o contato com a realidade, fingir que o menino ainda continuava vivo... Era terrível.

Héctor ignorava todos aqueles detalhes, portanto preferiu deixar que o homem seguisse o fio de seu próprio discurso, sem interferir.

– Perder um filho é uma coisa horrível, mas é preciso superar, merda! Cristina tinha cinco anos quando Martín morreu. Alguém tinha que cuidar dela; eu trabalhava como um camelo, e Nieves não se levantava da cama. Afinal aconteceu o que tinha de acontecer. Eu providenciei para que Nieves tivesse o cuidado adequado e refiz minha vida, por mim e pela criança. Conheci outra mulher, Rosalía, que tinha ficado viúva havia pouco, com uma menina de apenas um ano. Acabei formando outra família. Não sou homem de ficar sozinho, inspetor. Nieves morreu alguns anos depois.

Fez uma pausa e acrescentou:

– E há vezes em que a gente tem que escolher. O meu não foi um divórcio, foi uma fuga.

– E Cristina?

– As filhas têm a tendência de ficar do lado das mães. Tentei lhe explicar que a dela estava doente, muito triste, mas ela não entendia. É normal, acho. Afinal de contas, ela era muito pequena. Rosalía fez tudo o que pôde, juro, mas Cristina não se fazia amar.

Fazia muito tempo que Salgado não ouvia aquela expressão, que nunca compreendera muito bem. Como uma menina devia "se fazer amar"? Mas não era o momento para perguntas desse tipo. Ramón Silva continuava falando, e pela primeira vez em sua carreira o inspetor se sentiu como um padre ouvindo uma confissão.

– À medida que foi crescendo, Cristina foi ficando cada vez mais insuportável, até que afinal achei que seria melhor para todos afastá-la um pouco. Procurei um bom colégio, o melhor, e a mandei para lá.

– Quantos anos ela tinha?

– Sete.

Héctor fez um cálculo rápido; é claro, Ramón Silva não havia perdido tempo. Ia perguntar algo quando um jovem entrou no bar, e ficou evidente que ele procurava seu interlocutor com os olhos. Com um gesto amável, este o convidou a se unir a eles.

– Inspetor Salgado, Eloy Blasco. Dentro de pouco tempo ele vai ser meu genro. – Ramón Silva sorriu pela primeira vez em todo o encontro. – Quanto falta para seu casamento com Belén?

– Pouco mais de um mês. – Ele se voltou para o futuro sogro com cara de preocupação. – Onde o senhor estava? De repente foi embora...

– Vi o inspetor e quis falar com ele a sós. Mas já acabamos.

Eloy Blasco era moreno e sorridente, devia ter uns trinta e cinco anos de idade, e usava terno com muito mais desenvoltura que seu sogro, que o olhava com afeto e alguma condescendência.

– Bem, a verdade é que preciso ir embora – disse Héctor olhando o relógio. – Só mais uma pergunta, se não se importa. Quando viu Cristina pela última vez?

– No fim de junho, no jantar de aniversário de Belén. Foi quando ela nos disse que ia sair de férias. Estava estranha, como muitas outras vezes, como se a família não fosse dela. Você não estava – acrescentou com um sorriso dirigido ao futuro genro. – Você estava cursando o mestrado na Inglaterra. Quem teria dito, conhecendo seu pai...

Era evidente que aquilo era motivo de orgulho para Ramón Silva, que parecia feliz com sua outra filha e aquele genro do qual, saltava à vista, ele gostava muito.

– Estou lhe parecendo insensível, inspetor? Mas não sou, pode acreditar. Temos que aceitar os filhos como eles são. Cristina aparecia em casa de vez em quando, mas tenho que admitir que nunca me pediu mais do que eu lhe dava, nem me causou problemas. Desculpe, para ser exato, só recorreu a mim em uma ocasião: para lhe pagar um curso de escrita criativa. E eu lhe dei o dinheiro, é claro.

Eloy lançou um olhar em direção a Héctor, dissimuladamente, como querendo desculpar o sogro e suas afirmações. A frase "apesar da aparência, ele é boa gente" flutuou sem palavras naquele gesto, enquanto o bom homem em questão se levantava para pagar o consumo.

– Não o leve muito a sério, inspetor – murmurou Eloy. – Os tempos mudaram muito, e Cristina não era exatamente uma garota fácil de lidar.

Na última frase Héctor teve a impressão de sentir uma mescla de nostalgia e afeto, e ele perguntou:

– Você a conhecia bem?

– Bom, nós nos conhecíamos desde pequenos – respondeu Eloy com um sorriso. – Ramón Silva era o melhor amigo de meu pai. Quando ele morreu, minha mãe e eu ficamos muito desamparados, e Ramón cuidou de meus estudos.

A volta do sogro pôs fim à conversa, mas Héctor anotou mentalmente a possibilidade de tornar a falar com Eloy Blasco no futuro. Já na rua, enquanto Eloy ia buscar o carro, o pai de Cristina acrescentou:

– Talvez isso pareça horrível aos seus ouvidos, mas a verdade é que espero que esse corpo seja de Cristina, inspetor. Já é hora de enterrá-la. Ela merece. Ela e nós.

"Não é terrível", pensou Héctor, "é simplesmente humano."

9

Nas proximidades da Plaza Espanya já se respirava o ambiente de fim de semana. O tráfego era intenso, e o céu azul e sem rastro de nuvens quase fazia prever o verão. Héctor notou os primeiros efeitos do calor e agradeceu por entrar na delegacia. Não é que ele não gostasse do sol, mas sentir sua força no meio de maio lhe parecia demais. Dirigiu-se ao seu escritório, passando diante das mesas vazias de Fort e Castro. Queria falar com Martina Andreu antes que a jornada de trabalho acabasse.

– Subinspetora Andreu, como vai indo sua guerra contra as máfias? – perguntou ele com um sorriso nos lábios quando ela atendeu o telefone. – Já recebeu a carteirinha de "intocável", como os homens de Eliot Ness?

– Ainda não. No momento os únicos "intocáveis" continuam sendo eles, os filhos da mãe.

Apesar de já não trabalharem juntos, Salgado e Martina Andreu se haviam mantido em contato, de maneira que ele estava a par das investigações da que havia sido sua companheira durante anos. E de sua frustração ao ver que o que havia começado como uma operação contra as chamadas máfias russas havia acabado derivando em uma rede de corrupção mais ibérica que balcânica, na qual, de acordo com Martina, "todos estavam afundados na merda até o pescoço. E quando digo todos, quero dizer todos. Até os de cima".

– Você não sabe a vontade que tenho de largar isto e voltar a perseguir delinquentes honestos.

Foi a vez de Salgado soltar uma gargalhada.

– Uma definição rara.

– Você entendeu.

Era verdade, ele entendia.

– Você não me ligou só para me desejar um bom fim de semana, não é?

– Receio que não, Martina. Chegou à minha mesa um caso que você conduziu há sete anos. Você se lembra de Daniel Saavedra e Cristina Silva?

Héctor esperava alguma reação por parte de sua colega. O que não podia prever foi o longo e profundo suspiro que precedeu a resposta.

– Encontraram os corpos? – perguntou ela em voz um pouco mais baixa.

– Ainda não temos certeza, mas pode ser. – Héctor lhe fez um resumo rápido do achado e das circunstâncias que o rodeavam. – Estamos à espera das análises definitivas, mas parece bem provável que se trate deles. Vi o seu nome nos relatórios, e o próprio Bellver também comentou alguma coisa a esse respeito. Foi por isso que te liguei.

Houve um silêncio do outro lado, e Héctor imaginou Martina pondo as recordações em ordem, priorizando informações, organizando a memória para fazer o melhor relatório possível. Mas quando ela falou, ele percebeu que não. Sua voz parecia profundamente afetada, como se lhe tivessem comunicado o falecimento de alguém conhecido.

– Você está com pressa? O que vou te contar é um pouco longo – disse ela.

– Tenho todo o tempo do mundo. Manda ver.

– Héctor – continuou Martina Andreu –, você nunca teve a sensação de que existem assuntos que não tratou como devia? De que, pressionado pelas circunstâncias ou mesmo pelas ordens, você tomou o caminho mais fácil?

Salgado agarrou uma esferográfica e uma folha de papel em branco. Hesitar não era uma coisa típica da subinspetora Andreu, que, se podia ser reprovada por alguma coisa, era por seus atos e opiniões contundentes.

– Quem não teve essa sensação alguma vez? – Começou a desenhar linhas no papel, quadradinhos sucessivos que formavam uma base e ocupavam a metade inferior da folha. – Os fracassos fazem parte do nosso trabalho, como do de todos os outros. Os únicos que resolvem tudo são os tiras dos filmes. Nós fazemos o que podemos.

– Quem dera você tivesse estado aqui naquela época.

–Você diz isso porque eu teria espancado os suspeitos até lhes arrancar a verdade?

– Não seja idiota. Estou falando sério. Você é um dos poucos que resistem à pressão. E mesmo que isso não sirva como desculpa, garanto a você que nessa ocasião houve muita pressão. Mais do que uma subinspetora recém-promovida está preparada para aguentar, principalmente se vem de seu chefe direto.

– Eu já li uma parte do relatório. A denúncia, a tentativa de suicídio do companheiro de apartamento.

– Sim. Foi tudo muito estranho. Em princípio, os dois desaparecidos não pareciam temer nenhum inimigo. Não estavam metidos com assuntos perigosos nem nada disso, mas era evidente que tomavam drogas de vez em quando. Como quase todos.

Ela fez uma pausa, enquanto Héctor continuava desenhando quadradinhos que subiam em forma de escada até a margem lateral da folha.

– Na verdade, nunca teríamos pensado que tivesse acontecido nada suspeito se não fosse pelo amigo. Ou amante, ou fosse o que fosse.

– Ferran Badía?

– Exatamente. Daniel tocava em uma banda e fingia estudar. A garota não fazia nada além do curso de escrita criativa onde conheceu Ferran. Desculpe – interrompeu-se ela –, estou te confundindo. Se bem me lembro, Cristina conheceu Badía primeiro, ficaram amigos no curso, e um dia ele a apresentou a seu companheiro de apartamento. Os amigos dele e a companheira de apartamento dela disseram que Daniel e Cristina começaram um rolo na mesma noite, e que a partir desse dia a garota praticamente se instalou na casa dele.

— Os três viviam juntos?

— Algo assim. O pai de Daniel sugeriu isso, e a companheira de apartamento de Cristina confirmou: o trio se formou pouco depois, durante um fim de semana em Amsterdã, e eles teriam continuado juntos a partir de então.

— Eita...

— É. Já é bem difícil manter um relacionamento de casal normal, e eles complicaram a vida ainda mais. Em resumo, o desenlace era evidente: esse tipo de arranjo costuma explodir mais cedo ou mais tarde. Imaginamos que, no último momento, Cristina tenha decidido sair de férias só com Daniel, e o outro não aceitou e deu cabo deles, e depois, quando a mãe do rapaz começou a pressioná-lo, tentou se suicidar. Mas...

— Não havia cadáveres.

— Exatamente. Nem rastro de corpos, nem rastro da cena do crime. Revistamos o apartamento inteiro, e não havia sinais de violência. Por isso o juiz de instrução exigiu uma confissão.

— Quem era?

— O juiz? Felipe Herrando.

Héctor assentiu. Conhecia o juiz e gostava dele.

— Enquanto Ferran Badía se recuperava no hospital, revistamos a casa, mas não encontramos nada suspeito. Logicamente, começamos a busca dos desaparecidos com toda a artilharia habitual. Eles não tinham sacado dinheiro de caixas eletrônicos desde o fim do mês de junho, ninguém os tinha visto desde então, seus celulares não foram usados. Aí, sim, começamos a nos preocupar. Para cúmulo, a mãe de Daniel ficou histérica e arrumou uma confusão maior ainda.

– Uma confusão?

– A boa senhora, que era bem exagerada, foi a um programa de rádio e disse que havia semanas estava denunciando o desaparecimento do filho, mas ninguém se importava. Nosso querido chefe ficou uma fera com a novata de plantão, quer dizer, eu. O caso foi parar nas manchetes de jornais, porque as pessoas adoram os mistérios com protagonistas jovens e bonitos. Bom, você sabe como é.

– O que aconteceu?

Ela suspirou.

– Tínhamos pouca coisa além de um possível suspeito e de um possível motivo.

Martina se calou, e ele percebeu que aquele silêncio estava carregado de algo parecido com remorso.

– Às vezes isto é uma merda – disse ela afinal. – Bellver se empenhou em conseguir a confissão, e devo dizer que eu também não vi outra solução possível. Eram garotos normais, Héctor. Nós investigamos os amigos de Daniel, os da banda. Ao que parece também tinham se afastado deles no último mês: mencionaram algo a respeito de um *show* que tinham que fazer e ao qual ele faltou.

Héctor assentiu em silêncio. Tinha os nomes anotados: Leo Andratx, Hugo Arias e Isaac Rubio.

– Então eu me concentrei em Ferran Badía. O rapaz estava convalescendo, e qualquer pessoa com alguma perspicácia teria impedido que o interrogássemos. Mas a família dele não se opôs; os pais dos rapazes eram amigos, também estavam preocupados com Daniel, e nem por um momento chegaram a suspeitar de que seu filho Ferran pudesse ter cometido um crime.

Martina se lembrava perfeitamente da segunda vez em que se encontrara com Ferran Badía. Na primeira, ela o tinha visto de longe no hospital, mas os médicos não os haviam deixado entrar no quarto dele, de modo que a imagem que ela sempre conservaria na memória foi a do dia em que o interrogaram em sua casa. Um rapaz magro e muito alto, de olhar míope e pele muito branca, que com as roupas adequadas teria podido interpretar o papel de poeta romântico do século XIX, tuberculoso e melancólico. Mas Ferran não vivia no século XIX; seu mau aspecto era devido à lavagem estomacal que haviam feito nele no atendimento de urgência, e não ao bacilo de Koch, e apesar de com certeza o ar marinho ter melhorado seu ânimo, a tristeza que se lia no fundo de seus olhos, de um azul desbotado, podia obedecer a uma causa mais profunda. E mais sinistra.

A subinspetora havia decidido ganhar a confiança daquele rapaz reservado, aparentemente inofensivo, que depois de sair do hospital se havia instalado novamente na casa dos pais, na companhia de um monte de livros. Poderiam tê-lo levado à delegacia, mas isso teria alarmado a família e provocado a intervenção de um advogado. Não, era melhor fingir que a polícia continuava preocupada com seus amigos, ir vê-lo na qualidade de testemunha, sondá-lo para que deixasse escapar a verdade, fosse qual fosse.

Dessa forma, Martina Andreu foi visitá-lo em Girona, e antes de falar com ele ouviu as dúvidas preocupadas de Júlia Sentís, a mãe do rapaz, como se realmente se tratasse de uma amiga ou de uma assistente social. A mulher não conseguia disfarçar o horror diante dos comentários que o assunto começava a gerar. Sua preocupação era saber por que o filho, um estudante mais do que brilhante, que estava para terminar os estudos de filologia inglesa que o apaixonavam, tinha tentado dar fim a sua vida tão jovem. Por isso é que ela havia recebido a subinspetora com a ingênua confiança das mães consternadas, servindo-lhe um café e uns biscoitos que ela mesma assava para o restaurante do marido.

Quando a subinspetora lhe perguntou pelos amigos desaparecidos de seu filho, se havia alguma novidade – apesar de ter certeza de que não –, Júlia Sentís a fitou como se não compreendesse por que se fazia tanta confusão em torno do assunto. Tratava-se apenas de um casal que tinha saído de férias no verão e de uma mãe que tinha perdido a cabeça porque seu filho tinha se esquecido dela. Além do mais, Daniel sempre fora um irresponsável; não era como o seu Ferran. O fato de viverem juntos se devia em parte a que os pais de Daniel não gostavam dos companheiros com quem o filho havia convivido até então, e estavam convencidos de que Ferran seria uma boa influência para os erráticos estudos do filho.

Martina não conseguia discernir se aquela mulher falava a sério, se o amor materno podia chegar a ser tão cego; qualquer pessoa de inteligência mediana intuiria uma relação fora do "normal" entre aqueles dois desaparecidos em circunstâncias suspeitas e um terceiro, amigo de ambos, que tentara tirar a própria vida sem razão aparente. Mas não. Ou bem Júlia Sentís não via essa relação ou preferia não pensar nela.

A subinspetora respirou aliviada quando pôde sair da cozinha, livrar-se de tanta bondade acolhedora, afastar-se do cheiro de canela e açúcar mascavo e daquela menina que a observava com uma expressão séria. Ela tinha os traços típicos da síndrome de Down, e não havia afastado os olhos dela, como se fosse a única na casa que adivinhara que aquela mulher não tinha ido lá para ajudar seu irmão.

Ferran não havia saído do quarto; de acordo com Júlia Sentís, ele passava o dia lendo. "É isso", repetia a mãe, "tanta leitura embota o cérebro e provoca ideias estranhas." E apesar de não dizer, Martina Andreu imediatamente pensou em dom Quixote e em outros heróis lunáticos.

A mãe não estava errada: Ferran tinha um livro nas mãos, mas fechou-o quando a viu entrar pela porta. A luz do dia mal penetrava naquele quarto que cheirava a aposento fechado, a livros velhos e lembranças desbotadas. Aquele jovem se refugiava em seu quarto de criança para não crescer; no entanto, a cama o traía, deixando seus pés no ar.

– Tudo bem? – perguntou ela em tom interessado quando Júlia Sentís saiu. – Posso me sentar?

Ele não respondeu a nenhuma das perguntas. Passou a mão no cabelo louro-acinzentado, como se quisesse ficar apresentável.

– Posso ver o livro?

Ele o entregou sem olhar para ela, com o canto de uma página dobrado para saber onde tinha parado a leitura.

– Ih, se é em inglês não vou entender nada, as línguas nunca foram o meu forte. *Dubliners* – leu ela em voz alta, e abriu o livro na folha assinalada. Mesmo com seu inglês medíocre, conseguiu entender o título: "The dead". Os mortos. – De que se trata?

Ferran persistiu em seu silêncio, e ela começou a ficar nervosa. Talvez não tivesse sido uma boa ideia ir até lá. De repente, ele lhe tirou o livro das mãos e avançou até a última página.

– "E a neve continua caindo, sobre os mortos e sobre os vivos."

Olhou para ela como se a frase, tirada do livro, fosse uma resposta.

– É claro – disse ela. – A diferença é que os vivos notam o frio; os mortos, não.

– A senhora acha? – Ele sorriu. – No fundo não sabemos o que os mortos sentem. De fato, a morte é um grande mistério, não acha? Quando tomei os comprimidos, pensei que afinal ia saber o que há, se existe ou não essa famosa luz que nos espera no fim de um túnel.

– E...?

– Só tive vontade de vomitar.

Em outro tom poderia ter sido uma demonstração de humor negro; no que ele acabava de usar, era uma simples demonstração de sinceridade.

– Por que você os tomou, Ferran? Não seria apenas para comprovar a história da luz, não é?

O rapaz desviou a vista. Parecia que as pausas não o incomodavam, e ele continuou calado, sem se mexer, durante vários minutos.

– Ferran – insistiu ela –, acho que só aqueles que perderam a esperança desejam algo assim. Aqueles que perderam o que mais amavam neste mundo. Ou aqueles que sentem um medo atroz do que a vida pode lhes apresentar.

Os olhos do rapaz se encheram de algo tão fugaz como definido: dor. Era curioso que, apesar de o resto do corpo continuar relaxado, o olhar pudesse expressar aquela mescla de emoção e vazio.

– Ou os que ficaram sozinhos – sussurrou.

– Mas você não está sozinho. Você tem a sua família, os seus livros. Os seus amigos.

Ele encolheu os ombros, e ela se dispôs a atacar:

–Você sabe onde estão Daniel e Cristina, não é? Sabe que não vai tornar a vê-los.

Ferran pousou o livro na mesinha de cabeceira. Apoiou a cabeça no travesseiro e se cobriu com o lençol, apesar do verão, apesar do calor. Martina não se rendeu e continuou a falar com ele, apesar de quase não ver o seu rosto.

– Foi por isso que você quis morrer. Porque tem consciência de que os perdeu.

– Eles estão juntos. – Ele falou em voz tão baixa que ela mal o ouviu.

– O quê?

– Eles estão juntos. Como queriam. – Ele se corrigiu: – Como Cristina queria. Isso é a única coisa que importa.

Martina Andreu não deixou de notar o tempo verbal da frase. "Queria", no passado.

– Cristina queria ficar com Daniel? Não com você?

Ele não respondeu, e a subinspetora insistiu, em um tom mais firme:

– Ferran, se você sabe onde eles estão, só precisa me dizer. Seus pais estão preocupados. Você conhece os pais de Dani, não é justo que eles passem por isso se pudermos evitar.

Ele se virou devagar naquela cama de menino. Suava, o que não era de estranhar, dada a temperatura daquele quarto fechado, mas Martina notou que era um suor frio, acompanhado de um tremor leve, mas constante.

– Saber não fará com que eles se sintam melhor – murmurou ele. – A senhora já tinha dito antes: o mais saudável é conservar a esperança.

Ela falou devagar, com uma lentidão deliberada:

– Você me disse que eles estavam juntos. – Adotou um tom mais firme para continuar. – Ferran, me responda: Dani e Cris estão vivos?

– Mais do que a senhora e eu. – Havia uma nota irônica na resposta, a aceitação resignada de um fato.

– Então não entendo por que você tomou uma caixa de comprimidos para dormir.

Ferran pegou o livro novamente.

– Essa história era uma das preferidas de Cristina. Quer saber de que trata "Os mortos"? Vou contar. Um casal de meia-idade vai passar a véspera de Natal na casa de uns parentes. São pessoas tradicionais, amáveis, boas famílias irlandesas. Comem peru, contam fofocas, cantam. De repente o marido percebe que sua mulher, Gretta, se emocionou com uma das canções. Quando chegam em casa e ela desata a chorar, ele lhe pergunta o que aconteceu, e Gretta conta que, anos atrás, em sua juventude, um rapaz costumava lhe cantar aquela canção. Um jovem doente, que havia desafiado o mau tempo para vê-la e acabara morrendo por causa disso. Diante daquela confissão, o marido de Gretta percebe que, sem que ele soubesse, sua mulher sempre havia amado outra pessoa. Um fantasma, um rapaz chamado Michael Furey. Um morto que no coração de sua mulher estava mais vivo do que ele.

Pegou o livro e leu os últimos parágrafos, traduzindo-os diretamente da versão inglesa, como havia feito antes com o final, como se o tivesse feito mil vezes e o conhecesse de cor, mas ela não lhe deu atenção. Não conseguia deixar de observar os olhos do rapaz, avermelhados, que quase chegaram a comovê-la. Apenas quase. Intuía que a hora era aquela, que precisava aproveitar aquela fraqueza para lhe arrancar a verdade que lhe oprimia o peito a ponto de quase o impedir de respirar – e o fez.

– Por que você acha que Cristina gostava tanto desse conto? Você disse que era um de seus favoritos.

– Cris gostava de tudo o que tinha a ver com o amor e com a morte – disse ele fechando o livro. – Ela sempre dizia que transava para se sentir mais viva. Também se drogava por esse motivo, para aumentar as sensações, apesar de não fazer isso com muita frequência. Só às vezes.

– Você e Dani também tomavam drogas?

Ferran olhou a porta, como se receasse que sua mãe estivesse escutando atrás dela.

– Eu não. Verdade. Eu tinha medo. Além do mais... alguém precisava manter a lucidez, não é?

– Imagino que sim. – Martina Andreu titubeou e decidiu voltar ao resumo da história. – Esse rapaz, Michael, o morto do conto, devia ser alguém muito especial.

– Ele era especial para aquela mulher – sussurrou ele.

– Cristina era muito especial para você. – Ela fez a afirmação no passado, deliberadamente, convencida de que aquela moça, especial ou não, estava morta.

– Sim.

E a subinspetora Andreu, pouco amiga de romantismos, não teve a menor dúvida de que aquele simples monossílabo ocultava uma grande história. Isso era evidente no semblante daquele rapaz que talvez tivesse chegado a matar. Martina Andreu continuou falando em voz baixa, em uma espécie de sussurro persuasivo e amável.

– Com isso você quer dizer que Cristina e Daniel estão mortos, mas continuam presentes na memória dos que os amaram? Na sua memória?

O rapaz permaneceu impassível. Seu rosto voltou a ser uma máscara sem expressão alguma. O ar se encheu de perguntas e suspeitas até se tornar quase denso, como uma neblina de verão, espessa e pegajosa.

– Me conte tudo. Você vai se sentir melhor – insistiu a subinspetora. – Garanto.

Ele a estudou com o olhar, como se quisesse acreditar nela, e ela respeitou o silêncio, rezando para que a mãe dele não entrasse e quebrasse a atmosfera que haviam criado.

– Eles estão mortos, não é? – perguntou afinal.

– Os amantes estão condenados a morrer. Em todos os romances.

– Não estou falando de literatura, Ferran.

Ele encolheu os ombros.

– A vida não é tão diferente da ficção. Ou não deveria ser.

– Como eles morreram? Alguém os atacou? Ferran, você não pode continuar se escondendo nessa cama como uma criança. Você precisa dizer a verdade.

– E ele contou? – perguntou Héctor.

– Não. Ele se fechou em si mesmo, e não pude lhe arrancar nem uma palavra mais. Nem naquele dia nem em interrogatórios posteriores. E foram muitos até sua segunda tentativa de suicídio.

Héctor tinha parado de desenhar fazia algum tempo. A escada de quadradinhos estava completa, e ele começou a pintar alguns de preto, sem padrão algum.

– Mas agora os corpos foram encontrados. Sete anos depois – disse ele quase para si mesmo. – E nas imediações de uma casa que já estava abandonada naquela época.

Ele lhe contou rapidamente o achado, sem entrar em detalhes.

– Nenhum dos interrogados jamais mencionou uma casa vazia perto do aeroporto. A companheira de apartamento dela, uma garota com uma horrível mancha no rosto, dessas de nascimento, nos disse que Cristina e Daniel tinham ido para o seu "refúgio", um lugar onde podiam ficar sozinhos, antes de sair de férias. Se bem me lembro, foi a única que afirmou que Cristina estava fazendo isso para se afastar de Ferran Badía. Que eles queriam "ficar sozinhos". Nina, agora me lembro, esse era o nome da companheira de apartamento. Ela saía com outro dos membros da banda, não lembro qual.

– É bem estranho que eles tenham escolhido aquele lugar, aquele refúgio. Você devia vê-lo.

– Bom, a história que os três mantinham também era estranha. Me parece que eles bancavam os excêntricos: ela queria ser escritora, ele cantava em uma banda. Por isso uma casa abandonada lhes pareceu um lugar romântico. Vai saber.

A impressão de Héctor era que a casa, mais do que romântica, era assustadora. Apesar de que já se haviam passado sete anos, e com certeza aquelas telas cujas fotografias constavam no relatório não estavam ali.

– Você devia ter acompanhado as reportagens, Héctor. Inclusive o fato de Ferran ter sido um *nerd* se virou contra ele. Não o chamaram de Hannibal Lecter porque o rapaz era vegetariano. A tese da imprensa era parecida com a de sua mãe: ele tinha lido tanto que havia perdido um parafuso.

Ele esperou. A escada se havia transformado em um tabuleiro de xadrez caótico, preto demais.

– A família contratou uma advogada mais do que decente. Não me lembro do nome, mas ela conseguiu o que procurava: internaram o rapaz em um hospital psiquiátrico, e a investigação parou. Choveram críticas sobre nós: para alguns, havíamos sido duros demais; para outros, brandos demais. E no entanto eu sempre tive muitas dúvidas. Você nunca trabalhou com Bellver, não é? Ele é um desses inspetores de ideias fixas. Estava convencido de que Ferran Badía era culpado.

– E você não? – perguntou ele.

Ela soltou algo que poderia ter sido um suspiro.

– Por mais que eu pense e repense, nunca consegui imaginar aquele rapaz matando seus amigos. Ele os amava, Héctor. Sei que pode parecer incongruente, já que se tratava de um rapaz emocionalmente instável. Mas pelo menos a ela ele amava, não tenho a menor dúvida disso. Não havia o menor resquício de rancor, nem de ciúme, nem de inveja em nenhuma de suas declarações. Mas de todas elas se desprendia a sensação de que ambos estavam mortos, como se ele mesmo tivesse visto os cadáveres. – Ela tomou fôlego. – Mas, como eu já te disse antes, não havia nenhum outro suspeito. Interroguei inclusive o professor de Cristina e de Ferran Badía. Não me lembro de seu nome. Santiago ou Sebastián. Um sujeito pedante a mais não poder, mas afora isso, irrepreensível.

– E a família da garota? – perguntou Héctor. Sentia curiosidade de conhecer a opinião de Martina sobre Ramón Silva.

– Ah, sim, estava me esquecendo. A família de Cristina Silva era complicada. A mãe morreu quando ela era pequena, e o pai refez sua vida com outra mulher. Ele é dono de uma empresa de transportes. Me lembro dele como de um bom homem, um desses trabalhadores curtidos que acabam fazendo fortuna, e duvido que ele mantivesse muito contato com a filha. Ficou muito abatido quando afinal o localizamos. Aqui entre nós, tive a impressão de que a notícia era um golpe mais ou menos previsto. Como se ele já receasse que Cristina acabaria mal.

Héctor assentiu. Resumindo, essa era a impressão que ele lhe havia causado.

– Ainda me lembro da cara da mãe de Ferran Badía depois da segunda tentativa de suicídio de seu filho. Meu Deus, me senti tão mesquinha!

– Martina, para pegar delinquentes é preciso ser um pouco mesquinho. Como se costuma dizer, não se podem fazer omeletes sem quebrar ovos.

– Ah, bom. Consolo pobre esse, Héctor.

– Hoje em dia tudo é pobre – ironizou ele. – Você não sabia? O consolo também está em crise.

Antes de sair do escritório, Héctor parou diante de um painel de cortiça e dividiu o espaço em dois, 2004 e 2011. Na primeira metade, a correspondente a 2004, foi colocando as fotos e os nomes dos implicados. As vítimas, o suspeito de seu assassinato; os amigos que faziam parte da banda de Daniel – Leo Andratx, Hugo

Arias e Isaac Rubio –, a colega de apartamento da garota – Nina Hernández –, o professor do curso de escrita criativa – Santiago Mayart –, bem como os de seus familiares. Na outra metade colocou apenas um breve resumo das provas que tinha nesse momento: as fotos tiradas na casa e a lista de objetos encontrados na mochila.

E enquanto fazia isso, disse a si mesmo que a vida de todos eles, exceto das malogradas vítimas, tinha mudado muito nesses sete anos. Os jovens que tocavam no grupo continuariam sendo, mas não tanto. "Como todos", pensou ele enquanto evocava sua própria vida sete anos atrás. Com Ruth, com Guillermo, que então ainda era um menino de sete anos. "Uma família tão feliz quanto a maioria", disse a si mesmo com amargura, com o afeto que impregna as boas recordações.

– Você ainda está aqui?

Se o delegado Savall havia batido na porta, Héctor não tinha ouvido.

– Na verdade, já estava de saída.

Lluís Savall era um homem corpulento, fornido e, em linhas gerais, agradável. Héctor tinha a sensação de que ele se preocupava de verdade com aqueles que estavam a seu cargo, ou pelo menos conseguia fingir isso com bastante desembaraço para que parecesse convincente. Ele e Savall haviam tido encontros e desencontros, principalmente nos últimos tempos, mas Héctor nunca se sentira desvalorizado pelo chefe direto. Era verdade que, desde a surra que dera no dr. Omar, um ano antes, as coisas tinham sido difíceis para ele: a corporação, que publicamente se comportava como uma equipe, não era tão clemente de portas adentro. Isso era algo que Héctor estava disposto a suportar e que algum dia, com o tempo, terminaria.

– Você sabe que não devia estar fazendo isso. – Savall indicou o painel. – Não é trabalho para um inspetor.

Não se podia negar: nos Mossos d'Esquadra, os inspetores não investigavam; ocupavam-se de outras tarefas que faziam com que Héctor se sentisse como um funcionário e não o estimulavam.

– Você me conhece. Não perco os velhos hábitos.

Savall meneou a cabeça com um ar bonachão, como um pai que repreende o filho por estudar demais.

– Precisamos falar desse caso – prosseguiu Héctor para desviar a atenção.

– Segunda-feira, Héctor. Vou para Pals em meia hora. Minha mulher vai passar para me buscar em dez minutos.

– Bom fim de semana.

– Igualmente. – Savall se dispunha a sair quando, de repente, se voltou. – Tem certeza de que não precisa de mais gente? Andreu não está, Castro acaba de voltar, e Fort não passa de um novato.

– Por enquanto estamos nos virando. Mas obrigado.

O delegado não parecia ter ficado muito convencido.

– Bom, segunda-feira falamos disso – disse ele antes de sair.

"Eu devia ter aceitado a oferta", pensou Héctor. Porque ou não conhecia bem o chefe ou segunda-feira aquele oferecimento de ajuda em forma de reforços teria caducado, ou, pior ainda, teria sido relegado ao esquecimento.

10

Aquele momento de pânico sempre se repetia. O instante em que receava ficar sozinho, ou quase. Era o mesmo temor nervoso que sentira com oito anos meia hora antes de começar sua festa de aniversário, ao ver a mesa posta com guardanapos coloridos e pratos de plástico, o bolo na geladeira, as velas cuidadosamente embrulhadas e sua mãe com o sorriso rígido como um avental apertado com firmeza. E se ninguém viesse? E se seus amigos, a quem não sentia como tais, tivessem combinado ignorar o convite? E se seus pais ficassem sabendo da triste e vergonhosa verdade?

Cada vez que tinha de fazer uma apresentação de seu livro, Santiago Mayart se sentia como aquele garoto inseguro, atacado por um leve gaguejo. Acabava por chegar ao lugar do evento meia hora antes, tomava um chá no bar mais próximo e, como um detetive particular que quer passar despercebido, vigiava as pessoas que caminhavam pela rua ou a porta do local, enquanto pensava sem parar na triste possibilidade de se descobrir como o único assistente ao funeral de um livro. Ou, ainda pior, em que quatro ou cinco conhecidos, que tinham comparecido por simpatia para com ele, fossem testemunhas de seu fracasso. De seu enterro como autor.

Nessa tarde o pressentimento do desastre era maior do que das outras vezes. Sentado no terraço de um bar de esquina, situado diante da livraria onde devia se realizar, a partir das sete, uma "breve conversa com os leitores" e a noite de autógrafos de *Os inocentes e outros contos*, Santi Mayart observava a rua semivazia com a angústia de quem vê realizar-se seu pior pesadelo. Do outro lado, além do Arco del Triunfo, um grupo de mulheres se contorcia ao ritmo de uma música chata e repetitiva. Não chegavam a ser uma dúzia, e elas lhe pareciam totalmente imunes ao ridículo: agitavam as cadeiras como figurantes sem fala em uma recriação moderna das *Mil e uma noites*. Se estivesse de bom humor, Santi teria sorrido ao imaginar em que circunstâncias uma mulher supostamente lúcida decidia se inscrever em um curso de dança do ventre ao ar livre; e, pior ainda, como era possível que essa mesma senhora não morresse de vergonha ao se descobrir seguindo, com rígidos movimentos circulares capazes de provocar uma luxação, o tipo magérrimo de corpo mais feminino que o da maioria de suas alunas que avançava de costas para elas contornando-se como uma Sherazade sem pudor.

Sem pensar, aproximou a xícara dos lábios e queimou a língua com o chá pelando, ao mesmo tempo que dois rapazes montados em patins ultrapassavam o grupo de dançarinas, cada um por um lado, com a velocidade de camicases. Depois eles se cruzaram, em um movimento que tinha pouco de espontâneo e muito de exibição arrogante de corpos atraentes. "Cenas surrealistas de uma tarde de primavera em Barcelona", disse Santi a si mesmo. Mestiçagem, modernidade e, em resumo, uma falta de pudor quase ofensiva aos olhos de quem, como ele, acreditava que algumas atividades só tinham sentido na infância ou em uma sala fechada. De qualquer modo, o espetáculo improvisado o havia entretido durante alguns minutos, afastando seu olhar da porta da livraria Gilgamesh, um lugar em que havia estado uma vez em toda a vida, quando fora comprar histórias em quadrinhos para seu sobrinho em uma chuvosa tarde às vésperas do Natal.

Antes de ir para o bar, observara a vitrine com a apreensão de quem se sabe furtivo. Essa não tinha muito a ver com aqueles frontispícios de espadas douradas e dragões dantescos. Ele nunca havia pensado em se dedicar a esse gênero, desconhecia quase todos os seus nomes ilustres, e sempre achara que Stephen King era um fabricante de livros a granel que faziam sucesso mais por sua (excessiva) longevidade que por sua (discutível) qualidade. No entanto, afinal, os exemplares de seu livro de contos ocupavam toda a vitrine, junto do anúncio do ato que ia se realizar dentro de instantes. Capas pretas nas quais se destacavam pássaros presos, trancados atrás de grades brilhantes; gaiolas fechadas por chamativas cintas vermelhas que exaltavam as virtudes aterrorizantes de alguns contos que, por razões que escapavam à sua própria compreensão, tinham alcançado uma popularidade impressionante. Ele gostava de pensar que era devido ao fato de ao menos uma vez um autêntico escritor ter se aventurado em um gênero povoado de imitadores amadores, mas a verdade era que nem mesmo ele conseguia acreditar realmente nisso.

Como sempre que ficava revirando essas coisas na mente, deu uma olhada rápida em redor, receoso de que seu rosto refletisse suas dúvidas, e ao fazê-lo comprovou que a assessora de imprensa da editora, uma moça que teria ficado bem tanto sobre patins como participando da dança do ventre, se aproximava da sua mesa devagar, com a resignação de quem é obrigado a prolongar um dia de trabalho na sexta-feira à tarde.

Antes dessa coleção de contos, Santi tinha publicado dois livros experimentais de tiragem pequena em editoras que não existiam mais. Uma, de fato, havia fechado antes que seu livro chegasse a ser distribuído, em virtude do que sua casa ficou cheia de exemplares que o olhavam com irônico desprezo. Por essa razão, jamais tivera uma editora importante a apoiá-lo, e menos ainda uma assessora de imprensa. E apesar de suspeitar que aquela moça era a menos importante de seu departamento, não deixava de lhe causar satisfação o fato de alguém o acompanhar em atos como o daquela tarde. Além disso, descobrira que com ela podia ser moderadamente grosseiro, enfatizando o advérbio mais do que o adjetivo, sem sofrer represálias. E isso lhe agradava ainda mais.

– Olá, Santi. – Ela se sentou à mesa e em seguida tirou o celular do bolso. – Preparado para o bate-papo?

Ele encolheu os ombros e lhe dirigiu um olhar condescendente, um gesto que tentava conciliar com a imagem de segurança que, por dentro, estava longe de sentir.

– Logo veremos se vem alguém – comentou ele, olhando para a porta da livraria. Fez o possível para que a frase tivesse um tom de acusação.

– É claro que sim. Falei esta manhã com o pessoal da livraria, e eles tinham certeza de que seria um sucesso.

– Bom, e o que mais eles iam te dizer? – Olhou o relógio: faltavam doze minutos. – Sexta-feira não é um bom dia. As pessoas saem no fim de semana, não é dia para lançamentos.

– A verdade é que eles é que escolheram...

A moça havia adotado aquela atitude defensiva que ele adorava provocar. Como se ela fosse responsável pelo dia escolhido, pelo tempo e pelos costumes dos barceloneses, que ao que parecia preferiam patinar ou bancar os tontos em plena rua.

– Vamos? – perguntou ele bruscamente.

– É claro.

Santi se levantou e, bem devagar, começou a tirar a carteira do bolso traseiro da calça. Sabia que ela se adiantaria, e assim foi.

– Deixe. A editora paga – disse ela.

Ele não lhe agradeceu, mas dessa vez não foi para continuar com seu comportamento passivo-agressivo, mas porque o celular que deixara no silencioso se pôs a vibrar contra seu peito. Olhou a tela, e seu rosto se fechou. Não queria atender, pelo menos não diante dela, por isso ensaiou seu olhar mais intransigente, deu meia-volta e foi até a esquina antes de aceitar a ligação.

– Alô? – respondeu em voz baixa.

– Santi? Você já me conhece, sou um amigo.

– Um amigo...? – Estava farto das ligações daquele sujeito, um maluco anônimo que estava há duas semanas a perturbá-lo com mensagens incoerentes, às vezes elogiosas, às vezes atrevidas. – Estou com pressa. O que deseja?

– Nada. Quer dizer, falar com você. Sei que você não tem muito tempo.

– É, você me pegou numa hora péssima.

– Eu sei. Você está quase entrando na livraria para apresentar o seu livro.

Mayart olhou em redor. A agitação começou a se transformar em algo parecido com o medo. Um medo irracional, que eliminava todos os fatos quantificáveis – estava no centro de Barcelona, em plena rua, nada de ruim podia lhe acontecer –, que fez sua respiração se acelerar enquanto sentia na boca o sabor do chá, antes doce, agora transformado em um enjoo amargo.

– Olhe, não quero continuar aguentando as suas besteiras.

– Não fique nervoso. Só queria lhe desejar boa sorte.

– Então já desejou.

– Não. Nem pense em desligar o telefone.

A voz tinha adotado um ar imperativo, ameaçador, sem elevar em absoluto o tom.

– Tenho que desligar em alguns segundos.

– Já sei. Estou te vendo. Respire fundo, Santi. Tem gente te esperando na porta. Os autores devem isso ao seu público.

Santiago Mayart voltou a cabeça para a livraria e depois, bem rápido, em direção ao Arco del Triunfo.

– Não me procure. – A voz tornara a ser amável. – Vou desligar em seguida. Só queria que você soubesse que eles foram encontrados.

– Quem encontrou quem? – ele quase gritou.

– Os amantes de Hiroshima. Os autênticos, claro.

– Não sei de que diabos você está falando. E, por favor, não me ligue mais. – Odiava admitir, mas tinha certeza de que tinha deixado escapar uma nota suplicante, indigna de si.

– Calma. Como eu disse, só queria te desejar sorte, e também te avisar. Você deve estar preparado para o que virá.

Ele ficou sem ar. Precisava desligar, quer o outro gostasse ou não.

– Nos falamos em outro momento. – Sem saber muito bem por quê, tinha medo de lhe desagradar.

– Não tenha dúvida. Voltarei a ligar. Até logo. Seus fãs o esperam.

A comunicação foi cortada, e Santi ficou com o telefone na mão, inerte como os pássaros da capa de seu livro. Viu que a assessora de imprensa o esperava educadamente, sem dizer nada, e sabia que tinha que atravessar a rua, dar aquela palestra e autografar aqueles malditos livros. Antes, no entanto, precisava ir ao banheiro. Urgentemente.

"Esta noite voltarei a Hiroshima."

Quando era pequena, o professor nos explicou que os pássaros são os primeiros a intuir as catástrofes. Que quando um furacão, um terremoto ou qualquer outro desastre natural se aproxima, eles levantam voo, agitados, soltando guinchos de advertência que os seres humanos não conseguem entender. Só os vemos cruzar o céu como um esquadrão rápido, uma esteira caótica de penas e grasnidos, enquanto nos perguntamos do chão por que eles estão fugindo, ou o que os terá assustado. Até mesmo tapamos os ouvidos para não ter que suportar aquela sinfonia aguda, e, depois de eles terem desaparecido, nos sentimos aliviados pelo silêncio. Não lembro se naquela manhã de agosto notei algo estranho nos pássaros ou no céu. Estava muito ocupada, minha mente estava cheia de imagens que eu não conseguia apagar.

Falta apenas um dia para 6 de agosto. É a primeira vez que vou passar esse dia fora de Hiroshima desde que a data se transformou em sinônimo do horror. O translado a Quioto foi uma viagem carregada de esperança: eu queria sair da minha cidade, me afastar daquele ar letal. Porque, na verdade, a bomba, aquele veneno que lançaram sobre nós, não foi pior do que tudo o que chegou depois. Agora sei que naquela manhã os papéis se inverteram: os afortunados morreram, e os condenados sobreviveram. Eles não tiveram que suportar os sinais de decadência, não acordaram um dia qualquer e perceberam que o travesseiro se havia enchido de mechas de cabelo, não sofreram o pânico de carregar nas entranhas um monstro disforme. Não, quando penso em Takeshi e Aiko, meus amigos, quase tenho inveja deles. Eles dormiram e não acordaram mais. Deveríamos morrer todos assim.

Imagino sua última madrugada, naquele 6 de agosto de 1945, muito parecida com tantas outras que eu tinha ouvido às escondidas do quarto pegado, guiando-me pelos sussurros, pelo roçar dos lençóis, pelos risos amortecidos e os suspiros sufocados. Nunca cheguei a vê-los enquanto faziam amor, isso teria sido de uma insolência imperdoável, mas não podia fazer nada se o tabique fino deixava passar o gozo do sexo como se fosse um papel de seda, e minha mente, ociosa e insone, interpretava aqueles ruídos, dava forma aos arquejos entrecortados e enchia de conteúdo os murmúrios. Quando saía para o hospital, bem cedo, parava um momento do outro lado da porta, escutando a respiração pesada daqueles que adormecem ao amanhecer, e os imaginava abraçados, entregues ambos ao estado de paz de quem dorme sentindo-se amado. Muitas vezes me perguntei se o nó que me apertava a garganta era provocado pelo ciúme ou pela simples inveja; com o tempo, compreendi que se tratava de algo muito diferente. Apesar de minha juventude e inexperiência, acho que naquela época já sabia que aqueles instantes que Takeshi e Aiko compartilhavam faziam parte de algo que, por razões desconhecidas, sempre seria proibido para mim. Intuía que, mesmo que se passassem anos e eles se transformassem em lembranças apagadas pelo tempo, meus amigos continuariam se amando na velhice ou amando a outros, enquanto eu continuaria igual: intacta, blindada, sempre do outro lado daquela porta, incapaz de seduzir ou de ceder à sedução. Já pressentia isso naqueles anos em que a constante ameaça da guerra acelerava os sentidos e a vontade de viver, e no entanto de vez em quando me enganava pensando que podia ser eu que ocupava o lugar de Aiko. Fechava os olhos e me via no vão que ela deixava nos lençóis, dormindo nos braços de Takeshi. Ou melhor, em minhas fantasias mais perturbadoras, me descobria deslizando a mão por dentro do quimono de Aiko, afastando aquele tecido sedoso estampado de rosas amarelas e acariciando a pele suave com a ponta dos dedos, como se receasse me queimar ao seu contato.

Um aplauso moderado, mas sincero, saudou o final da leitura, e Santi ergueu a vista do livro, agradecido. Não era algo que estivesse previsto, mas uma das assessoras lhe havia pedido que lesse em voz alta as primeiras páginas daquele conto, e ele não vira motivo algum para negar. Desde pequeno gostava de ler em voz alta, e, de qualquer modo, era melhor isso do que continuar divagando sobre o terror e suas formas. Principalmente porque um momento antes sentira um terror maior do que estava disposto a admitir.

O público estava de pé; a princípio, nervoso com a conversa telefônica com aquele desconhecido, tinha esquadrinhado os rostos na intenção de vislumbrar algum detalhe que lhe permitisse reconhecê-lo. Como se pudesse distinguir sua voz em uns olhos, um gesto ou uma postura.

Os autógrafos começaram, um ritual que sempre havia intrigado Santi. Por que fazer fila para conseguir um rabisco acompanhado de uma frase estandardizada? Acabara por se render à evidência: por mais estúpido que lhe parecesse, as pessoas pareciam gostar daquilo. "Na verdade", pensou, "foi tudo bem." Umas trinta pessoas se aglomeravam em volta da mesa que lhe haviam preparado, sem formar uma fila estrita, como se esperassem o ônibus no mais puro estilo barcelonês. Ele ia autografando e respondendo com lugares-comuns às frases feitas que os leitores, futuros ou passados, lhe endereçavam, e durante os vinte minutos seguintes mal notou o que acontecia em redor, ocupado em desejar uma leitura aterrorizante e em estampar uma assinatura na primeira página de cada livro. Já tinha quase terminado, perante a satisfação dos livreiros, que, suspeitava, tinham vontade de vê-lo sair dali, e da assessora de imprensa, que, sem dúvida, morria de vontade de perdê-lo de vista para começar de uma vez o fim de semana. Sorrindo por dentro, pediu-lhe uma garrafinha de água, ao que ela se apressou em atender com o profissionalismo de uma aeromoça de primeira classe.

Santi se ergueu da cadeira e se pôs a bisbilhotar nas estantes, considerando a possibilidade de levar alguns livros. Sabia que precisava ler Lovecraft, mas o preço dos livros que encontrou, lindamente encadernados, lhe pareceu exagerado. Ouviu um ruído às suas costas, um pigarro explícito, e se voltou. Uma garota bem jovem, com seu livro na mão, o esperava do outro lado da mesa.

— Desculpe, pode autografar para mim?

— Claro. Como você se chama?

— É um presente — respondeu a garota, e hesitou antes de dizer: — Para uns amigos.

— Muito bem. — Ele sorriu. Ela devia ter uns dezoito ou dezenove anos, e usava umas tranças rastafári muito bonitas. — Como eles se chamam?

— Pode dedicar para Daniel e Cristina.

O sorriso desapareceu do rosto de Santi. Ele escreveu a dedicatória com rapidez e, antes de assinar, ergueu a cabeça.

— Quer que eu acrescente mais alguma coisa?

Ela sacudiu a cabeça, como se estranhasse a pergunta.

— Não. Acho que isso basta. Só os nomes. — E repetiu novamente: — Para Daniel e Cristina.

— Já ouvi. — Suspirou. — Aqui está.

Devolveu o exemplar sem olhar muito, e a garota saiu. Cinco minutos depois, quando afinal estava saindo da livraria, o telefone tornou a tocar. Dessa vez foi uma conversa curta. Apenas uma frase: "Obrigado da parte de Cris e Dani". Não lhe deram a opção de responder.

11

Leo Andratx sabia que não devia estar ali. Montado em sua moto, como um cavaleiro moderno e solitário rondando a casa de sua donzela perdida. Também sabia que nada de bom podia sair daquela situação. A lógica lhe indicava que as possibilidades, diversas, nunca seriam a seu favor; Gaby podia não aparecer nessa noite, e com isso ele estaria perdendo tempo postado perto de sua casa. Ou bem ela voltaria e se irritaria ao vê-lo ali ou o acusaria de persegui-la, de assediá-la, e eles acabariam discutindo, como já havia acontecido em ocasiões anteriores. E, é claro, havia também o pior dos cenários possíveis: que ela voltasse acompanhada, que entrasse em casa com um homem a quem tivesse acabado de conhecer, da mesma forma que fizera com ele dois anos antes em outro apartamento.

Tinha passado o dia dizendo a si mesmo que não o faria, que evitaria por todos os meios pisar naquela rua do Eixample, Villarroel, para ser exato, onde Gaby tinha se instalado depois de deixá-lo. No entanto, a noite de sábado trouxera consigo a necessidade de vê-la, mas fora só um momento, apesar de isso não mudar nada. Falar com ela por telefone teria servido para apaziguar aquela inquietude crescente, mas fazia tempo que Gaby não respondia a seus telefonemas, nem a suas mensagens, de modo que não lhe restava outra opção a não ser plantar-se diante da casa dela e esperar, enquanto em seu interior o receio e o absurdo da situação continuavam a lhe retorcer o estômago.

Os minutos passavam, grupos de jovens se dirigiam a alguns dos bares da área, o porteiro de um deles se esforçava inutilmente para calar as vozes daqueles que saíam de seu local pedindo que gritassem na esquina de baixo, pelo menos, para não o comprometer. Mas era primavera, sábado à noite, e as pessoas que andavam a essas horas na rua não estavam para brincadeiras. À medida que a noite avançava, os transeuntes desapareciam, as luzes dos locais se apagavam, e dentro de Leo se acendia outra luz, a da vergonha. Não era potente o bastante para obrigá-lo a pôr a moto em marcha e sair dali, mas bem mais fraca e titubeante: ele queria ir, queria ficar, queria ver Gaby, mesmo que fosse para brigar com ela; queria principalmente ter certeza de que ela dormiria sozinha. E também queria fazer o tempo retroceder até o momento anterior ao abandono, até o primeiro sinal imperceptível de que este se aproximava. As primeiras rejeições, as primeiras caras feias.

Às três e quarenta, um táxi parou na esquina, e Leo soube que seria Gaby quem desceria antes mesmo de vê-la. Soltou o ar devagar, sentindo uma alegria ridícula ao comprovar que ela vinha sozinha. O momento pelo qual ficara horas aguardando havia chegado, e de repente todo sinal de alerta se apagou dentro dele. Só via aquele corpo escuro que procurava as chaves na bolsa, aquele cabelo, encaracolado até o impossível, que lhe ocultava o rosto. Desejava vê-la de perto. Tocá-la. Não com a intenção de lhe fazer mal. Ele nunca faria mal a Gaby, e o fato de ela poder pensar tal coisa o ofendia.

Ele se aproximou dela pelas costas, mas ficou a alguns passos, enquanto ela continuava procurando as chaves na bolsa, virada para a porta.

– Eu sempre as pegava antes – disse ele. – Essa bolsa é grande demais.

Gaby se voltou.

– Eu estava passando por aqui – acrescentou Leo, e ela bufou de um modo que tanto podia ser uma gargalhada brincalhona como uma clara mostra de desdém.

– Ah, sei. Exatamente agora, não? – Tirou as chaves da bolsa com uma expressão de triunfo e as mostrou. – Boa noite, Leo.

Não, não podia deixá-la ir embora assim. Não depois de tantas horas na rua. Por acaso ela não percebia como ele sentia falta dela?

– Quero falar com você. – A frase saiu menos firme do que ele pretendia, quase como uma súplica.

– Mas eu não.

Ela tinha bebido. Não muito, Gaby nunca se excedia, mas o suficiente para que ela optasse pelo desafio em vez da fuga. Seus olhos negros brilhavam naquela pele que não era completamente negra.

– Vai à merda, Leo. Quer que eu seja mais clara? Quer que eu te denuncie novamente? Vai embora. Me deixa em paz. Me esquece.

– Não consigo.

Ela o olhou com um desprezo tão evidente que ele deu um passo atrás. Só outra mulher havia sido capaz de esbofeteá-lo com os olhos, e já fazia alguns anos. E naquele instante Leo a viu diante de si. Gaby era completamente diferente de Cristina no físico, mas igualmente cruel no trato.

– Não quero te ver de novo. – Repetiu isso mais alto, e de um terraço se ouviu uma voz exigindo silêncio.

– Por quê? Você disse que podíamos ser amigos.

Gaby riu.

– Você é patético. Vai procurar outra, Leo. Compra presentes para ela para seduzi-la e depois tenta fazê-la ficar.

Ela se voltou para abrir a porta, e ele não conseguiu deixar de avançar novamente e apoiar uma das mãos em seu ombro com força. Então Gaby começou a gritar. A gritar de verdade, como se ele a estivesse agredindo, quando a única coisa que ele queria era que ela não fosse embora.

"Cristina nunca teria feito isso", pensou ele. Antes de gritar como uma garotinha, ela teria lhe dado um chute ou uma bofetada. Na verdade, o escândalo era mais eficaz; um dos terraços se abriu, Leo ouviu uma voz ameaçando chamar a polícia, algo que já havia acontecido no passado, e quando se deu conta, Gaby já tinha entrado e fechado a porta. A única coisa que lhe restava, a única dignidade de que podia se orgulhar era subir na moto e sair dali antes que a advertência da voz anônima se tornasse realidade.

Nina ouviu o ruído da porta de sua casa e olhou o relógio. Eram apenas duas horas, o que significava mais uma sexta-feira em que Hugo fechava o bar antes da hora. Ela se revirou na cama, inquieta, de repente desperta pelas preocupações que se aliavam para lhe roubar o sono nas últimas semanas. Nina sabia como as horas passavam lentamente em um bar vazio. Já fazia cinco anos que viviam em Madri, cinco anos desde que tinham aberto a cafeteria da Calle del Fúcar, juntos, aproveitando que a tia-avó de Hugo se aposentara e o proprietário lhes deixara sem luvas aquele local com moradia que a mulher havia arrendado durante trinta anos. Um bar velho que, em troca, eles haviam pintado e redecorado com pouco dinheiro e muito bom gosto. O pior era que o declínio da clientela havia sido brusco, quase de um mês para outro.

As coisas iam bem para eles um ano antes, tão bem que eles até haviam começado a pensar em procurar alguém que lhes desse uma mão trabalhando por hora: na hora do almoço e nas noites de fim de semana. Contavam com uma clientela fixa que havia se acostumado a tomar o café da manhã, o lanche ou até comer uma salada ao meio-dia ou um drinque à noite naquele espaço informal, decorado com pôsteres de quadrinhos clássicos, com uma estante enorme onde os clientes podiam se servir de números velhos do *Quarteto Fantástico*, do *Hulk* ou do *Capitão América*, e com mesas coloridas forradas de tirinhas que contrastavam com o branco das paredes. O problema era que nos últimos seis ou sete meses, aqueles mesmos que antes pediam um café com leite e uma generosa porção das tortas que Nina preparava em casa todas as noites enquanto Hugo fazia o último turno, agora tomavam o café com uma torrada, traziam a salada de casa e trocavam os drinques por uma cerveja. Agora havia sextas-feiras, como aquela, em que Hugo fechava antes das duas, cansado de ficar consigo mesmo ou com algum cliente amigo que, além de tudo, ele se sentia na obrigação de convidar. As pessoas não haviam deixado de ir ao Marvel, só haviam deixado de gastar.

Nina esperou que Hugo entrasse no quarto, mas ao ver que os minutos passavam e ele não vinha, aproximou-se da porta na ponta dos pés. Viu-o sentado no sofá com os fones de ouvido e de olhos fechados. A seus pés, Sofia, a gata, tentava inutilmente que aquele ser humano derrotado lhe desse atenção. A bichana percebeu a presença de Nina e lhe lançou um miado aborrecido. Não gostava nada que roubassem a atenção de seu dono.

"A convivência ensina a respeitar os silêncios", pensou Nina, e reprimiu a vontade de se aproximar do companheiro que, sem dúvida, preferia a solidão. Voltou para a cama, sabendo que não ficaria tranquila até que ele se deitasse, até notar aquele corpo ao seu lado. Depois de quase sete anos, era difícil dormir sozinha. Fechou os olhos, decidida a pôr todo o seu empenho em driblar as horas da noite, porque as coisas sempre pareciam melhores de manhã, quando uma onda de otimismo a levava a pensar que podiam aguentar tudo, que seguiriam em frente, que naquele dia, de repente, as coisas afinal melhorariam.

Eram seis da manhã, e Isaac não conseguia dormir. Em primeiro lugar, porque fazia anos que ele não se deitava em uma cama de solteiro, que, para cúmulo, estava encaixada na parede; em segundo, porque cada vez que se metia nela sentia-se como se ainda tivesse dezoito anos. Naquela época não teria se importado, eram tempos em que caía na cama tão bêbado que o sono o derrubava imediatamente, deixando-o numa espécie de inconsciência. Outras vezes havia cheirado tantas carreiras que o colchão parecia ter molas e flutuar no ar; então, dormir era a última coisa que tinha vontade de fazer. No entanto, já fazia seis anos que não provava drogas, algo de que às vezes se arrependia. Principalmente em noites como aquela, deitado em uma cama estreita no quarto de brinquedos das filhas de seu irmão e rodeado de um coro de bichinhos de pelúcia que de vez em quando o observavam com olhinhos sinistros. Aquelas duas meninas tinham uma loja de brinquedos em casa, e todas as noites Isaac tinha que se desviar de um carrossel, um fogãozinho e um sem-fim de pequenas peças que, se ele se distraísse e andasse descalço, se cravavam como agulhas na planta dos pés.

Voltar não tinha sido uma boa ideia. Isaac estava cada vez mais convencido disso, mas no momento, enquanto pensava em qual seria o passo seguinte, seria bom poupar alguma grana instalando-se no apartamento que, no fundo, era tão seu como de seu irmão Javi, quer sua cunhada gostasse ou não. Sorriu maliciosamente ao pensar que de fato podia se permitir dormir no melhor hotel da cidade, coisa de que nem Javi nem sua mulher sabiam; estava ocultando o dinheiro havia tanto tempo que aquilo tinha se transformado num hábito. A princípio fora necessário para evitar suspeitas, é claro. Os três estavam de acordo com isso. Sete anos mais tarde, isso não era mais preciso, em parte porque o dinheiro, que de início lhes parecia interminável, acabara se derretendo com a mesma rapidez de um sorvete no deserto.

No seu caso, ainda tinha algumas reservas. Não sabia nada dos outros, mas um simples cálculo em função do que ele havia gastado lhe dava uma ideia aproximada. E se ele não tivesse se apropriado de uma parte que não lhe competia, já estaria duro.

Sem conseguir evitar, procurou debaixo da cama a sacola onde o guardava. Não a deixava ali quando saía do apartamento, porque tinha certeza de que Lorena, a mulher de Javi, remexia em suas coisas; portanto, cada vez que saía enfiava a sacola na maleta e a fechava bem. Mas quando estava em casa, principalmente à noite, gostava de sentir o dinheiro nas mãos, e até de dormir com ele.

Desde pequeno havia aprendido que o dinheiro era a única coisa que importava. Tê-lo ou não o deixava em duas margens distintas do mundo: em uma, trabalhava como um cretino e levava uma vida de merda; na outra, simplesmente podia escolher.

Com as notas na mão, virou-se na cama e ficou de cara para a parede empapelada de borboletas coloridas. "Melhor isto que o ursinho caolho", pensou antes de voltar a dormir. De algum modo, tocar o dinheiro fazia em Isaac o efeito do melhor dos soníferos.

12

Sábado Héctor se levantara decidido a fazer algo que havia meses estava adiando. O terraço da laje tinha sido durante anos um reino mais de Ruth que seu, principalmente no que se referia às plantas, agora reduzidas a espectros secos que surgiam de túmulos em forma de vasos. Quando Lola estivera ali, dois fins de semana antes, quase sentira vergonha ao subir com ela àquele espaço que só podia ser qualificado de decadente. Seu comentário, "Você gosta da paisagem lunar?", havia arrancado dele um sorriso amargo e o firme propósito de eliminar da vista aqueles seres petrificados. Na tarde anterior, passara por uma loja do bairro e comprara adubo e terra nova.

Assim, bem cedo, antes que o sol irrompesse sobre as lajotas do terraço, transformando-o em um forno, ele se dedicou a arrancar aqueles despojos. Estava lá em cima havia quinze minutos quando Guillermo subiu, e ele fingiu não perceber aquele olhar cético, levemente condescendente, que em outro momento o teria deixado de mau humor. Em vez disso, decidiu lhe pedir ajuda, e sorriu para si mesmo ao ver que, apesar da expressão de tédio que parecia acompanhar todos os atos do filho de um tempo para cá, o garoto estava orgulhoso de que reclamassem sua colaboração. Na verdade, ele sabia muito mais de plantas que o pai, o que também não o transformava num especialista, mas lhe dava a confiança necessária para afirmar que não havia necessidade de jogar meio saco de adubo, mas sim de regá-las generosamente.

Entre uma coisa e outra, além de uma guerra de água que começou por acidente e terminou com os dois ensopados, já era meio-dia, e Héctor, para arrematar a empreitada com algo que Guillermo não costumava recusar, propôs que eles fossem ao centro depois de almoçar: na Fnac ele podia passar horas escolhendo filmes, enquanto seu filho fazia o mesmo na seção de jogos de computador, e depois na de histórias em quadrinhos. Tinham descido para o apartamento a fim de preparar algo rápido para comer, contentes diante da perspectiva de equilibrar a manhã meio campestre com uma tarde consumista e urbana.

Não haviam passado nem vinte minutos, no entanto, quando o telefone soou e acabou com seus planos. Era o agente Roger Fort, que, pesaroso, informava ao chefe que Álvaro Saavedra estava na delegacia e solicitava, em um tom que tinha pouco de pedido, falar com o encarregado da investigação. Héctor conteve uma resposta que o pobre Roger não merecia e deu uma olhada no relógio.

– Vai ter de comer sozinho, Guillermo. Nos encontramos no centro em duas horas?

O filho o observou com uma expressão de dúvida e encolheu os ombros. Estava preparando uma salada, e murmurou uma resposta que Héctor não chegou a ouvir. Enquanto ele descia rapidamente as escadas, dizia a si mesmo que nos manuais do pai perfeito não existiam imprevistos nem adiamentos. Nem olhares carregados de algo indefinível, que doíam mais do que seria de esperar.

Álvaro Saavedra estava sentado diante do agente Fort quando Héctor chegou, apesar de "sentado" não ser talvez uma descrição muito precisa. A tensão era perceptível naquela postura rígida, que lembrava a de uma ave de rapina pronta para o ataque.

De fato, assim que o viu surgir, ele se levantou da cadeira movido por um impulso interno que, Héctor sabia, tinha muito a ver com a impaciência. Atrás de sua mesa, Fort observava a cena com um ar penalizado.

Héctor estendeu a mão para o visitante e o acompanhou até o seu escritório. Álvaro Saavedra não se sentou logo; seu olhar se dirigiu ao quadro de cortiça onde estavam as fotos da casa no dia do achado, e Héctor se arrependeu de ter pendurado uma dos cadáveres envoltos naquela tela de plástico estampada. Não costumava fazer isso; lembrava-se delas o suficiente para não precisar vê-las todos os dias, mas naquele caso intuía que aquela imagem era importante. Ao seu lado estavam as fotos de Daniel e Cristina vivos, e de algum modo isso pareceu sossegar o recém-chegado.

— Sente-se, por favor.

— Desculpe. Não sei como dizer isso. Desculpe ter vindo assim. Eu quis vir antes, quando descemos para Barcelona, mas tivemos que voltar a Girona imediatamente. Hoje minha mulher não se levantou da cama, e eu já não aguentava mais ficar em casa sem fazer nada.

— Não se preocupe. — Héctor não sorriu, mas seu tom de voz era suficientemente amável para suprir o gesto. — Todos nós faríamos a mesma coisa.

— Imagino que sim. Faz... faz tanto tempo... e agora me dizem que tenho de esperar pelo menos um mês para saber se é...!

— Sr. Saavedra, encontramos a documentação de Daniel e a de Cristina junto aos cadáveres. — Tomou fôlego antes de continuar. — Como o senhor há de compreender, passaram-se muitos anos, e as condições dos corpos não permitem uma identificação positiva e absoluta sem as provas de DNA, e essas requerem tempo, entre quatro e seis semanas.

— Sim. A doutora me explicou. Mas...

— Nós começamos a trabalhar com a hipótese de que se trata deles. Há outros fatos que coincidem: a altura de ambos, a época do desaparecimento...

Álvaro Saavedra assentiu.

– Nós sempre soubemos que eles estavam mortos. Esperamos a confirmação da notícia durante sete malditos anos. Talvez um mês mais lhe pareça pouco.

– Sr. Saavedra, não há nada que possamos fazer a esse respeito. No entanto, podemos começar a investigar. E para isso precisamos dos senhores; para isso, o senhor e todos os que conheciam Daniel e Cristina são a única fonte de informações de que podemos dispor.

– Eu sei. Já contamos tudo quando nos pediram. Várias vezes. – Havia cansaço em sua voz.

Héctor abriu a pasta do relatório. Um detalhe lhe havia chamado a atenção quando o estudara pela primeira vez, então decidiu começar por ali.

– Há sete anos, em suas primeiras declarações, foi o senhor que falou da relação que Daniel, Cristina e Ferran Badía mantinham. Como ficou sabendo disso?

Era uma pergunta direta, já que Héctor intuía que aquele homem, diretor de uma sucursal bancária, habituado à responsabilidade e a tomar decisões, não era dos que aguentavam de boa vontade os panos quentes. Não estava errado.

– Eu os vi – disse ele simplesmente. – Já sabe que o apartamento era nosso. Da minha mulher, para ser mais preciso. Recebemos um aviso de um vazamento de água, o pessoal do seguro se pôs em contato comigo, e decidi descer para Barcelona para resolver isso.

– O senhor veio apenas por causa disso?

O visitante meneou a cabeça.

– Claro que não. Nós já havíamos tido muitos problemas com Daniel. Na verdade, ele nos escondeu durante três anos que havia abandonado os estudos de direito. Segundo ele, estava passando de ano, mas afinal foi obrigado a admitir a verdade.

Héctor não disse nada.

– Daniel nunca havia sido um rapaz complicado. Garanto. Enquanto vivia conosco, era tudo normal. Mas quando se instalou em Barcelona para estudar, ele mudou. Mudou muito, e não para melhor.

– Compreendo.

– No verão anterior nós descobrimos a história toda, e eu me recusei a continuar mantendo o apartamento, e também os estudos que ele havia abandonado.

– Ele tomava drogas?

– Ele dizia que não. Mas ele mentia o tempo todo, então...

– Entendo.

– Minha mulher insistiu em lhe dar outra oportunidade. Daniel não queria voltar para Girona, jurou e repetiu que continuaria a cursar a universidade, apesar de tudo. Ela... Virgínia nunca conseguiu lhe negar nada. E eu concordei, o que eu podia fazer? Só lhe impus algumas condições. – Encolheu os ombros. – Condições absurdas.

– Como assim?

– Que ele saísse do apartamento que dividia com três amigos que também não queriam saber do batente e fosse viver em um que Virgínia tinha livre, apesar de ser velho e não tão confortável como o anterior. E que ele o dividisse com...

– Ferran Badía. Por quê?

– O pai dele era o meu melhor amigo. E o rapaz parecia ser responsável. Meu Deus...

A culpa era tão evidente na expressão de seu interlocutor que quase dava pena de ver. Héctor já havia testemunhado aquela culpa tantas vezes que a assumira como parte integrante do luto. Pais que se culpavam por terem sido duros demais com os filhos, ou condescendentes demais; esposas que lamentavam ter enganado os maridos. E, na verdade, Héctor às vezes achava que o destino seguia seu curso, inexorável, uma linha traçada à base de decisões e indecisões, de palavras ditas ou caladas, até um final irreversível.

– Então naquele dia – disse Salgado, retomando o fio da pergunta inicial – o senhor foi ao apartamento.

– Naquele dia eu me comportei como um imbecil, inspetor.

* * *

Vários fatores tinham levado Álvaro Saavedra a explodir naquela manhã de fins de maio de sete anos antes. Vários, e de diversos tipos. Em primeiro lugar, ele havia tirado um dia de folga no trabalho, algo que sempre lhe gerava uma sensação de desconforto. Em segundo, odiava aquela rua e o bairro que a rodeava: pessoas demais de cores demais que o faziam sentir-se como um forasteiro em uma cidade que também era grande demais. E em último lugar estava o mau humor consigo mesmo, porque intimamente suspeitava de que nenhuma das razões anteriores tinha muita justificativa e de que elas indicavam, ao contrário, alguém que estava envelhecendo e ficando cheio de manias, e que só ficava à vontade em lugares conhecidos e reconhecíveis. De qualquer modo, subiu a escada íngreme até o terceiro andar e hesitou apenas um momento antes de enfiar a chave na fechadura. Tinha avisado Daniel de que iria dois dias mais tarde, e apesar de ter sentido a tentação de lembrá-lo disso na véspera, afinal havia optado por não o fazer.

Não esperava encontrar ninguém em casa, e surpreendeu-se ao ouvir o ruído da televisão, que estava no *hall* transformado em sala e emitia imagens e som diante de um sofá vazio. Álvaro Saavedra odiava o esbanjamento, e desligou-a com um gesto irritado. Então ouviu risos, e apesar de uma voz interior lhe ordenar que desse meia-volta e fosse embora, abriu a porta do quarto principal, que era sem dúvida o lugar de onde saíam aquelas gargalhadas femininas.

Nos poucos minutos em que permaneceu no umbral, antes de os ocupantes do quarto notarem sua presença, seus olhos registraram a cena e a mandaram a um cérebro que se tornara lento como suas pernas e sua respiração. A voz interior ficou calada, sem saber o que dizer, porque a cena que tinha diante dos olhos era difícil de descrever, e porque a primeira coisa que a amordaçou foi o cheiro de sexo com maconha que invadia o ar do quarto.

Dois corpos masculinos, nus, se encontravam na cama de joelhos, beijando-se com um ardor que transformava aqueles beijos quase em mordidas. Entre eles, igualmente nua em pelo, havia uma pessoa – uma moça, conforme ele pôde ver segundos depois, quando ela se ergueu e, separando-os, acariciou com os lábios os de ambos os rapazes, como se quisesse prová-los antes de se decidir por um deles. Afinal escolheu – Álvaro não tinha a menor dúvida de que era ele – o companheiro de apartamento de seu filho. E Daniel, porque a terceira figura não era outra senão o seu primogênito, colocou-se atrás dela, lambeu o dedo indicador e o dirigiu, com inusitada firmeza, às nádegas que oscilavam diante dele. Ela se arqueou ao senti-lo, separando os lábios dos de Ferran, que lhe abraçou a cintura e começou a lhe beijar os seios, perdendo-se naquela jovem que gemia, adorada pelos dois, compartilhada pelos dois e que, se Álvaro não tivesse gritado para pará-los, teria sido penetrada pelos dois.

– Eu não sou nenhum puritano, inspetor. Nem tenho idade para me escandalizar...

– Mas isso lhe fez mal.

– Era como ver um filme pornográfico ao vivo. Foi tudo somado: as mentiras anteriores de Dani, o fato de que era óbvio que naquele dia e naquela hora ele devia sem dúvida alguma estar na faculdade. E... realmente, eu tive uma reação violenta, visceral, diante daquela espécie de orgia inesperada. Não estou orgulhoso dela, mas já não posso fazer nada para mudar isso.

Héctor tentou imaginar a cena e se pôr no lugar do homem que tinha diante de si.

– Para cúmulo, a garota, Cristina, começou a rir. – Ao dizer isso, ele ergueu a vista para a foto que estava pendurada no painel de cortiça. – Talvez tenham sido os nervos, não sei. Mas o riso dela me pareceu impróprio, descarado. Deixei os dois, Ferran e ela, contendo-me para não esbofeteá-la. E fiquei a sós com Dani.

Não havia necessidade de repetir tudo o que havia dito ao filho naquele momento. A expressão de seu rosto falava mudamente dos insultos lançados e do arrependimento que se seguiu, aprisionado em seu interior, daquele vazio que sucede as explosões de fúria surda e cega que Héctor conhecia muito bem.

– Eu lhe disse coisas muito desagradáveis.

Héctor não se sentiu com forças para tentar consolá-lo, nem achou que o homem que fazia esforços para não desmoronar fosse apreciá-lo.

– Foi a última vez que falei com ele. Não tornei a vê-lo.

– O que vou lhe dizer não vai ajudá-lo agora, mas lembre-se: o culpado pela morte de seu filho foi unicamente quem o matou. Não o senhor.

Álvaro Saavedra assentiu, mas fez isso com o olhar perdido, posto provavelmente na cena de reconciliação que nunca havia acontecido, naquelas outras palavras que tinham ficado sangrando dentro de si. De repente, levantou-se e foi até o painel, como se o estivesse vendo pela primeira vez.

– E isto? Estes... desenhos?

– Foram encontrados na casa onde acharam os corpos.

– São... macabros. – Apesar disso, ele não afastou a vista e fez inclusive um gesto de tocar em uma das fotos.

– Estamos no começo da investigação – disse Héctor. Havia outro assunto que ele queria abordar. – Na mochila que havia na casa foi encontrada uma soma considerável de dinheiro. Dez mil euros. O senhor tem ideia se seu filho podia possuir uma quantia assim?

– Dani? Dez mil euros em espécie? Claro que não! Mas... – permaneceu em silêncio alguns instantes, pensativo e triste –, depois da bronca, quando terminei, ele me disse que ia me devolver o dinheiro que eu tinha investido em sua educação. Que se era apenas isso que me preocupava, ele me devolveria até o último centavo.

Pela segunda vez, Héctor receou que seu visitante desmoronasse, e pela segunda vez este encontrou em seu interior a força necessária para não o fazer.

– Uma última pergunta, sr. Saavedra. O senhor conhecia bem Ferran Badía?

– Obviamente não, inspetor. – Ele se voltou para Héctor, irritado. – Olhe, não sei se esse rapaz matou meu filho, mas se ele fez isso, espero que apodreça na cadeia, apesar do afeto que tenho por seus pais.

Não havia muito mais o que dizer, e Héctor se levantou da cadeira para pôr fim à entrevista.

– Manteremos contato.

– Espero que sim.

O homem derrotado havia desaparecido, e em seu lugar voltara o Álvaro Saavedra que encarava o mundo de peito aberto. Héctor o viu sair e demorou alguns minutos para encontrar forças para fazer o mesmo.

Saiu rapidamente, quase sem se deter na mesa de Fort, e tomou um táxi para o centro. Por absurdo que parecesse, sentia necessidade física de ver Guillermo. E isso, a urgência do amor paterno, o fez pensar em Carmen e no ingrato do Charly. Precisava ligar para Ginés para lhe perguntar se tinha averiguado alguma coisa sobre ele antes que fosse tarde demais.

13

Os dois jovens se encontravam a uma distância prudente da porta da delegacia; nem perto demais, onde sua presença pudesse levantar suspeitas, nem tão longe que não desse para ver as pessoas que entravam e saíam dali. Se alguém os tivesse observado, teria percebido que já fazia algum tempo que ele mostrava sinais de aborrecimento; ela, no entanto, permanecia imóvel, com os olhos fixos na porta, e de vez em quando dava uma cotovelada no companheiro para que ele prestasse mais atenção.

– Não sabemos nem se esses agentes trabalham hoje – resmungou o rapaz, com vontade de ir embora.

Era a enésima vez que ele repetia aquilo, e ela não se incomodou em responder.

– Além do mais, não entendo para que você quer vê-los – insistiu ele. – Já te falei que eles só foram à escola perguntar pelos quadros. Talvez dessa vez vocês os tenham pendurado em uma casa que é propriedade de alguém importante ou algo assim.

Ela lhe lançou um olhar rápido, desdenhoso, mas ele só prestou atenção naqueles olhos de um azul incrível, tão claros que às vezes, com a luz adequada, pareciam transparentes. E naqueles seios sensuais e tentadores, que se insinuavam através da camiseta justa cor de malva.

– Fica quieto e não me atrapalha, Joel – ordenou a garota, e ele, a contragosto, voltou a se concentrar na porta. – Tem certeza de que eles eram desta delegacia?

– O número de telefone do cartão que a agente me deu era o da Plaza Espanya.

"É absurdo desperdiçar assim uma tarde de sábado", pensou Joel, mas na verdade só o fato de estar com Diana já fazia valer a pena montar aquela guarda ridícula. Tudo o que rodeava aquela garota, de tranças rastafári louras e seios firmes, era sempre fora do comum. Quando ela abandonara as aulas, no começo do curso, ele achou que não tornaria a vê-la, e no entanto não fora isso o que aconteceu. Uns três meses depois, Diana havia reaparecido, mais magra e linda como sempre. Sua frequência à academia continuava sendo escassa, mas ela não se ressentia muito disso: era indiscutivelmente a melhor, e havia se juntado a um grupo de pintores que se dedicavam a um tipo de arte arriscada e comprometida. Como ela.

– Epa! – exclamou ele. – Ali está. Aquele cara bem alto... o que está saindo agora.

– Você não tinha dito que foi uma mulher que te perguntou?

– Sim, mas eram dois. É ele, com certeza!

Diana assentiu e lhe deu um beijo rápido no rosto.

– Obrigada. Agora vai.

– O quê?

– Se manda. Depois eu te ligo. Não quero perdê-lo de vista.

– E o que você vai fazer? Diana, você não pode ir atrás de um tira!

Mas era tarde demais. Ela tinha atravessado a rua e se dispunha, sem a menor dúvida, a fazer o que ele temia. Joel a viu afastar-se, com os olhos cravados na tatuagem com que ele sonhava desde o primeiro dia em que a vira.

Diana não tinha certeza se o homem que seguia ia para casa ou não, mas esperava sinceramente que fosse assim. Enquanto caminhava, sentiu um pouco de pena de Joel; não gostava de se aproveitar dele, mas às vezes não havia outro remédio a não ser recorrer àqueles estratagemas. "Os amigos merecem tudo", pensou, e a pessoa a quem estava ajudando tinha estado ao seu lado em momentos muito mais difíceis. Além disso, Lucas estava contente porque havia ganhado dinheiro com o trato, e ela queria cumprir sua promessa. Levava na bolsa o livro que aquele autor havia autografado na tarde anterior, e agora a única coisa que tinha de fazer era enviá-lo anonimamente aos *mossos*, uma tarefa aparentemente simples que, na hora da verdade, se revelara muito mais complexa. Se Joel não tivesse comentado que uns tiras tinham passado pela escola perguntando pelos quadros, ela não teria sabido a que delegacia remetê-lo.

O agente andava depressa pela Calle de Sants, e ela tentava não o perder de vista entre a multidão que perambulava pela calçada olhando as vitrines. Também não queria se aproximar muito. De repente o viu virar em uma rua estreita e entrar no saguão de um prédio. Sentiu-se uma idiota ao chegar à conclusão de que saber onde ele vivia não ajudava muito; tinha pensado em deixar o livro na caixa de correio, mas o fato de ignorar o seu nome dificultava mais uma vez a tarefa.

Ficou na esquina pensando, e surpreendeu-se ao vê-lo sair de novo com um cachorro que conhecia bem. O animal latiu, feliz ao vê-la, e ela se afastou correndo. Não lhe interessava nada que o bicho desse mostras de reconhecê-la. A última coisa que ouviu foi a voz do homem repreendendo o cão. Quando já se encontrava a uma distância suficiente, disse a si mesma que aquele cão talvez fosse a única maneira de cumprir o objetivo que se havia proposto. Uma tarefa que ela não entendia muito bem, mas isso tampouco importava: os bons amigos faziam favores sem formular perguntas.

14

— Lluís, você está bem? Ficou o jantar todo com esse ar ausente...

"Não", pensou o delegado Savall enquanto se dirigia ao banheiro, sem vontade de responder à sua mulher. Havia uma porcentagem – não muito elevada – de possibilidades de que ela se calasse; de que, quando ele acabasse de escovar os dentes, Helena tivesse se deitado. Como de costume, a porcentagem maior ganhou: ele percebeu isso ao encontrá-la ainda vestida, sentada na cama.

– Você não me respondeu – afirmou ela, apesar de não ser necessário: ele sabia muito bem que não lhe havia respondido.

– Estou bem. Só um pouco cansado.

– Os Solà devem ter achado que você estava aborrecido.

"E acertaram", pensou ele, mas em vez disso respondeu:

– Acho que foi tudo bem. E o peixe estava excelente.

Elogiar as virtudes culinárias de Helena costumava ser um passaporte para a tranquilidade.

– Estava, não é? Muito melhor do que o que nos ofereceram no restaurante na semana passada.

De costas para ela, Lluís sorriu. Com um pouco de sorte, a conversa acabaria ali. Eles tirariam a roupa, apagariam a luz e Helena dormiria, deixando-o em paz. Contou mentalmente até dez enquanto tirava a roupa e vestia o pijama. Dez, nove, oito, sete...

– De qualquer forma, além de virem jantar, as pessoas também vêm para conversar, querido.

– Está bem, Helena, já chega. – O comentário saiu mais brusco do que ele pretendia. – Acho que eles jantaram bem e não passaram mal. E se não foi isso o que aconteceu, sinto muito. Não é sempre que a gente está com vontade de conversar.

– Isso foi a primeira coisa que eu te perguntei, se você estava bem.

Ele a fitou; quase trinta anos juntos deveriam servir para que sua mulher o compreendesse sem muitas palavras, ou pelo menos para que fingisse fazê-lo.

– Desculpe. Estou bem. Só que esta noite minha cabeça estava em outro lugar.

No entanto, as rendições tinham um preço.

– Se você tivesse respondido na primeira vez, teríamos economizado esta conversa desagradável. Não pretendo que você me conte as suas coisas, não mais. A única coisa que peço é que você faça o esforço de ser amável quando temos convidados. Acho que não é exigir muito... E agora, aonde você vai?

– Tomar uma aspirina. Eu estava bem, mas você conseguiu me deixar com dor de cabeça.

Não ouviu a resposta da mulher, nem fazia falta. Podia imaginá-la perfeitamente. Tomou a aspirina, quanto a isso não estava mentindo, e depois se dirigiu ao quarto, supostamente de hóspedes, que estava ocupado por uma mesa grande. Sobre ela, uma centena de peças diminutas, esparramadas, aguardavam que ele as encaixasse em seu lugar. E ele se pôs a fazer isso, não tanto por vontade como para evitar uma nova discussão com Helena.

Eram quase três da madrugada quando, sem muito interesse, o delegado Savall colocou a última peça do quebra-cabeça ao qual havia dedicado sua atenção nos últimos fins de semana em Pals, nos momentos de folga. Esse era o tempo que podia dedicar ao seu *hobby*, porque Helena costumava convidar as pessoas para jantar ou para almoçar – para qualquer coisa, contanto que vozes alheias enchessem os silêncios da casa. Por isso a tarefa se eternizava, e ele tinha que aguentar os comentários de sua mulher, que ria dele, dizendo que sua cabeça estava começando a falhar.

Não era verdade. Pelo menos Lluís Savall não acreditava nisso, e ele se conhecia bastante bem para saber que o declínio – que chegaria algum dia – ainda estava longe. Não, não era a vista que o atrapalhava, mas outras coisas. Seu cérebro estava demasiadamente tenso; durante a semana tinha que fingir. Ser o delegado de sempre, o marido de sempre, o pai de sempre. Só que nos fins de semana, sentado diante daquela mesa, podia deixar a mente em branco e limitar-se a respirar.

Helena tinha razão em uma coisa: havia tempos que ele andava ausente. Mas não podia lhe contar os motivos pelos quais sua mente divagava, se perdia em sendas obscuras e o deixava com o olhar perdido, fixo em lugares aos quais ninguém podia acompanhá-lo. Cada vez lhe custava mais dissimular, apesar de, em linhas gerais, ninguém com exceção de sua esposa parecer ter percebido. No entanto, nem no caso mais remoto ela teria podido imaginar o que lhe ocupava os pensamentos – que rosto lhe aparecia de repente, cada vez com mais frequência, que voz queria escutar quando estava sozinho.

Era evidente que Ruth estava de saída, algo que convinha a ele. Também sabia que a ex-mulher de Héctor Salgado não se negaria a deixá-lo entrar, o que era ainda mais conveniente.

– Você ia sair? – perguntou ele.

Ela fez um gesto com as mãos como que dizendo que não tinha importância.

– Sim, mas não tenho pressa. Vou passar o fim de semana fora, em Sitges. – Esboçou um sorriso. – Para fugir deste calor.

Ele a observava, tentando transmitir tranquilidade. O que ia lhe dizer já era bastante duro, mas intuía que ela seria capaz de aguentar. Não a conhecia muito bem, só a tinha encontrado em circunstâncias superficiais enquanto ela estava casada com Salgado, mas, a julgar pelos comentários ouvidos sobre ela e por seus próprios atos, deduzia que se tratava de uma mulher forte, que não havia hesitado em tomar as rédeas de seu futuro para começar uma vida nova. Outras teriam feito o mesmo deixando um canteiro de ressentimentos às suas costas. Ruth não; seu ex-marido gostava dela, apesar do abandono. Com certeza por isso ela estava em perigo. Com certeza por isso ele precisava tirá-la dali.

A incerteza devia flutuar no ambiente, porque Ruth não disse nada; limitou-se a aguardar, de pé, talvez por achar que sentar-se prolongaria definitivamente aquele contratempo inesperado. Savall tomou fôlego; havia muita coisa em jogo.

– Está acontecendo alguma coisa, Lluís? – perguntou ela afinal.

Ele clareou a garganta.

–Você falou com Héctor nos últimos dias?

– Acabo de fazer isso. – Ela ergueu uma sobrancelha, em um gesto que começava a ser de impaciência, mas que de repente se transformou em preocupação. – Lluís, você se importa em me dizer por que veio aqui?

– Ruth, como você sabe muito bem, Héctor se meteu em uma confusão importante quando surrou aquele velho charlatão.

Ela assentiu.

– O que você talvez não saiba, porque Héctor não quis te inquietar além da conta, é que esse homem proferiu ameaças não apenas contra ele, mas também contra sua família.

Ruth não disse nada. Permaneceu tensa, sem se atrever a formular a pergunta que lhe acudia à boca.

–Você não veio aqui para me dizer que... Ele teria feito alguma coisa ao Guillermo?

Savall apressou-se a tranquilizá-la.

– Não, não. Garanto. Não vim aqui para te dar uma má notícia desse tipo. Na verdade, a pessoa por quem receamos é você, não o teu filho.

Ruth recebeu essa nova informação com uma postura firme, até mesmo com um resquício de incredulidade.

— Eu? Tem certeza?

— Sim.

— Mas...

Ele sabia o que ela ia dizer: que eles já não estavam mais casados, que usando a ela como objetivo de sua vingança, o dano para Héctor seria menor do que se o alvo fosse seu filho.

— Você ainda significa muito para Héctor — acrescentou ele à guisa de explicação desnecessária; ela sabia disso perfeitamente.

— Acabo de conversar com ele — replicou ela pensativa, porque, na verdade, a conversa havia sido uma discussão. — Ele me disse que tomasse cuidado.

O delegado adotou seu tom mais formal; havia chegado o momento de jogar todas as suas fichas.

— Héctor está suspenso, e todo mundo sabe disso, Ruth. Ele intui as coisas porque é inteligente, mas não conhece o alcance das ameaças de Omar. É por isso que estou aqui. — Ele fez uma pausa para que ela interiorizasse o que acabava de lhe dizer. — Vim aqui para te levar para um lugar seguro; ninguém deve saber onde você está, e quando digo ninguém quero dizer exatamente isso. Nem Héctor, nem teu filho, nem tua amiga.

— Carol — replicou ela. — E ela não é minha amiga, você sabe.

— Desculpe. Não temos tempo para sutilezas desse tipo. Você tem que me acompanhar agora mesmo. Preparei um apartamento protegido para você.

— Mas... E Guillermo? Não vou a lugar nenhum sem ele. Quem te disse que se não puder se vingar em mim, aquele louco não vai transformar meu filho em seu objetivo?

— Calma, Ruth. — Essa era uma possibilidade que ele também tinha levado em conta. — Teu filho está fora, na casa de um amigo. Vou fazer com que alguém o pegue e o leve para Héctor. Ruth, repito: não é ele que está em perigo, é você. Está entendendo?

Ela assentiu devagar.

– Talvez seja por pouco tempo. Omar desapareceu, mas isso nos obriga a ficar ainda mais alertas. A ameaça continua, e não quero correr riscos. É o mínimo que posso fazer por vocês.

Ruth pegou a maleta que tinha arrumado para sair.

– Tenho pouca coisa aqui. Talvez não sejam suficientes.

– Não se preocupe. Se você precisar de mais alguma coisa, mandaremos um agente buscar. É uma sorte que você tivesse pensado em viajar, assim não precisa dar explicações para ninguém, pelo menos até domingo. Talvez então tudo já tenha terminado. Ruth – acrescentou ele um segundo depois –, me dê o celular, por favor.

– O celular? Por quê?

Ele sorriu.

– Faz parte do procedimento habitual. Pode ser que em algum momento você tenha o impulso de se comunicar com alguém, mesmo que agora te pareça que não. É melhor evitar a tentação.

Ela o deu sem reclamar, talvez por ter consciência de que ele tinha razão.

Ruth deu uma última olhada no *loft*. "Ela é forte", pensou ele. Nem uma expressão de medo, nem uma queixa de nada. Ele deixou que ela o fechasse à chave ao sair.

– Ânimo. Dentro de pouco tempo você estará de volta.

Savall estava com o carro estacionado na porta, e mesmo assim não a deixaria sair até se assegurar de que não havia ninguém que pudesse vê-los.

– Sabe de uma coisa? – disse Ruth quando já estavam sentados no veículo. – Fui ver aquele filho da puta que estava arruinando a vida de Héctor. Não sei por quê, simplesmente fui.

Ele assentiu com a cabeça enquanto dirigia.

– Você não devia ter feito isso. – Encolheu os ombros. – Mas agora dá na mesma.

– Sim – murmurou Ruth. – Não se pode voltar atrás no tempo. Para onde vamos?

– Para uma casa minha fora de Barcelona. Lá você vai estar segura.

Lluís Savall não acrescentou mais nada, e eles mantiveram silêncio durante o resto do caminho, absortos cada um em seus pensamentos. Ele tentou acalmar um tremor súbito que lhe atacou as mãos. A tensão a que havia estado submetido nas últimas semanas começava a cobrar seu preço. Ruth tinha razão: a vida não admitia retrocessos. Ele mesmo teria dado o que fosse para desfazer o passado, mas agora a única coisa que o preocupava era resolver o futuro. Afastar Ruth Valldaura do perigo iminente, escondê-la onde ninguém pudesse encontrá-la. Talvez para ela ainda não fosse tarde demais, talvez ela ainda pudesse sobreviver.

Ele não podia retardar mais o momento de se deitar. Ao fazê-lo, ouviu a respiração compassada de Helena, deitada de costas para ele. Já fazia muito tempo que a cama era um simples espaço compartilhado, como a mesa da sala de jantar ou o sofá da sala. Mesmo assim, ouvi-la dormir lhe provocava uma sensação de conforto cotidiano. Sem conseguir evitar, apoiou a mão em seu ombro, e ela a afastou em um gesto inconsciente e espontâneo. Ele não insistiu; colocou a mão debaixo do travesseiro e fechou os olhos com a esperança de que o sono não se negasse a abraçá-lo. Ao menos durante algumas horas seu cérebro encontraria algo parecido com a paz. Começava a relaxar, a notar aquela feliz inconsciência, quando uma imagem surgiu em sua mente com a potência de um clarão. Ele soltou uma exclamação involuntária, e um forte tremor nervoso o percorreu. Respirou fundo, receoso de que seu corpo ficasse inerte por culpa do manto de suor frio que havia pousado em seu peito.

15

O domingo, 15 de maio, amanheceu ensolarado, veranil. Um desses dias em que Barcelona inteira parece se pôr de acordo para mostrar sua cara mais amável. Aquela seria uma data que Leire não esqueceria facilmente. Enquanto esperava Tomás, que tinha entrado na cafeteria para pedir o café da manhã para ambos, sentada em um dos terraços da Avenida Gaudí, ela se deixou ninar por aquele calor do qual, com toda a probabilidade, fugiria em apenas algumas semanas, quando o sol apertasse de verdade. Por enquanto, agradecia essa carícia que anunciava o verão. A seu lado, Abel dormia profundamente, depois de outra noite em que seu choro tinha chegado ao ponto de tirá-la do sério. Ela se sentira tão impotente que, às três da madrugada, havia ligado para o pai da criatura, e este se apresentara em sua casa vinte minutos depois, despenteado e com cara de sono; pegara o menino nos braços e, fosse pela mudança ou porque Abel já estivesse esgotado, pouco depois as lágrimas pararam. Se não estivesse ela mesma tão cansada, Leire teria se sentido traída, mas naquelas circunstâncias seu ânimo não estava para orgulhos bobos. Abel dormia, e logo eles dois dormiram também.

Tomás chegou com os dois cafés com leite e sentou ao seu lado.

– Aqui não sabem o que é um *croissant* na chapa? – perguntou ele. – Como vocês são estranhos!

– Os *croissants* não combinam bem com a sua barriga – disse ela indicando algo que, na verdade, não passava de uma camiseta amassada.

– Isso é uma indireta? – Ele ergueu um pouco a camiseta e fingiu observar-se com preocupação.

– Não seja bobo. Era uma brincadeira. E não muito feliz, com certeza – replicou ela enquanto pensava nos quilos a mais que ainda conservava da gravidez.

– Você está linda.

– Ah, vá... – disse Leire, enrubescendo um pouco. – Você está tentando ser convidado para o café da manhã?

– Você sempre faz a mesma coisa – comentou Tomás. – Muda de assunto quando eu te faço um elogio.

– Não é verdade. – Mas ela sabia que era.

– Gostei de você ter ligado ontem à noite.

Leire riu.

– Vamos, nisso é que eu não acredito mesmo.

– Leire...

Sem saber muito bem por quê, ela pressentiu que a conversa entraria em uma daquelas armadilhas que, em uma manhã como aquela, teria preferido evitar. Ia dizer alguma coisa, fazer alguma brincadeira, mas a cara de Tomás lhe advertiu que não era o mais adequado, portanto ela se limitou a dar um gole no café com leite e esperar. Mas quase se engasgou quando ouviu as seguintes frases:

– Não quero que isto continue assim. Não quero perder as birras do Gremlin, nem que você tenha que me ligar quando alguma coisa acontece. Quero estar lá. Com você.

– Já conversamos sobre isso – respondeu ela com calma.

– Conversamos antes de Abel nascer. Agora é diferente. Pelo menos para mim. Sejamos adultos, Leire.

– Você quer ir morar em casa? – perguntou ela.

– Não.

Ela ficou desconcertada.

– Quero comprar uma casa. Quero que nós três vivamos juntos. E quero me casar com você.

Se Leire tivesse poderes telepáticos, teria feito o filho acordar e reclamar sua atenção. Não tinha, portanto a única coisa que estava em seu poder era responder àquela pergunta que havia sido formulada com firmeza. E, para ela, isso não era nada fácil.

– Tomás...

– Não. – Ele sorriu. – Não quero me casar com você só porque tivemos o Gremlin. Nem por achar que isso é o mais cômodo ou o mais conveniente.

Ela sabia que aquilo era verdade. Tomás podia ser muitas coisas, e de fato algumas ela só intuía, mas nunca lhe parecera ser uma pessoa que agisse em função de normas preestabelecidas.

– O nosso caso não é um conto de fadas – prosseguiu ele. – Começou com o sexo, um sexo fantástico. Continuou pela paternidade compartilhada, uma aventura que pegou a nós dois de improviso. E no entanto... Ontem, quando cheguei e te vi alterada, com o monstrinho nos braços berrando como um possesso, me dei conta de que o que sentia por você não era apenas desejo, carinho ou qualquer coisa assim.

Ela o fitou nos olhos. Precisava ter certeza de que o que ele ia lhe dizer, a frase de duas palavras na qual por lógica todo aquele discurso devia culminar, era sincero.

Roger Fort ouviu as notícias da manifestação no meio da manhã, quando voltava do passeio com o cachorro recém-adotado, que o observava com uma atenção faminta enquanto ele preparava um sanduíche. A televisão informava que um bom número de "indignados" havia tomado as ruas de Madri. Palavras de ordem como "democracia real já", gritos contra os partidos majoritários, todo um ambiente que, para Roger, tinha um ar festivo e pacífico. Não pôde deixar de pensar que aquela geração, que em parte era a sua, tinha sido acusada de adormecida, apática, e ultimamente de perdida. Talvez fosse hora de demonstrar que estava bem acordada, e, como diziam nesse momento, "indignada" diante de uma situação cada vez mais injusta.

Sabia que não devia dar comida de seu prato ao cão, que isso era um mau costume, mas vê-lo com aquela cara de eterna súplica o comoveu. Um pedaço de pão não lhe faria mal. Além disso, o animal parecia ter se acostumado sem problemas com ele e com o espaço não muito grande. Disse a si mesmo que ele merecia um prêmio. Na noite anterior tinha lido alguns manuais de treinamento canino, a princípio motivado e depois aborrecido ao se deparar várias vezes com os mesmos conselhos que, intuía, eram mais bonitos na teoria que na prática cotidiana.

Durante um momento hesitou entre ir ou não ao centro, e finalmente optou por não ir. Nos domingos em que não trabalhava deixava-se levar pela preguiça, mas em mais de uma ocasião, no fim do dia, lamentava ter passado o dia sem fazer nada. A verdade nua e crua era que Roger não tinha amigos, e isso era uma situação nova para ele. Tinha sido criado em Lleida, estudara lá, e as amizades haviam surgido sem esforço, e com elas as atividades que enchiam os fins de semana: partidas de futebol, um pouco de montanhismo, churrascos... Desde sua transferência para Barcelona, no entanto, não conseguira entabular nenhuma amizade verdadeira, e seus antigos amigos estavam ocupados, casados e até com algum filho, além de estarem a uma boa distância. Roger Fort se sentia sozinho pela primeira vez na vida, e talvez por isso tivesse adotado aquele cachorro, que pelo menos lhe dava alguma coisa com que ocupar o tempo. Tinha agido por impulso, seus turnos seguidos não eram os mais apropriados, mas ao sair daquela casa sabia que o que restava àquele animal era uma vida no canil municipal, e afinal de contas, em comparação, um dono meio ausente não seria tão ruim.

O dia transcorreu naquele ritmo mal-humorado provocado pela preguiça. A tevê ligada ia lhe informando os progressos do protesto: parte dos manifestantes tinha se instalado na Puerta del Sol, com a intenção de ficar ali, no mínimo para passar a noite. Roger sacudiu a cabeça: a ocupação de espaços públicos era um delito, e ele disse a si mesmo que as forças da ordem acabariam agindo. Como muitos outros *mossos* – e até a Brigada Móvel da Catalunha –, tinha uma certa prevenção em relação às tropas de choque.

Já era quase noite quando decidiu sair e andar até as proximidades do Parque de Espanya Industrial; não ficava longe, e pelo menos o cão podia correr um pouco. E como corria! Enquanto Roger contemplava a fonte com seu dragão de asas abertas e a cauda enorme, o animal se lançou em uma carreira desesperada e decidida, como se obedecesse à ordem de um assobio inaudível. Roger ia chamá-lo quando se lembrou de que ainda não tinha lhe dado um nome. Não lhe restou outro remédio, portanto, a não ser correr atrás do cão, amaldiçoando entre dentes e agradecendo sua resistência física, que lhe permitia, se não alcançá-lo, pelo menos não o perder muito de vista... Até que de repente, talvez porque a noite já tinha caído, o animal desapareceu de vez.

Roger continuou correndo, desorientado, sem saber muito bem que direção tomar, sentindo-se ridículo e preocupado ao mesmo tempo. O pequeno bosque se estendia diante dele. Tentou assobiar, sem êxito. Andou durante um tempo que lhe pareceu eterno, repreendendo-se por ter se metido naquela confusão, por não lhe colocar uma guia, por não o ter batizado e, em geral, por tudo o que tinha que ver como seu novo mascote, que, estava claro, também preferia ir embora a ficar na sua companhia. "Você aborrece até os cães", disse ele a si mesmo. Por fim, já farto de dar voltas, voltou ao lugar onde havia perdido o animal, até a fonte e seu dragão.

Não conseguiu acreditar. O cão estava ali, exatamente onde havia iniciado a escapada. Deitado, aparentemente à sua espera, demonstrando uma calma interior que tornava impossível qualquer tentativa de castigo. Roger foi tomado por uma alegria estranha, quase infantil, e se ajoelhou a seu lado para acariciá-lo. O cachorro lhe lambeu as mãos, e foi então que, apesar da escuridão, Roger Fort percebeu que, daquela corrida, o animal havia trazido alguma coisa consigo.

Era um livro. *Os inocentes e outros contos.*

– De onde você tirou isso? – perguntou ele, fazendo o que tinha jurado não fazer nunca: falar com o cão como se ele fosse um ser humano.

Abriu o livro, e a dedicatória lhe chamou a atenção: "Para Daniel e Cristina". A assinatura era complicada, mas perfeitamente legível: "Santiago Mayart".

Héctor passou boa parte do dia 15 de maio pensando no encontro que havia combinado no meio da tarde com Carol Mestre, a pessoa por quem Ruth o havia abandonado mais de um ano antes.

O fato de se tratar de uma mulher dava ao assunto um ar escandaloso, público, que ele nunca havia sentido como tal. O que importava era que Ruth não o amava, que ela não o amava mais, apesar de ser verdade que a princípio, nas longas semanas que se seguiram ao rompimento, ele se descobrira desconcertado, não tanto pelo engano em si, que podia perdoar facilmente ao se lembrar de sua aventura com Lola, como pela sensação de que, fizesse o que fizesse, jamais poderia se comparar com a nova amante de sua esposa. Com outro homem, mais jovem ou mais inteligente, ou simplesmente diferente, teria havido aquele espírito de competição, aquela luta entre homens que parecia estar inscrita no código de qualquer espécie. No entanto, tratando--se de uma mulher, aquela disputa tinha um ar quase ridículo e punha em evidência uma realidade dolorosa, mas indiscutível: Ruth tinha escolhido um caminho diferente para sua vida íntima, um caminho que não incluía homens e que, evidentemente, não o incluía.

De qualquer modo, o encontro com Carol no apartamento para o qual Ruth se havia mudado com Guillermo – um lugar onde ele havia sido apenas um convidado, ao passo que ela, Carol, havia desfrutado da intimidade de Ruth – lhe provocou um estado de espírito que oscilava entre a melancolia e também, na verdade, um resquício de raiva. Não fosse Carol, Ruth não teria ido embora e não teria desaparecido, meses depois, daquele *loft* amplo e luminoso. Não fosse Carol, sua vida continuaria sendo a mesma, e talvez ele não tivesse quebrado a cara do dr. Omar. Não fosse Carol...

Não. Sua parte racional acabou se impondo. Carol não tinha culpa de nada, além do fato de ter feito Ruth se apaixonar por ela. E se ela conseguira fazer isso, não podia ser má pessoa.

Almoçou vendo o noticiário, como todos os domingos, e então ficou sabendo da manifestação pública em Madri e, não tão numerosa, também em Barcelona. Não prestou mais atenção naquilo, sua cabeça já estava em outro lugar; tentou tirar uma soneca, e, não conseguindo, pegou ao acaso um dos DVDs que faziam parte de sua enorme coleção de filmes. Ironicamente, sua mão extraiu *Infâmia*. Shirley MacLaine e Audrey Hepburn, duas professoras "falsamente" acusadas por uma menina nojenta de manter encontros sexuais, isso perante o olhar escandalizado da época e a cara de palerma de James Garner, que não sabia muito bem como continuar sendo o namorado de uma delas. "Aquela cara não era tão estranha", pensou Héctor, enquanto começava a assistir novamente ao filme. Havia algo relaxante em assistir várias vezes à mesma película: a mente podia se concentrar em detalhes não essenciais da trama, ou podia vagar, dispersa, por outros destinos.

Às seis em ponto acabou de ver o filme e decidiu sair, apesar de ter marcado com Carol às sete. Precisou pedir as chaves do apartamento de Ruth a Guillermo, já que sabia que o filho ia lá de vez em quando. Não tinham falado daquilo abertamente, mas Héctor não via mal nisso. O garoto estava encarando o assunto melhor do que seria de se esperar, e, se era isso o que ele queria, tinha o direito de se lembrar da mãe no apartamento onde tinham vivido juntos. Guillermo entregou as chaves sem dizer nada, aparentemente absorto na tela do computador, e Héctor caminhou até o apartamento da Calle Llull, o *loft* que era ao mesmo tempo o estúdio e a casa de Ruth.

Esperou Carol na porta, e de fato ela chegou antes do previsto. Quando entraram, a moça tomou fôlego, como se cruzar aquela porta, reencontrar-se naquele espaço, lhe custasse um esforço doloroso. Héctor pensou que mesmo então, meses depois do desaparecimento de Ruth, o lugar parecia estar à espera dela. Teve a estranha impressão de que o apartamento estava completamente vazio, como se os objetos conservassem de algum modo o espírito de quem os havia escolhido, comprado e utilizado.

A conversa foi tão correta e funcional como era de se esperar de dois adultos civilizados do século XXI. Sim, precisavam tomar uma decisão sobre aquele lugar; não, nenhum dos dois se sentia capaz de rescindir o contrato de aluguel, que no momento era pago com os lucros que os desenhos continuavam a dar. Carol tinha a intenção de lhe mostrar as contas da empresa que ambas compartilhavam, entre outras coisas porque a parte de Ruth era depositada em uma conta no nome de Guillermo, mas Héctor não via necessidade de verificá-las. Tinha certeza de que aquela moça não enganaria ninguém, e experiência suficiente para confiar em seu instinto. Foi então que se deu conta de que poderiam ter chegado a essa conclusão por telefone, e compreendeu por que, no fundo, haviam forçado o encontro naquele lugar.

– E você, como está? – perguntou ele finalmente.

Carol Mestre não era mulher de se abrir com facilidade. Ou, pelo menos, não com ele. Ela mal o havia olhado nos olhos durante toda a conversa.

– Estou bem. E você?

– Acho que também. Pelo menos estou tentando.

– E Guillermo?

– Bem. Em casa. Tranquilo, ou assim parece.

Ficaram em silêncio; Héctor sentia a tentação de compartilhar com aquela mulher uma dor que, apesar da posição tão diferente em que cada um deles se encontrava, afetava a ambos. Não era preciso uma grande intuição para vislumbrar a tristeza no rosto de Carol, as consequências de uma história não superada que fora interrompida tão repentinamente. Teve vontade de lhe falar de Lola, dessa história que estava nascendo, ou renascendo, porque Carol era a única que sabia como era difícil para ele substituir Ruth por qualquer outra pessoa. Mas, como costuma acontecer, o momento passou, enquanto Carol recolhia aqueles papéis que não serviam para nada.

—Vamos nos manter em contato – disse ela.

– Claro.

Saíram, despediram-se sem nem ao menos apertar as mãos, e a tristeza de Héctor ficou mais aguda. Ele caminhou devagar para casa e, antes de subir e enfrentar o silêncio do filho, ficou na porta, fumando um cigarro depois do outro, até que o estômago lhe avisou que bastava. Jogou a última bituca na rua, apesar de saber que não ficava bem sujar a cidade, e notou que um senhor idoso o observava da calçada oposta.

De pé, na metade da rua, seu olhar era tão fixo que Héctor teve a impressão de que se tratava de um velho perdido, um daqueles pobres indivíduos que a memória trai e de repente ficam desorientados, sem saber como voltar para casa, sem saber até se têm uma casa em algum lugar. No entanto, alguns instantes depois compreendeu que aqueles olhos não denotavam confusão, mas análise: eles o avaliavam com frieza. O homem devia rondar os setenta anos, apesar dos grandes e patéticos esforços para dissimular a idade, levando-se em conta o cabelo escasso, de um tom que gostaria de ser castanho, mas que, à luz do poste, era levemente alourado, misturado com o cinza original. Estava muito bem barbeado e usava um bigode aparado com capricho, também ridiculamente tingido. Vestia um terno escuro e grosso, impróprio para a primavera, que o fazia parecer ainda mais pálido.

Héctor sustentou o seu olhar, e permaneceram imóveis durante alguns instantes, até que o caminhão de lixo, grande e barulhento, se interpôs entre ambos. Quando ele saiu, o velho havia desaparecido. Como se nunca tivesse estado ali.

Os sobreviventes

16

— E essa foi a primeira vez que você o viu?

Héctor confirma.

— Mas não a última — acrescenta.

O homem não faz nenhum gesto. Seu rosto é uma máscara impassível, que não deixa transparecer emoção alguma. Não é que seja frio, apenas distante; sua voz, compatível com aquele rosto inexpressivo, sem traços notáveis, mantém um tom monótono, perigosamente sereno. Ele concorda sem dizer nada, finge rever os papéis, como se já não tivesse preparado todas as perguntas – pensadas de antemão, prontas para descobrir a verdade.

— Conte quando voltou a vê-lo.

— Acho que cruzei com ele mais duas vezes ao longo daquela semana. Ele dava a impressão de estar me seguindo. Por fim, numa dessas vezes decidiu falar comigo.

— Bom, será melhor continuarmos passo a passo. Nesse dia, 15 de maio, o senhor continuava sem ter pistas sobre o desaparecimento de sua ex-esposa.

— Exatamente.

— Mas continuava investigando o caso, apesar de seus superiores o terem proibido expressamente de fazer isso.

— A gente não pode deixar de se questionar. E não acho que se possa pedir a ninguém que desista do empenho de encontrar respostas.

– Inspetor Salgado, não generalize. Não estamos falando de filosofia. – Ele pigarreou. – Vou ser mais claro: o senhor queria resolver o caso antes dos outros? Queria vingança em vez de justiça?

– Não. – Ele o fita nos olhos e pensa em acrescentar algo, apesar de saber que qualquer frase vai tirar a força daquela negativa contundente. Sincera.

– Quer dizer que o que aconteceu no apartamento de sua ex-mulher há dez dias não foi uma vingança premeditada.

– É claro que não.

O homem sorri, um gesto que gera mais desconfiança que outra coisa.

– A agente Castro nos disse a mesma coisa. – O sorriso se torna mais amplo. – Me diga, que tipo de relação o senhor e a agente Castro mantêm?

É a primeira mentira. Será assim quando ele disser:

– Sou o seu superior direto.

– Nada mais?

– Por circunstâncias diversas, temos nos visto algumas vezes fora do trabalho.

– É uma boa maneira de dizer isso. O senhor sabe que a agente Castro esteve investigando o caso de sua ex-mulher durante a licença-maternidade?

– Sim. Quando fiquei sabendo, eu lhe ordenei que parasse com isso.

– Sim. Ela também nos contou isso. E no entanto ambos continuaram; tanto o senhor como a agente Castro. No seu caso, posso compreender, mas ela? Por que ia dedicar o seu tempo a um desaparecimento que não era incumbência dela, nem pessoal nem profissional?

Héctor toma fôlego. Responde com calma, tentando não deixar transparecer na voz o afeto que sente por Leire.

– A agente Castro é uma grande investigadora. E é jovem o suficiente para encarar qualquer caso não resolvido como um desafio pessoal. Além disso... – Ele faz uma pausa e sente um nó na garganta, que desfaz com esforço. – Ruth era uma mulher muito especial. Acho que a agente Castro chegou realmente a ter um interesse particular nesse caso. Apesar de não ter chegado a conhecer minha ex-mulher, ela queria descobrir a verdade.

Faz-se um silêncio, e Héctor intui que passou por essa prova, por enquanto. As perguntas voltarão, é claro, e se tornarão mais incisivas à medida que o relato avançar. E suas mentiras terão que ser convincentes.

Por um instante sente-se tentado a abortar a farsa e dizer a verdade, mas sabe que Leire tem razão. Não há nada a ganhar, e muito a perder. Enganar o sistema. Sobreviver.

Incapaz de continuar sentada sem fazer nada, Leire consulta o celular. É absurdo, sabe disso. O interrogatório de Héctor pode durar horas, e inclusive continuar no dia seguinte; ela mesma pode ser citada novamente a qualquer momento. Sua natureza não aceita bem a inatividade, a espera, e no entanto ela tem consciência de não ter alternativa. O sol de verão já ataca sem piedade, e Leire afasta um pouco a cadeira, à procura de um pouco de sombra. Diante dela, turistas em roupas que beiram o vergonhoso fotografam o templo inacabado, aquela obra eterna que ninguém espera ver terminada algum dia.

Terminar. Como tudo isso vai acabar? Qual será o final, o seu próprio? Precisa tomar decisões, comprometer-se em coisas que não afetam apenas a ela, e pela primeira vez na vida não sabe o que fazer. Às escondidas, quase como se receasse ser vista, tira do bolso a fotografia de Ruth, a que tirou de sua casa seis meses atrás. Naquela época Abel ainda não tinha nascido; Tomás não lhe havia pedido que se casasse com ele; naquela época, ela e Héctor não tinham... Ela enrubesce, como se ter a esposa diante de si, observando-a, fosse de mau gosto.

Com todos os demônios, como aquilo tudo tinha acontecido? Nunca teria previsto algo assim, nem mesmo sonhado. Héctor

Salgado era um sujeito atraente, sim, mas ela sempre fora imune às confusões que pudessem atrapalhar ou complicar seu trabalho. E deitar-se com o chefe é uma das proibições sublinhadas de todas as cores em seu livro de normas de trabalho. Mas aconteceu, duas vezes exatamente, e ao recordá-las Leire tem a impressão de que haviam sido centenas, como se tivessem estado juntos durante anos. Como se deitar-se com ele, não, fazer amor com ele, fosse a consequência lógica de algo que já estava escrito e que, portanto, parecia natural, comodamente apaixonado.

"Não. Chega", disse Leire a si mesma. Dois erros não fazem um acerto, e três são uma calamidade. De uma coisa ambos têm certeza: não haverá uma terceira vez. A história, a sua história, talvez estivesse escrita, mas, diferentemente da Sagrada Família, tem um final lacrado e assumido pelos dois. Hesita entre pedir ou não mais um café, entre permanecer sentada no terraço e se levantar; hesita entre aceitar a proposta de casamento de Tomás e afastar-se da cidade. Fugir, deixar tudo para trás. Como Cristina e Daniel haviam tentado fazer: uma fuga romântica, uma viagem para parte alguma, em que a única coisa que importava era a companhia, não o destino.

Mas o século XXI não tolera o romantismo. Daniel e Cristina acabaram sendo golpeados até a morte. Enterrados como amantes, vítimas do... Do ódio? Do rancor?

Leire passeia o olhar pela rua. Pensa em Héctor, nos amantes de Hiroshima, em todas aquelas pessoas que, por alguma razão, não compreendem que amar não é sinônimo de sofrer. Olha a foto de Ruth e pega novamente o celular. "Já chega", diz a si mesma. Há coisas que precisam começar a ser resolvidas agora mesmo, coisas pelas quais não se pode esperar.

Sem hesitar, impelida por uma súbita decisão, procura na agenda o número de Tomás e aperta o botão de chamada.

17

O assunto da manifestação do dia anterior flutuava por todos os cantos da delegacia, e Héctor, que não tinha a menor vontade de comentar a questão com os colegas, foi direto para sua sala. Era um daqueles dias em que, se pudesse, teria erguido uma vala eletrificada em volta da porta, isolando-se do mundo. De um modo ou de outro, o achado dos corpos e dos quadros se reduzia a um curto artigo na página policial. Héctor cruzava os dedos para que aquela nova complicação não desembocasse no circo de sete anos atrás.

– Quem é? – Haviam batido, e ele não estava com humor para conversar. Ainda não.

– Inspetor? Posso entrar?

Era Roger Fort. Se fosse qualquer outro, teria dito que estava ocupado, que o deixasse em paz, mas aquele rapaz não merecia a grosseria. Além disso, Leire vinha atrás dele.

– Entrem – disse Héctor. Não seria ruim ter de se concentrar no trabalho; ao contrário, talvez fosse a única coisa que o ajudasse a continuar. – Eu ia chamá-los um pouco mais tarde. Não, entrem. Fechem a porta e sentem.

Se algum dos dois notou o tom de voz, entre desabrido e cansado, fingiu não perceber. E Héctor, acostumado a observar seus agentes, não demorou a adivinhar que Fort tinha alguma coisa para lhe dizer, algo importante e, a julgar por sua expressão perplexa, tão estranho como tudo o que rodeava aquele caso.

Héctor Salgado ouviu o relato de Fort, tão pormenorizado como de costume quando se tratava dele. Ele começou resumindo as rondas pelas academias de arte, mas não parou nisso. Para sua surpresa, Fort prosseguiu com uma história esquisita de cachorros sem nome e passeios pelo parque. Em algum momento do monólogo, o olhar do inspetor cruzou com o de Leire Castro, e não teve dúvida de que ambos pensavam a mesma coisa. Apesar disso, quando chegou a parte da dedicatória do livro em questão, ele esqueceu tudo o que não tinha a ver com aquele caso e se concentrou nas palavras do agente.

– Por isso, logo que cheguei em casa comecei a ler. O livro – disse ele mostrando-o – tinha o canto de uma página dobrado. O começo de um conto, "Os amantes de Hiroshima". E... bom, acho que o senhor também devia ler, inspetor. Quando acabei, não podia fazer outra coisa; voltei à delegacia para ver as fotos.

Héctor o olhou fixamente, muito sério.

–Você está dizendo que existe alguma relação entre esse livro, dedicado a Daniel e Cristina, e os cadáveres encontrados?

– Eu ainda não o li inteiro – interveio Leire –, mas à primeira vista existem certos detalhes muito concretos que coincidem exatamente com a disposição dos cadáveres. E com os quadros.

– É verdade – apressou-se a dizer Fort. – Mas tem mais alguma coisa. Ficamos examinando o relatório. Os interrogatórios do principal suspeito. Não sei, acho que seria melhor o senhor ler. Os dois lerem. É tudo muito...

Pela primeira vez, Fort não conseguiu encontrar o adjetivo adequado, e Héctor lhe poupou o incômodo de continuar pensando.

– E o autor é...?

– Santiago Mayart – respondeu Leire. – Ele foi interrogado sete anos atrás. Ele era o professor do Ateneu Barcelonès, do curso de escrita criativa onde Cristina Silva e Ferran Badía se conheceram. Ao que parece, seu livro de contos está fazendo muito sucesso.

Fort entregou o livro, e Héctor examinou cuidadosamente a capa. O título, *Os inocentes*, lhe parecia o mais irônico. E o nome do autor lhe parecia familiar. Voltou-se para o painel onde havia disposto as informações que tinham sobre o caso.

– Como veem – disse ele –, o painel está dividido em duas partes: na primeira temos o momento dos fatos, junho de 2004, e na segunda, o atual, maio de 2011. À esquerda estão os dados relacionados às vítimas antes do desaparecimento: amigos, interesses, família, relações... Para começar, concentrem-se nos amigos; quero saber tudo o que possa ser averiguado sobre os membros da banda onde Daniel tocava e sobre a companheira de apartamento de Cristina. Como estão agora, o que fazem, com quem moram e de que vivem. Distribuam o trabalho da forma que lhes parecer melhor. Já falei com os pais de ambas as famílias, e agora vou tratar de Ferran Badía. Vou ler o conto, é claro. Tornaremos a nos ver amanhã bem cedo, está certo? E cuidado com a imprensa! Vamos tentar mantê-los afastados.

Ao longo da manhã, sem sair do escritório, Héctor começou uma série de ligações com um único objetivo, Ferran Badía. O fato de ele ter sido o principal suspeito para Bellver no começo do caso não provava grande coisa, mas também não o inocentava. Nesse dia, o rapaz tinha se internado por vontade própria em uma clínica do Tibidabo. Héctor não estava certo de conseguir muita colaboração por parte dos responsáveis do centro, e, de fato, não a obteve. A duras penas lhe confirmaram que ele estava lá, e evidentemente não o haviam autorizado a entrar no centro sem uma ordem judicial; também não haviam facilitado nenhuma informação sobre sua patologia ou tratamento. "Não vai ser difícil de conseguir", disse Héctor, apesar de por hábito preferir encarar aquelas coisas como mera burocracia. No entanto, para sua surpresa, duas horas mais tarde recebeu uma ligação da mesma clínica. Ferran Badía havia sido informado do pedido do inspetor, e havia concordado – na verdade, havia solicitado uma entrevista com ele: na quinta-feira pela manhã, às onze em ponto. Era muito mais do que Héctor esperava, e ele quase sorriu, satisfeito.

"Trabalhar é a melhor terapia contra os maus pensamentos", disse ele a si mesmo, e a frase lhe pareceu reacionária demais, mesmo para alguém da sua idade. Olhou o relógio; era hora de almoçar, e, movido por um súbito impulso, decidiu verificar se o juiz de instrução encarregado do caso no início estava livre. Como nos dias em que os astros se aliam para nos ajudar e tudo funciona, Felipe Herrando não só estava livre como ainda por cima concordava em almoçar com ele. Isso, é claro, perto da Ciudad de la Justicia.

O juiz Herrando era um sujeito simpático, até mesmo bonachão no trato direto, que não conseguia entender como um argentino que vivia em Barcelona não fosse torcedor de futebol em geral e a estrela da equipe da cidade em particular. De qualquer forma, pouco lhe importava, desde que o deixasse falar um pouco sobre seu assunto favorito, coisa que Héctor fez até que chegou a hora do café.

— Bom, Salgado, faz tempo que não nos encontramos neste mundo.

— Como vão as coisas?

— Para dizer a verdade, estou precisando de férias. Quando começa o bom tempo, morro de vontade de sair da cidade e me perder na montanha.

O montanhismo, em qualquer de suas vertentes, era o segundo esporte favorito de Herrando, lembrou Héctor, que achava difícil imaginar o juiz de instrução com uma mochila nas costas e subindo até o cume de qualquer pico.

— Não se queixe muito — disse Héctor, sorridente. — Ainda não está fazendo muito calor.

— Sei, mas vai fazer — respondeu Herrando em tom lúgubre, como se as altas temperaturas fossem uma sentença de morte. — Você me ligou por alguma razão, então diga logo, inspetor.

– Você se lembra do caso contra Ferran Badía? Meados de 2004.

– Aquele sujeito insosso que matou os amigos? – Herrando o fitou com estranheza. – Lembro. A que vem o interesse agora?

Héctor sabia – revolver casos antigos e encerrados não teria sido jamais o terceiro esporte favorito de nenhum juiz, nem o décimo, de maneira que falou do achado dos cadáveres e de sua longa conversa com Martina Andreu.

– Faz meses que não a vejo – comentou Herrando. – Por onde ela anda?

– Perseguindo delinquentes de colarinho branco – respondeu Salgado. – Olha, você conhece bem Andreu, e sabe que ela não é uma pessoa de hesitar muito, pelo contrário: se ela acha que tem razão, avança como um tanque. Por isso eu queria saber a sua opinião.

Herrando assentiu devagar, e seu semblante adotou uma expressão subitamente séria.

– Conheço essa sensação – comentou. – Todos nós temos na consciência casos que não nos deixam tranquilos. As pessoas criticam o sistema, e no entanto sua principal fraqueza é que ele foi pensado e executado por seres humanos. A justiça sempre foi e será imperfeita, temos que conviver com isso. No entanto – fez uma pausa; sua expressão concentrada parecia localizar os fatos em um arquivo alojado em alguma parte de seu cérebro –, nesse caso receio que não restem dúvidas. O rapaz se livrou porque não havia corpos; a única injustiça, em todo caso, foi cometida com as vítimas e suas famílias.

– Imagino que sim. Mas ninguém conseguiu fazê-lo confessar.

– Héctor, preciso te dizer uma coisa, e você tem que acreditar em mim: noventa e nove por cento dos acusados se declaram inocentes, e cheguei à conclusão de que alguns até acreditam nisso. Meu Deus, outro dia tivemos um caso em que o acusado, um pobre-diabo que tentava assaltar uma agência bancária com um revólver em pleno dia, teve o topete de me dizer, quando o interrogamos, que havia sido uma brincadeira, "uma aposta com uns colegas, senhor juiz" – declamou, imitando o sotaque. – Filho da mãe. Às vezes a gente tem a sensação de que nos tomam por imbecis. Por isso te digo uma coisa: um maneta poderia contar com os dedos da mão as ocasiões em que alguém se declara culpado.

– Homem, nesse tipo de caso, às vezes confessar pressupõe uma catarse – acrescentou Héctor. – Não estamos falando de um assassino profissional. Alguns desses homicidas não resistem à pressão.

– Isso é verdade, e esse parecia ser o típico garoto que afunda com a primeira onda. Mas não houve jeito. Eu me lembro bem: ele manteve o que tinha dito. Não sabia onde eles estavam nem o que havia acontecido com eles. Vamos, era inocente como um anjinho, e tinha tomado os comprimidos para dormir pensando que eram balinhas.

Héctor sorriu contra a vontade. Fazia anos que haviam sepultado a ingenuidade, alguns sob uma capa de ironia, outros sob um manto de desencanto.

– Você tem razão – disse ele alguns instantes depois –, mas Martina Andreu também não é... como dizem aqui? Uma alma plácida?

Herrando meneou a cabeça com um sorriso.

– Uma alma simples. Não, é claro que não. – Mudou de tom ao continuar: – A segurança vem com os anos, e esse foi um dos primeiros casos dela, se bem me lembro. Houve muita pressão, e é normal que lhe restasse um vestígio de incerteza. É verdade que à primeira vista ele não dava a impressão de ser um assassino: tinha pinta de intelectual, um ar ausente de *nerd* distraído. Aqui entre nós, apesar de eu negar ter dito isto, ele era um desses caras que despertam o instinto maternal nas mulheres.

– Você está insinuando que a subinspetora Andreu...?

– Deus me livre de estar insinuando qualquer coisa com conotações sexistas. Só te digo que minha mãe também teria gostado desse rapaz.

– Sei. Você se lembra de mais alguma coisa? Algum detalhe que tenha chamado a tua atenção?

– Assim de repente, não. Se você me der alguns dias, vou examinar minhas anotações. Apesar de tudo, e agora estou falando sério, nisso eu concordo com Bellver. O sujeito não apenas matou os amigos, mas escondeu os corpos e não demonstrou a menor compaixão para com os familiares que queriam fazer a única coisa permitida nessas circunstâncias: enterrar seus mortos, chorar por eles como se deve e virar a página. Por mais louro que ele fosse e por mais indefeso que tentasse parecer, não sinto a menor simpatia por ele. Alguém capaz disso não me desperta a menor piedade.

Nesse momento, o juiz Herrando deve ter percebido que o homem que tinha diante de si atravessava uma situação parecida com a que acabava de descrever.

– Claro – disse ele em voz baixa –, alguma novidade sobre tua ex?

– Não. – Héctor mudou de assunto, porque não tinha mais nada para acrescentar. – E você tem razão em uma coisa; se Ferran Badía fez isso, não merece nem um pouquinho da minha compaixão nem do meu tempo.

Estavam pagando à moda catalã, como dizia Héctor, dividindo exatamente a conta em dois, quando ele se voltou para a porta de cristal do restaurante e, sem conseguir evitar, sentiu um sobressalto. O velho de terno escuro estava ali, observando-o, e à luz do sol da tarde lhe pareceu ainda mais velho, mais incongruente com aquela roupa de inverno. Ele foi rapidamente até a porta, mas ao sair para a rua o sujeito não estava mais lá.

18

Pela enésima vez em sua vida, Leo Andratx maldisse o cavalheirismo aprendido que sempre o havia transformado no favorito das mães de seus amigos. Uma característica não necessariamente negativa, mas que em alguns momentos o punha em sérios apertos ou o obrigava a manter conversas educadas quando o que queria era cortar o papo e ir embora.

Montado na moto, pensava nisso enquanto se desviava dos carros, a caminho de casa. Tinha o tempo justo para vestir uma roupa mais de acordo e se dirigir à Plaza Catalunya, onde a indignação estava questionando a realidade política. Era de se esperar, apesar de ninguém imaginar que as coisas fossem empolgar daquela forma as multidões e a mídia. Nem mesmo ele, que havia participado ativamente em seu *blog* do lançamento de reflexões contra o bipartidarismo dominante, contra a classe política em geral e os banqueiros, os novos malvados, em particular. Leo Andratx sentia-se no centro de um momento histórico, e queria vivenciar tudo o que suas obrigações permitissem. As pessoas protestavam na rua, enquanto ele e mais alguns fomentavam as queixas com um objetivo definido: conseguir a queda daquele governo fraco e substituí-lo por outro que soubesse tomar as rédeas com menos sensibilidade. "Por enquanto conseguimos sublevar as massas", pensou ele, satisfeito. E isso era algo que ele queria ver pessoalmente.

Por isso mal conseguia conter a impaciência quando reconheceu ao telefone a voz da mãe de Daniel. Rouca de chorar, tentando aparentar serenidade, a mulher havia ligado para o celular exatamente antes de ele sair do escritório. Em meio à loucura que fora o desaparecimento, as suspeitas e a investigação subsequente, Leo fora o único amigo de Dani que ela reconhecera como merecedor de sua confiança. O único sério, o único com discernimento. Ele também não tivera que fazer nada para ganhar aquele papel: Hugo estava nas nuvens, emocionado com tudo aquilo, e Isaac... Bom, Isaac seria sempre um infeliz. Leo era o economista, o tipo de amigo que Virgínia Domènech teria escolhido para seu filho, se pudesse.

Deixou a moto estacionada diante do edifício onde morava, em Gran de Gràcia, e não teve paciência de esperar o elevador. Subiu os degraus de dois em dois, e ao abrir a porta do apartamento notou o cheiro de limpeza inconfundível deixado pela faxineira. Tirou o casaco depressa, afrouxou a gravata e começou a desabotoar a camisa a caminho do quarto. Este dava para o banheiro, e ele decidiu tomar um chuveiro rápido. Para ele o protesto dos cidadãos não havia brigado com o desodorante. Cinco minutos depois, enxugando-se com uma toalha, abriu o armário e comprovou duas coisas: que a metade que Gaby tinha deixado vazia continuava lhe fazendo mal, e que a moça boliviana tinha tirado a roupa de verão, conforme ele havia deixado por escrito em um bilhete. Procurava alguma coisa de manga curta quando, por acaso, o passado e o presente tornaram a convergir pela segunda vez nesse dia. Pegou devagar uma camiseta que anos atrás havia sido preta. Ao segurá-la, não pôde evitar a lembrança da conversa telefônica, a voz que lhe dizia que tinham encontrado os cadáveres. Cadáveres. Daniel. Cristina. Fazia tempo que eles haviam passado a ser fantasmas ignorados, em alguns momentos até odiados, mas de repente tinham tomado a forma de cadáveres. Corpos conhecidos, esqueletos com nome. Olhou-se no espelho com a camiseta vestida. Hiroshima. A foto que eles mesmos haviam tirado para estampá-la. Sorriu ao se lembrar daquilo: quatro garotos entre guerreiros de pedra. Isso quase lhe custara aquele trabalho de verão no Fórum.

Poderia ter ficado tudo bem. Muito bem. E ele não se importava de reconhecer que era principalmente graças a Daniel. Hugo na guitarra e o próprio Leo no baixo tinham feito parte de outro grupo, nada sério, simplesmente se reuniam para tocar um pouco nos domingos de inverno em um local que os pais de Leo tinham emprestado ao filho para aquela finalidade, mesmo suspeitando, erradamente, que ele o usaria para encontros de índole mais íntima. Eles se limitavam a verter canções de seus ídolos, tomar algumas cervejas e passar o domingo, sem outras pretensões. Mas tudo havia mudado quando Dani entrara em cena – e essa expressão era perfeita. Na mesma hora ele intuíra isso, mas hoje era capaz de reconhecer: Daniel tinha carisma. Algo especial. Sem ele, Hiroshima simplesmente não existia.

Hiroshima. Um nome de quatro sílabas, como eles. E com força. Esse havia sido o critério que os levara a pensar nele e que os convencera quando alguém, Hugo, se não estava enganado, o dissera em voz alta. Eles se divertiam. Hugo, Isaac, Dani e ele mesmo; em outra época talvez tivessem sido mosqueteiros e trocado as guitarras, a bateria e o PlayStation por espadas, duelos e juramentos de lealdade. Hiroshima era um grupo de amadores, mas também um ponto de encontro, uma desculpa para fugir de realidades diversas, um pretexto para escapar dos pais, das namoradas, dos estudos, do presente em geral.

Para Leo, acostumado à obediência e à necessidade de aproveitar o tempo livre em vez de perdê-lo, "ir ensaiar" pressupunha uma maneira de conciliar o ócio com a utilidade. Por isso ele às vezes se irritava aos domingos quando os outros se mostravam preguiçosos e ficavam no *video game* em vez de tocar, ou, no caso de Isaac, quando ele chegava com uma ressaca que quase não lhe permitia mexer a cabeça. No entanto, o mais curioso era que, até os últimos tempos, em poucas ocasiões alguém faltava ao encontro de domingo, àquela missa pagã na qual tocavam *rock* e queimavam fumo – a única coisa além de álcool que Leo permitia no local –, faziam promessas e brincavam de quase tudo. Podiam se encontrar em outros dias, normalmente às quartas-feiras, mas domingo à tarde era o dia em que ninguém falhava, como se todos quisessem prolongar o fim de semana, retardar a maldita segunda-feira, sempre frustrante, e desejar que ela se dissolvesse em uma fenda no tempo.

Lembrou-se do cheiro de maconha que ele logo se empenhava em eliminar, das latas de cerveja vazias – as "musas cadáveres", como Hugo as chamava –, das montanhas de bitucas, pirâmides empesteadas que conseguiam se manter em um equilíbrio precário. E quase sorriu, apesar de naquela época não achar nada divertido, ao pensar no dia em que Isaac, que às vezes ficava no apartamento para dormir, quase o havia incendiado com um cigarro mal apagado. A irritação de Leo, apoiado pelos outros dois naquela vez, havia alterado durante uma única semana a rotina de Hiroshima. Isaac não apareceu no domingo seguinte na hora de costume nem respondeu ao telefonema, apesar de Hugo e Dani terem ligado para ele várias vezes. Afinal, quando já estavam saindo, mais cedo do que de costume, porque, apesar de ninguém ousar reconhecer, sentiam-se como uma mesa de três pernas, Isaac apareceu na porta, desconcertado como um cachorro apanhado por uma tempestade. E mesmo Leo, que até então se mostrara inflexível, teve que dar o braço a torcer e reintegrá-lo ao grupo.

"Talvez não devesse ter feito isso", murmurou ele consigo mesmo. Talvez, como lhe haviam ensinado desde pequeno, fosse melhor ter-se desfeito da maçã podre antes que ela causasse mais problemas. Mas naquela época a vida deles, dos quatro, ou pelo menos dos três que continuavam vivos, não teria sido a mesma, nem necessariamente melhor. Quanto a Daniel... teria morrido do mesmo jeito, repetiu para si mesmo. Ele e Cristina tinham se metido em suas próprias dificuldades, e sua história acabara em tragédia. Sim, Daniel estaria morto no dia de hoje, mesmo que não tivesse acontecido nada do que se passara. Mas essa frase, que ele repetira tantas vezes para si mesmo, já estava tão desbotada quanto o preto da camiseta, e parecia velha, gasta.

— Foi culpa de Cristina — disse ele em voz alta. — Ela é que provocou tudo. Ela arrastou Dani para aquela história absurda.

O que já não podia dizer em voz alta sem enrubescer um pouco era que, durante os últimos meses em que tocaram juntos, Leo havia traído a regra mais básica da amizade masculina. E, o que era pior, sem nenhum êxito. Nem mesmo agora saberia dizer por que Cristina o atraía tanto, por que precisara se esforçar para não a seguir com os olhos, para não a imaginar nua entregando-se não apenas a Daniel, mas àquele outro cara, aquele desgraçado sem atrativos. Uma vez inclusive tinha perguntado isso a Dani, quase com aquelas mesmas palavras.

— É verdade que vocês vão os três para a cama? Trepam juntos?

Eles estavam sozinhos no bar de sempre, um estabelecimento de Hostafrancs frequentado por ciganas vestidas de marrom e tênis. Matavam o tempo enquanto esperavam os outros dois, e Leo aproveitou para fazer uma pergunta que lhe queimava a boca havia semanas. Desde que Daniel, Cristina e o outro haviam passado aquele fim de semana prolongado em Amsterdã no começo de março. Juntos. Como um casal de três.

Daniel estava com a cerveja na mão e bebeu com sede. Uma gota de líquido escorreu pelo cavanhaque, e ele a limpou com o dorso da mão antes de pousar a garrafa na mesa.

— E daí? Você acha errado?

Leo não gostava que respondessem a uma pergunta com outra.

— Errado, não. Parece estranho. Alguma vez você tinha ficado com outro cara?

Naquela ocasião, a resposta foi uma gargalhada.

— Leo, de verdade, em que mundo você vive? Você nunca foi chupado por um colega de classe? No vestuário ou em um canto do pátio? Porra, eu me lembro de um que me bateu uma punheta incrível na aula de matemática. Enfiou a mão por baixo da carteira e começou a me tocar.

Não, com Leo nunca havia acontecido nada daquilo, nem lhe passara pela cabeça. Nem ele teria gostado.

– Experimenta um dia. Os caras não rejeitam... uma pica, sabe como é.

Com um sorriso, Dani pediu outra cerveja, a terceira já para ele, e em seguida mais uma para seu companheiro.

– Bom, que seja – cedeu Leo, mas em seguida voltou a insistir no que realmente queria saber. – Isso é uma coisa. Não sei, um alívio. – Sorriu. – Mas se você está com a tua garota, com Cris, pra que meter esse paspalho entre vocês?

Algo em seu tom irritou Daniel de verdade, porque ele se voltou, e a expressão de seu rosto havia mudado.

– Ei, esse "paspalho" se chama Ferran. E ele é um cara incrível. Tem mais cabeça que você e eu juntos.

Leo não conseguiu evitar uma careta de ceticismo, mas o certo era que mal o conhecia. Tinha-o visto com Dani e Cristina, mas o rapaz não falava, e muitas vezes as pessoas nem percebiam se ele estava ali ou não. De qualquer forma, quando chegaram as cervejas, Leo brindou, batendo a sua contra a de Dani.

– Não fique chateado, eu não disse aquilo com má intenção.

– Tudo bem. Não tem problema. Mas fico puto quando se metem com ele, já faziam isso no colégio. Ferran é como é, por que as pessoas não o deixam em paz? – Bebia com menos avidez, mas ainda assim deu cabo da cerveja num piscar de olhos. – Vamos indo? Os outros já devem ter chegado.

E Leo não insistiu, mas no fundo de sua cabeça a dúvida permanecia. Talvez Dani não se incomodasse que outro cara o tocasse, talvez até fosse *gay* e não tivesse coragem de sair do armário. Para Leo tanto fazia. O que lhe importava, o que ele realmente queria saber, era por que Cristina se prestava àquele jogo. Por isso aguardou a sua oportunidade, mas passaram-se semanas até que ela se apresentasse. Não era fácil ficar a sós com Cristina, pelo menos para ele; ela chegava com Dani e ia embora com Dani, isso quando aquela sombra não aparecia também, e iam embora os três juntos. Mas a paciência tem o seu prêmio, apesar de afinal acabar sendo um prêmio com sabor de castigo.

Eles já tinham ficado sabendo: no dia 18 de junho iam tocar na sala Salamandra. Como ele mesmo dizia, agora sim, Hiroshima estava a ponto de estourar. Não seriam os únicos, era um *show* de grupos novos que vertiam sucessos de outros, mas para eles isso significava uma prova, um desafio que às vezes lhes parecia enorme. E a atitude de Daniel não estava facilitando as coisas. Ninguém sabia que diabo estava acontecendo. Ele havia comentado algo sobre uma discussão com o pai, sem dar mais detalhes. De qualquer modo, o certo era que ele se mostrava ou ausente ou desdenhoso com o resto da banda e também com Cristina, por estranho que parecesse. Faltava aos ensaios justamente quando mais precisavam dele, e quando aparecia comportava-se de um jeito indolente e desiludido ou os alfinetava com um ar de superioridade que fazia Leo ter vontade de lhe dar um soco.

Naquele domingo ele apareceu tarde e saiu logo, sem dar mais explicações, agindo como um príncipe mimado. Leo e os outros ficaram mais um pouco, mas afinal a apatia geral fez com que Hugo e Isaac também fossem embora, e Leo ficou no local, sozinho. Por alguma coisa que Dani havia mencionado, ele deduziu que Cris iria buscá-lo às dez, e disse a si mesmo que talvez tivesse afinal a oportunidade de ficar a sós com ela. De fato, ela chegou às dez e quinze, e Leo lhe contou o que havia acontecido. Tivera tempo de articular bem o discurso, e expressou-se com desenvoltura. Às vezes achava que deveria se dedicar a escrever em vez de tocar baixo. Como Cristina, que ia a toda parte com um caderno e às vezes se abstraía do que a rodeava, como se fosse Virginia Woolf. Uma vez Leo tinha espiado seus escritos e lido um poema dedicado à morte que não compreendera muito bem.

– No fundo o que acontece é que ele está com medo – disse Leo afinal, e apesar de Cris ter concordado, ele teve a impressão de que ela sabia de algo que não estava contando.

– Ultimamente ele tem estado muito nervoso – admitiu Cris. – E está bebendo muito.

"Não é só isso", pensou Leo. Dani fumava um baseado atrás do outro, e apesar de todos compartilharem a ideia de que a maconha fazia menos mal do que algumas substâncias legais, era evidente que provocava naqueles que a consumiam em excesso uma espécie de lentidão acomodada. Parecia que tanto fazia, que dava tudo na mesma: o grupo, o *show*, os planos... A vida em geral. Cris não costumava criticar Dani, pelo menos não diante de Leo, e ele entendeu o comentário como uma demonstração de confiança. Ergueu os ombros e adotou um tom sério, um tanto condescendente, ao mesmo tempo que dava um passo em sua direção.

– Ele vai acabar nos tirando todos do sério. E acho que você vai ser a primeira.

Ela não respondeu, e Leo aproveitou o silêncio para romper a linha invisível que delimita a intimidade.

– Às vezes não consigo entender como você o aguenta.

Cristina o olhou fixamente, mas continuou em silêncio; ele se animou e deu mais um passo.

– Toda essa história com Dani e seu companheiro de apartamento. Cris, você não acha que merece algo melhor? Algo mais... sólido?

– Um homem de verdade? – murmurou ela em um tom absolutamente neutro.

– Um homem que não queira compartilhar você com ninguém. Um homem só para você.

– Como você?

Leo interpretou que havia chegado a hora de beijá-la, e fez isso. Sua língua abriu caminho entre aqueles lábios que desejava provar havia meses. Fechou os olhos e desfrutou o momento, o sabor, a corrente que ligava diretamente a boca ao sexo. Ela não resistiu; só se afastou quando a mão dele tentou lhe rodear a cintura.

– Você já está satisfeito?

O tom era tão tranquilo que ele deduziu que alguma coisa não ia bem. Os olhos dela, verdes como o vidro de uma garrafa e brilhantes em função de algo que evidentemente não era desejo, confirmavam isso.

– Na próxima vez em que você quiser dar em cima de uma garota, não comece criticando o namorado dela, Leo. – Ela sorriu e lançou a estocada final: – Principalmente se esse namorado for teu amigo. Os homens de verdade não fazem essas coisas.

Aquilo foi como um pontapé nos testículos, que se encolheram diante do golpe baixo e da acusação difícil de rebater. Precisava dizer alguma coisa, e seu ego ferido lhe encheu a boca de ironia.

– O que você sabe de homens de verdade, já que se deita com dois de uma vez para poder ter um completo?

– Isso é assunto meu. Nosso. Dos três.

– Sei. Mas estou te avisando, Cris, você está brincando com fogo.

Ele disse aquilo por dizer, já que em momento algum lhe teria ocorrido que aquele trio pudesse chegar a ser perigoso para ninguém.

– Talvez. Mas quer saber de uma coisa, Leo? Pelo menos eu jogo limpo.

"Eu jogo limpo." Filha da puta. "Acabou daquele jeito, moída de pancada em um porão qualquer."

Leo levou alguns minutos para compreender o que acabava de dizer para si mesmo, para perceber que a raiva que sentira naquele momento tornava a formar um nó na sua garganta. As feridas no orgulho cicatrizavam mal, supuravam quando a memória as roçava. E nos últimos meses tinham voltado a sangrar. A metade vazia do armário, aquele buraco negro que antes estava cheio de cores vivas, lhe esfolava o amor-próprio. Cris lhe acertara um golpe no passado, mas quem se encarregara de lhe amargurar o presente fora Gaby.

Respirou fundo e conseguiu se acalmar. Precisava ligar para Hugo e Nina, que viviam juntos em Madri, para cumprir a obrigação de lhes transmitir a notícia. Aquilo, pensou ele, não podia esperar mais.

Hugo respondeu logo, como se estivesse com o telefone na mão.

– Leo! Que surpresa! Como vai, cara?

– Você está ocupado?

– Quem me dera! Estou morrendo de tédio aqui no bar.

– Pouca gente?

– "De vez em quando vejo alguns clientes", arremedou Hugo como resposta, e ambos riram. – Sério, cara, não sei o que vamos fazer. Desde janeiro deste ano que cada vez se ganha menos. E quando você achava que menos era impossível, o mês seguinte te prova que não é.

– As pessoas não têm grana, Hugo. As coisas ainda vão piorar, estou te avisando.

– Que merda! Você só me ligou depois de tanto tempo pra me deixar deprimido? Então o teu plano não vai dar certo, porque eu não tenho uma viga para me enforcar.

Leo riu novamente. A verdade era que aquele riso espontâneo surgia cada vez menos, e só com o pessoal daquela época.

– Não, eu te liguei por outra coisa... – Levou alguns segundos para continuar: – Encontraram os corpos de Dani e Cristina Silva.

Disse o nome e o sobrenome, como se ela não fosse sua amiga, como se não fosse a mesma Cris que haviam conhecido naquela época.

– Que merda!

– Sim. Mas acho que a notícia tem um lado bom; afinal a família vai poder enterrá-lo.

– É.

Houve um silêncio, e Leo imaginou que Hugo, como ele antes, estava tentando assimilar a notícia.

– E... sabem alguma coisa do...?

Hugo tinha baixado o tom de voz, como se o tema fosse um tabu; nem ao menos se atrevia a completar a pergunta. Leo o fez por ele. A essa altura, tanto tempo depois, tinha perdido o medo de falar daquilo.

– Do dinheiro? Não tenho a menor ideia. Imagino que não, porque do contrário a mãe de Dani teria comentado alguma coisa comigo. A não ser – falava ao mesmo tempo que pensava, e por isso a frase saiu mais lenta – que a tenham proibido de falar disso. Vou falar novamente com ela quando estiver mais calma, para ver se ela conta mais alguma coisa. De qualquer modo, eu sempre o dei por perdido. E viria bem a calhar, pelo menos para mim.

Ouviu um suspiro do outro lado da linha, e imaginou Hugo, com sua magreza eterna, sozinho e entediado naquele bar, o Marvel, um nome que para Leo sempre dera a impressão de que seu dono não cresceria nunca.

– E então – continuou ele –, acho que deveríamos nos ver.

– Não sei. Não posso dizer que as coisas estejam indo bem. Eu teria que fechar o bar por alguns dias.

– Claro. Bom, você resolve. Talvez você possa vir sozinho, deixando Nina no seu lugar.

– Pode ser. Mas acho que não. Não gosto que ela abra o bar sozinha à noite.

Leo sorriu. Às vezes achava que a melhor coisa que resultara daquele grupo não havia sido seus primeiros passos na música, nem o presente inesperado que todos tinham recebido, mas aquele casal. Silenciosamente, sem a explosiva efusividade dos outros, aqueles dois tinham se apaixonado aos poucos e acabaram estabelecendo uma relação sólida, ao que parecia, duradoura. Tudo havia começado depois, quando o grupo já tinha ficado esquecido, quando Dani e Cris já não estavam lá. E no íntimo Leo estava convencido de que aquilo jamais teria acontecido se aquele casal tivesse continuado entre eles. Vê-los juntos, presenciar a tensão sexual que se estabelecia entre dois seres tão atraentes, fazia com que o resto do mundo se apagasse, principalmente alguém como Nina. Pobre garota, sempre à sombra de Cris, com aquela estranha mancha no rosto que não se podia deixar de olhar, apesar de no fundo repugnar um pouco.

— Não sei. Você devia vir. Tenho certeza de que a polícia vai acabar nos chamando novamente. E, se não for por isso, pelo menos por Dani.

— E por Cris, não?

Leo não respondeu. Alguém entrou no bar, e Hugo teve que desligar, com a promessa apressada de ligar no dia seguinte, depois de falar com Nina.

Depois da conversa, Leo se sentiu muito mais sozinho do que se sentira nos últimos meses. A solidão era uma porta aberta para as más lembranças, que se empenhavam em rastejar até sua consciência como serpentes, arrastando-se em silêncio dos confins da memória. Mas sua força de vontade as pisoteou com firmeza.

Afastou um dos blocos da parede de pedra falsa que tinha instalado como cabeceira, um detalhe decorativo que deixava todo mundo admirado, e abriu o cofre camuflado atrás. Não era muito original como esconderijo, ele sabia, mas funcionava, principalmente porque ninguém teria imaginado que Leo Andratx, um jovem de trinta e dois anos, tivesse algo para guardar ali. Logo já não teria nada para esconder, pensou ele ao ver o pouco que restava. Foi então, enquanto tentava bloquear as imagens de um futuro muito mais cinzento do que tinha previsto, que se deu conta de que Hugo não lhe havia perguntado em momento algum onde haviam encontrado os corpos.

19

Eram mais de sete horas quando Abel adormeceu no berço que Leire instalara na sala, e ela pôde afinal começar a ler aquele conto que tinha deixado Fort tão alarmado. Seu companheiro se negara a lhe dizer de que se tratava, só lhe adiantara que era uma história de fantasmas, ambientada no Japão após a Segunda Guerra Mundial. Para Leire, o fato de a ação transcorrer em Hiroshima era a única coisa que se encaixava no caso: esse era o nome do grupo musical do rapaz morto, como haviam comprovado naquela manhã. Sentada no sofá, com uma cópia do conto numa das mãos e na outra um prato com um pedaço de torta – caseira, feita pela *baby-sitter*, que estava se mostrando também uma grande cozinheira –, levou alguns minutos para começar a ler, porque nas últimas vinte e quatro horas sua mente não estava ocupada unicamente pelos assassinatos de Daniel e Cristina.

Sem poder evitar, voltava algumas vezes ao momento em que Tomás lhe pedira que se casasse com ele. E à sua resposta, ou melhor, à sua incapacidade de responder com um "sim" ou um "sinto muito, mas não" a uma pergunta que exigia entusiasmo sincero ou firmeza educada. Leire nunca havia sido daquelas que precisavam pensar nas coisas, como as heroínas do século XIX. Pela primeira vez na vida, diante de uma pergunta direta, percebera que simplesmente não sabia o que queria. Por sorte, Tomás faria uma de suas inúmeras viagens aos Estados Unidos e só voltaria dentro de duas semanas. Pelo menos isso lhe concedia uma trégua para pensar.

"Já chega", disse a si mesma. O conto. Em criança, era uma leitora voraz, até que a adolescência lhe mostrara que existiam maneiras mais divertidas de passar a tarde. Depois, entre uma e outra coisa, havia abandonado o hábito, coisa de que às vezes se arrependia. As primeiras páginas a situaram num tempo e num lugar longínquo e trágico, e a voz narradora, aquela mulher que amava por trás de uma porta, despertou nela algo mais parecido com a melancolia que com o terror. No entanto, depois daquele fragmento inicial que terminava com aquela inquietante fantasia erótica e aquela tela ·pintada de rosas amarelas, Leire mergulhou no conto:

Hoje não posso deixar de me perguntar como Takeshi conseguiu intuir o perigo. Tinha sofrido feridas muito graves em uma batalha da qual fora o único sobrevivente, e enquanto eu velava seu sono no hospital, percebi que ele falava com seus companheiros mortos. Não era nada estranho, isso acontecia com muitos deles, mas depois a própria Aiko me confessou um dia que também o tinha ouvido falar com eles: de madrugada, nas horas em que ela fingia estar adormecida, seu amante mantinha conversas com o ar e acabava soluçando, pedindo perdão por estar vivo àqueles que haviam deixado o corpo ensanguentado no campo de batalha.

De qualquer forma, fosse ou não uma loucura, Takeshi me abordou alguns dias antes, depois do jantar, antes de eu sair para o hospital em meu turno da noite; ele me falou em um tom que não admitia réplica:

— Dentro de dois dias, na manhã do dia 6, não volte para casa; fique no hospital, mesmo que seu turno tenha acabado — me disse ele.

Eu o fitei sem compreender. Nos últimos tempos, os bombardeios dos aliados haviam recrudescido, ou assim diziam, porque nossa cidade se mantinha incólume, como se algum deus a protegesse com um escudo invisível. Nossos feridos se multiplicavam, e depois de doze horas de trabalho, meu único desejo era abandonar aquele lugar e me refugiar em casa, nutrir-me de amor em vez de morte.

— Prometa que vai fazer o que estou dizendo — insistiu ele, quase irritado, e naquele instante compreendi que para ele aquilo era sério.

— O que vai acontecer dentro de dois dias? — perguntei.

Seu rosto revelava que ele queria aparentar raiva, mas eu sabia que ele fingia. Havia mais tristeza que fúria em seus olhos.

— Ouça — disse ele em voz mais baixa — vão precisar de você viva para atender aos enfermos. Haverá muitos, muitos enfermos... Muito mais do que você pode imaginar.

— Do que você está falando?

Ele suspirou. Por um segundo pensei que ia desmaiar. Desde que recobrara a consciência, depois das graves feridas que sofrera na cabeça, de vez em quando ele ficava com os olhos muito abertos, sem piscar, como se na parede branca se projetassem imagens invisíveis para todos, menos para ele. Takeshi deu um passo para trás e cobriu o rosto com as mãos.

— Estou muito cansado — acreditei ouvir.

Fiquei quieta. Tentei afastar os olhos daquele homem jovem e forte que se encolhia diante de mim. Seus ombros convulsos me indicaram que ele chorava; no entanto, quando tornei a ver seu rosto, percebi que seus olhos estavam secos, duas manchas negras como borrões de tinta em um lenço branco.

— Lá você estará a salvo — disse ele.

— E você? — perguntei. — E Aiko?

— Não se preocupe conosco. Nós iremos para longe, tão longe quanto possível.

Sem acrescentar mais nada, ele se reuniu a Aiko, que o esperava em seu canto da cama, como sempre, envolta em seu quimono de seda estampado de rosas amarelas. No entanto, eles não partiram. Na manhã seguinte, enquanto caminhava para casa, fui assaltada pelo temor de encontrá-la vazia, e respirei aliviada ao comprovar que, apesar das advertências de Takeshi, ambos continuavam ali, como se nossa conversa não tivesse acontecido.

Disse a mim mesma que talvez seu augúrio não fosse mais do que o desvario de um momento de loucura. Ou talvez minha amiga Aiko, que vivia comigo desde antes de Takeshi entrar em sua vida, resistisse à ideia de me deixar sozinha diante do que estava por vir. Afinal de contas, eles se haviam conhecido porque Aiko viera me buscar no hospital. Ele já estava melhor, e passeava pelo recinto. Acho que eles se apaixonaram assim que se viram, e fico feliz em pensar que sem mim isso não teria acontecido nunca, que eles jamais teriam se amado se eu não tivesse passado em sua vida.

Preciso me esforçar para esquecê-los. Para enterrá-los de verdade: não pensar em Aiko, nas sedas que ela pintava cuidadosamente, aves negras ou flores vistosas; sepultar as lembranças de Takeshi, de suas mãos fortes, de sua voz cansada. Sempre me acontece a mesma coisa quando se aproxima o aniversário de sua morte.

Na manhã de 6 de agosto nada fazia pressagiar o desastre que estava tão próximo. Dentro do hospital, a rotina quase me fizera esquecer os maus presságios. Na noite anterior, havia percorrido meu caminho habitual, quase vazio àquela hora. O céu estava sereno, e ao longe o monte Hiji se erguia, sólido e imponente, sob uma lua brilhante. Horas depois, quando o céu se tingiu de cinza, aquela montanha se transformaria em um refúgio de onde contemplar com resignação a devastação absoluta. Apesar disso, quando me dirigia à Cruz Vermelha, as palavras de Takeshi de dois dias antes me pareciam sem sentido, fruto de uma mente enferma, de uns olhos que haviam presenciado coisas demais para sua idade.

Dispus-me a iniciar a rotina noturna. Gostava daquele momento: diante de mim se estendiam as camas dos feridos, eu sabia qual era a minha obrigação, e apesar da dor que zumbia ao meu redor como uma praga de abelhas nervosas, eu tinha a absurda sensação de que minha presença ali os fazia sentir-se mais seguros. Sentia-me capaz de lutar cara a cara com a morte que tentava me arrebatar os mais fracos, e nada me deprimia mais do que encontrar uma cama vazia, a prova de que Izanami tinha levado um doente para seus tenebrosos domínios, aproveitando-se da minha ausência... Agora que eu estava ali, nada de ruim poderia acontecer.

Mentiria se dissesse que recordo muito mais do início daquela jornada. Acho que cumpri minhas tarefas como todas as noites, decidida a aliviar na medida do possível aqueles desgraçados que enfrentavam o futuro com o corpo lacerado, com membros amputados ou cegos. Rapazes que já eram velhos. Homens mutilados que já não eram homens. A guerra não era nada além de uma fábrica de despojos humanos – seres que precisavam de cura e esperança, e que, pelo menos durante alguns instantes, me amavam um pouco.

No entanto, lembro-me de que às sete e meia da manhã, quando faltava pouco para terminar o turno, eu me dispus a trocar as bandagens de um jovem que havia sofrido queimaduras graves em quase todo o corpo. Levei um bom tempo, e depois, quando terminei, parei alguns minutos junto à janela para recuperar as forças antes de ir embora. Precisava encher os olhos de verão e apagar assim a imagem das chagas, o cheiro de carne podre. Fechei os olhos e tentei me embeber de sol através da vidraça, sentir sua força matizada por aquele escudo protetor. Depois soubemos que foi exatamente o dia lindo, o tempo claro, que decidiu a questão. Que foi aquele céu azul, desapiedadamente vazio de nuvens, que firmou nossa sentença.

Passaram-se dois dias antes que eu pudesse voltar para casa, e já me restavam poucas esperanças de encontrá-los com vida. Falava-se de milhares de mortos, mas ninguém parecia saber que tipo de maldição havia caído sobre nós. Mais tarde eu soube que aquele engenho arrojado do céu tinha o irônico nome de *Little Boy*. Talvez pareça uma aberração, mas naquela manhã, junto à janela do hospital, vivi uma experiência estranhamente linda. Um resplendor brilhante, ofuscante, como se o sol explodisse por dentro, inundou o mundo de luz. Eu quis abrir os olhos para ver melhor e não consegui; então ouvi o estrondo. O cristal da janela voou em mil pedaços, como um gêiser, e quando me dei conta estava no chão, completamente coberta de diminutos alfinetes de vidro.

Depois sobreveio o silêncio. Pétreo e aterrador. Uma quietude que evocava templos vazios e sepulcros abertos, uma ausência de ruído que parecia mais aterradora que a explosão anterior. "Isto é a morte", pensei; têm razão aqueles que dizem que não é o final, mas apenas o princípio de algo diferente, o início de um mundo sem voz. Mas pouco a pouco me dei conta de que estava viva. Nosso hospital foi o único edifício da zona que aguentou em pé, como Takeshi havia predito. Sofri cortes no corpo todo, nenhum grave, e mesmo assim permaneci um dia e meio sem sair dali: havia muito o que fazer, e, por outro lado, eu receava desesperadamente me afastar daquelas quatro paredes. Afinal, na tarde seguinte, a ansiedade substituiu o medo e decidi enfrentar a verdade.

Hiroshima tinha se transformado em um cemitério sem lápides. Uma nuvem densa, um manto de fumaça escura, cobria a cidade. Corpos que tinham se rendido à morte. Corpos que não a aceitavam e continuavam em pé, sem respirar. Corpos que tinham se desvanecido deixando apenas uma mancha escura como lembrança. Tentei não os ver, mantive o olhar por cima daquele campo de cadáveres e me esforcei para me orientar por ruas que em teoria conhecia, mas que, sem os prédios, me pareciam diferentes, como se eu as estivesse percorrendo pela primeira vez.

No fundo, algo me dizia que eles não tinham sobrevivido, que, como tantos outros, Takeshi e Aiko haviam sido vítimas daquele fogo branco. A ilusão renasceu ao ver que nossa casa não estava completamente destruída. Entrei sem perceber que já não havia porta e corri até o quarto deles, onde a esperança deu de cara com a realidade.

Eles estavam ali. Entrelaçados como se a bomba, aquela arma lançada do céu, os tivesse surpreendido em pleno sono, depois de fazer amor. Fiquei imóvel por alguns instantes, fechei os olhos e tentei dissolver a dor. Quando tornei a abri-los, avancei até a cama. Ali estavam seus corpos nus. Jovens. Mortos. Unidos para sempre por um abraço eterno. O braço direito de Takeshi colocado exatamente por baixo dos seios de Aiko, que, de costas para ele, se refugiava contra seu peito, como se fossem um só corpo. Foi então, ao observá-los de perto, que me dei conta de que sua pele apresentava umas manchas peculiares que a princípio me desconcertaram. Não me atrevia a tocá-los, e, em um súbito ímpeto de pudor, procurei com os olhos algo com que cobri-los. Durante aqueles instantes, minha mente associou aqueles estranhos rastros de sua pele com algo conhecido, e, horrorizada, me afastei da cama. Meus olhos se encheram de raiva, e tive que deixar que as lágrimas saíssem, por medo de que aquela amargura salgada os cegasse para sempre.

Eu os vira muitas vezes cobertos com o quimono estampado de Aiko, quando sentiam o frescor da madrugada. Naquela noite deviam ter feito a mesma coisa, e aquele monstro poderoso, quase sobrenatural em sua força, tinha conseguido desintegrar completamente o tecido que os cobria. Mas ao fazê-lo havia tatuado seus corpos nus com uma mortalha de rosas amarelas.

Preocupei-me em enterrá-los de acordo com os ritos. Pus em seu túmulo dinheiro para a viagem e seus objetos mais queridos. Procurei a última tela em que Aiko havia trabalhado, uma seda branca onde ela havia pintado uma avalanche de pássaros de asas negras. Não consegui encontrá-la, e disse a mim mesma que talvez as aves também tivessem abandonado a tela e tinham ficado presas em outro lugar.

"Hoje é dia 5 de agosto. Esta noite voltarei a Hiroshima."

Sei o que vai acontecer porque todos os anos, desde o primeiro aniversário daquele dia fatídico, Takeshi e Aiko vêm me ver. Eu me deito na hora de sempre e aguardo sua visita. No entanto, é a primeira vez que estou longe de Hiroshima, e receio que eles tenham decidido me castigar com seu abandono.

No primeiro ano pensei que havia sido um sonho. Que aquelas imagens que surgiram de madrugada, no espelho, haviam sido fruto da dor e da saudade. Que os gemidos de Aiko e o corpo de seu amante pertenciam ao mundo onírico. Que minha mente é que os tinha evocado. Na segunda vez já não pude negar a evidência. Fiquei acordada a noite toda, com a vista fixa no espelho, até que de repente este clareou e me mostrou meus amigos, amando-se em todo o seu esplendor. Eram eles, e o espelho havia deixado de sê-lo para se transformar em uma porta para a intimidade de um casal. Quase não pude reconhecê-lo, porque as costas dela o ocultavam, mas era óbvio que ele estava ali, deitado, desfrutando aquela mulher de pele branquíssima que gemia e se arqueava, sentada a cavalo sobre ele. Eles não pararam, continuaram entregues àqueles movimentos, alheios como sempre ao fato de alguém poder observá-los. Mas de repente, quando pelo ritmo se diria que estavam a ponto de culminar o ato, ela se detinha e voltava a cabeça. Aiko... Seu rosto exprimia desejo e curiosidade em partes iguais. Afinal sorria. O cabelo escuro ocultava parte de seu rosto, e ela o jogou de lado para que eu pudesse vê-la bem. Para que não me restasse dúvida alguma de quem ela era. Aproximei-me do espelho para tocá-la, seduzida como antes por tanta beleza, e desejei com todas as minhas forças atravessá-lo e me unir a eles. Por um momento eles deixaram de se acariciar, como se estivessem me vendo. Eu soube que Aiko queria me dizer alguma coisa. Ela abriu a boca, mas dela só saiu um vapor gélido que deixou estranhas manchas no cristal.

A mesma coisa se repetiu todos os anos, na madrugada do dia 6 de agosto. Por isso me deito nua nessa noite, lhes ofereço meu corpo, o mesmo que não quiseram em vida, e sonho de novo com as mãos de Takeshi, com sua boca lambendo meu sexo enquanto Aiko me beija os lábios. Os minutos passam, as horas, a madrugada parece não chegar nunca para os insones. Receio que não venham, que seu eco tenha ficado preso para sempre nos confins de Hiroshima, aquela cidade da qual tive que fugir antes que seu ar corrompido acabasse comigo.

Devem ser quase cinco horas quando acordo, sobressaltada pelo fato de ter dormido. Me levanto de um salto e corro até o espelho, que me devolve meu próprio rosto descomposto. Bato nele com a palma das mãos, chamando-os. Afinal, quando já estou quase desistindo, uma fumaça escura empana minha imagem. Sorrio, cheia de esperança, e um calafrio me percorre o corpo. Eles virão. Não me abandonaram.

Sim... Suspiro aliviada ao ver que são eles, porém dessa vez não estão fazendo amor, mas jazem inconscientes, abraçados como sempre. Eu os observo como fiz naquela noite: comprovei que dormiam antes de fechar seu quarto a chave, antes de condená-los. Afasto os olhos, porque não era isso o que eu esperava ver, mas as imagens continuam dentro de minha cabeça e avançam devagar, em câmera lenta. Ouço em minha cabeça o ruído da bomba e resisto a contemplar a morte que ela e eu provocamos juntas. As lágrimas me correm pelo rosto, abrasando-me a pele, e todo o meu corpo estremece com o impacto. Depois, como naquele dia, resta apenas o silêncio, agora perturbado por meu pranto. Soluços culpados pelo que fiz, por ter sobrevivido, por não ter voltado para morrer com eles. Por ter sucumbido ao medo de ser abandonada.

Quando torno a olhar, a cena é outra. O quarto que eles compartilhavam foi invadido por um bando de pássaros negros, e compreendo que esse é o meu castigo por ter fugido de Hiroshima. Manchas aladas suspensas no ar que, sem aviso prévio, viram a cabeça. Observam-me, impassíveis, calculadoras, e de repente, como se obedecessem a uma ordem muda, lançam-se furiosas contra o espelho. Contra mim. Ouço seus bicos golpeando o cristal até parti-lo, ouço o sussurro selvagem de suas asas e estremeço diante do ruído daquelas garras arranhando a barreira que as detém. Tento cobrir o rosto com os braços, certa de que elas conseguiriam atravessá-la para me atacar. Sei que em algum momento, quando atravessarem a fronteira que os separa do mundo dos vivos, esses pássaros que ouço voejar cada vez mais perto cairão sobre mim com seu bico afiado para me arrancar os olhos e me destroçar a pele.

No terraço, rodeado de plantas que aspiravam a crescer, Héctor contemplava a cidade adormecida com olhos cansados. Tinha dormido pouco na noite anterior, e também não parecia provável que o sono se apoderasse dele nas horas seguintes. Conhecia bem aquela insônia improdutiva, aquela vigília letárgica que só servia para lhe encher a cabeça de fantasmas. Como os do conto, que tinha lido duas vezes sem chegar a compreender de todo o seu significado.

O conto, narrado em primeira pessoa, contava claramente uma história de amor e ciúme ambientada na Hiroshima de 1945 e em vários anos depois. O triângulo formado por Takeshi, Aiko e a enfermeira, amiga de ambos, tinha um final trágico: os amantes morriam, por culpa da bomba e porque a amiga, que não tinha nome, impedia sua fuga.

"Mais um cigarro", ordenou Héctor a si mesmo, "só mais um." O conto não tinha conseguido assustá-lo, mas ele também não conseguia tirar da cabeça algumas de suas imagens. Hiroshima, os amantes mortos, os pássaros vingadores, a amiga triste e ao mesmo tempo culpada, digna de compaixão e também, em certo sentido, merecedora de castigo. E, é claro, uma cidade destruída, tão diferente da que se estendia diante dele, dali da laje. Enquanto fumava, tentou se livrar da sensação corrosiva de que, nessa cidade plácida que vislumbrava das alturas, como um deus pagão, também estavam acontecendo naquele momento coisas que escapavam à lógica e à bondade. Sob aquelas luzes tênues, naquela cidade elegante, amantes despeitados apunhalavam seus companheiros, pais batiam nos filhos, crianças agiam com crueldade inusitada contra outras, famílias inteiras perdiam o emprego e o lar. Alguns, como Ruth, desapareciam, tragados pelas sombras que a beleza da cidade se empenhava em esfumar, e outros, como ele, fumavam em silêncio, insones, incapazes de fechar os olhos diante de uma realidade que pairava como um fantasma sobre uma cidade adormecida.

20

Nina não costumava ligar a televisão de manhã, entre outras razões porque o dia começava para ela muito cedo e, a essa hora, mesmo com o volume muito baixo, o som parecia retumbar contra as paredes. O apartamento era tão pequeno, trinta e cinco metros quadrados contados com generosidade, que o único quarto ficava separado do resto por um tabique que parecia de papel. Além disso, desde que Nina se acostumara a madrugar, desfrutava mais desses momentos em que o mundo parecia estar calado, em pausa. Também gostava de parar um instante na porta de seu quarto e contemplar Hugo, com os dois braços ao redor do travesseiro e uma perna, incrivelmente peluda para aquele torso glabro e magro, aparecendo entre os lençóis.

Nessa manhã Nina pôs a cafeteira no fogo, como sempre, e notou entre os tornozelos o corpo suave de Sofia, que sabia que se miasse com bastante energia receberia um pouco de leite. Nina se agachou para pegá-la nos braços, mas a gata a evitou e continuou insistindo até obter o que desejava. Foi então, enquanto esperava o café subir, que Nina decidiu ver as notícias, quase sem voz, para não acordar Hugo. Sentia curiosidade a respeito da evolução daquele protesto jovem e maciço que vinha ganhando força. Por uma vez, Nina se via capaz de apoiar aqueles lemas que atacavam todos os partidos políticos por igual e que, definitivamente, definiam sua própria realidade cotidiana. "Vocês roubaram o nosso futuro", diziam eles. E ela, que por dentro lamentava que não tivessem usurpado o passado, rebelava-se diante da possibilidade de que o amanhã também lhes escapasse das mãos.

Mas as imagens de jovens sentados com os braços para o alto eram as mesmas que tinha visto na noite anterior, antes de se deitar. Tornou a distinguir algum rosto conhecido, visto de longe, entre o tumulto alegre que enchia a praça. O borbulhar do café a fez voltar à cozinha, e ela demorou um pouco ali porque Sofia, ao vislumbrar novamente a caixa de leite, exigiu uma segunda porção com uma nova rodada de miados raivosos. Ela cedeu, como de hábito; agachou-se para verter o leite quando de repente o volume da televisão subiu subitamente, assustando-a. Sofia se lançou sofregamente às gotas que haviam caído no chão, não sem antes castigar aquela falta de jeito humana com um olhar quase depreciativo.

Nina ouviu o ruído inconfundível da boca de gás e viu uma espiral de fumaça, seguida por uma tosse curta. Pegou seu café com leite e saiu para a sala de jantar. Hugo estava sentado no tapete, de cueca, diante da televisão, com as costas apoiadas no assento do sofá. Ela se sentou ao seu lado, um pouco incomodada com aquela intrusão que alterava sua rotina matinal.

– Te acordei? – perguntou em voz baixa.

Hugo não respondeu, absorto nas imagens da tela, mas abraçou-a pelo ombro e atraiu-a para si. Estava tão sério que ela também prestou atenção, intuindo que alguma coisa estava acontecendo, mas só teve tempo de ver as fotos de Cristina e Daniel, as mesmas que haviam ocupado as manchetes dos jornais sete anos atrás, antes que o noticiário passasse para outro assunto. Hugo respondeu às perguntas sem que Nina chegasse a formulá-las.

– Eles acham que encontraram os corpos – disse ele. – Acabaram de falar. Estavam em uma casa perto do aeroporto.

Nina não se mexeu, e ele lhe deu um beijo rápido na testa e a abraçou com mais força. Ela sentiu o calor que se desprendia de seu corpo e se refugiou nele como se não fosse maio, como se de repente fizesse um frio de inverno.

– Leo me ligou ontem para me contar, mas quando subi você já estava dormindo, e eu não quis te acordar.

Por um momento, Nina ficou desconcertada. Aqueles nomes pareciam ser de personagens de outro livro. Um conto já lido e esquecido. Uma história da qual ela e Hugo se haviam afastado, de cujas páginas tinham fugido em busca de um argumento diferente. Uma tragédia capaz de aflorar inesperadamente. Com a mudança de cidade e de trabalho, todo o passado fora adquirindo uma tonalidade difusa, remota, quase de ficção. Eram coisas que tinham acontecido com outra pessoa, com uma Nina diferente, na qual ela preferia não pensar muito, porque, quando o fazia, tendia a se envergonhar: uma menina desesperada por agradar, sempre preocupada com a roupa que os outros vestiam, com as palavras que os outros diziam; pronta para se apropriar de gostos e opiniões alheios e defendê-los como próprios com uma veemência que, vista do presente, parecia tão ridícula como exasperante. A juventude, que poderia ter usado como explicação, era uma desculpa parcial, e Nina sabia disso. Nem todas as garotas de sua idade eram iguais. Nem todas, por exemplo, teriam aceitado com tanta docilidade que uma amiga recente trocasse seu nome simplesmente porque coincidia com o seu.

"Me chamam de Cris, então você vai ser Nina, tudo bem? Além do mais, Nina cai bem em você." Era apenas uma frase sem maior importância e, no entanto, para Nina ela se havia transformado no resumo perfeito de sua amizade com Cristina Silva. Quando começaram a morar juntas, a dividir o velho apartamento que Cris tinha alugado não muito longe do Mercado do Born, ela havia passado a ser Nina. Oito anos depois, continuava sendo Nina, e provavelmente seria Nina para sempre. Mas não podia dizer que fosse a mesma, muito menos. A garota que chegara ao apartamento, complexada por aquela mancha de nascimento que levava impressa como um borrão arroxeado na face esquerda, tinha ficado para trás. Cristina tinha conseguido fazê-la ver aquela marca não como uma maldição, mas como uma parte de si que ela precisava aceitar. "Se você continuar se maquiando para escondê-la, vai acabar parecendo um palhaço", tinha dito um dia. E tinha lavado seu rosto e a pusera diante do espelho do banheiro que dividiam. "Ela está aí, você não pode apagá-la. Viva com ela. Se você não se importar, se esquecer a existência dela, os outros vão acabar não a vendo também. Essa é a única maneira de torná-la invisível: aceitá-la em vez de lutar contra ela."

A voz de Hugo a devolveu ao presente:

– O café vai esfriar.

Ela negou com a cabeça e o ofereceu:

– Não estou com vontade. Toma você, se quiser.

Ela se aconchegou ao seu peito e fechou os olhos. Ele acendeu outro cigarro, e ela percebeu que era tabaco de verdade, não o de enrolar que Hugo tinha começado a fumar fazia pouco tempo e ao qual, garantia, já se havia acostumado.

– Como foi ontem à noite? – perguntou Nina em um esforço para recuperar a conversa de todos os dias.

– Como sempre. À uma me cansei de ficar sozinho e fechei.

– Tenho que sair – disse ela, e notou que ele encolhia os ombros ao sentir que algo se apoiava em seu pé descalço. – Está na hora de abrir.

Abriu os olhos, mas sabia perfeitamente que aquilo que se insinuava entre ambos era a gata. Terminado o café da manhã, Sofia se dedicava à segunda atividade favorita do dia: sentar-se no colo de Hugo, especialmente se Nina estivesse perto. A adoração que aquele animal sentia por ele era curiosa, mais ainda quando Hugo fazia pouco-caso dela e tinha pouca consideração na hora de fazê-la descer do sofá com um tapinha. Tanto fazia; desde o princípio a gatinha tinha decidido qual seria o objeto de sua devoção, apesar de ter sido Nina que a encontrara abandonada na porta do bar e que havia insistido para ficarem com ela em casa.

Hugo mal lhe dedicava uma carícia de vez em quando; Sofia o idolatrava apesar de tudo.

Nina se afastou um pouco, e a gata ronronou, satisfeita.

– Leo me perguntou se iríamos a Barcelona. Eu disse que ia falar com você.

Apesar de suas palavras, ela compreendeu que ele já havia decidido. Conhecia aquele tom, era o mesmo que tinha usado no Natal para convencê-la de que deviam sair de férias mesmo sem terem dinheiro. "Você está precisando, Nina. Nós merecemos, você não acha?" Nina tinha tentado lhe explicar que, em assuntos econômicos, querer não é poder, e que "precisar" era um verbo pouco adequado para falar de férias, já que o que realmente fazia falta era pagar os três meses de aluguel que deviam naquela época ao proprietário, um sujeito que estava começando a pedir o seu dinheiro em um tom um pouco menos amável, mas seus argumentos tinham sido inúteis. De fato, Hugo tinha comprado umas passagens de avião, baratíssimas segundo ele, e havia reservado uma estada de uma semana em Londres. Como em tantas outras ocasiões, ela não quis perguntar como ele havia pagado. Nem por que ele tinha ficado olhando em lojas perto da Charing Cross Road umas guitarras caríssimas se, entre outras promessas, Hugo lhe havia jurado que o mundo da música tinha ficado para trás.

– Conversamos depois, tudo bem? – replicou ela. E, desafiando os olhinhos ameaçadores de Sofia, inclinou-se para se despedir dele com um beijo nos lábios. Antes de sair pegou um caderno da estante, com a despreocupação de quem finge fazer um gesto inocente.

Hugo fixou por algum tempo os olhos na tela da tevê, mas em sua cabeça só cabiam as fotos do rosto de Dani e Cris, congeladas sete anos atrás. Diferentemente do que acontecia com Nina, ele era capaz de evocar o passado com todas as cores e uma potente trilha sonora ao fundo. De fato, aqueles dias lhe pareciam mais nítidos e vibrantes que toda uma vida posterior tingida de um branco-cru insosso. Era fácil recorrer a frases feitas como "éramos umas crianças", ou "achávamos que a vida era isso", mas a verdade era que, durante um curto período de tempo, as coisas tinham caminhado realmente bem.

"Hiroshima está a ponto de estourar", havia dito Leo quase com medo, e não era mentira. Já haviam superado os primeiros obstáculos de um caminho tortuoso e fascinante que, com sorte, poderia levá-los ao êxito. O que ninguém poderia adivinhar era que pouco depois o caminho se truncaria, que muito perto havia um precipício invisível, um buraco negro que ia engolir todos eles à traição. Ou talvez o intuíssem? Com certeza Leo, que sempre fora o mais responsável dos quatro, o que marcara uma reunião do grupo para tratar do assunto das drogas depois que tiveram de levar Isaac para o pronto-socorro, tinha vislumbrado algum sinal de perigo. Claro que ninguém podia adivinhar como tudo aquilo acabaria.

Aos vinte e tantos, nenhum deles podia suspeitar que as trágicas mortes de Daniel e Cristina acabariam também com os sonhos de todos. O futuro ficou em cacos, e os três sobreviventes de Hiroshima tiveram que se conformar com isso, agarrar-se aos destroços e construir ali uma vida nova. Pequena e incômoda como aquele apartamento com um sofá rasgado. Mas ninguém estava mal. Leo, pelo menos, parecia contente.

Hugo sempre havia acreditado que Leo teria abandonado o grupo de qualquer maneira; havia algo naquele estilo de vida que não combinava com ele. De fato, tinha quase certeza de que ele quase se sentira aliviado quando ficou claro que, sem o cantor e compositor, voltavam a ser três rapazes que tocavam juntos para passar o tempo. Exceto nos últimos meses, Dani sempre agira como se aquilo fosse a única coisa que importava; mais do que as drogas, mais do que transar, mais até do que Cris. A música – ou melhor, alcançar o sucesso com a música – era o principal objetivo de sua vida. E Hugo confiava que ele teria conseguido, e, de roldão, os teria arrastado com eles em sua ascensão... se eles não tivessem brigado antes.

As discussões eram frequentes, principalmente entre Leo e Dani, e iam subindo de tom, apesar de nunca terem chegado muito longe. O cantor reprovava sua falta de compromisso com o grupo, e Leo se defendia, dizendo que para ele havia outras coisas; ou, ao contrário, era Dani que aguentava a bronca do outro, que não suportava os seus maus modos e ficava nervoso quando Dani se descontrolava. As coisas chegaram a um ponto crítico na noite em que Dani os deixara na mão antes do *show* na sala Salamandra. Aquele dia foi, de certo modo, o princípio do fim, o primeiro elo de uma cadeia de acontecimentos que culminou com dois mortos, dois cadáveres desaparecidos, um tarado preso e um futuro que deixara de ser colorido para se tornar de um branco que ia se tornando sujo pouco a pouco. Pelo menos no seu caso. Ele não sabia nada de Isaac, mas na verdade este sempre havia sido um mistério.

Levado por um impulso, Hugo se levantou, e a gata, que se havia instalado tranquilamente sobre sua barriga, soltou um miado de protesto e, despeitada, foi para a cozinha, de onde observou com atenção seu dono pegar o celular e procurar um número que não achou. Ia ligar para outro quando se deu conta de que ainda era cedo, apenas sete e meia da manhã, e substituiu a ligação por uma mensagem de texto para Leo. Queria saber se ele tinha alguma notícia de Isaac. Enquanto esperava por uma resposta que não vinha, Hugo se sentiu invadido por uma nostalgia absoluta, quase desoladora, um sentimento tão inesperado e tão forte que quase o fez chorar.

Ele se aproximou devagar da estante de CDs e, depois de escolher um, o colocou a todo o volume no toca-discos sem se importar com o barulho nem com os vizinhos. A música do Placebo inundou o espaço. *"Days before you came, freezing cold and empty."* Em seu caso era o contrário: não se sentia frio e vazio antes, mas depois. Quando tudo acabou; quando o

211

dinheiro, que deveria ter servido para uni-los, os separou para sempre. A voz do cantor se misturou em sua cabeça com a versão que eles haviam ensaiado mil vezes, com a voz de Dani, mais potente e mais grave. Veludo escuro, como de um cantor negro. Claro que nem sempre tinha aquele tom, mas ele gostava de se lembrar daquele Dani. Do divertido, do que dirigia a toda pela Ronda Litoral.

– Escuta, que merda é esse Fórum Universal de las Culturas?

Sentado no banco de trás, Isaac tinha feito a pergunta, que ficou no ar. Iam se encontrar com Leo, que naquela primavera passava algumas horas por dia na organização do chamado Fórum, assim com maiúscula, um nome que, segundo Isaac, evocava os filmes de romanos. Dani bufou; estava dirigindo o furgão, que, como quase todo o resto, era de Leo. De sua parte, Hugo se limitou a aumentar o volume. A música de Los Planetas, aquela voz rouca que parecia provir de um além-mundo amável, de um inferno onde se respiravam nuvens de haxixe, afogou definitivamente as dúvidas de Isaac, que na verdade também não estava muito interessado na resposta. Ele abaixou a janela e acendeu um baseado, enquanto Dani acelerava, situando-se na pista esquerda da Ronda pouco antes da saída que deviam pegar, o que o obrigou a girar rapidamente o volante para voltar a tempo. Uma buzina ofendida tentou afogar a música, sem êxito.

– Porra, Dani, cuidado! E você – disse ele olhando para Isaac pelo retrovisor –, cuidado com o baseado. Se queimarmos o tapete, Leo vai ficar histérico.

Levaram dez segundos para cair na gargalhada, que os contagiou rapidamente. As risadas demoraram a se acalmar.

– Leo está sempre histérico – disse Dani afinal. – Acho que precisaríamos lhe pagar uma trepada ou alguma coisa assim.

– Uma trepada ou alguma coisa assim? O que você sugere? Uma massagem com final feliz?

Caíram outra vez na gargalhada. Imaginar Leo irritado era simples; visualizá-lo deitado, rígido como um Cristo sem cruz, enquanto uma oriental nua lhe apalpava o corpo, era demais para eles.

– Passa o baseado, anda – disse Dani, e Isaac, obediente, inclinou-se para a frente para dar o cigarro para Hugo, que o entregou diretamente ao destinatário.

– Você não quer? – perguntou Isaac.

– Não estou com vontade. – Ele tirou um cigarro do bolso do casaco. – Prefiro um destes.

– Escutem – disse Isaac ao ver que Dani já estava quase estacionando nas imediações daquele edifício estranho ao qual os três se dirigiam pela primeira vez –, agora há pouco eu perguntei que história é essa de Fórum.

Mas novamente ninguém soube – ou quis – lhe responder.

Leo já tinha tudo preparado, como sempre. A câmera que tinha pedido emprestada estava sobre um tripé situado bem em frente daquela espécie de exército de figuras de terracota. Os guerreiros de Xian eram a principal exposição do Fórum Universal de las Culturas, e eram impressionantes, mas mais impressionante ainda era imaginar os oito mil que tinham sido desenterrados, segundo dizia um cartaz explicativo.

– Ei, temos pouco tempo, então tomem cuidado! – advertiu Leo. – Esses bonecos de pedra valem uma fortuna.

A ideia era tão descabida que os outros três estranharam que tivesse saído da cabeça de Leo. Fazer uma foto, os quatro, entre as estátuas de generais e arqueiros de pedra, aproveitando que a exposição ainda não tinha sido aberta ao público e que Leo, pelo fato de trabalhar no Fórum, tinha acesso livre ao recinto.

– Mas eles são chineses – havia dito Hugo. – Que diabo eles têm que ver com Hiroshima?

Ninguém fez caso dele, mas uma vez parado diante deles, teve de reconhecer que dava na mesma. O rosto daqueles homens era perfeito.

– Não toquem neles, está claro?

Não encostaram neles, e o próprio Leo se encarregou de acionar a câmera e ocupar o lugar que, antes que os outros chegassem, ele havia determinado para si mesmo. Ele havia tirado várias fotos de prova, e sabia onde cada um deles devia ficar. Os outros obedeceram ao general, como teriam feito se fossem guerreiros de verdade. O *flash* os cegou durante alguns segundos, e a câmera disparou de novo. Depois eles ficaram às escuras entre os gigantes de pedra.

Sem que ninguém o visse, Daniel, que estava atrás de Isaac, lhe roçou a orelha com a ponta do dedo, e o outro deu um pulo tão brusco que quase derrubou uma das figuras.

– Porra, fiquem quietos! – exclamou Leo, enquanto saía do meio das estátuas e ia acender a luz.

– O safado do imperador teve centenas de caras trabalhando nesse exército de mentira – disse Hugo.

– Como você sabe?

– Porra, Isaac, está escrito no cartaz. Você não leu?

– O que você faria agora se tivesse o poder do imperador? – perguntou Dani.

– Eu os obrigaria a cultivar maconha. Plantações enormes de erva só para mim – respondeu Isaac rindo.

– E você, Hugo?

Hugo meneou a cabeça.

– Não sei. Não me imagino como imperador de nada.

– Deixa de ser idiota.

– E o que você faria, espertinho?

Daniel demorou para responder.

– Eu me perderia. Daria a volta ao mundo sem me preocupar com dinheiro nem nada. Desapareceria, iria de um país para outro.

– Só isso? – perguntou Isaac.

– Bom, todo imperador deve ter uma imperatriz, não é? Mas eu gostaria de fazer isso sozinho.

– Ei, caras, vamos! – pressionou Leo. – O vigia se deixou convencer, mas já está ficando chateado.

* * *

O telefone anunciou que havia uma mensagem, e de repente Hugo voltou ao presente. "Não sei nada de Isaac. Até logo." A música havia parado, e ele notou os efeitos do cansaço, de ter dormido pouco e mal. Pensou em voltar para a cama, mas afinal sentou no sofá rasgado e pôs o *notebook* sobre os joelhos. Enquanto esperava que ele iniciasse, pegou um cigarro e pelo canto do olho viu a gata, que o contemplava com a mesma atenção fria de sempre.

Com um repentino impulso de mau humor, jogou uma das almofadas na direção dela com a única intenção de espantá-la, e Sofia fugiu. "Dá na mesma", pensou ele, porque sabia perfeitamente que, mesmo que o bichano tivesse se escondido debaixo de um dos móveis, continuaria a observá-lo com aqueles olhinhos impávidos, quase de boneca, que pareciam capazes de arranhar os segredos mais vergonhosos. Aqueles aos quais ninguém, nem mesmo tua companheira, deveria ter acesso.

Observar era algo que ele e a gata tinham em comum, e, arrependendo-se levemente, como sempre que o fazia, Hugo conectou o monitor, que lhe oferecia uma imagem turva do interior do Marvel. Viu Nina atrás do balcão, e notou uma súbita ereção matutina. Apesar de terem instalado o monitor e a câmera por questões de segurança, a verdade era que ele adorava vê-la assim, através da tela: desbotada como uma atriz antiga, desejável em seu trabalho cotidiano. Não havia nada erótico em vê-la passando um pano pelo balcão e colocando as tortas na vitrine, e no entanto a sensação de estar olhando para ela às escondidas, espreitando-a como um espectador furtivo, tinha o poder de excitá-lo mais do que ele gostava de admitir.

"Afinal de contas", pensou ele enquanto saboreava o arrebatamento que a imagem lhe provocava, "Nina deveria ficar orgulhosa. Quantos caras elegeriam a própria mulher como objeto de suas fantasias eróticas?"

21

— Vamos, me faça um resumo rápido disso tudo – disse o delegado Savall. – O caso já tinha tudo para chamar a atenção da imprensa por causa dos benditos quadros, e agora vocês me dizem que eles poderiam se basear em um conto escrito por um dos implicados...

Diante dele estavam o inspetor Héctor Salgado e o agente Roger Fort, que tinham começado a reunião sem a agente Leire Castro em uma das salas da delegacia, e haviam sido interrompidos pelo delegado, que se unira a eles. Fort tinha deixado que seu superior tomasse a palavra; não gostava de reuniões, sabia que suas habilidades para falar em público podiam ser melhores, e sempre tinha medo de não dar a impressão adequada.

– Eu diria que é bem evidente, delegado – replicou Salgado. – Fort deduziu isso logo, com um critério muito bom.

Ele tirou as fotos dos quadros de cortiça e começou a colocá-las intercaladas junto do texto.

– Deixando de um lado a casa e as paisagens sem figuras, temos os pássaros, presentes no princípio e no fim do conto. Aqui, neste quadro, eles parecem fugir, como se uma explosão os dispersasse em um céu amarelo, como se uma força imensa os impulsionasse adiante. Isso se encaixaria com a parte da bomba. E depois, sem dúvida, estão os cadáveres, desenhados tal e qual foram encontrados, e tal e qual estão descritos nesse conto.

Savall observou as fotos e leu rapidamente as partes do texto que Héctor havia sublinhado.

– E ainda há mais coincidências – prosseguiu Héctor –, o grupo em que Daniel Saavedra tocava se chamava Hiroshima. E como o senhor dizia, delegado, o autor, Santiago Mayart, foi professor do curso de escrita criativa onde Cristina Silva e o principal suspeito, Ferran Badía, se conheceram.

Fort se animou a intervir:

– Mais uma coisa: o conto diz que enterraram o casal com seus objetos mais queridos, que poderiam ser as partituras... e a mochila com o dinheiro.

Lluís Savall meneou a cabeça.

– Que bom! Bela confusão.

– Vamos por partes – disse Héctor, retomando a iniciativa. – Temos uma ligeira pista sobre os quadros. Sexta-feira, quando Fort e Castro estiveram visitando as escolas de arte, houve alguém que deu a impressão de reconhecê-los. Se pegarmos o fio da meada por aí, talvez possamos averiguar quem é o autor e por que os pintou. Deve ser alguém que sabia que os cadáveres se encontravam na casa e que, por alguma razão, leu o conto e decidiu "ilustrá-lo".

Savall concordou.

– Por outro lado, há esse assunto do dinheiro. E aqui, sim, preciso admitir que não temos nenhuma pista. No momento não sabemos de onde dois garotos como aqueles tiraram aquela quantidade de dinheiro. Não é que eles fossem pobres, mas suas famílias não estavam dispostas a lhes dar dez mil euros de presente. Isso é certo. A única coisa que podemos descartar graças a essa pista é um assassinato por lucro: ninguém deixaria dez mil euros abandonados com os cadáveres.

– As lesões dos corpos, principalmente as dela, indicam uma sanha pessoal, senhor – disse Fort depois de pigarrear. – Ele foi morto com um único golpe, mas Cristina...

– Sei. E dos amigos, o que sabemos?

Nesse momento bateram à porta, e uma Leire Castro enrubescida pôs a cabeça para dentro:

— Sinto muito. Eu tinha consulta com o pediatra bem cedinho.

— Estávamos repassando esse caso confuso — resumiu Savall, indicando-lhe uma cadeira. — E tínhamos chegado aos companheiros da banda.

— Hiroshima, sim. — Leire pegou uns papéis e aguardou.

— Nada de muito suspeito, senhor — disse Fort. — Eu me ocupei de Hugo Arias e Isaac Rubio. Hugo tem vinte e nove anos e vive em Madrid, onde dirige um bar junto com Cristina Hernández, a que havia sido companheira de apartamento da vítima. Isso é coisa de família: seus pais tinham um bar perto da Avenida Paral-lel, mas o fecharam há anos. O local parece moderno, uma cafeteria onde também servem bebidas e comidas simples. Pelos extratos bancários, não parece que as coisas estejam indo muito bem para eles. Vão levando, nada além disso. No entanto, gostam de viajar: estiveram em Londres há pouco, e no verão passado em Nova York e em Ibiza.

Héctor se inclinou para os papéis de Fort. Nessa manhã o delegado os havia reunido antes que tivessem ocasião de conversar.

— É muita viagem para estes tempos, não? — perguntou ele com o cenho franzido.

— Talvez sim — disse Savall. — Mas não há nada ilegal nisso, Héctor. A não ser que o bar seja usado para outros negócios.

— Sim. — Héctor continuava pensativo. — E Isaac Rubio? Era o baterista, não?

Fort suspirou, como se não soubesse como articular a informação conseguida.

— Ele é o mais novo. Vinte e seis anos, órfão de pais desde 2002, tem um irmão mais velho que vive na Calle Alts Forns. Conseguiu a duras penas se formar na escola, e, ao que parece, nunca trabalhou; pelo menos não contratado. Seu último endereço que consta é no Puerto de Santa María, em Cádiz. Eu ia ligar para seu irmão esta manhã para ver o que ele podia me informar. Nestes tempos, é difícil não deixar rastro, mas de Isaac só consegui essa informação.

Ele se calou, como se isso fosse um fracasso pessoal, e Leire tomou a palavra em seguida.

– Há mais coisas a respeito de Leonardo Andratx. Ele tem trinta e dois anos e é solteiro. Seu pai tinha uma construtora que faliu no fim do ano passado. Leo não trabalhou na empresa da família. Estudou economia, mas está trabalhando como vendedor em uma companhia de telefones celulares, com um salário não muito alto. Além disso...

Leire ficou pensativa um instante, ordenando as ideias.

– ... há duas denúncias contra ele, por agressão e ameaças. A primeira foi feita por um tal de Jordi García: ao que parece, Leo o agrediu porque este se meteu com sua namorada. A segunda foi feita pela própria namorada, já ex, Gabrielle Anvers, há dois meses. Pelo visto, Leo não aceita bem que o abandonem. No entanto, essa denúncia foi retirada depois. Ele também tem um *blog* em que se queixa das desigualdades do mundo.

– Sei. Isso já é alguma coisa. – Lluís Savall olhou o relógio. – Continuem com ele e com os outros dois, o professor de escrita criativa e o louco, como se chama?

– Ferran Badía – disse Héctor.

– Me mantenha informado, Héctor.

Estava claro que, para Savall, a reunião havia terminado. Héctor e sua equipe, no entanto, ainda tinham várias coisas para resolver.

– O que vocês acham do conto? – perguntou Héctor. Ele ficara pensando nisso desde a noite anterior, e tinha várias ideias a respeito, mas queria ouvir primeiro o que seus agentes achavam.

Fez-se um silêncio de modo algum incômodo. De uma coisa Fort e Leire tinham certeza: de que com o inspetor Salgado podiam dar sua opinião com sinceridade.

– É estranho – disse ela afinal. – Não sei se entendi essa história direito. Está claro que existe um triângulo amoroso, não tão diferente do que viviam Cristina, Daniel e o outro rapaz. Mas não é só isso.

– Não. Não é só isso – concedeu Héctor.

– Não é...? – Roger Fort começou a falar, e no mesmo instante enrubesceu, como se tivesse vergonha do que ia dizer.

– Diga, Fort.

– Não. Bom, talvez seja bobagem. Eu o reli ontem à noite, e não foi porque da primeira vez tivesse gostado muito, para dizer a verdade. No fim tive a impressão de que a história era o de menos, que o que importava era essa obsessão por aqueles amantes mortos. Como se... – ele se calou e retomou a ideia, estimulado ao ver que o inspetor assentia – como se os amantes provocassem inveja ao seu redor. Inveja de sua relação.

– É uma possibilidade. – Héctor parecia pensativo. – É claro que precisamos falar com o autor, Santiago Mayart. Vou fazer isso pessoalmente, e hoje mesmo, se puder. Tenha ou não que ver com os assassinatos em si, é claro que alguém se deu ao trabalho de pintar aqueles quadros e de fazer o livro chegar a Fort.

– O senhor acha que são os mesmos? – perguntou Roger Fort. – Os *okupas* e os que fizeram o livro chegar até mim?

– Duvido que esses *okupas* sejam o que imaginávamos no começo – disse Héctor. – Temos muito poucas informações para nos arriscarmos a formular hipóteses, mas me parece que existe um plano muito bem calculado com a finalidade de envolver Mayart nessas mortes. Casualidade ou não, devemos ficar abertos a todas as possibilidades. Vou falar com Mayart. Vocês continuem com os membros do grupo, vamos ver se entre hoje e amanhã conseguem falar com todos. Perguntem pelo dinheiro, introduzam o assunto desse bendito conto e observem a reação deles.

Leire tinha ficado absorta um instante nos papéis que trouxera.

– Tem mais uma coisa. Sobre Andratx. – Ela ergueu a cabeça e se dirigiu a ambos: – Mais uma denúncia, mas esta feita por ele, em junho de 2004. No dia 21, para ser exata. Seu carro, um furgão, foi roubado. Não acredito que isso tenha importância.

– Não sabemos o que pode ou não ter importância – insistiu Héctor, e deu a reunião por terminada.

Ele foi o primeiro a sair da sala, e se dirigiu ao seu escritório. No caminho cruzou com Dídac Bellver. Héctor o cumprimentou com um gesto e seguiu em frente, dando-lhe as costas. Leire, por sua vez, conseguiu ver a cara de Bellver, e distinguiu em sua expressão algo que a deixou inquieta, uma mescla de superioridade e desdém, um sorriso malicioso que desapareceu na hora, mas que ela notara. Seguiu-o com os olhos, sem ser vista, e verificou que ele entrava na sala do delegado Savall e fechava a porta.

22

A pergunta já estava havia tantos dias flutuando no ar que, quando atingiu o grau de frase dita em voz alta, Isaac quase sentiu alívio. O que não significava que ele tivesse uma resposta preparada. Seu silêncio foi rapidamente mal interpretado, e seu irmão começou uma explicação que, no fundo, soava pior do que a pergunta feita apenas alguns segundos antes.

– Não é que estejamos te expulsando, hein? É só que o apartamento não é muito grande, e as meninas estão habituadas a ter o próprio espaço, você sabe que elas costumavam usar o teu quarto para brincar e coisas do tipo. Bom, Lorena e eu só gostaríamos de saber o que você pensa em fazer, quais são os seus planos.

Isaac também gostaria de saber, porque a verdade era que desde que tinha voltado a Barcelona, dois meses antes, sua vida parecia estar suspensa no tempo. Antes que pudesse responder, um grito seguido de uma explosão de choro interrompeu a conversa. Tratava-se de uma sequência tão normal naquele apartamento que Isaac não compreendia por que seu irmão ou sua cunhada acudiam correndo cada vez que aquilo acontecia, e depois suspiravam tranquilos ao verificar que, apesar de uma das meninas chorar como se a estivessem torturando, apenas tinha sido empurrada pela irmã. De qualquer modo, dessa vez ele agradeceu a preocupação paterna, e permaneceu na cozinha enquanto Javi consolava uma e repreendia a outra sem conseguir mudar o tom o suficiente, de maneira que os mimos e a bronca soavam quase do mesmo jeito. Ele reapareceu alguns minutos depois, com a pequena nos braços fazendo biquinho e a outra pela mão. Todos os desgostos do mundo foram acalmados com um suco de pêssego, que as meninas engoliam cravando no canudinho os dentinhos de piranhas famintas. Tinham apenas um ano de diferença entre si, e eram muito parecidas. As pessoas às vezes achavam que eram gêmeas.

A maior se aproximou de Isaac com um conto na mão, e ele achou que era um bom momento para escapulir, apesar de ter certeza de que, uma vez formulada, a pergunta do irmão exigiria, mais cedo que tarde, uma resposta satisfatória. Podia optar por diversos subterfúgios e até por uma confrontação; de fato, o apartamento onde viviam Javi, Lorena e seus ruidosos rebentos viciados em suco não era exclusivamente seu, e ele tinha o mesmo direito de viver ali que seu irmão. O apartamento da Calle Alts Forns, situado em um enorme imóvel de terraços triangulares que se estendia até a calçada da Zona Franca, aquela avenida ampla de altas palmeiras depenadas, havia pertencido a seus pais e passara a ser dos dois irmãos depois de sua morte. Dois falecimentos prematuros, uma fase de má sorte que havia transformado o apartamento no cenário de dois velórios quase seguidos quando ele tinha só dezoito anos e Javi apenas vinte e um. Uma longa enfermidade havia acabado com seu pai, que, na verdade, ele sempre tinha visto meio doente. Sua mãe... Bom, sua mãe tinha sido morta pelas baratas.

Na rua, a primavera o recebeu. Um bando de adolescentes saiu de um colégio próximo. Eles se dirigiam à parada de ônibus, tirando fotos com os celulares. Na maioria eram meninas, e com certeza não deviam ter mais de quinze anos, mas uma delas lhe deu uma olhada descarada ao passar junto dele. Isaac enrubesceu; aos vinte e seis anos, continuava sendo tímido com as mulheres, um traço que para algumas era muito atraente. Nele isso não era uma pose, sempre havia sido assim. Ele tampouco tinha uma grande opinião a seu próprio respeito, de modo que nunca tinha certeza se uma garota como aquela com quem acabava de cruzar o olhava com interesse ou para zombar dele. Na verdade, não tinha acumulado uma grande experiência com o sexo oposto. Houvera algumas garotas, é claro, principalmente uma no último ano, quando vivia em Fuerteventura, perto do mar. Mas quando ela terminara porque queria sair da ilha, ver o mundo, construir um futuro fora, ele não se sentira particularmente triste. Alguém lhe havia dito uma vez que os baseados transformam quem os fuma em uma pessoa sem sangue, e talvez fosse verdade. O que mais o afetara no rompimento não fora o desamor, mas o aborrecimento solitário depois de dois anos na ilha. Antes tinha vivido em um povoado de Cádiz, onde também tivera outra garota que também tinha ido embora e de cujo rosto já mal se lembrava. Com todas acontecia a mesma coisa: a princípio aquele rapaz tímido que vivia com pouco, nunca trabalhara e parecia não ter inquietude alguma as atraía. Na verdade, a última lhe havia perguntado uma vez onde arranjava o dinheiro; por pouco que fosse o que ele precisasse para subsistir, tinha que sair de alguma parte. Ele nunca respondia a essa pergunta, algo que não era difícil, porque também não era muito falante. Ela havia acabado por se cansar do silêncio.

Ele não tinha muitas opções para passear e pouca vontade de sair do bairro, então limitou-se a atravessar a rua. Atrás dos edifícios ocultava-se um parque urbano batizado com o pomposo nome de Jardins de la Mediterrània, apesar de nada nele evocar o azul do mar ou o verde da vegetação; a terra ocre que rodeava um tobogã velho lembrava mais a paisagem árida dos *westerns*. Em uma de suas margens havia vários bares, todos com mesas na calçada, e pedir uma cerveja em um deles era, afinal, um hábito mediterrâneo. Isaac se deixou cair em uma das cadeiras de metal para tomar o primeiro chope da tarde. Soprava uma brisa, e apesar de a vista deixar a desejar, não se estava mal ali. Ele pegou um cigarro e revirou os bolsos da calça de moletom à procura do isqueiro. Não o encontrou e olhou ao redor. E então a viu.

Ela fumava sozinha na mesa ao lado, com um copo alto diante de si, praticamente reduzido a gelo e água. Isaac pensou que era uma merda que, de todos os bares do bairro, ambos tivessem escolhido exatamente aquele. Com um pouco de sorte poderia acabar a cerveja rápido e ir embora. Mas ele quase nunca tinha sorte.

– Quer fogo?

A garota lhe estendia o isqueiro e o observava. Ele desviou a cabeça para acender o cigarro e o devolveu sem ao menos agradecer. Olhou decididamente para o outro lado, na direção do tobogã vazio daquele parque de terra.

–Você me convida para um cigarro? Fumo dos de enrolar, saem mais baratos, mas de vez em quando gosto de um de verdade.

Ele lhe passou o pacote de Lucky, convencido de que ela não queria só um cigarro. De que aquela conversa não terminaria ali.

– Olha, desculpa... Acho que te conheço.

"O melhor é se render", pensou, aborrecido.

– Oi, Jessy.

O rosto dela se iluminou.

– Rubio! Porra, cara, que coincidência!

Acendeu o cigarro e soltou uma baforada de fumaça pelos lábios grossos, pintados com força com um batom vermelho-escuro. A cor, intensa, combinava com suas olheiras, com o resto da maquiagem e com sua voz.

– Como vai? – perguntou ele.

– Não te via desde...

–Acho que desde o enterro. Estive fora.

–Teu irmão eu vejo sempre. Com a mulher e as meninas. Ele trabalha em um dos hotéis novos que fizeram por aqui, não é?

Isaac concordou. A proximidade do novo centro de convenções havia enchido a região de hotéis. Os clientes, em geral homens de negócios, os odiavam. Principalmente os estrangeiros. Ninguém queria viajar à linda Barcelona para depois se hospedar naquele recanto afastado da cidade. Seu irmão era recepcionista em um deles, e, em tempos de crise, pelo menos conservava um posto decente, com um salário normal. O turismo era talvez a única fonte de emprego que não havia quebrado de maneira estrepitosa, apesar de também acusar o revés dos tempos.

– E você, o que está fazendo? Me conta. Onde se meteu?

Ele encolheu os ombros em um gesto que podia significar qualquer coisa. Ela sorriu.

– Você nunca foi muito falante. Eu achava que isso passaria com o tempo, mas vejo que não. Ao contrário de mim. Sempre falei além da conta. Você quer outra cerveja? Eu convido.

Não esperou resposta. Levantou-se e foi para dentro do local, de onde voltou depois de dez longos minutos, com a maquiagem retocada e uma bebida em cada mão. E, é claro, já não voltou à mesa que ocupava antes.

– Pelos velhos tempos – disse Jessy.

– Saúde.

Beberam em silêncio, com avidez. Reencontrar-se os fazia voltar a uma época em que as bebidas eram engolidas, e o petisco que as acompanhava era uma boa carreira. Isaac perguntou a si mesmo se ela teria cheirado uma no banheiro antes de voltar. Provavelmente.

Jessy parecia ter lido seus pensamentos.

– Você ainda cheira...?

– Parei.

Ela concordou e deu outro gole longo.

– Eu também. Paro várias vezes por dia. – Riu. – É uma merda, mas ajuda a ir levando. Bom, e então? O que você faz por aqui? Veio para ficar ou para ver a família?

– Acho que não vou ficar muito tempo. Pra falar a verdade, ainda não sei. Isto aqui está... como sempre.

Jessy meneou a cabeça.

– Nem me fale. Está cheio de árabes de merda. E de suas mulheres. Porra, que péssima impressão dão debaixo daqueles trajes! Vão dizer que tomam banho, mas ninguém chega perto delas. Recebem toda a ajuda, e isso porque a maioria não sabe nem falar espanhol. Na hora de pedir, aí, sim, ficam espertas. – Aquele era um assunto que evidentemente a deixava alterada. Ela acendeu outro cigarro, como se quisesse se acalmar. – Sinto muito. É que essa gente me deixa nervosa. Criam problemas em toda parte. Na rua, nos colégios...

Isaac se lembrou então de que Jessy tinha um filho. O filho de Vicente.

– Como está...? Desculpe, não me lembro do nome dele. Teu filho.

Ela bufou.

– Pablo? Feito um touro.

– Já tem...?

– Onze anos. Tinha quatro quando Vicente... bom, você já sabe. Seria bom se ele tivesse pai, é verdade, mas é o que temos. Eu fiz tudo o que pude. – Ela mordeu uma unha descascada. – Acho que também não sou uma mãe perfeita. E o bairro não ajuda. Você fez bem em sair daqui. Eu também teria ido embora, se pudesse. Aqui todo mundo se conhece bem demais, e as pessoas não esquecem. Esses cretinos sempre se lembram das coisas ruins e as contam aos filhos. – Ela mudou de tom e prosseguiu em um falsete irritante, diferente de sua voz naturalmente rouca: "Não se aproxime desse Pablo, o pai dele esteve na cadeia". Depois se queixam de que o menino bate neles no recreio. E o que eu posso fazer? Quebrar a cara dele? Desse jeito nunca vamos parar.

De repente Isaac teve certeza de que precisava pôr um fim naquela conversa. Despedir-se e ir embora, não para a casa do irmão, mas da cidade. Por sorte, o celular de Jessy tocou, e ela, depois de olhar quem estava ligando, levantou-se e se afastou alguns passos em direção ao tobogã.

Tratava-se de uma conversa na qual Jessy, ao que parecia, não tinha muito o que dizer. Ela lhe piscou um olho enquanto assentia, e ele, para não fazer parte daquele jogo, procurou o que fazer. Na mesa ao lado havia um jornal dobrado, que ele pegou, apoiou na mesa e começou a folhear. Ler sempre havia sido um esforço para ele: sua mente se afastava das letras a ponto de estas parecerem formar frases em um idioma estrangeiro. Isso já lhe acontecia no colégio, e era algo que o envergonhava e o havia feito abandonar os estudos antes do previsto, apesar das broncas em casa, dos presságios maternos, repetidos até cansar, que previam para ele um futuro miserável se não se esforçasse mais. "Não vou deixar que você passe o dia todo na rua", ameaçava sua mãe.

A rua. Para sua mãe, um lugar tão cotidiano como cheio de perigos. Ao mesmo tempo inevitável e ruim. E talvez ela tivesse razão. Naquela "rua" que não era nenhuma em particular, Isaac havia conhecido Jessy e seu grupo, e, tempos depois, Vicente, o deus que mandava nela, primeiro à distância e depois, brevemente, nos poucos meses que separaram sua prisão de sua morte, ao vivo e diretamente. Vicente, que, de seus trinta e três anos, havia passado treze na cadeia, da qual saíra pouco depois de Isaac perder os pais. Jessy se juntara a Vicente quando ele ainda estava preso, tinha ficado grávida dele em uma visita íntima, e levava o filho para passear com o orgulho das rainhas regentes. Ninguém se atrevia a se meter com ela, porque Vicente estava para sair, e todos sabiam do que ele era capaz. Às vezes Isaac sonhava com ele, e não eram exatamente sonhos agradáveis. Vicente havia sido alguém antes que derrubassem aquele bairro conhecido como Las Casas Baratas, um dos poucos que continuou imune ao luxo olímpico, afastado do centro, que só se comunicava com ele pelo ônibus 38. O *junkiebus*. De fato, e por pura casualidade, a morte de Vicente havia sido um anúncio antecipado da derrubada daquele bairro, feita exatamente no verão de 2004. Aquele verão em que tudo havia mudado.

Tentou ler um dos editoriais, usando os conselhos que Cristina lhe havia dado. Ela fora a única a perceber, e, na verdade, tinha se comportado muito bem; inclusive se havia oferecido, prometendo que ninguém ficaria sabendo, para lhe dar aulas particulares, algo que ele tinha aceitado com vergonha e ao mesmo tempo agradecido. Afastou o remorso folheando as páginas, mas nesse dia o nome de Cristina dava a impressão de estar disposto a reaparecer.

O título chamou sua atenção e o fez concentrar-se como nunca no texto. Por sorte, ele era tão curto quanto inconfundível. Tinham encontrado Dani e Cris. Sete anos depois. Alguém havia dado com seus cadáveres no porão de uma casa em El Prat.

Sem perceber, Isaac se ergueu da cadeira. Jessy continuava falando ao telefone, e ele lhe fez sinais à distância.

– Preciso ir embora.

Ela afastou o aparelho da orelha por um segundo e o fitou com uma expressão surpresa. Quase desafiadora. Ele não parou nem mais um segundo. Teve de fazer um esforço para andar com certa calma em vez de sair correndo, como o corpo lhe pedia. Afastar-se dos planos frustrados de Jessy; de seu filho, que provavelmente saíra tão violento como o pai que não conhecera; daquele bar fuleiro e do jornal que lhe servia na bandeja um passado meio esquecido que tornava a ser tão presente como o bairro onde havia crescido. Um passado que naquele momento o fazia abaixar os ombros, enchendo-o da mesma angústia adolescente que nunca o havia abandonado totalmente. A mesma que ele havia sentido na noite em que, de alguma maneira, tudo começara.

Horas de impaciência esperando Vicente, que lhe havia pedido o furgão emprestado. De fato, pedir não era a palavra adequada: ninguém no bairro negava nada a Vicente. Ele se havia limitado a lhe dizer, quase de passagem, que lhe desse as chaves do furgão e que não contasse nada. Naquele fim de semana o furgão estava com Isaac, com a permissão de Leo. Ia precisar dele por duas horas, não mais do que isso. Mas ele havia esperado a tarde toda daquele maldito domingo, e afinal, à meia-noite, seis horas depois de tê-lo emprestado, não aguentou mais e foi procurar Hugo. Não conseguia evitar, tinha a impressão de que estava sempre dando foras, e tinha certeza de que nessa noite, se não encontrasse o maldito furgão, Leo ia ficar uma fera, e com razão.

A ansiedade daquele momento, agora amenizada pelo tempo, se manteve enquanto ele subia até o apartamento. E aumentou, de um modo profundo e arrasador, quando seu irmão lhe disse, assim que ele entrou, que os *mossos* tinham ligado: queriam falar com ele. Alguns agentes viriam na manhã seguinte para lhe fazer algumas perguntas.

23

"Entrar aqui dá a impressão de uma viagem no tempo", pensou Héctor, que não se lembrava de ter estado antes no Ateneu Barcelonès. Podia imaginar facilmente aquele espaço agradável e senhorial ocupado por cavalheiros da burguesia catalã, que sempre desenhava mentalmente com um bigode cheio e um olhar sério, reunindo-se ali depois de um longo dia de trabalho para ler o jornal, conversar com seus pares e evitar por alguns momentos a aborrecida volta à vida doméstica.

Ainda faltava meia hora para seu encontro com Santiago Mayart, de maneira que Héctor se dirigiu ao pátio para esperar ali. Sentou-se a uma mesa, perto de uma das altas palmeiras que decoravam o jardim, e passeou o olhar ao seu redor. Sem dúvida tratava-se de um lugar tranquilo, um reduto de paz vizinho e ao mesmo tempo isolado do movimentado centro da capital, a Plaza Catalunya, onde o protesto já tinha se transformado em uma ocupação que parecia estar decidida a resistir. À sua frente ficava um tanque de águas esverdeadas e peixes vermelhos, e, sem que ele percebesse, a harmonia do lugar começou a tranquilizá-lo depois de um dia longo e difícil, e ele entendeu, a seu pesar, aqueles senhores que em outras épocas tinham transformado o Ateneu em um clube reservado para minorias seletas. "Definitivamente, estou ficando velho", disse ele a si mesmo, porque durante alguns momentos não lhe custou nada ver-se ali de vez em quando, a salvo do ruído ensurdecedor que dominava a cidade. Olhou o celular e verificou que tinha uma chamada perdida de Ginés Caldeiro. Prometeu a si mesmo que responderia assim que sua entrevista com Santiago Mayart acabasse.

Tinha o livro nas mãos, e decidiu aproveitar o tempo dando uma olhada em algum dos outros contos. Uma das resenhas que Héctor havia encontrado no meio da tarde afirmava que a "prosa de Santi Mayart é ao mesmo tempo poética e tenebrosa, e seus contos, a meio caminho entre realidade e fantasia, abrem uma porta àqueles medos do desconhecido que nos assaltam a todos". No que se referia a "Os amantes de Hiroshima", ele podia subscrever essa opinião. Tornou a olhar a foto do autor que aparecia na sobrecapa do livro, a mesma que tinha visto nas resenhas e em algumas entrevistas, concedidas principalmente pelo fato de alguns produtores bem conhecidos em Barcelona terem adquirido os direitos para realizar uma série de terror baseada nos contos de Santi Mayart.

– Receio que a foto mostre meu melhor perfil – disse uma voz ao seu lado.

Héctor ergueu a cabeça e se encontrou cara a cara com o modelo. Mas se na foto, tirada de lado, o autor tinha um ar misterioso e interessante, visto de frente era um indivíduo que teria podido aparecer em um dicionário de imagens justo ao lado da palavra "medíocre". Santiago Mayart não era feio, simplesmente tinha um desses rostos que se esquece com facilidade, desses que nunca tínhamos certeza de reconhecer quando tornávamos a vê-los. Traços um tanto imprecisos, como se a genética não tivesse se decidido na hora de defini-los, e um corpo nem alto nem baixo, nem gordo nem magro, completava a imagem. Usava uma espécie de bolsa cruzada no ombro que devia pesar, porque logo a tirou e a deixou com muito cuidado em uma cadeira vazia. Depois sentou-se. Sem poder evitar, Héctor pensou em um de seus atores preferidos, Philip Seymour Hoffman: eles compartilhavam aquele ar um pouco desalinhado, inteligente, distante e não exatamente simpático.

– Muito obrigado por me atender com tão pouca antecedência, sr. Mayart.

– Não há de quê. Devo reconhecer que sua ligação me deixou um pouco intrigado. E nós, autores, gostamos de criar a curiosidade, não de sofrer dela.

– Posso imaginar. Parabéns pelo livro. Não tive a oportunidade de lê-lo inteiro, mas, pelo que vi, está tendo boas vendas e excelentes críticas.

Mayart não se deu ao trabalho de sorrir.

– Obrigado – disse.

– Não parece estar muito contente – comentou Héctor.

– Contente? Sim. É só que na minha idade a gente já sabe que tudo é muito relativo. Não é o meu primeiro livro, inspetor.

Disse isso com alguma displicência, como querendo demonstrar que em seu foro íntimo considerava o êxito uma coisa banal, passageira. No entanto, apesar dessa aparência desdenhosa, Héctor intuía que ele se sentia muito orgulhoso, mais do que gostava de admitir diante dos outros.

– Inspetor, é verdade que veio me ver para falar de meu livro?

– Receio que não – admitiu Salgado. – Sr. Mayart, não sei se o senhor ficou sabendo que há alguns dias encontraram os corpos que se suspeita correspondem aos de uma ex-aluna sua e seu namorado.

Uma sombra de aborrecimento obscureceu o rosto de seu interlocutor.

– Eu li, sim. Que horror!

– Sim. E consta que também conheceu Ferran Badía.

Ele concordou, pesaroso.

– Ele estava no mesmo grupo, sim.

– Se importa em falar deles? Imagino que os escritores tendem a observar as pessoas que os rodeiam. Talvez tirem daí o material para seus romances, ou seus contos.

A frase ficou no ar, mas se o inspetor pensava que obteria uma reação concreta, isso não aconteceu.

– É claro. A realidade supera a ficção, apesar de eu nunca ter escrito sobre isso. Prefiro imaginar do que retratar a realidade.

– Compreendo. Admito que é uma questão de curiosidade pessoal. Para ser sincero, estou interessado em conhecer a sua opinião. O senhor lidou com eles durante vários meses, não era seu amigo nem um parente próximo, portanto sua visão com certeza deve ser mais objetiva.

Santiago Mayart ficou um instante pensativo, com a boca entreaberta e uma expressão de dúvida no olhar, como se não engolisse de todo o que Salgado acabava de lhe dizer. Afinal se decidiu a falar.

– Passou muito tempo, mas devo admitir que me lembro bem deles. Estiveram em um de meus primeiros grupos aqui no Ateneu, e imagino que isso é um pouco como a primeira namorada. Nunca se esquece. Além disso, o que aconteceu no fim foi tão... Eu deveria ser capaz de encontrar uma palavra melhor do que espantoso, mas agora não me ocorre.

– Quantos eram?

– Cinco ou seis, acho. Os grupos costumam ser no mínimo de cinco e no máximo de oito. Me parece que o grupo deles não era numeroso.

– E como eles eram? Me refiro a Ferran e Cristina Silva. Estou perguntando do ponto de vista acadêmico.

Mayart franziu o cenho, como se a pergunta não tivesse sido bem formulada.

– Não sei se sabe o que se ensina aqui, inspetor. Como a maioria dos alunos, eles queriam aprender a escrever. Muita gente diz que isso não pode ser ensinado, que é um talento que ou se tem ou não; aqui acreditamos que também existe algo chamado trabalho, técnicas que, se bem assimiladas, contribuem para que os autores possam desenvolver melhor esse talento natural. Com isso quero dizer que não avaliamos os conhecimentos acadêmicos dos alunos, só tentamos dotá-los das habilidades que tornarão seu caminho mais fácil. Não sei se me explico bem.

– O senhor se explica muito bem, e isso me sugere outra dúvida. Imagino que alguns alunos talvez acabem dominando as técnicas, mas depois...

– Não tenham nada para contar? – Mayart riu. – Claro. Isso acontece com frequência. Escrever pode chegar a ser simples. Dedicar-se profissionalmente a isso não é simples de modo algum, e não apenas por questões puramente econômicas. É necessário muita concentração, muita vontade, muito esforço.

–Voltando a Cristina Silva e a Ferran Badía...

– O senhor quer saber se eles tinham queda para escritores? Isso eu não saberia lhe dizer. Agora que já estou há anos nisso, posso dizer que tive mais de uma decepção. Eu me atreveria a dizer que ele tinha lido muito mais do que qualquer outro dos meus alunos, tanto daquele curso como dos seguintes.

– É. Ouvi dizer que ele gostava de ler.

– Às vezes parecia que não fazia outra coisa. Devorava os livros, sentia quase devoção por eles. Só isso não basta, é claro, mas é imprescindível. Acho que, com o tempo e a instrução adequada, ele teria podido chegar a escrever algo que valesse a pena. Tinha talento, imaginação e constância.

– O senhor acha que Cristina alimentava sua criatividade?
Mayart encolheu os ombros.

– Bom, não posso garantir isso. Só posso lhe dizer que eles se davam muito bem. Chegavam à aula juntos e iam embora juntos. Na verdade, nunca vi nenhuma mostra de intimidade entre eles, se é a isso que o senhor se refere. No entanto, era evidente que o rapaz estava apaixonado. Isso qualquer um podia ver. Se ela correspondia ou não, já é outra história.

Pronunciou a última frase com um toque de ironia que dava a impressão de evocar alguma desilusão própria. Se em sua juventude Santiago Mayart poderia ter sido como Ferran Badía, um desses rapazes dos quais as mulheres gostam e depois, na hora da verdade, descartam por outro menos intelectual e mais atraente.

– Ele era bom? Me refiro a seus textos...

– Como já lhe disse, parecia levar jeito. A princípio seus textos revelavam o mesmo que sua atitude. Uma certa... falta de energia emocional. É difícil de explicar; ele escrevia muito bem, refletia em cada palavra e estruturava com capricho cada frase, mas o resultado era rígido demais, pouco espontâneo. É claro que ele tinha vinte e dois anos. Vinte e um quando começou o curso.

– E no fim?

– Tinha melhorado muito. Imagino que em parte graças às aulas, e em parte graças ao fato de sua vida ser mais plena.

– O amor costuma aguçar a sensibilidade – comentou Salgado, sorridente.

– É o que dizem.

Disse isso sem sorrir, como se o amor e seus derivados – o ciúme, o medo, a paixão – fossem algo a que as pessoas dessem importância demais.

– E Cristina?

Talvez fosse desconfiança excessiva por parte do inspetor, mas ele poderia jurar que a pergunta direta foi recebida com uma tensão súbita, que mal se percebia. Os ombros se ergueram um pouco, como os de quem se prepara para enfrentar uma ameaça, ao mesmo tempo que os cantos dos lábios caíam.

– Ela era muito especial. – Apesar de Mayart não se mover e manter o mesmo tom de voz neutro, talvez neutro demais para quem fala de uma pessoa jovem que havia morrido de uma forma trágica, a sensação de incômodo não desapareceu. – Para escrever, como para qualquer outra coisa, é necessário um pouco de disciplina.

Justo nesse momento, um casal de meia-idade cumprimentou Mayart e se aproximou da mesa. Cumprimentaram-no pelo livro, e ele aceitou os parabéns com um sorriso radiante. Suas palavras podiam afirmar que o êxito não lhe interessava; sua expressão, sem dúvida, demonstrava que isso não era verdade. Quando eles foram embora, o autor olhou para Salgado com algo parecido com impaciência.

– Ouça, inspetor, não entendo a que vem tudo isso agora; eu diria que as habilidades deles como escritores não têm muito a ver com a desgraça que aconteceu, não acha?

Salgado concordou. Tinha chegado o momento de encarar o assunto principal que o tinha levado até ali.

– Gostei muito de um dos contos – disse ele devagar, abrindo o livro na página marcada –, "Os amantes de Hiroshima". É realmente original.

– Muito obrigado.

– Não sei se compreendi bem, mas é muito inquietante. Essa personagem que vai mostrando ao leitor diferentes faces de si mesma.

Santiago Mayart sorriu, satisfeito.

– Isso não é novo, inspetor. A gente tenta inovar, mas às vezes parece que tudo já foi inventado. *Rashomon*, Henry James... Esse narrador que pode mentir é a base de *Outra volta do parafuso*; não sabemos se o que a professora vê é verdade ou fruto de uma mente problemática. Desculpe, não sei se conhece a obra. Meus alunos a leem todos os anos. Considero um conto fascinante.

Héctor concordou. Era óbvio que Mayart gostava de falar de literatura, e isso era bem conveniente.

– A imaginação que é preciso ter para escrever sempre me fascinou. Principalmente um conto sobre essas características. Como o definiria? Fantástico? Gótico? Essas imagens tão sugestivas: a casa, os pássaros, os corpos tatuados...

– A verdade é que não gosto de rótulos. Prefiro que cada leitor tire suas conclusões do próprio texto.

– Ah. – Héctor pegou o livro e sorriu. – Mas é curioso como certos detalhes coincidem com fatos reais.

O homem fitou seus olhos, e ou era muito bom ator ou não entendera bem o que acabava de ouvir.

– Inspetor, o senhor está insinuando alguma coisa?

Héctor tomou fôlego antes de dizer em voz firme:

– Sabe onde encontraram os cadáveres daqueles moços? Em uma casa abandonada perto do aeroporto. Os corpos estavam envoltos em uma tela, um manto de plástico estampado com rosas amarelas. Colocaram seus objetos mais queridos perto deles e uma quantia em dinheiro, como manda a tradição. Depois, temos os quadros. – Tirou as fotos das telas e começou a colocá-las, como cartas de jogo abertas, diante da expressão abismada de Mayart. – Alguém as pintou e pendurou na casa onde os corpos foram encontrados.

Santiago Mayart contemplou as fotos, e gotas de suor lhe cobriram a testa, como lampejos brilhantes de medo.

– Não... não estou entendendo nada, inspetor. O que significa isso?

O tom de Héctor havia mudado. Já não era amistoso nem afável, mas firme, persistente e desapiedado.

– Quero dizer que por trás desse conto há alguma coisa que o senhor deveria me contar.

– Não sei do que o senhor está falando.

Ele estava mentindo? Sua voz tremia, e os olhos evitavam continuar olhando as fotos ou o rosto do inspetor.

– Sr. Mayart, o caso é sério. Quando o senhor escreveu esse conto?

– Não... não sei, faz mais de um ano. Talvez dois.

– Tem certeza?

Ele concordou com um gesto, mas sem a menor convicção.

– Inspetor, quero lhe dizer uma coisa. Faz algumas semanas que venho recebendo umas ligações estranhas. Alguém, um homem, parece estar me seguindo. Sabe aonde vou, onde me encontro. E há pouco mencionou esses moços. Disse que eram os "verdadeiros amantes de Hiroshima".

Quanto a isso ele parecia estar sendo sincero. Héctor anotou o fato. O fato de alguém ter assediado Mayart por telefone, a mesma pessoa que provavelmente tinha decidido "decorar" a casa com quadros que faziam referência a seu conto e que, sem dúvida, se dera ao trabalho de fazer o livro chegar às mãos dele através de Fort.

– Bom. – Abriu o livro na primeira página e lhe mostrou a dedicatória. Mayart empalideceu ao ver os nomes.

– Inspetor, garanto que autografei esse livro sexta-feira passada, na livraria Gilgamesh. Uma garota bem jovem, dessas modernas, com trancinhas rastafári, aproximou-se com o exemplar e me pediu para dedicá-lo a... a Daniel e Cristina. Não... não sei a razão disso tudo, mas garanto que sou uma vítima, não um assassino.

– Ninguém disse que o senhor é. Mas intuo que não está me contando toda a verdade. Espera mesmo que eu acredite que a disposição dos cadáveres, que em teoria o senhor desconhecia, aparece em seu conto exatamente igual por pura coincidência?

– Escute, não tenho nada a ver com a morte daqueles garotos. Nada em absoluto. Escrevi esse conto sem saber onde nem como estavam os corpos. Se meu conto coincide em alguns detalhes macabros, deve atribuir isso ao acaso.

– O senhor não tem nada mais para me dizer?

Mayart já havia recuperado parte de seu autocontrole.

– Isso mesmo.

– Não acredito, sr. Mayart. E digo mais: deduzo que alguém quer implicá-lo nas mortes daqueles moços, com ou sem razão. Se for com razão, acabaremos sabendo. E...

– E o quê? – Ele se voltou para pegar a bolsa, como se já não tivesse interesse algum no que o outro poderia lhe dizer.

– Se essa pessoa está convencida de que o senhor é culpado de algo, não acredito que se esqueça do senhor. Aconselho-o a me dizer a verdade.

– Já disse, inspetor. E agora, receio ter que deixá-lo. Tenho outros assuntos para resolver.

Mayart foi embora sem olhar para trás, com tanta pressa que quase tropeçou em uma senhora que estava saindo para o pátio. "A bolsa dele parece estar muito mais pesada do que antes", disse Salgado para si mesmo.

* * *

Sentiu um certo receio de chegar em casa naquela noite e tornar a encontrar o velho, mas como sempre que se antecipa o pior, não havia ninguém a esperar por ele na calçada. Com um suspiro de alívio, Héctor subiu para o seu apartamento e, ao passar diante da porta de Carmen, lembrou-se de repente da ligação de Ginés. Não queria falar em casa, com o filho por perto, então subiu diretamente para a laje e ligou de volta.

– Homem, já estava na hora – ouviu à guisa de saudação.

– Tive um dia difícil, Ginés.

– Ah. Dá para notar pela sua voz, chefe. E receio não ter boas notícias para lhe dar.

Héctor se apoiou na mesa.

– Manda.

– Seu amigo, ou o filho da sua amiga, como quiser chamá-lo, esse tal de Charly Valle...

– Sim?

– Não sei em que confusão ele está metido, mas não é pequena. Comecei a perguntar a algumas pessoas de confiança, e ninguém soube me dizer nada. A coisa estava nesse pé no fim de semana, como eu disse. No entanto, hoje um colega comentou comigo que eu não era o único que estava interessado nele.

– E você sabe quem estava atrás dele?

– Não. Olha, chefe. Quando um colega como o meu me diz que estão interessados em alguém, não é bem para lhe dar um presente. O senhor entende.

– Só isso? Ele não te contou quem nem por quê?

Ginés bufou.

– Dois caras do leste da Europa. Romenos ou algo assim.

Héctor semicerrou os olhos. Se Charly havia se metido com um daqueles grupos, seria melhor que estivesse longe, no outro lado do mundo, se quisesse evitá-los.

– Valeu. Obrigado pela ligação, Ginés. Não precisa continuar perguntando.

– Ninguém se mete com o velho Ginés. Calma, chefe. E meu colega é de confiança, não vai abrir a boca.

Héctor sempre ficava admirado com a confiança que existia no mundo de Ginés entre uns e outros, como se ele fosse regido por outras regras.

– Tá. Tenha cuidado você também.

– Claro, chefe. Na minha idade, o cuidado já é uma atitude espontânea.

Depois de desligar o telefone, Héctor olhou ao seu redor. A última coisa que tinha vontade de fazer naquele momento era regar as plantas. E apesar de ele mesmo achar aquilo estranho, inundar o terraço com jatos de água lhe injetou a energia necessária para ir correr.

24

Fazia dois dias que estava procurando, e começava a acreditar que a memória tinha lhe pregado uma peça. Lluís Savall estava repassando todos os paletós de verão que tinha no armário, um por um, mas tinha certeza de que Helena os havia levado para o tintureiro no fim da estação, como sempre fazia. De fato, a prova estava ali, naqueles plásticos que os cobriam e nas etiquetas grampeadas.

Lembrou que tinha pegado o celular de Ruth Valldaura e o havia guardado no bolso interior de um daqueles paletós. Sua intenção era devolvê-lo, é claro, quando pudesse levá-la de volta para casa. E de algum modo, com tudo o que acontecera depois, tinha se esquecido completamente dele até a noite anterior. O medo repentino que o assaltou havia sido substituído por algo mais parecido com a ansiedade. Tinha desligado o maldito aparelho, de modo que não tinha razão para se preocupar; agora só faltava encontrá-lo. Seria a única coisa boa a acrescentar a mais um dia carregado de tensão, que havia começado com uma estranha conversa com Dídac Bellver.

Savall não se enganava: sabia que o inspetor Bellver não gozava do respeito de seus companheiros, e, para ser sincero, nem do seu. Havia homens como ele em todas as organizações, e os *mossos* não eram nenhuma exceção: promoções com sorte, malandros com bons amigos, figurantes com êxito. Quando o recebera de manhã, não podia imaginar o que aquele homem tinha em mente, e portanto fora obrigado a fazer o primeiro esforço de contenção do dia ao ouvir que ele queria lhe falar sobre o caso Valldaura.

Bellver havia exposto seus argumentos com o ar de suficiência que costumava adotar. Segundo ele, havia um ângulo no desaparecimento de Ruth Valldaura que ninguém havia explorado, e que em outras circunstâncias teria sido o primeiro. O ex-marido. Savall mal pudera reprimir sua incredulidade, mas não podia negar que o discurso de Bellver tinha certos pontos que, em teoria, deviam ter sido levados em conta. Primeiro, o temperamento explosivo de Héctor, posto em evidência na surra que ele havia dado no dr. Omar. Segundo, o aproveitamento das circunstâncias: dado que as ameaças do doutor pareciam indicar uma espécie de conspiração contra Héctor e sua família, este poderia ter pensado que era um bom momento para levar a cabo uma vingança sem levantar suspeitas. Terceiro, o próprio desaparecimento de Ruth: não havia sinais de violência em seu apartamento, o que indicava que ou ela saíra dali voluntariamente ou fora assaltada na rua, coisa muito improvável, porque ninguém parecia ter presenciado o possível ataque.

"E o motivo?", havia perguntado ele. Ao que Bellver, no mesmo tom, respondera que se tratava de orgulho ferido. "Poucos homens tolerariam que sua mulher os deixasse por outra", dissera ele, frisando o feminino. "Ele quase me arrebentou a cara quando comentei isso meses atrás. E outra coisa: o senhor gostaria que dois sapatões educassem seu único filho?"

Savall não conseguira reprimir uma careta de desgosto ao ouvi-lo. A mesma que lhe surgia no rosto nesse momento, diante de um armário revirado. Tinha conseguido fingir que a teoria de Bellver era uma possibilidade a ser levada em conta, mas mostrara-se muito sério e taxativo na hora de advertir que não queria que ninguém mais ficasse a par daquilo. "Continue investigando, mas com a máxima discrição. E me comunique qualquer novidade a respeito. Está claro?"

– Pode-se saber o que você está fazendo?

A voz de Helena cruzou o aposento como se fosse um disparo, e ele contemplou os paletós espalhados sobre a cama antes de se atrever a olhar para ela.

– Nada.

– Agora deu para arrumar o armário?

Helena entrou no quarto e começou a recolher as peças, como se o fato de vê-las ali lhe parecesse insultante. Ele tentou encontrar uma desculpa válida, uma tarefa árdua, porque a roupa, desde sempre, era um assunto que concernia a sua esposa.

– Não havia um terno cinza? – perguntou ao acaso.

Ela nem se deu ao trabalho de responder. Afastou-o com um gesto mudo e foi pendurando os paletós cuidadosamente, um após o outro. Depois fechou o armário, deu meia-volta e se dirigiu a sua mesinha de cabeceira. Sentou-se na cama e abriu a gaveta.

– Por acaso você não está procurando isto? – perguntou ela.

Helena tinha o celular na mão, e em seus olhos Savall leu a satisfação que as pequenas vinganças provocam depois de trinta anos de casamento.

– Lluís, acho que precisamos conversar.

A frase ficou no ar, suspensa em um espaço delimitado e ao mesmo tempo abrindo a porta para um passado que sempre encontrava um jeito de regressar.

– Acho que precisamos conversar, delegado – disse o dr. Omar.

Era sua primeira visita àquele consultório pequeno e asfixiante, e ele começava a ficar nervoso. Odiava aquela voz, aquele sotaque cavernoso, aquela cara enrugada. Havia aceitado vê-lo porque o velho insistira nisso e porque, no fundo, a ligação havia despertado sua curiosidade. Héctor Salgado estava em Buenos Aires, em uma licença forçada, e recusar uma entrevista com aquele sujeito que havia passado de carrasco a vítima de uma agressão policial também não lhe pareceu prudente.

Omar sorria. Tinha se recuperado dos golpes recebidos, apesar de um ligeiro rastro dos punhos de Héctor ainda restar nas maçãs do rosto afiladas.

– Diga de uma vez o que deseja.

O sorriso se tornou mais amplo. Omar cruzou as mãos, aqueles dedos secos e escuros, e as aproximou do queixo. Estava tão magro que Savall perguntava a si mesmo como ele pudera resistir a uma surra como a que havia levado dois meses antes.

– Tenho a impressão de que o senhor, como seus homens, tende à brusquidão, delegado. Ou talvez seja a Europa que anda depressa demais para mim. Algumas coisas – disse ele devagar – têm um ritmo próprio.

– Pois eu não disponho de muito, portanto, vá direto ao assunto.

– Um homem resoluto! – Ele riu abertamente. – Muito bem. Como queira. Vou lhe dizer apenas um nome, e se não lhe interessar, nenhum de nós dois perderá mais tempo.

– Já vou lhe avisando que não estou disposto a brincar de adivinhação.

– Juan Antonio López Custodio, aliás, o Anjo.

Era a última coisa que esperava ouvir, e nem mesmo a idade ou os anos de experiência o haviam preparado para dissimular a surpresa.

– Está interessado em continuar conversando? Se não, pode se levantar e ir embora.

Ele gostaria muito de fazer isso, mas não podia. Teria dado anos de vida para ser capaz de sair daquele consultório imundo; pior, por um instante considerou a possibilidade de pular para o outro lado da mesa e estourar aquele crânio seco contra a mesa várias vezes. Acabar o que Salgado havia começado. Mas nem seus braços nem suas pernas responderam a seus desejos; vencidos, seus membros só conseguiram ficar tensos, preparados para a batalha como soldados de pedra.

– Estou vendo que decidiu ficar. Relaxe um pouco. A história desse homem cujo nome acabo de lhe dizer é a mais curiosa.

Um amigo me contou. Bem, um cliente. Para ser sincero, não tenho muitos amigos.

O cérebro de Savall começava a absorver o impacto.

– Como eu estava dizendo, um cliente me contou essa história faz tempo. Há pessoas que me explicam coisas de que normalmente não falariam, porque sabem que sou discreto. Uma espécie de sacerdote que não impõe penitências. Só ouve.

– Que cliente? – Não reconhecia a própria voz. Rouca, quase fraca.

– Ah, não. Mesmo não sendo padre, também pratico o segredo da confissão. Eu sei, e isso é o que importa. No entanto, posso lhe dizer que é alguém que o conhece.

– O que é que o senhor sabe?

– Quase tudo. Mas, sem dúvida, sei o essencial. Sei que o Anjo morreu. Mas que apelido! Acho que era exatamente o contrário.

"Era um monstro", pensou Savall. "Como você, velho bruxo!"

– Que merda o senhor deseja?

– Não grite comigo. Afinal de contas, só lhe vou propor um jogo. Vocês abriram uma guerra contra mim e contra meu negócio. Eu podia me vingar e arruiná-los, mas isso não seria divertido. E na minha idade tenho muito poucas oportunidades de me divertir.

Savall havia recuperado suficientemente o controle para enfrentar a situação, ou pelo menos para fingir que o fazia.

– Vá à merda!

– Não seja grosseiro.

– Se acredita que vou embarcar em seus joguinhos, o senhor está louco.

– É mesmo? O Anjo não era nenhum anjo, apesar da redundância, mas ordenar a morte de um homem continua sendo um crime, delegado.

– Não há nenhuma prova disso.

– Tem certeza? Quer arriscar mesmo?

Lluís Savall tomou fôlego e se levantou da cadeira. De pé sentia-se mais poderoso, mais capaz de desafiar aquele velho carcomido.

– Tenho. Conte essa história para quem quiser, não tenho nada mais para lhe dizer. Aquele homem morreu. O caso está encerrado.

– Aquele homem ainda tem amigos. E eles são parecidos com o seu inspetor Salgado: batem antes de perguntar.

Savall manteve a serenidade; era vital que sua voz continuasse firme, que sua postura não revelasse medo.

– Está falando com um delegado de polícia, Omar. Não sou nenhuma menininha medrosa.

– Como sua irmã? – Ele sorriu. – Pobre...

Savall não conseguiu aguentar mais; aproximou-se da mesa e apoiou as duas mãos nela. O rosto de Omar, seu hálito perverso, estavam a menos de um palmo. Mas o ancião não se moveu.

– Deixe minha irmã em paz. Não torne a mencioná-la, ou quem sofrerá um acidente será o senhor. Já que sabe tantas coisas, também deve saber o que sou capaz de fazer.

– O senhor me assusta, delegado. Eu estava pensando em lhe propor um trato vantajoso para ambos, e agora estou vendo que isso não é possível. Bom, não tem importância. Ela vai morrer do mesmo jeito.

– De quem está falando?

– Ah, agora está curioso?

Savall bateu na mesa com força.

– Quem vai morrer?

– A ex-esposa do inspetor, é claro. Ela esteve aqui, sentada nessa mesma cadeira, há alguns dias. Uma mulher incrível. Inteligente, bonita. Altiva. Uma pessoa difícil de esquecer, acredite.

– O senhor está louco! Está me dizendo que vai matar Ruth Valldaura?

Omar se inclinou para diante, e sua voz se transformou em um sussurro:

– Eu nunca matei ninguém. Como o senhor, prefiro que outros se encarreguem do trabalho sujo. Devo lhe dizer que meus métodos são muito mais seguros e limpos que os seus. O senhor tinha bons motivos para ordenar a morte daquele homem, da mesma maneira que eu tenho para desejar fazer mal ao cretino do seu inspetor. Ruth Valldaura é apenas um meio para consegui-lo.

— Por que está me contando isso?

— Já lhe disse que gosto de pôr um pouco de emoção na vida. — Ele sorriu. — Ah, não acredita em mim. Também preciso admitir que gostei dela. Sua morte estava decidida, e no entanto gostaria · de lhe dar uma oportunidade.

— Não entendo. Que diabo quer de mim?

— Eu fiz o que devia antes de conhecê-la. Sei que os senhores não acreditam em mim, mas talvez a história daquela garota nigeriana os tenha tornado um pouco mais respeitosos com as crenças alheias. No dia de hoje, Ruth Valldaura está condenada a morrer. — Fez uma pausa. — A não ser que o senhor consiga salvá-la.

— O senhor está louco.

— O senhor está se repetindo, delegado, e isso está me aborrecendo. Por que não se decide? É simples: se não fizer nada para evitá-lo, dentro de duas semanas Ruth Valldaura estará morta, e a seu devido tempo os companheiros de Juan Antonio López saberão quem mandou que assassinassem seu amigo. Tudo está disposto para que as coisas aconteçam assim. E não pense que me prender ou me vigiar vai mudar alguma coisa. Não seja ingênuo.

— E se eu salvar a vida de Ruth Valldaura?

— Então tudo acabará. Seu segredo não será revelado, prometo. E eu sou um homem de palavra.

— Não tenho por que confiar no senhor.

— Não. Mas pense nisso, delegado. Como se sentirá se Ruth Valldaura morrer nos próximos catorze dias? Poderá viver com essa outra morte em sua consciência, sabendo que podia fazer alguma coisa, qualquer coisa que fosse, para impedir isso? Na verdade, o senhor não tem opção. Proteja-a, vença-me, e eu desaparecerei de sua vida para sempre.

25

—Que manhã! – disse Leire antes de entrar no carro. – Gosto de dirigir, não se importa? Assim pelo menos tenho a sensação de estar fazendo algo útil.

Fort ocultou um sorriso. Já estava se acostumando com a impaciência da companheira, e no fundo se divertia com isso. Não achava que haviam perdido tempo interrogando Leo Andratx e Isaac Rubio, mas precisava admitir que nenhum dos dois acrescentara nada importante a um caso que, cada vez mais, parecia ter um único suspeito viável: Ferran Badía.

Leo os havia atendido em uma cafeteria próxima da sede da empresa de telefonia móvel onde trabalhava. Leire tinha conduzido a entrevista, que só servira para confirmar o que ele havia dito sete anos atrás. Não tinha a menor ideia do que podia ter acontecido com seus amigos; na época do desaparecimento, ele se mostrara firmemente convencido de que eles tinham ido embora por vontade própria.

— Eles eram assim, sabem? Um pouco... boêmios... não sei se é a palavra correta.

—Você não estranhou não ter notícias deles durante tanto tempo?

— Na verdade, não. Desde que Dani faltou ao *show*, nós nos víamos menos. E nunca me dei muito bem com Cristina. Bom, nem bem nem mal. Ela era a namorada de Dani, só isso.

– E em setembro?

Leo encolheu os ombros.

– Aí me pareceu estranho, é verdade. Estava claro que os senhores, bem, a polícia, achavam que algo ruim havia acontecido com eles. Mas também não esclareceram nada, então... – Ele abriu os braços como se quisesse dar a entender que se eles, os profissionais, não tinham chegado a nenhuma conclusão, muito menos ele. – Sinto muito, mas com o tempo acabei me esquecendo deles. Já sei que isso soa muito mal, mas na verdade todos nós nos dispersamos. Hugo foi para Madri, não sei por onde anda Isaac. O que nos mantinha unidos era a banda. Quando ela se desfez, cada um cuidou de sua vida.

– E por que o grupo se desfez?

Leo riu. Tinha uma risada atraente, de rapaz de boa família, e uma boca de dentes perfeitos. E o terno também não lhe caía nada mal, a julgar pelos olhares que de vez em quando lhe lançava a balconista da cafeteria.

– Sei lá... – Apoiou as duas mãos na mesa. – Não vou lhe dizer que éramos umas crianças, porque não é verdade. Às vezes parece que já se passou muito tempo, mas foram só sete anos. Imagino que no dia do *show*, quando Dani não apareceu, nós percebemos que aquilo era apenas um passatempo.

– Devem ter ficado aborrecidos com ele por deixá-los na mão...

– Bom, é claro. Nós tínhamos ensaiado muito, e sem Dani, o cantor, não podíamos nos apresentar. Mas eu já lhe disse como eles eram.

– "Boêmios", sim – disse Leire. – Ele lhes deu alguma razão? Justificou sua ausência de algum modo?

– Está mesmo interessada nisso agora?

– Se não me interessasse, não perguntaria.

– Tudo bem. – Ele semicerrou os olhos como quem se esforça para se lembrar. – Acho que ele disse que tinha uma coisa mais importante para fazer.

– Alguma coisa com Cristina?

– Acho que sim. As garotas costumam ser exigentes. – Ele disse isso em um tom ligeiro; no fundo, no entanto, a frase revelava um tom menos banal. – Principalmente as intelectuais.

– Você conhecia Ferran Badía? – perguntou Leire, mudando de assunto de repente.

– Pouco. Já nos perguntaram isso. Mal troquei duas palavras com ele.

– Mas sabia...?

– De sua história com Dani e Cris? Sim, claro. Eles não escondiam.

– E o que você achava disso?

– Eu? – Ele tornou a rir. – Para mim dava na mesma. O que eles três faziam era problema deles. Pessoalmente, eu não me meteria em uma situação assim. Não curto homem, de jeito nenhum.

– Ah.

– Olhe, agente, nós tínhamos pouco mais de vinte anos. Se Dani e Cris queriam transar com outras pessoas, era direito deles. Não estamos mais na Idade Média, os triângulos amorosos não são uma coisa tão estranha – comentou ele no mesmo tom frívolo de antes. – Até mesmo os *mossos* devem fazer isso de vez em quando.

– Não estamos na Idade Média, sabemos disso – concedeu Leire. – E os arranjos que os adultos possam fazer não nos interessam. No entanto, neste caso, dois dos três participantes acabaram assim.

Fort ainda não tinha visto Leire em ação em um interrogatório. O fato de vê-la tirar as fotos dos cadáveres e colocá-las diante do olhar assombrado de Leo Andratx produziu um impacto até mesmo nele. E o tom, que até o momento havia sido educado e distante, adotou de repente um timbre endurecido, mais pessoal.

– É horrível, não é? Alguém os golpeou com um instrumento contundente, provavelmente um tubo de ferro, até matá-los. Para Dani a morte chegou rapidamente, mas em Cristina desferiram meia dúzia de golpes, até lhe rachar o crânio. Depois os cobriram com essa tela e os levaram até o porão da casa; ali deixaram também suas mochilas, com seus objetos pessoais e um envelope com uma quantia de dinheiro bem grande. Então, por favor, evite esse tom e responda com seriedade às minhas perguntas.

Podia-se dizer a favor de Leo que seu rosto expressava agora uma profunda consternação; Fort poderia jurar que ele não estava fingindo. Ele engoliu em seco e tentou desviar os olhos dos cadáveres.

— Sinto muito. Eu não estava tentando banalizar...

— Você sabia qual era o refúgio de que Daniel e Cristina falavam?

— Não. Não tinha a menor ideia. Verdade.

— E do dinheiro? De onde podiam tê-lo arranjado?

Leo meneou a cabeça, e involuntariamente mordeu o lábio inferior.

— Não sei — disse ele por fim. — Nenhum dos dois trabalhava nessa época, eles eram mantidos pelos pais, e não tinham dinheiro sobrando, pelo que me lembro.

— Tem certeza?

— Claro. — Por um momento, a consternação desapareceu de seus olhos e foi substituída por um olhar mais frio, intencionalmente contundente.

— Duas coisinhas mais, sr. Andratx. O senhor já ouviu falar deste livro? Foi escrito por Santiago Mayart. Ele foi professor de Cristina.

— Sinto muito, mas não sou um grande leitor, agente.

— Ah. O senhor gosta mais de escrever em seu *blog*.

Leo enrubesceu um pouco.

— A senhora o leu?

— Um pouco — admitiu Leire. — É curioso, mas sinto dizer que o senhor não tem aparência de indignado.

— Quem é que está banalizando as coisas agora, agente? — Ele acompanhou a pergunta com um sorriso que tentava suavizar o comentário. — Existe algum uniforme para a indignação?

— Tem razão, às vezes nos deixamos levar pelos lugares-comuns.

– Acho que sim. De qualquer modo, também não está indo tão mal. O protesto vai bem e é legítimo; no entanto, está precisando de alguém que o dirija. Que o organize.

– E você é essa pessoa?

– É claro que não. Pelo menos, não só. Este país precisa de uma mudança, há muitas coisas que precisam acabar se quisermos ir em frente. A primeira é esse governo. Mas isso é outra história, e não tenho muito tempo agora. Posso lhes pedir um favor? Se falarem com Isaac, poderiam lhe dizer que eu gostaria de vê-lo? Perdi seu número, e, bem... Nada, simplesmente digam a ele, por favor.

Leire parou em um sinal vermelho. A Gran Via estava lenta como sempre. Nenhum dos dois havia dito palavra desde que tinham iniciado o trajeto na avenida da Zona Franca, onde tinham se encontrado com Isaac Rubio.

– Em que você está pensando?

– Agora? – perguntou Fort. – Que Leo Andratx é um babaca.

A resposta de sua companheira foi uma sonora gargalhada.

– Concordo com você.

– E que alguma coisa não se encaixa em toda a sua imagem – continuou Roger. – Você viu o terno?

– Você também reparou?

– Ei, os homens também reparam em roupas!

– Deve ter custado uma bela grana – disse Leire. – E a gravata, e os sapatos.

– Isso não saiu do salário dele, não se ele é um vendedor duro. Além disso...

– Ele se faz de importante, não é?

– Isso mesmo. A empresa de seu pai faliu em dezembro do ano passado. É claro que ele podia ter aquelas roupas antes, mas mesmo assim... – Fort parou. – É estranho, como se o personagem em conjunto não fosse real. Ele ataca de manipulador das massas, se veste como um mauricinho, fez faculdade de economia, tem um pai que foi um empresário de sucesso com quem ele nunca trabalhou e um emprego de mil e duzentos euros por mês. Alguma coisa não se encaixa.

– E o outro? Isaac Rubio?

– Para falar a verdade, gostei mais dele – admitiu Roger.

– Eu também. Mas ele estava muito nervoso. Quase assustado.

Fort concordou.

– Sem o quase. Mas também não nos contou nada. Não sabia onde ficava o refúgio, não tinha a menor ideia do dinheiro. A verdade é que ele respondeu apenas com monossílabos.

O sinal mudou para verde e depois para amarelo sem que um único veículo se movesse. Leire bufou.

– Vou ligar para a *baby-sitter*. Não tive notícias do bebê a manhã toda.

Enquanto ela ligava, Fort repassava mentalmente a entrevista com Isaac Rubio. Muito menos expansivo e seguro de si que Leo, muito mais sucinto em palavras, extrair informações dele havia sido difícil, e, como dissera Leire no começo, muito improdutivo. Sim, a verdade era que continuavam como antes, e pela primeira vez ele se sentia desalentado, como se o caso que tinham nas mãos pudesse ser um daqueles que ficam sem resolver, como sete anos antes.

De pé diante do painel, Héctor revisava os escassos dados que haviam acrescentado naqueles dias de trabalho, tomado, sem perceber, por um desânimo parecido com o que havia afetado Fort algumas horas antes. Por um lado, tinham a disposição dos cadáveres, o conto e os quadros, tudo isso relacionado, mesmo que de forma indireta, com Santiago Mayart. Por outro lado, havia o dinheiro, aqueles dez mil euros dos quais ninguém parecia ter notícia. Finalmente, e apesar de o irritar ter de dar razão a Bellver, contavam com um único suspeito real, que ele veria no dia seguinte. Aqueles rapazes talvez tivessem se irritado com Daniel por ele não aparecer no *show*, mas não era provável supor que tivessem descarregado sua raiva rachando a cabeça dele e de sua namorada. Não. Nenhum deles tinha pinta de psicopata, e mesmo que Leo Andratx tivesse demonstrado um pendor pela violência, pelas denúncias se deduzia que era uma reação espontânea, não premeditada, e, pelo que tinha lido, não tão extrema. Havia sempre a possibilidade de um ódio profundo, intenso, que explodia no momento menos adequado e levava as pessoas normais a cometer um crime. No entanto, faltava um motivo, uma faísca que acendesse aquela mecha incontrolável, e Héctor não conseguia encontrá-lo em parte alguma.

De repente ele teve a sensação de que havia algo na personalidade das vítimas que lhe escapava. Obedecendo a um impulso que alguns chamam de instinto, procurou em seus papéis e digitou o número de Eloy Blasco. Na sexta-feira anterior lhe parecera que aquele homem tinha algumas coisas a lhe dizer sobre Cristina, e também vontade de fazê-lo. Dez minutos depois saiu da delegacia e tomou o metrô, algo que fazia de vez em quando, para se encontrar com ele no final da Rambla, não muito longe de onde Ramón Silva tinha os escritórios de sua empresa de transportes.

Chegou na hora marcada e tratou de observar as pessoas que sempre, a qualquer hora, transitavam por aquela avenida na qual nem um único barcelonês costumava pôr os pés se não fosse estritamente necessário. A razão de a Rambla ter alcançado fama internacional era algo que escapava à compreensão de muitos habitantes da cidade, inclusive ele. Esperou uns dez minutos sem se mover, entretido com a fauna que subia e descia a rua, e, com menos disposição, outros dez, nos quais, já cansado de ver gente, dirigiu o olhar para o cais: um espaço aberto que desprendia uma paz relativa, puramente urbana. Justo quando começava a se convencer de que Eloy não apareceria, viu-o chegar, apressado, com cara de desculpa.

— Desculpe, inspetor. Imagino que as pessoas não costumem fazê-lo esperar. — Ofegava um pouco, como se tivesse corrido.

– A verdade é que não. Mas não importa, já chegou.

– Sinto muito – desculpou-se ele novamente.

– O que acha de irmos até o cais?

– Claro. Como queira.

Desceram caminhando, sem pressa, até o que se conhecia como Port Vell. Era um passeio agradável àquela hora da tarde. Às suas costas, a colina de Montjuïc; à sua direita, os barcos ancorados. Uma sensação de pleno verão flutuava naquela orla. Héctor sempre havia gostado mais daquela estação, apesar de, desde o ano anterior, o calor de Barcelona ser sinônimo da ausência de Ruth. Héctor demorou um pouco para falar, mas quando o fez foi direto ao assunto:

– Liguei para o senhor porque, sinceramente, preciso de mais informações sobre Cristina Silva. Não sobre seus últimos dias, isso já estamos conseguindo obter pouco a pouco, mas de antes, de sua vida em geral. E acho que o senhor pode me ajudar. O senhor a conheceu desde pequena, e, pelo que deduzi no outro dia, diria que tinha carinho por ela.

Eloy Blasco não disse nada; continuou andando, com o olhar posto nos barcos.

– Eu gostava muito dela, sim. – Ao voltar o rosto para o inspetor, este constatou que ele não mentia. – Não no sentido que alguns pensariam, mas de verdade. Quando você conhece uma garota desde que era uma criança, ela se transforma em uma espécie de irmã.

– Como ela era?

Eloy se deteve, procurou um banco com o olhar e o indicou ao inspetor. Sentaram-se. Na parte externa dos cafés do cais as luzes começavam a se acender, apesar de ainda não ser necessário. Diante deles, céu e mar se confundiam em um entardecer tépido, bonito em sua normalidade.

– Há muitas coisas que o senhor não sabe de Cris, inspetor. Coisas que nem mesmo ela sabia. É... é muito difícil para mim falar disso.

– Vocês se conheceram de pequenos? Aqui em Barcelona?

– Não. Minhas primeiras lembranças são das férias no povoado.

– Comece do princípio. Não tenha pressa.

E Eloy começou, e uma vez que pegou o fio continuou falando sem parar, procurando de vez em quando a cumplicidade nos olhos de seu interlocutor, que, por sua vez, havia se transformado em um ouvinte quase de pedra. Ele falou de seu pai, que tinha sido companheiro de trabalho de Ramón Silva quando ambos eram simples caminhoneiros que faziam longas viagens. Ocupavam-se de levar a comida para os atuns, cercados pelos pesqueiros. Viajavam muito, juntos e separados, eram bons amigos. Falou também de Cristina, uma menina cinco anos mais nova que ele e de quem não fazia muito caso.

– Seu pai e o meu haviam nascido em Vejer, mas Ramón se cansou do povoado e foi embora para Barcelona. As coisas deram certo para ele em pouco tempo.

– De maneira que você só via Cristina nas férias – disse Héctor para reconduzir o assunto.

– Sim. Eles passavam quase todo o verão em Vejer.

Héctor repassou mentalmente a história familiar. Ramón Silva havia falado sobre a morte de um filho.

– Me parece que havia um menino na família, um menino que morreu muito pequeno.

– Sim, Martín. Depois nada mais foi a mesma coisa.

– O que aconteceu com ele? Seu sogro não me deu detalhes, e eu não quis perguntar.

– É o que acontece sempre. Ninguém gosta de falar nesse assunto.

– Claro.

– Martín tinha pouco mais de um ano quando morreu. Cristina já tinha feito cinco. – Tomou fôlego, como se precisasse de oxigênio para poder continuar. – A verdade é que tudo foi uma tragédia absurda, um horrível encadeamento de circunstâncias. Era julho, e Ramón ainda trabalhava, de maneira que só Nieves, a mãe, estava em casa com as crianças. Uma tarde, na hora da sesta, houve um incêndio na casa. Nada muito sério, mas Cristina acordou, assustada com a fumaça, e abriu a janela do quarto. Depois saiu correndo para procurar a mãe. Os quartos ficavam no andar superior, e acho que Nieves também demorou um pouco para acordar e voltar para o quarto das crianças com Cristina. Mas era tarde demais; o menino havia trepado no parapeito, e, quando Nieves foi pegá-lo, ele caiu no vazio.

Héctor ficou sem palavras. Esse havia sido um dos temores dele e de Ruth, um medo quase obsessivo quando Guillermo estava deixando de ser um bebê e começava a descobrir o mundo. Ele também gostava das alturas quando menino; mais de uma vez haviam tido que resgatá-lo de algum lugar que podia ser perigoso.

— Como pode compreender, as férias acabaram aí. Ele foi enterrado em Vejer, e a família voltou para Barcelona pouco depois. No verão seguinte tudo havia mudado.

— Mudado?

— Nós pensamos que eles não viriam, que a casa lhes traria uma lembrança dolorosa demais. No entanto, eles foram. Os três: Ramón, Nieves e Cris.

— Como estava a mãe, Nieves?

— Disso o senhor sabe, não? Bom, eu tinha quase onze anos, idade suficiente para adivinhar que aquela mulher havia perdido a cabeça. De fato, depois ouvi dizer que o médico havia recomendado que ela voltasse ao lugar da tragédia para poder assumi--la. Nieves... bom, ela falava do menino como se ele estivesse vivo. "Tenho que fazer o lanche dele", dizia ela. "Ele não para quieto, é um terremoto..." Esse tipo de coisas.

— E Cristina?

— Não sei. Nunca falamos disso. Minha mãe me pediu que brincasse com ela, e eu fiz isso. Ia vê-la na casa dela; eles moravam muito perto. Nieves mal saía do quarto. Me lembro dela como uma espécie de fantasma: ela aparecia de repente, sem falar, e ficava olhando para nós como se não tivesse muita consciência do que via.

– E o marido? O pai de Cristina?

– O senhor conhece Ramón. É um bom homem, de verdade, mas a sutileza não faz parte da sua natureza; agora vejo que aquela situação o abalou muito. Ele também havia perdido um filho, e agora estava perdendo também a mulher. Creio que ele tentava forçá-la a reconhecer a realidade de um jeito brusco demais. E isso fazia a mente dela fugir para mais longe ainda.

– Não deve ter sido fácil para Cristina.

– Não, claro. – Ele tomou fôlego, como se tivesse dificuldade de engolir. – O que vou lhe dizer agora foi minha mãe que me contou, anos depois, mas de algum modo acho que eu pressentia isso já naquela época. Cada vez que Nieves olhava para a filha, havia em seus olhos uma expressão estranha. Como que de ódio.

Apesar do calor, Héctor sentiu um calafrio. As tragédias sempre eram piores quando havia crianças implicadas, e naquele caso as vítimas haviam sido duas, de modos diferentes: o menino que havia falecido tragicamente e sua irmã, que tinha aberto uma janela que deveria ter permanecido fechada.

– Anos depois eu soube que Nieves havia perdido completamente a razão. Ela morreu algum tempo depois. Ramón tornou a se casar e nunca mais voltou ao povoado.

Héctor tentava processar a história toda. Os barcos balançavam no cais, um casal de namorados se beijava apaixonadamente na calçada, e no entanto ele só conseguia pensar naquela família destruída.

–Você acha que Nieves maltratou Cristina de algum modo?

– Não que eu saiba. A opção de Nieves foi negar o ocorrido, convencer-se de que seu filho continuava vivo. Os anos seguintes também não foram fáceis na minha casa. A morte de meu pai não nos deixou em uma situação muito boa: ele havia sido autônomo a vida toda, e não dos mais previdentes. Posso lhe dizer que a única coisa que ele me deixou foi seu nome, Eloy. Ramón se encarregou da minha educação, e depois me mandou para a universidade. Ele foi um segundo pai para mim.

"Sim", pensou Héctor. Esse era o tipo de coisa que um homem como Ramón faria sem hesitar. O filho de um amigo passaria a ser uma espécie de sobrinho, alguém por quem se responsabilizar.

– Ele é uma pessoa melhor do que parece – prosseguiu Eloy –, e se preocupa mais do que dá a entender. Chegou até a contratar um detetive para procurar Cris. Eu cuido das contas dele, e garanto que ele gastou uma boa quantia sem nenhum resultado.

– E Cristina?

– Eu não soube nada dela até alguns anos depois. Tornei a vê-la quando já estava estudando na universidade, em Barcelona. Ela tinha sido mandada para um internato, e nas férias voltava para casa. Era uma adolescente; tinha mudado, claro. Inclusive até tentou dar em cima de mim. Mas logo percebemos que aquilo era ridículo. Mas ela era sexualmente muito precoce, muito... Se eu lhe disser o que estou pensando, vai achar que sou um chato.

– Descarada? – sugeriu Héctor. – Aos quarenta e tantos, eu já posso ser chato sem remorsos.

Eloy sorriu.

– Algo assim. Ela nunca combinou muito com a nova família. Eu a via duas ou três vezes por ano, e quando ela terminou o internato, também não nos vimos muito. Mas sempre tínhamos notícias um do outro. Quando éramos pequenos, no povoado, inventamos uma brincadeira que consistia em fingir que nos correspondíamos: ela colocava um desenho em um envelope e o deixava na porta da minha casa; na adolescência, Cris tentou retomar a brincadeira, e começamos a escrever um para o outro. Com os anos, as brincadeiras deram lugar a confidências. – Ele tirou algumas cartas da maleta e as entregou ao inspetor. – Foi por isso que eu cheguei tarde; queria passar em casa para buscá-las.

– Não se importa?

– Em alguma ela fala de Daniel e de Ferran Badía. Acho que deveria lê-las. Eu não as havia mostrado a ninguém até agora.

Héctor aceitou, agradecido.

–Você o conhece? Ferran Badía?

Pela primeira vez, Eloy se mostrou pouco à vontade. Ou melhor, indeciso.

– Eu o vi uma vez – admitiu ele. – Fui vê-lo na clínica. Queria... queria saber, averiguar se...

– Compreendo. Amanhã vou falar com ele. Uma última pergunta: Cristina alguma vez mencionou o seu professor de escrita criativa? Santiago Mayart?

– Sim. Acho que ela o mencionou em alguma carta. Para ser sincero, não me lembro do que ela disse.

Havia anoitecido. As gaivotas sobrevoavam a calçada procurando restos de comida. Observaram em silêncio duas daquelas aves de um tom branco-sujo, que brigavam por uma embalagem no chão.

– Sabe de uma coisa? Cristina as odiava.

– As gaivotas?

– As aves em geral. Acho que era uma espécie de fobia. Elas a deixavam em pânico.

26

Na manhã daquela quinta-feira, Roger Fort chegou tarde ao trabalho pela primeira vez em sua vida. Tinha adormecido, e de manhã deparou com uma imagem insólita: o cachorro estava deitado aos pés da cama, mastigando alegremente o despertador. Entrou na delegacia preocupado com as gozações de Leire e Salgado, mas surpreendeu-se ao ver a cadeira vazia de sua companheira e o escritório fechado do chefe. Decidiu então continuar a averiguar um aspecto da investigação que havia começado, da forma mais inesperada, na tarde anterior. Roger havia falado por telefone com Hugo Arias, que, como era de esperar, repetiu a história dos outros membros do grupo. Tinha se mostrado amável e havia anunciado sua intenção de viajar a Barcelona naquele fim de semana, pondo-se à disposição para uma entrevista em pessoa.

Depois havia ligado para Gabrielle Anvers, a jovem francesa que tinha feito uma denúncia contra Leo Andratx. A moça não era muito comunicativa: admitira que Leo a havia assediado, sem dizê-lo com essas mesmas palavras. De fato, a conversa, qualificada como rotineira por Fort, estava para terminar quando ela formulou uma pergunta que, vista em perspectiva, não era de todo inocente. "Tudo isso é por causa do companheiro de banda de Leo, o cantor que desapareceu, não é?" Depois rira e acrescentara deliberadamente, antes de desligar o telefone: "Se falarem com Leo, perguntem pelo furgão, aquele que roubaram deles".

E Roger havia procurado nos papéis de Leire tudo o que se relacionava com a denúncia do furgão roubado. Tratava-se de um Nissan velho, branco, que havia sido furtado, segundo o relatório, no dia 20 de junho de 2004, e localizado dois dias depois, destruído pelo fogo, em um descampado próximo a Can Tunis, aquele bairro de barracões que se estendia do porto ao cemitério de Montjuïc – o supermercado da droga, como era chamado antes que fosse apagado do mapa no verão daquele mesmo ano. Até aí não havia nada suspeito, e Fort estava quase ligando para a moça francesa a fim de lhe pedir um esclarecimento quando lhe ocorreu, por pura rotina, procurar os óbitos verificados entre os dias 20 e 22 de junho.

A lista era longa: umas vinte pessoas haviam falecido naqueles três dias na cidade de Barcelona. Dentre todos aqueles mortos, apenas quatro haviam passado por autópsia: duas correspondiam a senhoras idosas que haviam morrido sozinhas em seu domicílio, dias antes de serem encontradas; a terceira era de um homem de vinte e quatro anos, vítima de um acidente de caça; e a quarta correspondia a um tal de Vicente Cortés, de trinta e três anos, encontrado morto em Montjuïc. A princípio o corpo abando-nado em plena montanha e os antecedentes do falecido haviam despertado suspeitas; no entanto, depois das análises pertinentes, sua morte havia sido atribuída a causas totalmente naturais: um infarto fulminante. Fort não lhe teria dedicado mais tempo se um detalhe não lhe tivesse chamado a atenção: o endereço do faleci-do que constava no relatório não lhe era desconhecido. O núme-ro 29 da Calle Alts Forns era o do prédio onde vivia Isaac Rubio, naquela época sua residência permanente, e agora temporária.

Aquilo ao mesmo tempo não significava nada e era algo a investigar, principalmente naquela manhã em que companheira e chefe brilhavam por sua ausência. De acordo com os relatórios que ele havia reunido, o tal Vicente Cortés havia sido uma boa bisca: condenado por homicídio aos dezenove anos, tinha passa-do treze anos preso, dos quinze aos quais havia sido condenado. Na verdade, o pobre-diabo tivera má sorte, já que o ataque o enviara ao outro bairro apenas algumas semanas depois de ele receber a liberdade condicional. "Treze anos na cadeia e outros tantos dias de liberdade", pensou Fort. "Se nasceste para martelo, do céu te caem os pregos", como dizia sua mãe. Ao menos nem tudo haviam sido pregos na vida de Cortés: enquanto estava no xadrez, tinha se casado com uma tal Jessica García, e quatro anos antes de sair haviam tido um filho.

A história não tinha nada que chamasse a atenção, afora a coincidência de datas com o roubo do furgão e com o domicílio de Isaac, mas Fort se lembrou de novo do comentário da francesa, feito com aqueles erres guturais que, pelo menos no que se referia a ele, sempre o excitavam um pouco – "Perguntem pelo furgão, aquele que roubaram deles" –, e decidiu que não tinha nada a perder se fizesse exatamente aquilo: perguntar.

Leire estava fazendo por sua conta algo muito parecido com o que Fort tinha em mãos, mas com outros protagonistas. Fazia alguns dias que pensava no estudante da escola Visor, aquele a quem dera um cartão na esperança de que ele a procurasse voluntariamente. Pois bem, a paciência não era o seu forte, e haviam transcorrido dias suficientes para que o rapaz tivesse decidido usar o cartão que ela lhe dera. Naquela manhã, portanto, decidiu dar asas ao instinto. E o fato de receber uma ligação do sargento Torres, da polícia municipal de El Prat, logo que chegara à delegacia, a ajudara a se resolver.

– Agente Castro? Aqui é Torres. Liguei para lhe dizer que estivemos investigando os supostos *okupas*. E digo "supostos" porque agora podemos dizer que ninguém os viu.

Leire assentiu; ela tivera a mesma impressão desde o começo. Aquela casa limpa, os pratos lavados na cozinha, o cão dócil.

– Ouvimos um comentário que talvez seja do seu interesse: uns rapazes viram um carro estacionado diante da casa, há alguns dias, e uns sujeitos saindo dele com alguns pacotes.

– Que tipo de pacotes?

– Está pedindo demais. Um deles disse que pareciam mantas. Imaginei que se tratava das telas, claro.

– Algum detalhe do veículo?

– Sim, os rapazes da região se ligam nessas coisas: um Mégane branco novinho. Não repararam na placa, claro.

– Entendo. Muito obrigada, sargento.

– De nada. Como eu já disse, podem contar comigo.

Em vista disso, em vez de entrar na delegacia, Leire ligou para Fort para lhe informar que voltaria à escola Visor, para falar com aquele estudante de arte. Como ninguém atendeu o telefone, ela se dirigiu à escola em um dos carros de serviço. Além disso, o rapaz se assustaria menos se ela o abordasse sozinha do que se aparecessem os dois, como uma dupla de policiais de manual. Não acreditava que a visita lhe tomasse mais de uma hora.

Apesar de na porta do cabeleireiro de bairro onde Jessica García trabalhava haver um cartaz de um modelo masculino com um penteado impossível, dentro dele só havia mulheres, aparentemente imunes ao cheiro acre das tintas e dos líquidos usados nas permanentes. Os olhos de Roger, ao contrário, estavam quase lacrimejando, o que não ajudava de modo algum a configurar uma estampa muito digna. A dona o observou de alto a baixo, avaliando-o rapidamente, e o ouviu com uma expressão não muito amigável, enquanto as clientes fingiam ler revistas. Fort tinha certeza de que, mesmo debaixo dos secadores, elas não perdiam nem uma vírgula da conversa.

– Jessy! – disse a dona. – Venha aqui um instantinho depois de terminar de pentear esse cabelo.

Fort prestou atenção para ver quem respondia; havia três moças, duas delas muito jovens, e uma terceira, que foi quem fez um gesto de cabeça sem dizer nada. Estava de costas, de modo que ele só a via através do espelho que ocupava uma parede inteira do estabelecimento. A julgar pela sua expressão, não se podia dizer que Jessy tivesse uma grande vontade de falar com ele.

– Com certeza o filho dela se meteu em mais uma confusão das suas – cochichou uma das senhoras em voz alta o suficiente para fazer Jessy bufar.

A dona lançou um olhar ameaçador em direção à mulher que havia feito o comentário, e esta optou por se calar, mas continuou murmurando algo para si mesma. Uns dez minutos mais tarde, Jessica García, Jessy, acompanhou a cliente à caixa com um sorriso forçado, cobrou o devido sem pressa e depois olhou para o homem que estava à sua espera.

– Quinze minutos, Jessy. Nem um minuto mais. Veja lá! – advertiu a dona.

Saíram para a rua. O cabeleireiro estava situado em pleno Paseo de la Zona Franca, e Jessy avançou em passo rápido até a praça onde dias atrás havia se encontrado com Isaac. Ficaram ali, de pé, apoiados contra a amurada que separava as marquises da zona infantil.

– E então, o que querem agora? – perguntou ela em tom agressivo.

– Nada que tenha a ver com seu filho – tratou de tranquilizar Fort. – Na verdade, só vim lhe fazer algumas perguntas. Pode não responder, se não quiser, mas me ajudaria a esclarecer algumas coisas.

– Agora a polícia pede ajuda? – Ela riu e aproximou um cigarro dos lábios. – Essa é nova.

Como Fort não tinha vontade de se deixar provocar, decidiu ir direto ao assunto. Quinze minutos não era tempo suficiente para que ele os perdesse em preliminares.

– Conhece Isaac Rubio?

A pergunta a pegou de surpresa, o que não era mau.

– Rubio? O que tem ele?

– Estamos investigando a morte de dois amigos dele, que ocorreu no começo do verão de 2004. Os cadáveres de ambos acabam de ser encontrados.

— E vieram perguntar por ele a mim? — O ceticismo era perceptível em cada sílaba.

— Conhece ou não conhece?

— Ele era um colega do bairro. Agora voltou, por que não falam com ele e me deixam em paz?

— É pura rotina. Estamos reunindo informações sobre ele e sobre outros. Ele também era colega de seu marido, Vicente Cortés? — Ele lançou a pergunta como quem dispara para o ar esperando acertar em alguma coisa que não conseguia enxergar.

— Ele andava por aí, no grupo. Naquela época, o bairro era outra coisa. Mas eles não eram amigos. Porra, isso já foi há mais de dez anos!

— Seu marido faleceu pouco depois de sair da prisão.

Fort viu que aquilo ainda a magoava. Cortés talvez tivesse sido um assassino convicto; no entanto, a julgar por seu olhar ferido, aquela mulher o havia amado.

— A vida apronta essas merdas.

— Ele foi encontrado em Montjuïc.

Ela jogou o cigarro no chão com força.

—Veio me estragar o dia? Sim, ele foi encontrado morto. Jogado como um cão. Teve um derrame cerebral, ou foi isso que disseram. Que merda isso tem a ver com aquele rapaz?

Fort ignorou a pergunta.

— "Disseram"? Suspeita de outra coisa?

Jessy desviou os olhos.

— Me ensinaram que não tenho o direito de suspeitar de nada.

— Escute, não temos muito tempo. A senhora precisa voltar para o trabalho, e eu também. O que acha que aconteceu com Vicente?

— Não estou louca, agente. Sei que ele morreu de um derrame cerebral, não tinham por que mentir sobre isso. O que eu não sei é o que ele estava fazendo na colina de Montjuïc enquanto eu o esperava em casa com as malas prontas para irmos embora.

— Iam embora?

— Sim. Íamos sair deste bairro de merda. — Ela parecia estar a ponto de chorar, mas as lágrimas não chegaram a assomar a seus olhos. Talvez eles já tivessem secado. — Para sempre. Ele me disse isto: que ia cobrar uma dívida e com a grana começaríamos uma vida nova. Ele estava contente. Porra, eu devia ter imaginado que ia lhe acontecer alguma coisa ruim. A felicidade dura pouco para gente como nós. Sempre há um golpe que nos joga de novo na miséria, e, quanto mais a gente sonha com a felicidade, maior é a porrada.

A escola Visor abria as portas às nove e meia, mas Leire não viu o aluno que procurava até quase as dez. Ele andava como se estivesse meio adormecido, arrastando os pés, e ela disse a si mesma que aquele estado de sonolência logo ia desaparecer. Esperava por ele na porta e não hesitou em pará-lo antes que ele entrasse.

— Você se lembra de mim?

O rapaz tentou seguir adiante e balbuciou alguma coisa sobre uma aula que estava começando naquele momento.

— Olha, nós podemos conversar aqui ou na delegacia. Ou nos dois lugares.

— Ei! Qual é? — protestou ele.

Ela o olhou fixamente.

— Você sabe o que significa resistir à autoridade? Ocultar provas? Obstruir a justiça em um caso de assassinato?

— Assassinato? A senhora está louca!

Leire deixou passar o insulto e engoliu a vontade de algemá-lo e levá-lo para a delegacia. "Mas não me tente mais uma vez", pensou ela.

— Não. Não estou louca. Estou falando sério. Então, se você tem a mais pálida ideia de quem pintou aqueles quadros, é melhor me dizer. Agora.

O rapaz bufou do mesmo modo que teria feito se sua mãe o tivesse repreendido pela bagunça de seu quarto.

– Não quero me meter em confusão.

– Dizer a verdade é a melhor maneira de fazer isso.

Ele ficou um instante avaliando a situação. Apoiou o peso do corpo em um pé e depois no outro, tratou de sorrir e por fim concordou.

– Está bem. Se eu lhe disser o que sei, prometa que vai me deixar fora disso. Não quero que meus pais fiquem sabendo.

– Agora não posso te prometer nada, mas vou tentar. Palavra. Quem pintou os quadros? Foi você?

– Eu? Quem me dera! – O rapaz tirou um celular de última geração e procurou um endereço no navegador. – Dá uma olhada nisto.

E Leire, assombrada, contemplou uma página da internet com dezenas de imagens. Os temas eram diversos, mas não se podia negar uma uniformidade de estilo, e inclusive dos elementos que compunham os desenhos. E mais: a página, intitulada *Kasas Konkistadas*, anunciava que todos os quadros que apareciam na galeria de imagens haviam sido depositados em casas vazias, uma reivindicação da arte desses espaços como lugares habitáveis. Os artistas colaboravam de diversas cidades do mundo, e, é claro, um deles fazia intervenções em casas de Barcelona.

– Espera – disse o rapaz –, deixa eu mostrar uma coisa.

Continuou procurando na internet durante alguns minutos, e a expressão de seu rosto foi ficando cada vez mais perplexa.

– Juro que eles estavam aqui! – exclamou ele. – Havia uma pasta com um título estranho. O autor é muito bom, ele usa o nome de Artista. Dentro da pasta havia fotos dos quadros que vocês encontraram. Juro.

27

A proveitando que naquela manhã tinha mais tempo, Héctor foi ver Carmen antes de sair. Não estava com a menor vontade, mas também não queria continuar adiando o encontro. Dar as más notícias o fazia sentir-se mal. Não as dar era ainda pior.

Ela abriu a porta, e ele notou a apreensão no seu rosto. De repente a viu mais velha, mais frágil que antes. Tranquilizou-a. Não, o que tinha para lhe dizer não era bom, mas também não era a terrível notícia que ela tentava ler em seu rosto. Explicou o que Ginés lhe havia contado com toda a delicadeza que pôde. Charly estava fugindo de alguém com quem certamente nunca devia ter cruzado. Isso era tudo o que sabia, não tinha mais nada para lhe dizer.

– Eu sabia – disse ela. – Tinha certeza de que ele tinha ido embora por causa de alguma coisa assim.

Ele continuou falando das medidas que havia tomado, do alerta que fizera a seus companheiros para que, se vissem Charly, o detivessem e o levassem à delegacia, onde pelo menos poderiam protegê-lo. Carmem assentiu, mas mesmo a seus próprios ouvidos tudo soava como desculpa. Não podia fazer mais nada, talvez Charly já estivesse longe e tivesse conseguido se livrar da ameaça. Héctor a abraçou com força antes de sair, e pela enésima vez amaldiçoou consigo mesmo os filhos que fazem tudo para arrasar a velhice dos pais com um desgosto atrás de outro. Naquela manhã tinha que ver outro desses filhos, porque tinha certeza de que os pais de Ferran Badía haviam sofrido além da conta.

A clínica Hagenbach era tal e qual Héctor havia imaginado. De fora, os jardins amplos faziam pensar no que havia sido no passado: um chalé de alguma família rica, depois empobrecida. Um entorno perfeito, quase idílico; nada a ver com as imagens do século XIX de instituições psiquiátricas sombrias e sinistras. Mais parecia um daqueles hotéis de charme, uma espécie de *spa*.

Parou no estacionamento situado na parte traseira do edifício e fumou um cigarro dentro do carro antes de sair. Tinha certeza de que a entrevista com Ferran Badía também não seria fácil, e tentou afastar o cadinho de imagens que lhe haviam dado sobre ele. Para Martina Andreu, o rapaz lembrava um lorde Byron jovem; para o juiz Herrando, era um farsante; e para o inspetor Bellver, um assassino com sorte. Em qualquer caso, aquele rapaz que agora tinha apenas trinta anos havia passado os últimos sete entrando e saindo de instituições como aquela. Héctor não se enganava; apesar de o espaço ser agradável e os amplos jardins que o rodeavam serem dignos de um passeio relaxante, tratava-se de uma clínica, e as pessoas que viviam ali eram pacientes, não clientes com direito a reclamação. Ele se informara sobre o hospital, e, apesar de não ser especialista na matéria, seu julgamento havia sido positivo. A clínica Hagenbach parecia se regular por meio de coordenadas bastante sensatas: não dispensava a medicação, mas também não a favorecia em excesso. Era, isso sim, incrivelmente cara.

Antes de entrar pegou as cartas de Cristina Silva que Eloy lhe havia entregado na tarde anterior. A maioria delas contava coisas sem transcendência, como se a jovem tivesse levado um diário onde anotava impressões, pensamentos e projetos; em algumas havia referências explícitas a sua vida cotidiana, às pessoas que a rodeavam, a Daniel e a Ferran. Ao terminar de lê-las, já de madrugada, acreditou compreender um pouco melhor aquela moça nada convencional e o mundo que ela havia criado ao seu redor.

Cristina dividia a casa com os dois rapazes, e aquele era o espaço onde se desenrolava sua relação íntima. Fora dela, sua vida se dividia entre as aulas de escrita criativa, às quais assistia com Ferran Badía, e o resto do tempo, que passava com Dani e, às vezes, com os rapazes do grupo ou com sua amiga Nina. Héctor tinha a impressão de que, de certo modo, Cristina separava os diversos âmbitos que compunham sua realidade cotidiana, com a intenção de afastar os dois amantes daquela história de amor a três e, ao mesmo tempo, de preservar parte de sua independência. Em alguma daquelas cartas mencionava também o refúgio, ao qual ia sozinha ou, algumas vezes, com Daniel. Quando desejava experimentar drogas, escolhia a ele, como se quisesse proteger Ferran delas.

Outra ideia recorrente era a morte, mas ele não havia chegado a descobrir se o que Cristina escrevia eram pensamentos artificiais de uma jovem neurótica, uma fascinação pelo além ou uma inquietude real. De qualquer modo, a ideia estava ali: morrer jovem, ao que parecia, era uma obsessão da autora daquelas linhas. Algo que, em vista das circunstâncias, acabava sendo um detalhe macabro.

Um silêncio quase conventual acompanhou Héctor em seu caminho até a sala que o dr. Marcos, o psiquiatra de Ferran Badía, havia posto à disposição para o encontro. O piso de madeira clara amortizava os passos, e até o doutor, que caminhava a seu lado, falava em um tom de voz um pouco mais baixo que o normal. Héctor imaginou que aquilo não era deliberado, antes um costume, mas o resultado de tanta quietude era que qualquer ruído, uma porta que se fechava ou uma risada espontânea, ressoava com uma força exagerada, provocando quase um sobressalto.

– Preparei para vocês uma sala de leitura, para que fiquem sozinhos – informou o doutor. – Inspetor, quero que saiba que a saúde mental do paciente é muito frágil, mais do que parece.

Fizemos grandes progressos nos últimos tempos. Quando ele chegou, haviam lhe administrado tanta medicação durante tantos anos que ele mal conseguia manter uma conversa. Aqui nós fomos diminuindo as doses aos poucos, e de alguns meses para cá ele está muito melhor.

Héctor não respondeu. Não tinha nada contra os psiquiatras, mas também não queria que seus diagnósticos clínicos influíssem em seu julgamento. O que pretendia naqueles momentos era formar uma ideia sobre aquele indivíduo sem outras interferências.

O doutor abriu uma das portas e o fez passar para uma salinha de dimensões reduzidas, com um janelão que dava para o jardim da frente. Havia duas poltronas antigas, umas *bergères* de aspecto estranho que faziam pensar em velhas bibliotecas empoeiradas. Nessa, no entanto, não havia nem um grão de pó, nem tampouco muitos livros. Uma estante encostada na parede mostrava alguns volumes de capas velhas e gastas.

— Ferran, o inspetor Salgado chegou.

Héctor o viu. Sentado em uma das poltronas, Ferran levantou a cabeça do livro ao ouvi-los entrar, e ele se lembrou da descrição que Martina Andreu lhe havia feito. Se sete anos atrás Ferran Badía tinha o aspecto de um poeta do século XIX, agora o havia perdido por completo.

Se tivesse que traduzir em palavras sua primeira impressão, Héctor teria dito que o sangue do homem que tinha diante de si circulava mais devagar do que o normal. Era como se alguém ou algo, talvez os anos de medicação, como havia sugerido o doutor, tivesse apagado um interruptor interno, deixando-o às escuras por dentro. Faltava brilho naqueles olhos azuis, na pele pálida, no movimento lento de suas mãos ao fechar o livro e depositá-lo na mesinha que havia ao lado. Héctor deu uma olhada no título, *Outra volta do parafuso*, o mesmo que Mayart havia citado em sua conversa alguns dias antes. A coincidência o inquietou.

— Bom, vou deixá-los sozinhos — anunciou o doutor antes de sair. — Se você precisar de alguma coisa, me avise.

Era evidente que a oferta era dirigida a seu paciente, como se o médico receasse que aquele inspetor circunspecto pudesse ferir de algum modo o objeto de seus cuidados.

Héctor se sentou em uma poltrona, do outro lado da mesinha onde Ferran tinha deixado o livro, e contemplou durante alguns minutos o jardim que se estendia diante deles. Uma vidraça os separava daquele exterior verde e ensolarado, e ele intuiu que o jovem que estava ali se sentia a salvo atrás daquela barreira transparente.

– Bonita vista – comentou ele. – É relaxante.

Ferran não respondeu. Ele também não esperava uma resposta, de modo que desviou o olhar da janela e o dirigiu para o rosto sério de seu interlocutor.

– Você passa muitas horas aqui?

– Algumas. Os médicos não me deixam ler muito. – Ele se calou, e em seguida, depois de pensar, acrescentou: – Dizem que não é bom para mim. Segundo eles, isso me afasta da realidade.

Em suas frases havia uma nota de ironia, mas sua expressão facial continuava impassível.

– Receio ter vindo lhe trazer a realidade – disse Héctor. – Você sabe que encontramos Cristina e Daniel, não é?

Não houve reação, nem um leve gesto de cabeça, nem qualquer demonstração de emoção. Héctor continuou:

– Eles estavam no refúgio, como Cristina o chamava, uma casa abandonada perto do aeroporto. Mortos há anos.

O silêncio continuou, e Héctor compreendeu que podia continuar, incólume, sem que Ferran Badía desse a menor mostra de embaraço. Portanto, decidiu arriscar e tirou uma carta do bolso do paletó:

Conheci um rapaz no curso de escrita criativa. Ele se chama Ferran, e é um cara encantador. Me lembra um pouco você na seriedade, não se ofenda, mas é mais tímido ainda. Eu o convidei para ir tomar alguma coisa depois da aula, e ele quase desmaiou. E você precisava ver seus textos. Lemos os de todos os participantes em casa e depois os comentamos juntos na classe. Os da maioria são um porre. Os dele não. Ele falava de coisas que não me haviam ocorrido: dos enganos da memória, de que as lembranças são sempre mentiras que contamos a nós mesmos. Quase chorei ao lê-lo. É brilhante. E ele é bonito, mas tenho certeza de que ele morreria de vergonha se eu dissesse isso. Não é o tipo de rapaz com quem eu tenho andado até agora, mas gosto dele. E tenho certeza de que ele vai chegar muito longe com seus escritos.

Héctor tinha lido o trecho sem parar, mas ao mesmo tempo observava pelo canto do olho o rapaz que estava tão perto e tão longe de si.

– Cristina escreveu isto a seu respeito em outubro de 2003.

Ferran se voltou para ele, e por fim Héctor acreditou ver alguma luz naquele corpo, uma sutil corrente de vida que assomou a seus olhos para logo tornar a desaparecer.

– Há mais referências a você nessas cartas. Muitas. E também a Daniel, aos dois. Aos três – corrigiu. – Acho que ela amava a ambos, e que vocês dois a amavam. E preciso entender isso muito bem para saber o que lhes aconteceu.

– Por quê? Que diferença faz?

Héctor mudou de tom, adotando uma inflexão mais séria, mais taxativa, quase apaixonada:

– Porque Cristina e Daniel estavam vivos e não estão mais. Porque alguém abriu a cabeça deles com uma barra de ferro. Porque quem fez isso não merece estar livre. Porque a verdade importa, Ferran.

– A verdade não importa tanto, inspetor. Eles estão mortos, isso é a única coisa que sempre importou.

– Então me fale de quando estavam vivos. Ninguém morre de todo enquanto outros se lembram dele ou pensam nele.

Um sorriso irônico surgiu devagar naqueles lábios finos.

– Boa tentativa, inspetor. Eu já disse isso a sua companheira, a subinspetora Andreu. Ela também tentou me fazer confessar.

– Eu não estou te pedindo uma confissão – cortou Héctor. – Só que você me conte o que sentia por Cristina e Daniel.

– Isso lhe interessa mesmo?

Houve uma pausa eterna, alguns minutos em que Héctor receou que a conversa acabasse ali. Por isso pegou outra das cartas, datada de março de 2004; por isso tornou a ler:

> Sei que você vai ficar chateado, se você estivesse aqui talvez até me desse um tapa, como fez uma vez quando eu era pequena. Está vendo que me lembro de tudo. Tenho que te contar, e espero que você compreenda, e compreenda também a mim. Nós fomos viajar, os três, para Amsterdã. Uma manhã fomos à casa de Anne Frank, e não sei o que aconteceu comigo: aquelas janelas escuras me deixaram nervosa, a ideia daquela menina trancada ali com sua família, esperando a morte, me revolveu o estômago. Tive que sair, desci correndo aquelas escadas estreitas porque fiquei sem ar. Acho que Ferran se assustou. Dani não estava lá, havia fumado demais na noite anterior, e tinha ficado no apartamento. Me agarrei a Ferran, chorando sem saber por quê, e ele me consolou. Fazia muito frio, e voltamos para casa em um daqueles bondes. É curioso chamar um lugar provisório, de passagem, de "casa", mas era assim que eu me sentia ali. Dani tinha acordado e me beijou. Seus beijos sempre anunciam sexo. Ferran se virou para nos deixar a sós, imagino. E eu não queria que ele saísse, queria que ele ficasse ali comigo, com Dani, queria ter os dois ao meu lado, então estendi a mão para Ferran e o atraí para nós. De repente, sem perceber, troquei os lábios de Dani pelos dele. E nós nos abraçamos como se afinal tivéssemos consciência do que estava acontecendo conosco. Depois de muitos olhares, de muitos silêncios, compreendemos que era exatamente isso que queríamos. Estar os três juntos.

Ao levantar a vista da carta, Héctor notou que Ferran havia estendido a mão para ele, e, depois de hesitar alguns segundos, entregou-a. O rapaz a leu devagar do princípio ao fim; depois a dobrou e a devolveu.

– Essa foi a primeira vez – disse ele, e a apatia da voz não conseguiu esconder que a saudade doía. – Foi ali que tudo começou. Só durou três meses, inspetor. O senhor acredita que se pode viver em três meses mais do que em toda a vida?

– Acho que há experiências que se vivem muito intensamente, durem o que durarem – respondeu Héctor.

Ferran concordou.

– Tem razão. Acho que nós sabíamos que não seria eterno. E é claro que eu não tinha dúvidas de que Cris acabaria com Dani, e que eu teria de me afastar. Mas eu não conseguia, e eles também não me deixavam.

O fosso das recordações estava aberto. Agora Héctor só tinha que se limitar a fazer as perguntas corretas e rezar para que aquela atmosfera de confidência não se dissipasse.

– E Daniel? Como ele se sentiu a respeito disso?

– Não sei. Em geral ele parecia estar à vontade, principalmente quando nos deitávamos juntos. No resto das situações, um pouco menos.

– Você gostava dele? Admirava-o?

– O senhor o viu? Era impossível não admirar Dani, não gostar dele. Às vezes acho que, no fundo, tanto Cris como eu estávamos apaixonados por ele, e isso nos assustava. Porque... Porque acho que Dani não era capaz de amar do modo como ela e eu entendíamos o amor. Não é que ele não fosse uma boa pessoa, nem frio; para ele tudo era incrivelmente sexual. Intenso e fugaz. Além disso, na vida cotidiana ele era muito mais independente do que nós.

Héctor assentiu. Começava a entender aquele triângulo, até o ponto limitado em que se pode compreender qualquer história de amor.

– Foi ele que quis terminar, depois que o pai apareceu?

Ferran o olhou, surpreso.

– Mais ou menos. Não exatamente terminar, mas mudar as regras.

– Deixar você de fora?

– Ele não chegou a dizer isso. É estranho. Acho que, à sua maneira, ele também precisava de nós, ou pelo menos precisava saber que podia contar conosco.

– O que aconteceu depois da briga com o pai de Dani?

– Houve outra, entre Dani e Cris. Ela voltou para o apartamento dela.

– Mas regressou?

– Sim. Já não ficava tanto tempo, vinha e ia embora. Dani também não ficava muito em casa, andava muito enrolado com os ensaios e...

– As drogas?

Ferran concordou.

– Cocaína. Maconha. Quem passava tudo era um dos caras da banda, o baterista.

– E você? O que você fazia?

– Eu esperava por eles. E continuava com minhas aulas, com o curso...

– Cristina continuava assistindo?

– Sim. Ela não entregava nada, mas vinha. E foi em uma dessas aulas, pouco depois, no começo de junho, que ela desmaiou.

– Desmaiou?

– Algo assim.

– Ela estava doente?

– Não. Não é isso. Foi como aquele dia na casa de Anne Frank. Ela começou a tremer, e tive que sair com ela para o pátio.

– Era aula de quê?

– Tínhamos analisado este livro, *Outra volta do parafuso* – disse ele indicando o exemplar pousado na mesinha. – Santi nos pediu para narrar em forma de conto curto um de nossos piores pesadelos.

Héctor assentiu; teria continuado a perguntar, mas Ferran continuava falando, e ele não quis interrompê-lo.

– Depois disso ela foi embora. Me disse que ia faltar alguns dias, que tinha vergonha de voltar para o curso.

Ele se calou. Héctor pressentiu que a torrente de confidências estava se esgotando, que em qualquer momento Ferran voltaria para seu silêncio. Não havia outro jeito a não ser insistir:

— Mas ela voltou.

— Sim. Voltou com Dani. Acho que ela telefonou, e ele foi buscá-la.

— E depois disso?

— Eles foram direto para o apartamento de Cris. Eles não... não quiseram me ver. Cris me ligou; me disse que estava bem, que naqueles dias tinha aprendido muitas coisas, que precisava pensar, ficar sozinha.

— Você tornou a vê-la?

Ele assentiu.

— Uma vez mais, no dia de São João, quando ela se despediu. Eles planejavam sair de férias. Ela me prometeu que me ligaria depois, para que eu fosse com eles.

— Você se sentiu rejeitado, não é?

— O que o senhor quer dizer?

— Você sabia onde ficava o refúgio, não é? — Héctor continuou a pressionar, já não tinha muito tempo. — Deixe que eu continue: Cristina veio te dizer que ia embora com Dani, que queria ficar algum tempo com ele, só os dois.

— E depois o quê, inspetor? O que eu fiz depois? — Sua expressão havia mudado; agora ele observava seu interlocutor com um olhar um tanto desdenhoso. — Eu os segui até a casa, os golpeei até a morte e os joguei no porão? É isso que o senhor quer ouvir, não é?

— Quero ouvir a verdade. Quero que se faça justiça.

— Verdade? Justiça? — Ele riu com uma amargura dilacerante. — Em um mundo onde você não decide quando nasce nem quando morre não pode haver justiça. Por isso prefiro os livros, eles têm começo e fim, um desenlace coerente e pensado. Na vida nada é assim, e se você tenta ser consequente, se diz que está cheio e quer acabar com tudo, te tomam por louco e te trancam aqui ou em lugares piores. No entanto, agora sei que a gente pode ser o autor da história. Fazer as coisas acontecerem. Provocar em vez de ficar de lado.

Héctor o olhava fixamente, tentando entender que ideias passavam pela cabeça daquele rapaz.

– O que você quer dizer com isso?

Ferran sorriu.

– Não está me entendendo, não é? – Ele se levantou da cadeira e olhou para o jardim. – Na verdade, não é tão ruim os outros acharem que você é louco. Te dá muito tempo para pensar.

– Pensar em quê? – insistiu Héctor.

– Só refletir. E ler.

Ferran se voltou para ele depois de responder, e Héctor reagiu diante de um semblante que havia adotado uma expressão indiferente, quase cínica.

– Sem dúvida é melhor estar aqui do que morto – disse ele em uma nova tentativa de alterar aquela máscara. – Durante muito tempo achei que não.

– E agora?

Ferran tornou a sorrir antes de responder:

– Agora estou contente por estar vivo.

– Não sente mais saudade deles?

– Sempre, inspetor. Todos os dias. Nunca aconteceu isso com o senhor? Pensar em alguém quando acorda, no meio da manhã; quando se deita, quando não consegue dormir. Sentir que a vida sem eles é vazia.

Héctor concordou.

– O tempo costuma aliviar essas coisas.

– Isso é uma frase feita, inspetor.

– O que não significa necessariamente que seja falsa.

– Deixe eu lhe dizer uma coisa: se houvesse um serviço que eliminasse as pessoas tristes deste mundo, quantos o senhor acha que pagariam para que alguém acabasse com sua vida? Quantas existências tristes investiriam seu dinheiro em acabar com tudo? Uma morte indolor, um final decidido e perfeito.

— Isso seria um assassinato, Ferran.

— É.

—Vou perguntar mais uma vez: você matou Cristina e Daniel?

Ferran abaixou a cabeça, todo o seu corpo pareceu encolher, e por um instante Héctor receou que ele caísse no choro. Era agora ou nunca.

— Responda à minha pergunta — insistiu ele em voz baixa.

— O que o senhor acha? — perguntou ele com um fio de voz.

—Acho que em algum momento essa história te superou. Talvez você tenha achado que eles tinham te usado e depois abandonado. Talvez você tenha sentido uma raiva enorme e tenha explodido. Talvez depois tenha se arrependido, e por isso tenha se preocupado em deixá-los juntos, como eles teriam desejado.

O olhar que Ferran lhe lançou teria podido cortar um diamante.

— São muitos "talvez", não acha?

—Você não respondeu à minha pergunta. Você os matou?

— Não.

Alguma coisa na negativa não pareceu totalmente convincente, uma hesitação, umas reticências que Héctor ouviu com a mesma clareza que a palavra.

— Tem mais alguma coisa, Ferran? Estou aqui para averiguar a verdade.

— Não vou continuar falando com o senhor. Saia, por favor.

Héctor sabia que era o fim; não podia continuar a pressioná-lo. No entanto, fez uma última aposta.

— Como você gosta de ler, eu te trouxe um livro. O nome do autor deve ser familiar para você.

Tirou um exemplar de *Os inocentes e outros contos* e o deixou na mesinha.

— Espero que você goste. Voltaremos a nos falar.

No rosto de Ferran Badía havia um ricto tenso que o rapaz tentou esconder sem êxito. Nem mesmo pegou o livro; abriu o que estava lendo quando ele havia entrado e fingiu continuar a leitura.

Da porta, Héctor se voltou para observá-lo. Suas feições não se haviam relaxado, e seu rosto era uma máscara que ninguém poderia definir com segurança. Concentração. Seriedade. E algo mais, mas era tão leve, tão contido, que Héctor não conseguia acreditar. Nos lábios de Ferran Badía havia surgido algo muito semelhante a um sorriso de satisfação.

28

— Vamos, Fort, repita isso mais devagar. Quem é essa tal Jessica García e o que ela tem a ver com o caso?

Héctor havia dito isso em um tom amável, quando muito condescendente, mas o agente enrubesceu como se acabassem de lhe dar uma bronca inesquecível.

– Não – interrompeu o inspetor –, não se desculpe. Limite-se a sentar e a me contar com calma toda essa história do furgão.

Às vezes ele notava que com Fort acontecia a mesma coisa que com Guillermo. Nessa manhã, para não ir mais longe, tinha-o encontrado preparando uma sacola de comida. Parecia que no instituto organizavam uma coleta de alimentos para um centro cívico do bairro, que ajudava aqueles que não tinham o que comer, algo que fez Héctor pensar em tempos tão passados que quase lhe deu vergonha. A ideia era louvável, sem dúvida, mas os brotos frescos de rúcula quase murchos não eram a coisa mais adequada para encher a sacola. Por fim, depois de lhe mostrar que havia outras possibilidades mais sensatas, Héctor acabou lhe dando dinheiro para que ele fosse ao supermercado comprar víveres embalados, básicos, mais nutritivos e duradouros do que a salada. Guillermo havia recebido aquilo como uma repreensão, e, diferentemente de Fort, tinha lhe respondido com uma careta de desgosto. Absorto, Héctor quase não notou que o jovem agente havia obedecido a suas ordens e recomeçara o relato enquanto ele divagava pensando no filho. Sentiu-se culpado.

– Eles denunciaram um roubo, mas e se o furgão não foi roubado? Talvez esse tal Vicente Cortés o tenha pedido a Isaac, e este a tenha emprestado.

O furgão queimado. Aquilo em si já era relativamente estranho; poucos ladrões se davam ao trabalho de pôr fogo em um veículo roubado. Quando a gasolina acabava, eles o abandonavam e passavam a outra coisa.

– De acordo com Jessica, a mulher de Cortés – prosseguiu Fort –, ele devia cobrar uma quantia grande de dinheiro. Uma quantia que não sabemos se chegou a receber ou não.

– Por quê?

– Ela não queria me dizer, mas afinal consegui fazê-la falar. Vicente sempre havia afirmado que estava na prisão por um homicídio que não tinha cometido. Ele e mais dois colegas estavam fugindo de um assalto a uma loja de eletrodomésticos; o dono os perseguiu, e acabaram atirando nele. Vicente se declarou culpado de ter apertado o gatilho, assim o outro que foi preso teve uma pena mais leve.

– Em troca de quê?

– O colega dele era o filho mais novo de um dos patriarcas ciganos de Can Tunis, Santos Montoya.

Héctor assentiu. Qualquer um que tivesse trabalhado como *mosso d'esquadra* naqueles anos conhecia os Montoya, um dos principais clãs do tráfico de cocaína distribuído e vendido em Barcelona anos atrás. Um negócio que havia sido abortado quando demoliram o bairro de Can Tunis.

– Montoya acabou na cadeia.

– Sim, pouco depois. Mas em junho de 2004 ainda controlava o bairro, e treze anos antes mais ainda. Se Vicente Cortés chegou a fazer um trato com ele, é lógico que quando saísse da prisão ele fosse atrás da recompensa.

– E o que mais te contou essa Jennifer?

– Jessica, senhor. Naquele dia, na véspera de sua morte, Vicente lhe disse que arrumasse as malas, que ele ia cobrar a dívida e depois eles iriam embora dali. Ela ficou à sua espera com o filho, mas ele não chegou.

– Ok. – Uma vez envolvido na história, seu cérebro avançava, antecipando a trama. – E imagino que o dinheiro não deve ter aparecido.

– Exatamente, senhor. Jessica acusou os Montoya de não pagar suas dívidas, e eles mandaram dois de seus rapazes para enquadrá--la. Deixaram muito claro que Santos Montoya sempre cumpria com sua palavra, e que se Cortés havia perdido o pagamento, isso já não era assunto dele. Além do mais deram uma surra na pobre Jessy, para que ela não continuasse a difamá-los. Então ela calou a boca. E também não podia denunciá-lo.

– E por acaso Vicente era vizinho de Isaac Rubio, e tudo isso coincidia em datas com o roubo e o incêndio do furgão.

Héctor se voltou para o painel. Os dez mil euros encontrados de posse de Daniel e Cristina começavam talvez a ter uma explicação. Mas ainda faltava muito, mas muito mesmo para que pudessem se dar por satisfeitos.

Ainda estava remoendo aquilo quando alguém bateu na porta do escritório.

– Desculpe, posso entrar?

Era Leire Castro.

– Claro.

– Conversei com o rapaz da escola de arte, e tenho novidades.

– Entre. Fort também conseguiu uma nova informação. Comece você.

Héctor logo percebeu que Leire tinha algo importante para lhes dizer. Isso era visível em seu olhar brilhante. Por um momento ele disse a si mesmo que fazia tempo que não contava com uma equipe tão entusiasta como os dois *mossos* que agora estavam em sua sala. Muitos de seus companheiros se queixavam da inutilidade dos jovens agentes, e ele precisava reconhecer que também tivera sob sua responsabilidade alguns sabichões com mais arrogância que conhecimento, mas isso não se aplicava nem a Fort nem, evidentemente, a Leire Castro. "A maternidade lhe caiu bem", disse ele a si mesmo, e quase enrubesceu ao se dar conta de que estava pensando em seu físico e não em sua capacidade.

– O autor dos quadros tem uma página na internet. Parece que é uma espécie de professor que se autodenomina Artista. Ele e um grupo de pintores intervêm em casas desabitadas. O rapaz da escola, Joel, é um admirador seu. Pelo que ele disse, o Artista tem um ateliê secreto onde se reúne com seus discípulos. Eles se dedicam a ocupar espaços vazios, só durante alguns dias, e a deixar seu rastro artístico nas paredes. De acordo com Joel, que segue a página com bastante regularidade, nela havia uma postagem com os esboços dos quadros da casa do aeroporto, mas agora todos sumiram.

– Existe algum jeito de se localizar o Artista?

– Pelo que perguntei, eles se movem pela internet. Poderíamos averiguar de onde eles postam. Joel me disse que os seguidores da página recebem convocações para a ação artística seguinte. Eles não as anunciam na rede, acho que por medo de visitas indesejadas.

– Tornaremos a falar disso depois. Agora é bom que vocês dois juntem tudo o que descobriram. E tentem encontrar algo sobre essa página da internet. Peçam permissão para rastrear o endereço IP, ou seja lá que raio de nome isso tenha. Vou falar com o delegado. Já está na hora de começarmos a apresentar alguns resultados.

A conversa com Savall se prolongou por uma boa meia hora, durante a qual Héctor teve a sensação intermitente de que seu interlocutor o escutava pela metade, como se sua mente estivesse dividida em compartimentos estanques, e só um deles estivesse lhe prestando atenção.

– O caso está longe de terminar, mas estamos indo bem. Tenho a intuição de que se conseguirmos saber quem colocou os quadros, teremos mais uma peça do quebra-cabeça. Por outro lado, se a história do dinheiro se confirmar de algum modo, esses três rapazes vão ter que nos contar uma história diferente do que vêm dizendo há sete anos. Pensei em falar com Guasch, o inspetor encarregado do crime organizado. Ele conhecia todo mundo naquela época. – Como o delegado não dissesse nada, ele prosseguiu: – Evidentemente, continuo não descartando o principal suspeito. Fui ver Ferran Badía na clínica e não consegui formar uma opinião clara a respeito dele. E apesar de não acreditar que ele seja um assassino, também não posso descartar essa hipótese.

Acabou o solilóquio e ficou à espera de alguma resposta, que, coisa estranha em Lluís Savall, só chegou depois de alguns minutos, precedida de um longo suspiro:

– Está bem. – Ele tomou fôlego, como se precisasse de um reforço de oxigênio. – E sobre o escritor? O conto deve ter alguma coisa a ver com toda essa história.

– Esse é outro ângulo, claro. Por isso, saber quem está por trás dos quadros que implicam Santiago Mayart nos dará alguma dica sobre seu papel, ou o desse livro, em tudo isso. Independentemente do fato de ele saber mais do que nos contou, parece evidente que quiseram nos mostrar isso de uma forma muito clara. Nunca teríamos sabido desse conto se não fosse pelos benditos quadros e porque o livro em si chegou às mãos de Fort. Além do mais, e acho que nisso ele não estava mentindo, Santiago Mayart afirmou que alguém o estava assediando pelo telefone.

– É um caso estranho – comentou Savall em um tom de cansaço que não era próprio dele. – E os sete anos que se passaram não ajudam, claro. Pelo menos agora a imprensa acha o assunto chato.

– Até que enfim. A única coisa boa é que a pessoa que os matou passou esses anos todos achando que estava a salvo. Até agora.

– Você acha isso? Mesmo? Não concordo. Se não estamos falando de um assassino profissional ou de um psicopata, essa pessoa deve ter vivido sob a constante tensão de que os corpos fossem encontrados, de que seu crime fosse descoberto. Não, não há calma para os assassinos, a não ser que tenham absoluta certeza de que seu crime ficará impune. Por isso estou inclinado a achar que foi esse rapaz, esse que está internado na clínica psiquiátrica. Uma coisa assim deixaria qualquer um maluco.

Era outra maneira de ver o assunto, nem um pouco absurda, mas a voz do delegado diminuíra até quase se transformar num murmúrio. Entretanto, logo depois de sua intervenção, ele sorriu:

– Vamos ver o que vai acontecer. Amanhã nos falamos.

"Sim", pensou Héctor. Havia sido um longo dia, e, apesar de não se poder negar que estavam avançando, o caso estava tomando direções muito dispersas para que pudessem chegar a alguma conclusão. "Já chega por hoje", disse ele a si mesmo, mas antes de ir para casa decidiu passar pelo escritório de Jordi Guasch. Ele estava vazio, e Héctor tomou nota mentalmente para falar com o inspetor logo cedo na manhã seguinte, se o encontrasse.

29

Héctor saiu da delegacia ao entardecer, e, como muitas outras vezes, decidiu caminhar até sua casa. Era um bom passeio, e atenuava em parte a culpabilidade por não sair para correr. Além disso, gostava da cidade na primavera, ainda livre do calor pegajoso do verão e ao mesmo tempo animada, banhada por aquela luz cálida que o sol oferece quando cai, enfraquecido, mas ainda com vontade de iluminar as sacadas e os terraços. Andou pela Gran Via até chegar a um de seus lugares favoritos; antes de alcançar a Universidade Central, aquele edifício de aspecto imponente que agora estava cheio de cartazes do 15-M, virou à esquerda e depois à direita. A Calle Enric Granados havia se transformado em uma pequena avenida para pedestres aonde os vizinhos levavam seus cães para passear e onde os bares punham mesas na calçada. Ele gostava do ambiente, e era um bom lugar para beber uma cerveja antes de voltar definitivamente para casa.

Aproveitou para ligar para Lola, mas estava ocupado, e a visão dos grupos de amigos e casais que enchiam os bares lhe provocou nesse dia uma incômoda sensação de solidão, agravada pelo bom tempo e por aquela espécie de alegria mediterrânea que flutuava com a brisa. Em dias assim, tinha-se a impressão de que nada ruim podia acontecer – uma impressão falsa, como ele bem sabia.

– Esta cadeira está livre?

Héctor ia responder quando percebeu que a pergunta procedia do mesmo homem de terno que já tinha visto duas vezes ao longo daquela semana, e que por fim havia decidido abordá-lo. Concordou, tomado por um súbito mal-estar, e o desconhecido se sentou.

— Escute aqui, o senhor está me seguindo há dias.

— É verdade. — Ele sorriu ligeiramente. — Na minha idade é difícil tomar decisões, inspetor.

— O senhor me conhece? Nesse caso, talvez devesse se apresentar.

— Meu nome não interessa muito, mas vou lhe dizer. Eu me chamo Anselmo Collado.

— Muito bem. E agora me diga o que o senhor deseja.

O homem procurou algo no bolso do paletó. De perto, a impressão que Héctor havia formado dele não era melhor em absoluto. Pelo contrário: além do cabelo mal tingido, o terno emitia um cheiro denso, tão intenso que as garotas que ocupavam uma mesa próxima decidiram se mudar.

— Como estava dizendo, hesitei muito antes de me aproximar do senhor.

O velho havia pegado uma pasta pequena, fechada com elástico, e Héctor não conseguiu deixar de notar o logotipo que a decorava, para chamá-lo de algum modo. O jugo e as flechas, símbolos da Falange Espanhola, estavam desbotados, mas ainda visíveis. Anselmo Collado abriu a pasta e tirou um conjunto de fichas, dessas que se usavam nas bibliotecas, presas com clipes a recortes amarelados de jornal que deviam ter pelo menos dez anos. Héctor chegou à conclusão, talvez rápida demais, de que estava diante de um maluco.

— Não sei se este é o melhor lugar — murmurou ele.

— É tão bom como qualquer outro — concluiu Héctor.

Anselmo Collado desdobrou um dos recortes de jornal e o mostrou. Nele apareciam vários homens vestidos com o uniforme policial dos anos 1970.

— Este era Juan Antonio López Custodio. Ele era chamado de Anjo.

– Porque ele era muito bom?

Seu interlocutor não pareceu perceber o tom irônico da pergunta.

– Ele foi apelidado assim porque era muito bonito. E muito devoto.

Héctor observou a foto com mais atenção. Ele não tinha vivido na Espanha do final da ditadura; no entanto, o porte militar dos homens que apareciam na foto era indubitável, e combinava bem com o símbolo da pasta e com o próprio Anselmo Collado.

– Ele era um dos meus melhores amigos. Pertencia à Brigada Político-social.

– A polícia secreta do franquismo. Roberto Conesa e seus homens – relembrou Héctor.

– Eles também atuavam em Barcelona. Os inimigos do regime estavam em toda parte.

– Os inimigos do regime, como o senhor os chama, eram os democratas. E por sorte acabaram triunfando sobre a ditadura.

Collado fez um gesto rápido com a mão, ofendido com o comentário.

– Eu sabia que não devia procurar o senhor. Um estrangeiro nunca poderá entender.

– Olhe, não sei o que o senhor veio me contar, mas quero deixar claro desde já. Não sou estrangeiro, apesar de ter nascido na Argentina. E, acredite em mim, os argentinos também sabem muito a respeito de ditaduras e daqueles que as apoiaram. Então, se o senhor está aqui para elogiar um passado que já morreu, tem razão, podia ter economizado a visita.

O ancião lhe lançou um olhar que, em outro homem de mais envergadura, poderia ser considerado ameaçador. Naquele velho, dava mais vontade de rir.

– Na sua democracia, um crime é um crime, não é? Independentemente de quem seja a vítima.

– É verdade. Diferentemente de na sua ditadura, na qual muitos morreram sem direito a nada. Inclusive em suas delegacias.

– Não se deixe enganar pela propaganda, inspetor. Nos transformaram nos vilões de todos os filmes só porque ganhamos uma guerra.

– Chega. – De repente, Héctor decidiu que a conversa já tinha se prolongado demais. – Não vou discutir política com o senhor. Está ficando tarde.

Era verdade. O sol se escondia atrás do edifício do seminário. Na rua, os donos de cachorros discutiam sobre seus mascotes, que corriam livremente. O ambiente era tão oposto ao que Héctor sentia naquela mesa que ele quase não prestou atenção às palavras seguintes de Anselmo Collado.

– O que disse? – perguntou, impaciente.

– Estava lhe dizendo que não vim aqui falar de política, mas de mortos. De Juan Antonio e de Ruth Valldaura.

– Que merda isso tem a ver...?

Anselmo Collado se inclinou para a frente. Estava nervoso, ofendido, ou provavelmente as duas coisas, e sua voz tremia. Uma gota de saliva salpicou a pasta quando ele começou um discurso que, em outras circunstâncias, Héctor teria classificado de totalmente descabido.

– Juan Antonio morreu assassinado. Disseram que foi um acidente de carro, mas é mentira. Ele nunca teria dormido ao volante, era prudente demais, cuidadoso demais. A informação está toda aqui.

– O senhor mencionou o nome de minha ex-mulher. Espero que tenha feito isso por alguma razão mais do que para me reter aqui.

– Recebi esta carta há algumas semanas. Não sei quem a mandou. Leia, porque nela se diz que a mesma pessoa que encomendou a morte de Juan Antonio é responsável pelo assassinato de Ruth Valldaura. É por isso que estou aqui. E agora me diga que eu não devia ter vindo. Diga que não está interessado no que lhe contei.

Héctor estendeu a mão para a folha de papel que o velho lhe apresentava com dedos semelhantes a galhos frágeis. Leu-a, mas em essência ela dizia a mesma coisa que o outro lhe havia antecipado.

– Não consta remetente?

– Não. Alguém a deixou na caixa de correio da minha casa. Mas está claro, não? Descubra quem matou meu amigo e terá o homem que acabou com a vida de sua mulher.

Os abutres

30

stá bem, já chegou ao início, o começo do que será o fim. O nome de Juan Antonio López Custodio, o Anjo caído, como ele o chama interiormente. O primeiro elo da corrente que conduz de maneira inexorável a uma verdade que não está disposto a contar.

— Tem ideia de quem enviou essa carta? A carta que Collado lhe mostrou, a que relacionava os nomes de Ruth Valldaura e Juan Antonio López.

Héctor nega. Tem algumas suspeitas, é claro. Se tudo aquilo havia sido um plano de Omar, não era maluquice pensar que ele também tivesse preparado aquele detalhe: alguém, algum de seus pacientes, devia entregá-la em uma data determinada. Em outras circunstâncias aquilo teria lhe parecido uma loucura, mas agora via claramente que Omar era um safado de métodos extremamente tortuosos.

— Intuo que Omar deixou tudo muito bem amarrado antes de morrer. Ele devia estar pensando em desaparecer de qualquer modo, então imagino que deve ter arranjado o assunto da carta. — Ele suspira. — Há muita coisa sobre ele que ainda não sabemos.

— E acreditou no que esse tal de Collado lhe falou?

— Dizem que os desesperados se agarram a qualquer coisa. A história parecia inverossímil, mas era a primeira pista que surgia em meses.

– Investigou a morte de Juan Antonio López?

– Não oficialmente. O senhor já sabe que eu tinha outro caso para resolver. Eu li tudo o que consegui encontrar sobre ele naquela mesma noite. Ele era uma figura daquelas.

– Subinspetor da Brigada Político-social, retirou-se no fim dos anos 1970 e foi para o estrangeiro. Para a América do Sul: Argentina, Chile.

– O senhor está bem informado – disse Héctor. – Pelo que se vê, o subinspetor López não gostava muito das democracias.

O interrogador esboça algo que talvez fosse um sorriso.

– Parece que sim. Na Espanha, ele foi um dos agentes mais ativos; era jovem, tinha boa aparência e passava por estudante nos fins dos anos 1960 e começo dos 1970. Ele se infiltrava na universidade e denunciava os que defendiam ou promoviam atividades contra o regime.

– Isso eu consegui descobrir – afirma Héctor. – Ele pertencia a uma longa dinastia de policiais, por parte de mãe. Em 2001, voltou a Barcelona. As coisas deviam ter andado muito bem para ele, porque comprou um apartamento na cidade, em uma área nobre. Não tinha casado e vivia sozinho. E no dia 21 de novembro de 2002, um ano depois de sua volta, sofreu o acidente de trânsito que lhe custou a vida. Estava voltando de Madri, da concentração que continua sendo comemorada todos os anos no Valle de los Caídos. Presume-se que ele tenha dormido ao volante.

– Agora sabemos que não foi assim.

– Sim. Agora sabemos que o delegado Lluís Savall pagou alguém para preparar o acidente. Receio não ter mais nada a acrescentar sobre isso.

O outro o observa com atenção.

– O delegado admitiu ter feito isso? De maneira explícita?

– Sim. – Ele hesita um instante, tentando deixar Leire fora da conversa. – A agente Castro poderá confirmar.

– Ela confirmou. Na verdade, a única coisa que fazem é confirmar um ao outro.

Héctor notou a ironia, o timbre ameaçador do comentário casual.

– Eu sei o que o delegado nos disse nesse dia, e a agente Castro estava lá. Inevitavelmente, ouvimos a mesma coisa.

– Bom, as versões de dois testemunhos simultâneos às vezes são muito diferentes.

– Acho que nem a agente Castro nem eu somos testemunhas comuns.

– Não. É verdade. Ambos sabem muito bem o que devem dizer.

Héctor lhe sustenta o olhar, sem piscar. Não sabe há quanto tempo estão falando; o tempo passa rápido, e em seguida para, como agora, constrangido por um silêncio que parece pesado como uma lápide.

Caminhar pela Avenida Diagonal é um dos prazeres aos quais seria difícil Leire renunciar. Mesmo sabendo que esse não é o seu bairro, nem o seu ambiente, ela sempre teve uma predileção especial por essa calçada larga, invadida por bicicletas, que corta a cidade obliquamente. Principalmente a partir da Plaza Francesc Macià, onde a atividade mais urbana dá lugar à região dos escritórios e das universidades. O escritório onde Tomás trabalha quando está em Barcelona não fica nessa parte, e Leire se dá conta de que, para variar, chegou rápido. Os nervos a fizeram acelerar o passo, e agora tem quase uma hora de tempo livre antes do almoço. Liga para casa, e sua mãe lhe diz que Abel está bem, dormindo como um anjinho.

Sem conseguir evitar, a palavra a levou até duas semanas atrás, ao outro Anjo, e, apesar do calor, não consegue evitar um calafrio. Por sua idade, o franquismo é mais uma lição da aula de história que uma lembrança; em sua casa também não se falava desse assunto com frequência. Só o avô, o mesmo que reclamara com veemência quando ela afirmara que queria ser *mosso d'esquadra*, contava histórias do franquismo e da Guerra Civil. Para o resto, tratava-se de uma época encerrada. Ela nasceu em um país democrático, e as histórias da ditadura são isso, uma história de avós, fotos desbotadas, filmes tristes em um longínquo preto e branco.

Gostaria de pensar que na época, na chamada transição, se optou pela fórmula mais prática, a mais aceitável para todos os implicados: os do regime que acabava de agonizar e os que defendiam a mudança. Um acordo que, como todos, deixava fios soltos, gente insatisfeita de um lado e do outro. "Talvez tenha sido inevitável", pensa ela, apesar de agora conhecer em primeira mão uma parte das consequências daquele pacto que, a despeito da utilidade, se esqueceu das histórias individuais. Do rancor, da vingança. Da dor. Sentimentos que não se desvanecem com facilidade e que tendem a voltar com consequências letais e inesperadas.

Leire observa os carros que circulam pela grande avenida. O calor do meio-dia, aliado ao tráfego intenso, começa a ser sufocante. E a espera está se tornando mais longa do que havia previsto. Tenta se distrair, mas sua mente volta sempre aos fatos das últimas semanas. A Héctor. Não, não pode pensar nele agora que está para se encontrar com Tomás.

Héctor Salgado pertence ao passado, pelo menos em sua vida pessoal; ela repete isso sem palavras e sem conseguir acreditar completamente nisso, apesar de estar convencida de que é assim. De que assim é que deve ser. De que não existe outra possibilidade.

31

Na sexta-feira de manhã Héctor se lembrou de seu propósito de ir ver Jordi Guasch bem cedo. Havia ficado até de madrugada reunindo informações sobre Juan Antonio López Custodio, o Anjo, e tinha a cabeça cheia de testemunhos sobre os últimos anos do franquismo e a repressão policial. No entanto, por mais voltas que desse, não conseguia encontrar um vínculo entre a pessoa que podia ter pagado para que o matassem, se a carta anônima estivesse certa, e o desaparecimento de Ruth.

Por sorte, assim que entrou na delegacia, as questões do outro caso caíram sobre ele com força. Pelo menos em parte, esperava obter algumas respostas no escritório de seu colega. Se alguém na delegacia podia saber alguma coisa sobre os Montoya e sobre Vicente Cortés, era Guasch, um dos melhores inspetores da corporação. Discreto, pouco dado a chamar a atenção, mas trabalhador incansável, Guasch tinha uma carreira sólida e muitas horas de investigação. Héctor havia colaborado com ele no assunto do tráfico de mulheres que desembocara no caso do dr. Omar, e ele sempre lhe parecera um sujeito tranquilo e eficaz, com pouca inclinação para as relações sociais. Parecido com ele, mas com uma admirável capacidade de não se meter em confusões.

– Salgado, o que te traz aqui tão cedo em uma sexta-feira?

– Consta que você é um especialista em algo que me interessa.

– Ah, é? – Seus olhos brilharam por trás dos óculos que usava para ler, e que em seu caso conseguiam lhe dar um ar juvenil, talvez por ocultarem as olheiras de muito trabalho acumulado e poucas horas de sono. – Diz aí em que posso ser útil.

Héctor lhe expôs o caso, e o outro o ouviu com atenção.

–Você está me falando quase da pré-história – disse ele quando Salgado terminou. – Os Montoya deixaram de ser importantes nesse mesmo ano, mais tarde, depois do verão. Tentaram transferir seu negócio para outro bairro, mas nós os pegamos logo.

–Você se lembra desse Vicente Cortés?

– Para falar a verdade, não. Me lembro bem do filho de Montoya, bom, dos filhos: ele tinha quatro. Pelo que você está me contando, devia se tratar do mais novo, Rafael. Seu pai o tirou de mais de uma confusão.

– Pagando?

Guasch riu.

– Claro. E digo mais: se ele prometeu uma gratificação a Cortés, com certeza pagou. Santos Montoya sabia ser agradecido, e tinha dinheiro para isso. E tenho certeza de que se a mulher desse Cortés o tivesse procurado com os olhos cheios de lágrimas, também teria arrancado alguma coisa dele. No entanto, se ela ficou brava e começou a falar demais...

– Exatamente.

A história coincidia com o que Jessy havia contado. Se Vicente Cortés havia cobrado e depois morrera, aquele dinheiro podia ter ido parar em qualquer lugar. Qualquer um podia tê-lo encontrado, inclusive alguém alheio ao assunto. Podia ser um só, em cujo caso o suspeito mais provável era Isaac Rubio, por sua relação com Cortés; ou ele em companhia de outros, que talvez tivessem saído à procura do furgão quando Vicente não voltou, haviam dado com o veículo e a grana e depois tinham decidido apropriar-se dela e reparti-la. Tinha sentido, e além disso dava um novo ângulo à investigação: em toda divisão há tensões, e as tensões podiam acabar em drama.

– E os Montoya não poderiam ter se preocupado com o dinheiro? Afinal de contas, tinha sido deles.

– Nesse caso, já não era. Eles fizeram a sua parte. É possível que alguém o tivesse procurado, claro, mas garanto que naquele verão eles estavam muito ocupados. Conosco. – Ele sorriu. – Nós lhes demos muito trabalho. Se bem me lembro, a operação foi levada a cabo em julho. Santos foi um dos primeiros a cair, era da velha escola, e quando seu bairro foi desmantelado, ele se viu desalojado. Além disso, havia outros que queriam ocupar seu posto; durante alguns anos, tantos quantos durou a febre olímpica, ele foi o maior dentre os médios. Não está mal para um cigano que mal sabia ler, para dizer a verdade. Seus filhos lhe fizeram muito mal, se meteram com drogas e com todo tipo de encrenca.

– Ele continua na cadeia?

– Sim, e pelo que sei, não tem pressa de sair. – Ele tirou os óculos e esfregou os olhos. – O mundo dele acabou, Salgado. E não acho que o de hoje seja muito do seu agrado.

– Não sei se é muito do agrado de nenhum de nós – comentou Héctor.

– Bom, é o que temos. Acredite, às vezes tenho vontade de me juntar a esses manifestantes da Plaza Catalunya, mas não diga isso a ninguém.

– Talvez a gente se encontre por lá.

– Não me vejo carregando uma faixa. Passei da idade de acampar nas praças. Por um lado, eu os invejo: me plantaria ali no meio e gritaria contra este país de merda e seus governantes; por outro, sei que qualquer dia o *conseller* vai se irritar, e nós mandaremos todos eles para casa sem mais contemplações.

– Esse é o papel que nos compete?

Guasch encolheu os ombros.

– A mim e a você, não. Pelo menos não pessoalmente. É melhor nos conformarmos com isso.

Héctor ia dizer que se tratava de um triste consolo quando se lembrou de que a subinspetora Andreu havia utilizado as mesmas palavras dias atrás. Permaneceu em silêncio sob o olhar atento do colega.

– Salgado – disse ele depois de alguns segundos que pareciam longos demais –, você queria mais alguma coisa?

Sim, ele queria. Algo que ficara a noite toda remoendo para expô-lo sem despertar comentários nem suspeitas. A única coisa que lhe ocorria, em vista do que aquele velho franquista lhe havia contado, era que Omar se tivesse encarregado das duas vítimas: tanto de Juan Antonio López como de Ruth. Disse a si mesmo que não teria uma oportunidade melhor do que essa para abordar o assunto com Guasch, e então foi em frente:

– Jordi, tem uma coisa que eu gostaria de te perguntar. Confidencialmente.

O inspetor Guasch nem concordou nem negou; ficou imóvel, na expectativa, inexpressivo como um busto de pedra.

– Você se lembra do caso de Omar? Dos interrogatórios feitos às garotas, da morte de Kira.

– Claro. Talvez não tenha me afetado tanto como a você, mas é difícil de esquecer.

– Pois é. Receio ter perdido a cabeça.

– Pode acontecer com qualquer um de nós. O que você quer que te diga? As coisas não correram bem, é óbvio. No entanto, não sei como eu teria reagido se fosse eu que a estivesse interrogando, que a tivesse convencido a testemunhar.

Héctor baixou a voz, o que parecia absurdo, já que não havia mais ninguém na sala. Mas não conseguiu evitar.

– Nestes últimos dias tenho pensado em tudo isso. Depois de... Bom, depois que fui ao consultório de Omar, me afastaram do caso.

– Era o mais lógico. Você o desancou, se bem me lembro.

No rosto de Héctor se desenhou um gesto de contrariedade mesclada de vergonha. Odiava o que havia feito, aquele impulso violento, aquela absoluta falta de controle. Algo que nunca deveria ter acontecido e pelo que, no fundo, estava pagando muito caro.

– Sim. Mas... – Hesitou alguns instantes e depois prosseguiu, sem se conter: – O que aconteceu depois? Vocês continuaram investigando? Descobriram mais alguma coisa?

– Não estou entendendo.

– Digamos que me chegaram notícias de que Omar se dedicava a outros negócios, além dos que conhecíamos.

– Que tipo de negócios?

– Mortes... por encomenda.

Guasch soltou um assobio.

– De onde você tirou isso?

– Vocês não suspeitaram de nada desse gênero?

– Não, Héctor. Estou convencido de que aquele sujeito era um safado, mas não consigo vê-lo como um assassino pago.

O olhar de Guasch expressava um sentimento próximo da compaixão.

– Olha – continuou ele –, você não está obcecado com esse homem?

Héctor desprezou a pergunta e ignorou o tom amável; já havia começado, tinha que continuar.

– O nome de Juan Antonio López Custodio te diz alguma coisa? Em relação ao caso?

Jordi Guasch negou mais uma vez. Depois pigarreou e, por um instante, Héctor teve a impressão – equivocada – de que ele desejava dar a conversa por terminada.

– Tem uma coisa – disse ele afinal, e sua voz, como a de Héctor, era pouco mais que um sussurro. – Depois de lhe dar aquela surra, você foi afastado do caso e foi para a Argentina por três semanas. Durante esse tempo nós continuamos investigando Omar. Afinal de contas, mesmo estando convalescente no hospital, ele era suspeito da morte de Kira, e estava implicado no tráfico de mulheres. E... nos brecaram.

– Pararam vocês?

– Mais ou menos. Tinha sua lógica, e lamento dizer que em parte foi por tua causa: com a agressão, ele foi transformado em vítima. O pessoal da delegacia tentou se esquivar dos golpes da imprensa, dos políticos. Não foi nada oficial, é claro. Você sabe como são essas coisas: ordens de investigar outro ângulo do assunto, algumas insinuações veladas depois de uma reunião de trabalho. – Ele sorriu. – Estou aqui há tempo demais para não reconhecer os sinais. Você partiu a cara do sujeito, sim, e isso o colocou em um pedestal. Por outro lado – continuou ele –, nos últimos dias da investigação, ficou bem claro que por trás do consultório daquele curandeiro havia outras coisas. E não estou falando de seus acordos com os cafetões. Todos tinham medo dele, inclusive eles, e isso tinha de ser por alguma razão, mas ninguém falou de assassinatos.

Ele se calou, como quem intui que falou mais do que devia; depois, sem notar, ergueu a voz ao dizer as últimas palavras:

– Depois você voltou, o advogado deu cabo dele, e tudo acabou.

– Não – replicou Héctor. – Não tudo.

– Desculpe. Não quis dizer isso.

– Tudo bem. Na verdade, você tem razão. O caso de Omar terminou com sua morte. Mas começou outro que ainda está por resolver.

Ele leu nos olhos de Guasch um misto de compreensão e de advertência: tinha certeza do que eles estavam tentando lhe dizer. No entanto, não conseguia, precisava fazer ouvidos moucos. Talvez arrependido de sua intromissão, Guasch decidiu acrescentar:

– Só posso te dizer que em nenhum momento se considerou essa possibilidade que você mencionou. E se não se investigou isso naquela época, dificilmente vão começar a fazer isso agora. – Ele fez uma pausa. – Não sei a que vem isso, nem o que você está pensando, mas acho que esse caso já te afetou bastante. Tua vida, tua carreira. Às vezes, virar a página é uma boa opção.

– Existem páginas que ficam grudadas nos dedos da gente – disse Héctor. – E não existe um jeito de seguir em frente.

– Arranca essa página, Héctor. Arranca essa página e rasga em pedaços, ou ela vai te destruir.

"Talvez ele tenha razão", pensou Héctor. Talvez ele tivesse respondido a mesma coisa se estivesse em seu lugar, mas na vida as posições não são intercambiáveis. E se não se podia mudar o presente nem o passado, por que éramos tão arrogantes a ponto de confiar em nossa capacidade de alterar o futuro? Continuávamos seguindo a linha do nosso temperamento e das nossas circunstâncias, como se fôssemos manobrados por fios invisíveis.

Héctor voltou à sua sala tomado pela estranha sensação de que alguém o vigiava; deu uma olhada na mesa de Leire, que estava vazia, e se enfiou em sua sala. Por sorte, tinha outro caso para se ocupar. Concentrado, foi acrescentando ao painel as últimas informações: DINHEIRO, FURGÃO, VICENTE CORTÉS/ISAAC RUBIO? Gostaria de riscar o ponto de interrogação, mas, honestamente, não podia fazer isso. E depois, para rematar, havia aquela história do Artista que decorava as casas abandonadas com quadros de arrepiar. Nas vinte e quatro horas seguintes esperavam receber informações sobre o endereço onde haviam exposto as fotos.

Obviamente, o passo seguinte era ir atrás de Rubio, e dele para o resto do grupo. Aproveitando o fato de Hugo Arias ter resolvido viajar para Barcelona naquele fim de semana, ele disse a Fort que marcasse uma entrevista com os três na delegacia sábado de manhã. Durante o dia, ele e Leire Castro estariam ocupados investigando as finanças daqueles rapazes, uma tarefa nada simples.

Cronologicamente, se começasse a contar a partir da bronca do pai de Daniel, o acontecimento seguinte era o *show* cancelado, no dia 18 de junho; a denúncia do roubo do furgão era do dia 21, e Cristina se despedira de sua família por volta do dia 25. Segundo o pai dela, eles iam sair de férias. Fez um círculo em volta dos dez mil euros. Dinheiro. Muitas vezes tudo se reduzia a dinheiro, mas nesse caso a história com Ferran Badía, sua motivação evidente e, como havia apontado Savall, sua perturbação emocional pareciam encaminhar o motivo para algo mais "passional". Héctor odiava esse adjetivo, que em geral servia como atenuante para energúmenos que não aceitavam um não como resposta.

O conto e a figura de Santiago Mayart eram mais difíceis de encaixar no conjunto, mas era óbvio que alguém tivera muito trabalho para incluí-lo no quebra-cabeça. Os quadros, as ligações do escritor, o livro com a dedicatória. Sim, não havia dúvida de que alguém não gostava muito de Mayart, ou estava convencido de que havia alguma relação entre ele e as mortes de Cristina e Daniel.

Tentou se concentrar no caso, mas foi em vão. Meia hora depois sua mente voltava à conversa mantida na tarde anterior, à carta. A Ruth.

32

"Os trajetos de trem, mesmo os de alta velocidade, mantêm o ar de uma viagem de verdade", pensou Hugo. Tinha-se consciência do progresso da máquina, de como a paisagem corria em sentido contrário à sua marcha; sentia-se que o destino final se aproximava cada vez mais, apesar de naquela sexta-feira de manhã o AVE parecia estar realizando uma volta ao passado. O que o aguardava depois das quase três horas de trajeto não era o final, mas o princípio. Um encontro organizado por Leo, que insistira naquela reunião depois da visita dos *mossos*, e que ele havia aceitado. No dia seguinte iriam todos à delegacia, e seria a hora de contar a verdade. Pelo que se referia a ele, não tinha a intenção de continuar calado mais tempo. Não agora que os corpos de Cris e Dani haviam sido encontrados, agora que tinha certeza de que eles estavam mortos.

Por seu lado, Nina passara a manhã toda imersa em um silêncio mal-humorado, quebrado apenas por monossílabos e alguma queixa incoerente, sem fundamento. Naquele momento estava assistindo a um filme, uma comédia americana que já tinham visto, com o mesmo desinteresse com que antes havia folheado uma revista ou a falta de apetite com que mordiscara um *croissant* insípido durante o café da manhã na cafeteria do trem. Ao se voltar para ela, observou um arranhão que lhe cruzava a mão, e apesar de meia hora antes ter prometido a si mesmo não lhe dirigir a palavra até que ela mudasse de atitude, deu-lhe uma cotovelada suave e perguntou:

– Foi a gata que fez isso em você?

Nina não o ouviu por causa dos fones de ouvido, e ele repetiu a pergunta elevando o tom de voz.

– Não foi nada – respondeu ela, e tornou a concentrar a atenção na tela.

– Gata de merda, devíamos tê-la deixado sem comida – resmungou ele entre dentes, antes de pegar a mão dela e levá-la aos lábios para lhe dar um beijo fugaz.

Ela dissimulou um sorriso, mas permitiu, e Hugo continuou a acariciar o arranhão com a ponta dos dedos. Não suportava que ninguém ferisse Nina. Desde a primeira vez em que se falaram, sentira o desejo de proteger aquela moça especial, "manchada", o patinho feio ao lado de uma amiga que a incentivava a beber e se divertir, quando era evidente, pelo menos para ele, que Nina só se deixava levar. Cristina era assim: às vezes gostava de se liberar, de perder o controle, e arrastava qualquer um nessa viagem desatinada, sem se deter, sem perguntar se seu acompanhante queria ou não subir naquela montanha-russa. Hugo não estranhara o fato de ela e Dani terem começado uma história com aquele pobre rapaz; eles gostavam de se exibir, e, em segredo, ele se alegrava agora com o fato de eles terem escolhido Ferran, o colega de apartamento de Daniel, em vez de Nina, porque intuía que ela teria caído na mesma armadilha da brincadeira a três se eles lhe tivessem proposto isso na época. Bom, e quem não...? Com ou sem sexo, Cris e Dani tinham um magnetismo ao qual era difícil resistir; tinham consciência da atração que exerciam, e davam uma impressão de autoconfiança que transformava os outros em meros espectadores. Por isso ele se surpreendera tanto ao ver Dani arrasado naqueles dias em que Cris decidira se afastar.

– Isso está uma merda.

Ele disse isso como se cada palavra fosse o final da frase, e parou ao chegar à última sílaba. Hugo desviou o olhar, e Leo ergueu os olhos para o teto, impaciente. Atrás da bateria, Isaac se encolheu, porque, ao dizer "merda", Dani cravara os olhos nele, e porque viu o cantor se dirigir para ele, deliberadamente devagar.

– Que merda está acontecendo com você? – perguntou Dani, e Isaac se remexeu no banquinho, nervoso.

Ele era o mais jovem de todos, dezenove anos recém-feitos, e às vezes era tratado como o irmão mais novo do grupo. Além disso, sentia uma admiração incondicional por Dani. A família de Isaac era pequena, seus pais tinham morrido e só lhe restara um irmão, que, pelo que se via, não lhe dava muita atenção. Incomodado, bateu com a baqueta em um dos pratos, e o ruído metálico soou aos ouvidos de todos quase como uma brincadeira. Hugo se voltou e viu que o baterista tinha começado a girar a baqueta esquerda entre os dedos a toda a velocidade. Ele era perito nisso – e o truque interessante se destinava a conquistar a boa vontade de Dani. Isaac era assim: não enfrentava os outros nem discutia; em uma discussão, fazia uma brincadeira para desviar a atenção.

– De que porra você está brincando? Bancando a baliza da fanfarra?

Dani agarrou Isaac pelo pulso, e por um segundo a baqueta adquiriu o aspecto de uma corda frouxa. A imagem fez Hugo se lembrar de um número mágico que tinha visto em criança, e isso o impediu de notar a expressão de dor no rosto de Isaac. Só caiu em si ao ouvir Leo:

– Ei, vamos! Calma, Dani!

– Calma? – Sem perceber, ele continuava a apertar o pulso de Isaac, que agora olhava para ele sério. A baqueta rolou pelo chão. – Como vou ficar calmo se em vez de *rock* ele parecia estar tocando bossa nova?

Quando Dani afinal lhe soltou o pulso, Isaac começou a esfregá-lo.

– Para vocês tanto faz, não é? – Ele se virou e voltou para o seu lugar. – Estão cagando se parecemos uma bandinha do interior. Faltam só seis dias, e eu não estou disposto a passar vergonha. Se as coisas continuarem assim, não contem comigo.

Leo se abaixou para recolher a baqueta do chão, e ao levantar soltou uma gargalhada que não tinha nada de alegre.

– Nem você acredita nisso, Dani. Você iria até numa cadeira de rodas. Como privaria o mundo da sua voz maravilhosa?

Ele havia mudado de tom, e andou na direção de Dani com a baqueta na mão. Havia algo em Leo que impunha respeito. Talvez fosse sua roupa, mais clássica que o normal, ou o ar de alguém que está acostumado a viver em uma casa com empregados. Também ajudava o fato de o lugar onde eles ensaiavam, na Calle Moianés, pertencer a seu pai. Naquele momento ele parecia um jovem professor da velha escola encarando algum aluno insolente.

– Mas sabe o que pode acontecer com você? – prosseguiu Leo. – Sabe o que pode te acontecer se você continuar se comportando como um idiota? Você pode ficar sozinho aí em cima. Por ser um imbecil.

Estavam muito perto um do outro, e Leo apoiou a baqueta no peito de Dani. Com suavidade, mas com uma mensagem inequívoca.

– Ei, rapazes, já chega! – interveio Hugo. – Em vez de ficar discutindo como crianças, nós devíamos era repetir o tema.

– Repitam vocês. Eu vou me mandar. Vocês ficam aí.

– Não seja cretino, Dani – resmungou Leo.

Mas este parecia realmente decidido a sair, e os três o viram dirigir-se à porta. Sua saída foi enfatizada por uma forte batida nos pratos da bateria, como um comentário que estendeu seu eco sobre o grupo silencioso. Obedecendo a um impulso, por medo de que aquela partida fosse mais definitiva do que outras, Hugo largou a guitarra e o seguiu sem dizer nada. Viu-o caminhar até a Gran Via e acelerou o passo.

– Ei, Dani! Dani!

O outro não o esperou nem deu sinal de ouvi-lo. No entanto, o sinal não ajudou, e ele foi obrigado a parar, sem poder evitar que Hugo o alcançasse. Este ficou ao seu lado, sem dizer nada; simplesmente lhe ofereceu um cigarro, e Dani, depois de hesitar um pouco, aceitou.

– Vamos, o que está acontecendo com você? – Procurou com o olhar um lugar onde sentar e só viu um ponto de ônibus vazio. – Vem, vamos fumar um cigarro com calma, e depois você pode ir embora, se quiser.

Dani concordou, sentou-se naquele banco de plástico frágil e esticou as pernas. Apesar de seu aspecto derrotado, indiferente, havia algo nele que continuava sendo interessante. Outro com aquela mesma aparência pareceria um pirado. Em vez disso, Daniel conseguia ter o aspecto de um rebelde urbano, um pouco no estilo de Gallagher: a calça de bainha desfiada, uma camiseta que pedia desesperadamente por uma máquina de lavar, o cabelo despenteado, cujas mechas de um castanho claro nesse dia quase chegavam aos ombros. Sem fazer nada, umas garotas recém-chegadas ao ponto o observaram pelo canto do olho. "Vai ser sempre assim", pensou Hugo enquanto ambos fumavam em silêncio. "Tem gente que nasce para atrair olhares de admiração." Ele mesmo havia tentado, de maneira consciente, copiar o seu estilo, aquele ar descuidado, mas os resultados não se comparavam, talvez porque, apesar de seus gritos, sua mãe se empenhava em lhe passar os *jeans* e as camisetas, como sempre havia feito.

Um ônibus parou, e duas ou três pessoas desceram. As garotas, que eram muito jovens, subiram, e uma delas deu uma última piscada para Daniel, que, sem prestar atenção, jogou a bituca para o ar logo depois de o ônibus prosseguir em seu caminho. Ela desenhou um arco e acabou sendo atropelada por um carro que passava a toda a velocidade.

– Às vezes você não tem vontade de ir pegando ônibus ou trens para qualquer lugar? Um depois do outro? – perguntou Daniel.

– Cara, não sei se você chegaria muito longe. Você acabaria dando a volta e indo parar no mesmo lugar de onde tinha saído – respondeu Hugo meio brincando.

– É. Acho que sim. A gente sempre acaba no mesmo lugar de onde saiu. É difícil sair do círculo.

A frase soou exagerada, dramática. Hugo pensou que, definitivamente, conseguira abrir a porta das confidências, e então resolveu tentar aprofundar a conversa.

– Vamos, o que está acontecendo? É por causa da bronca do teu pai? É por causa de Cris?

– Me dá mais um? – Ele se inclinou para a frente e apoiou os cotovelos nas coxas. – É por causa de tudo. Não consigo parar de pensar que meu pai tinha razão. Ele é um cretino, mas tinha razão.

– São todos uns chatos, cara.

– Não, Hugo. Porra, eu tenho vinte e quatro anos. E o que eu fiz? Deixei a faculdade pela metade, ensaio com vocês, curto um barato, transo...

– Bom, não é tão ruim assim, né?

– Às vezes digo a mim mesmo que é verdade, que meu pai tem razão, que não sirvo para nada. Canto bem as músicas dos outros, como um desses moleques dos concursos da tevê, e dizem que trepo bem pra cacete. E é isso. É só isso que eu sei fazer.

Hugo sorriu.

– Já é alguma coisa. Cara, não posso falar do resto, mas você canta bem de verdade, Dani. Você sabe. Você poderia... nós poderíamos...

Dani sacudiu a cabeça.

– Não se engane, cara. – Ele fumava ansiosamente, mastigando a fumaça enquanto falava. – Não soamos mal, e o tempo que passamos ensaiando tem sido agradável. Mas isso é tudo; vamos fazer o *show* na sala Salamandra, e depois do verão Leo vai trampar com seu velho, Isaac vai continuar cheirando demais, e eu... – Parou para dar mais uma tragada. – Eu não sei em que merda de lugar vou querer estar depois do verão.

Apesar de ele não ter dito, a ausência de Cristina flutuava no ar, mais presente que aquelas argolas de fumaça que se desvaneciam naquele momento.

– Onde está Cris?

Dani encolheu os ombros.

– Foi embora. Nem sei para onde, ela me disse que ia sair por alguns dias, que eu a deixasse em paz.

– Sei. As garotas são assim: se você está a fim delas, precisam de espaço; se não, se queixam de não estarmos interessados. Não dá para entendê-las.

– Em parte é por minha culpa. Meu pai pegou nós três juntos. Foi uma puta briga. E depois eu disse pra eles que aquilo tinha que acabar. Que nós não podíamos continuar assim.

Hugo acendeu outro cigarro. Nunca tinha conversado com Dani sobre seu triângulo amoroso; não era do tipo que fazia perguntas.

– Isso ia ter que acontecer algum dia, não é? – disse ele por fim. – Acho que tudo bem fazer uma festinha de vez em quando, mas ficar assim ligados para sempre...

Dani encolheu os ombros.

– Olha, eu entendo que você esteja confuso – insistiu Hugo. – E acho que ela também deve estar. Acho que esse assunto fugiu do controle de vocês. Por que não tiram umas férias? O *show* é na semana que vem. Depois disso, você pega a Cris e sai com ela por aí. Só vocês. Sem mais ninguém. E aí vocês veem o que querem fazer.

– Não é uma má ideia. Não sei, Hugo. Também não sei se ela ia querer ir comigo ou com o Ferran.

Isso era uma coisa que não tinha ocorrido a ninguém; todos haviam assumido que Cris e Dani formavam o casal, o núcleo daquela história, e que o terceiro em discórdia era substituível e prescindível, um acessório que não passava disso.

– Você não está falando sério.

– Você vai pensar que eu sou um babaca, mas também não sei se quero que ele fique para trás, se podemos largá-lo e continuar só nós dois. Não é que eu curta homem, sério, mas Ferran é um sujeito inteligente. Centrado. Sabe o que quer e vai atrás. Às vezes acho que ele é o único que vale a pena, o único que vai ser capaz de fazer alguma coisa na vida. – Ele suspirou. – Talvez fosse melhor que a gente se afastasse, nós três; que Cris e eu o deixássemos em paz.

Nesse instante Hugo compreendeu que no equilíbrio de poderes daquela história não havia dois claros vencedores e um vencido, dois líderes e um seguidor, dois amantes e um convidado. O assunto, na verdade, era muito mais complexo do que ele havia chegado a imaginar de fora. E, sem que ele pudesse evitar, a auréola que envolvia Dani se desvaneceu um pouco.

– Além disso – prosseguiu Dani –, estou preocupado com Cris. E sei que Ferran também. Ela anda pela casa como um fantasma assustado. Cris... Cristina às vezes não está bem, sabe? Ela diz umas coisas esquisitas, coisas que não consigo entender. Fala da beleza da morte, de como seria lindo morrer ao lado de quem a gente ama. Não... não a compreendo, mesmo.

Hugo não se atreveu a repetir que as garotas eram todas iguais. O comentário lhe pareceu deslocado diante do que Dani estava lhe contando.

– Agora o que importa é o *show*, você não acha? – disse ele mudando de assunto. – Vai ser legal. E nós também precisamos de você. É claro que não podemos tocar sem você.

Depois de se despedir, Hugo tinha se convencido de que, acontecesse o que acontecesse, Dani não falharia com eles.

"Mas ele falhou", disse ele a si mesmo quando o trem saiu da Estação de Zaragoza. Ele tinha feito isso: não ligara para eles, os abandonara, os deixara na mão sem avisar. Dani talvez não tivesse dado muita importância, mas aquilo tinha ferrado com eles, não porque achassem que aquele *show* fosse dar frutos, mas porque ele lhes havia roubado seus quinze minutos de glória, sabendo que, com toda a probabilidade, aquela seria a única ocasião de viverem isso. Não, aquilo havia sido imperdoável, e, quando chegara o momento, Dani tivera que pagar por isso. Hugo não se arrependia da decisão tomada, mas às vezes pensava que talvez as coisas tivessem sido diferentes se eles o tivessem perdoado, se lhe tivessem dado uma parte daquele dinheiro que também não era deles.

33

A biblioteca do Ateneu estava quase vazia na sexta-feira à tarde. Ao que parecia, nem mesmo o tempo, que havia refrescado naquela tarde de primavera em Barcelona, incitava a leitura, e também não incentivava os sócios a desfrutar aquele templo modernista dedicado à cultura escrita, com altares de madeira nobre repletos de objetos sagrados encadernados de couro e protegidos por portas de cristal. De vez em quando, passos isolados ressoavam sobre o elegante piso de tacos de cores alternadas. Pouco a pouco, conforme as horas passavam, Santiago Mayart, que corrigia os exercícios literários de seus alunos sentado diante de uma das mesas do estúdio, foi ficando sozinho.

A solidão não o incomodava; ao longo dos anos tinha se acostumado a ela, e a considerava mais um aliado cômodo do que um inimigo a combater. Além disso, havia os livros: os dos outros, que lia com prazer e espírito crítico, e os seus volumes de contos, três até então. Dois, até chegar a vez de *Os inocentes*, e tudo havia mudado. Muitas vezes lhe haviam perguntado por que cultivava um gênero tão pouco popular na Espanha como o do conto curto, e apesar de costumar dar uma resposta tão intelectual quanto vaga, no fundo sabia que fazia isso porque assim, com toda a probabilidade, não teria que encarar as exigências do sucesso. Os contos eram pouco lidos e vendiam menos; eram, portanto, perfeitos para alguém que preferia passar despercebido.

No entanto, agora que as coisas tinham dado uma guinada tão surpreendente, ele não tinha motivos de queixa. O sucesso era muito mais voraz do que ele suspeitava, principalmente porque havia chegado de repente. Não é que o livro de contos lhe tivesse dado dinheiro suficiente para mudar de vida nem nada parecido, mas acabava sendo mais gratificante ouvir elogios, ser convidado a dar conferências às quais antes só assistia como ouvinte, e, é claro, autografar livros ou cumprimentar pessoas que admirava e que de repente pareciam ter descoberto a sua existência. Tudo por causa de alguns contos muito menos complicados que os anteriores – teatrais, até. Quando os entregara a seu agente, achou que ele os recusaria; ele foi o primeiro a se entusiasmar. Desde aquele momento, não haviam parado de lhe dar alegrias. Até o dia da conversa com o inspetor.

Santiago interrompeu o último exercício no meio, porque os receios se amontoavam em sua cabeça, e não conseguia se concentrar. Tentou analisar a conversa com frieza. Ela havia começado sendo cordial, sem dúvida, e apesar de ele não ter vontade alguma de falar de Cristina Silva, contornara o assunto do melhor modo possível. Até o fim. Mas aquele policial que falava com um levíssimo sotaque argentino não fizera rodeios. Mayart estava convencido de que ele voltaria com mais perguntas. Suspirou, esforçando-se para encontrar uma resposta, mas não conseguiu, da mesma maneira que, por mais que se empenhasse, não conseguia ver Cristina amortalhada e morta.

Ao contrário: voltou a ouvir sua risada, aquele risinho ferino e mordaz que o havia perseguido durante meses e que agora voltava como as nuvens que pairavam sobre a cidade. Tornou a vê-la com os olhos da memória, e a odiá-la quase com a mesma força. Como pudera deixar que tudo aquilo acontecesse? E o que era pior, por que aquilo chegara a transtorná-lo tanto?

* * *

–Você está aqui. Na secretaria me disseram que você queria me ver.

Cristina entrou na sala de aula. Apesar de serem apenas seis da tarde, já havia escurecido, e nas vidraças batia uma chuva insistente, que havia ensopado as ruas e o cabelo da garota. As maçãs de seu rosto brilhavam de frio, e isso contrastava com o resto do seu semblante, mais pálido que de costume.

Ele se encontrava junto da janela, contemplando o pátio encharcado e ouvindo o murmúrio agitado das palmeiras, que se queixavam daquele aguaceiro inclemente que havia começado de manhã bem cedo e ameaçava não ter fim.

– Sim. Desculpe ter feito você vir com esse tempo.

– Não tem problema.

–Você se incomoda de fechar a porta?

Santiago tentava manter um tom afável, apesar de não haver nem sombra de amabilidade no que pensava em dizer.

– Cristina, não vou ficar com rodeios. Acho que seria melhor que você abandonasse o curso.

A garota ainda não havia tido tempo de se afastar da porta. Ela se dirigiu ao centro da sala, onde estavam as cadeiras dispostas em torno da mesa, escolheu uma e se sentou, sem dizer nada. Agia com a mesma indiferença que caracterizava seus movimentos habituais, como se nada lhe importasse, e por isso ele se surpreendeu ao notar uma nota de choro em sua voz.

– E por quê? Estou indo tão mal?

– Não. Não é isso. – Ele foi em sua direção, mas não se sentou; precisava daquela distância, da autoridade, para representar seu papel. – Cristina, não se trata dos seus textos. É que não me parece que estejamos te ajudando em nada. Sinceramente, tenho a impressão de que esse sistema não dá certo com você, de que você está perdendo tempo aqui.

Ela não respondeu. Mordeu o lábio inferior com força e desviou os olhos.

–Você não entregou nem a metade dos exercícios. Estas aulas se baseiam na participação ativa, você não pode se limitar a ler o que os outros escrevem e opinar. Não posso aceitar que você continue o último semestre desse jeito.

– É só por isso? – Cristina o olhou com desconfiança. – Não se preocupe, eu entregarei todos na próxima aula.

– Não é assim que eu quero que as coisas sejam feitas – insistiu ele.

Estava difícil para ela reter as lágrimas. Esforçava-se para engoli-las, e o resultado era uma voz rouca, estrangulada. Dolorosa.

– Eu já disse que entregarei todos. Não sei o que mais você quer.

– O que eu queria era que você se integrasse no grupo. Cristina, admita, você faz tudo por conta própria. Acha aborrecido ler os trabalhos dos outros, e não faz nada para disfarçar.

– Acho chato ler bobagens – replicou ela. – Tanto quanto você, só que você é pago para fazer isso. Eu não.

– Está vendo?

O professor se convenceu mais ainda de que não havia outra solução. Aquelas palavras lhe provavam que ele tomara a decisão certa: o grupo ficaria melhor sem ela. Mas Cristina continuou, tentando se defender:

– E eu não me aborreço quando alguém traz algo interessante. Presto atenção quando analisamos os textos de Ferran, por exemplo.

Algo no rosto dele mudou ao ouvir aquele nome.

– Na verdade, não é que ele esteja trabalhando muito nas últimas semanas – disse Santi em um tom mais rude do que pretendia. – Ele perdeu a constância.

A água bateu nas vidraças com mais força, e a luz fluorescente piscou por causa da tormenta. Santiago se voltou para a janela, à espera do ribombar de um trovão que não houve, e os olhos de Cristina se semicerraram, como se pela janela entrasse uma cascata de luz ofuscante. Então ela riu, e a súbita gargalhada se espalhou por toda a sala, ricocheteou nas paredes e esbofeteou as faces do homem que, consciente do ardor súbito que havia explodido em seu rosto, não se atreveu a fitá-la.

Cristina se levantou; em sua atitude já não havia nem um resquício de timidez.

– Ora, era disso que se tratava? – A pergunta era mordaz, e não havia como responder. – O que te incomoda não é que eu seja independente, mas que Ferran tenha se libertado de você.

Ele tinha que protestar. Sabia disso e tentou fazê-lo, mas ela continuou, implacável, sepultando qualquer esboço de dignidade com uma chuva de comentários sarcásticos.

– Pobre Santi, ficou sem mascote? Você adorava aquelas reuniões com Ferran depois da aula, aquelas trocas de opiniões, de leituras. Estou vendo que o papel de mentor te excita. Só isso já seria patético em um homem da sua idade, porque você nem é tão velho assim, sabe? No entanto, essa ceninha de ciúme que você acaba de fazer te transforma em uma pessoa desprezível.

– Chega! – foi a única coisa que ele conseguiu dizer. Tomou fôlego para articular um discurso que demonstrasse a verdade, mas esta é um animal inquieto, que costuma escapar pela menor fresta. – Você não entende nada. Ferran pode chegar a ser um grande escritor: ele tem o potencial, a dedicação, a disciplina e a bagagem para isso. Só quero ajudá-lo. Não é nada do que você está insinuando.

– Não? Então por que você fica tão chateado por ele não ficar para conversar com você? Por ele preferir ir embora quando a aula acaba, por ele estar ocupado nos domingos à tarde e já não poder passar no teu apartamento para trocar opiniões sobre os contos de Carver ou de Kjell Askildsen? Eu não entendia por que você me olhava com tanta irritação na aula, por que você era tão duro a respeito das minhas opiniões. Isso me tirava a vontade de te entregar qualquer coisa. Agora eu sei. Você tem ciúme. Você não passa de um miserável impotente que se sente despeitado.

– Você está louca – replicou ele com a mesma fraqueza que a luz do teto, que tremeu até apagar completamente.

– Eu? – Ela tornou a rir, e na escuridão o som era ainda mais perverso, mais pungente. – Chega dessa conversa idiota. Vou continuar o curso porque gosto dele, apesar de tudo. Você é o exemplo de que um escritor medíocre, um sujeito detestável, pode ser ao mesmo tempo um bom professor. E vai ter que me aguentar, ou eu convenço Ferran a não voltar mais.

Santiago ficou sem resposta. Limitou-se a vê-la ir embora, deixando a porta aberta. Lá fora, a tempestade continuava açoitando as palmeiras, inundando o pátio, fazendo o tanque transbordar. Rindo dos incautos que se atreviam a desafiá-la.

A vergonha é um sentimento que costuma resistir à passagem do tempo, e Santiago Mayart, sentado na biblioteca, a reviveu exatamente como anos atrás. Não apenas pelo que acontecera naquele dia, mas porque durante o que restara do curso, o olhar de Cristina, seus gestos, suas palavras, demonstravam uma segunda intenção que só ele e talvez Ferran percebiam. Nunca soube se Cristina havia falado daquilo com o rapaz, e, é claro, nunca se atrevera a perguntar.

Na última vez em que o viu, internado no hospital, compreendeu o que o velho Aschenbach havia sentido por não ter morrido diante do mar de Veneza – a decepção que o tinha invadido ao ver que Tadzio estava crescendo. E não apenas isso: Ferran continuava sendo jovem, mas com uma juventude entre cínica e apática, a mesma que Cristina demonstrava. Afastada da inocência, da pureza, da ingenuidade intelectual que o haviam fascinado quando o conhecera. Apesar do que ela havia dito, nunca houvera nada carnal entre eles, nem teria havido. Talvez porque para Santiago Mayart amor e sexo não eram conceitos compatíveis. Ele se sentira atraído pela mente daquele rapaz, envaidecido por ser objeto de sua confiança, obrigado porque podia lhe dar alguns conselhos que outros escritores menos generosos teriam guardado para si mesmos. O sexo, aquela simples troca de suor e de fluidos, era algo infinitamente mais básico.

Olhou o relógio, sem saber muito bem o que fazer. Decidiu sair da biblioteca e do Ateneu. Ainda chovia.

34

Nina sempre gostara dos filmes sobre reencontros: antigos colegas da universidade que comemoram o vigésimo aniversário de formatura, amantes que haviam compartilhado um verão luxuriante na adolescência ou amigos que se reúnem para chorar um deles, morto prematuramente. Naquelas histórias, os vencedores do colégio alcançavam uma maturidade medíocre, enquanto os marginalizados, a gordinha ou o quatro-olhos apareciam sempre melhorados, irreconhecíveis, resplandecendo de êxito e da sensatez conferida pelo fato de ter sofrido o desprezo alheio. "Claro que, uma vez mais, a vida real não é muito parecida com o cinema", pensou ela, abstraindo-se durante longos minutos da conversa que os rapazes mantinham sentados em volta de uma mesa cheia de cervejas.

As coisas não haviam mudado tanto: os perdedores, como Isaac, pareciam geneticamente incapazes de sair do poço da derrota, e os vencedores, como Leo, por exemplo, conservavam aquela segurança que lhes garantia pelo menos uma sobrevivência digna, mesmo em tempos piores. E quanto a ela – a "amiga feia" por definição, a que desaparecia das festas sem que ninguém notasse sua ausência, ou que, pelo contrário, tinha de esperar até o fim, até o momento em que o álcool lhe embotasse os sentidos e ativasse os instintos, se quisesse desfrutar um intercâmbio sexual que depois se contava aos colegas entre risos de desculpa –, continuava observando as cenas de fora, como uma convidada por obrigação.

Anos atrás, antes de conhecer Cris, Nina tivera que ouvir frases dolorosas – "Porra, o que você queria, cara? Ela estava ali, cheia de tesão. E afinal você também não vê a cara delas quando estão te chupando, não é?" –, às quais se acrescentava um elogio venenoso, como: "E não pense que ela não faz direitinho, se vê que ela tem prática", frase que ela decodificava e traduzia por: "Ela sabe que só serve para isso".

"Essa mesma frase poderia ter sido dita por Leo", pensou Nina observando-o pelo canto do olho, se não fosse pelo fato de o encontro erótico entre ambos ter sido tão rápido que ela duvidava que ele o tivesse contado a alguém, de vergonha de si mesmo. Ele era o típico cara que atribuía esses fracassos ao álcool ou à visão súbita, destruidora de ereções, de seu rosto marcado. Um recurso também muito usado para justificar as brochadas.

– E até quando vocês vão ficar? – perguntava Leo naquele momento.

Hugo a olhou, dando a impressão de que ela tinha a resposta, e Nina voltou à conversa sem saber muito bem de que se tratava.

– Leo está perguntando até quando vamos ficar – repetiu Hugo.

Ela encolheu os ombros.

– A gata pode ficar sozinha três ou quatro dias, não mais. E com o bar é a mesma coisa.

– Ah... Nossa, sempre penso em passar por lá quando vou a Madri, e afinal nunca encontro tempo. Onde fica?

– Não sei se é muito o teu estilo, Leo – replicou ela, repentinamente irritada.

– Fica na Calle del Fúcar – explicou Hugo –, não muito longe de Huertas. No Barrio de las Letras.

Leo sacudiu a cabeça. A verdade era que ele também não ia com tanta frequência a Madri, e os nomes das ruas ou dos bairros não lhe diziam muita coisa.

– Pois se você quiser ir, vá logo. Não sabemos quanto tempo ele vai ficar aberto – acrescentou Nina.

– Estão indo mal assim? É culpa desse governo idiota e de suas leis antifumo – disse Leo.

Ninguém respondeu nem continuou a conversa. Isaac terminou a cerveja e olhou para o balcão; a balconista estava na porta, fumando e falando pelo celular. Nina sentiu uma vontade enorme de se levantar e se afastar daquele grupo, de ficar sozinha, de pensar em Cristina, a amiga que se fora, enquanto passeava por uma cidade que também já não sentia como sua. Pegou a mão de Hugo e tentou lhe transmitir seus desejos, mas ele entendeu que ela também queria outra cerveja, como Isaac, e se voltou para a porta para chamar a balconista. Esta voltou e lhes serviu outra rodada.

– Mais? – protestou Leo. – Já não aguento a mesma quantidade que antes.

– Você nunca aguentou muito, em geral – murmurou Nina com má intenção. Se ele captou a indireta, fingiu que não.

– É verdade. Muito menos que Dani, ou que vocês.

– Ei! Me lembro de você bem bêbado uma vez – exclamou Hugo.

– Eu também – frisou Nina, aproximando a garrafa dos lábios.

Algo em seu tom fez com que os três olhassem para ela, e Hugo franziu levemente a testa. Ela levou a garrafa aos lábios, imperturbável, mas, como sempre que era o centro das atenções, o que raramente acontecia, teve a sensação de que sua mancha se tornava mais intensa, mais visível. Antes que tivesse tempo de beber, Leo ergueu a cerveja com ar solene e disse:

– Acho que devíamos brindar a Dani.

Os outros dois concordaram, e Nina, que continuava com a garrafa encostada nos lábios, acrescentou:

– E a Cris.

Fez-se um silêncio breve e incômodo, como se aquelas últimas palavras fossem uma provocação.

– Cristina não era um membro do grupo – assinalou Leo, mas ninguém compreendeu se era uma desculpa por terem esquecido de incluí-la no brinde ou uma acusação.

– Mas ela está morta. – Nina, que não tinha chegado a beber, bateu a garrafa na mesa. – Os dois estão mortos, ela e Dani. Não foram embora, não ficaram escondidos esse tempo todo. Alguém abriu a cabeça deles.

Hugo pegou a mão ela; ela a retirou.

– Leo, por que você finge que não gostava de Cris?

– Não gosto de criticar os que já não podem se defender.

– Criticar? Falar mal dela porque ela não quis transar com você? Porra, Leo, Cris tinha razão. Você posa de bom moço, mas não passa de um cretino.

– Nina! – repreendeu Hugo.

Leo não era de levar desaforo quieto, menos ainda de uma mulher.

– O que você sabe da verdade, Nina? Porra, o que você sabe? O que foi que a tua amiguinha te contou?

– Ei, gente, chega! – interveio Isaac.

– Sei que você queria dormir com ela. Sim, Leo, eu sei. As garotas contam essas coisas umas para as outras. E agora você posa de grande amigo de Dani. Vamos brindar a Daniel, nosso colega, o cantor de Hiroshima. Você pensou nele quando tentou transar com a Cris?

– Cristina flertava com todo mundo. Comigo também – disse Leo, e mesmo a seus próprios ouvidos a confissão pareceu involuntária. – Além disso, se eu tivesse querido fazer isso, não me custaria muito. Nem a mim nem a ninguém.

– Nina – interveio Hugo com um gesto conciliador –, eu sei que você gostava muito dela, mas entenda que ele é que era nosso amigo.

– Um amigo que jamais teria deixado a gente na mão se não fosse por causa dela – sentenciou Leo.

– O que é que vocês sabem? – De repente, Nina ergueu a voz.

– Que merda vocês sabem do que acontecia com Cris? Nenhum de vocês tem ideia. Nem mesmo Dani sabia. Nem Ferran.

Então eles perceberam que, assim como acontecia sete anos atrás, Ferran Badía era o grande ausente de todas as conversas sobre Dani e Cris. Nina se levantou da mesa, agarrou a bolsa e, depois de dar um beijo rápido no rosto de Hugo, despediu-se com um "Até logo, vou dar uma volta".

– Não me lembrava de ela ter um temperamento tão forte – murmurou Leo. Ele notou o olhar de Hugo, que o advertia para não continuar naquele caminho, e apressou-se a corrigir: – De qualquer jeito, é melhor que ela tenha ido embora. Assim podemos conversar com calma, não é? E você, aonde vai agora?

A pergunta, em tom inquisidor, era dirigida a Isaac, que acabava de se levantar.

– Vou fumar, Leo. E tomar um ar. Algum problema?

O tempo havia refrescado, e depois de caminhar uns cinco minutos, Nina sentiu falta do casaco que tinha esquecido no bar. Umas nuvens cinzentas empanavam o céu da cidade, a mesma que agora percorria com olhos de filha pródiga, reconhecendo-a e redescobrindo-a ao mesmo tempo. Tinham ficado em um bar de Gràcia, não muito longe da casa de Leo, e Nina, que havia anos não passeava por aquela região, andou sem rumo pelas ruazinhas estreitas, cheias de lojas novas para ela, que desembocavam em praças movimentadas e arborizadas, muito diferentes das que ela frequentava em sua cidade de adoção. Tentava não pensar, deixar a mente em branco, tirar de cima aquela sensação de desassossego que a tinha levado a fugir do bar. Era impossível. Como havia receado, reencontrar-se com o passado tinha algo de catártico; no entanto, em seu caso este não era calmo, mas tumultuado: lembranças em tropel que se amontoavam em sua cabeça enquanto caminhava devagar, tentando controlar a avalanche de imagens com movimentos lentos.

Nos primeiros meses de convivência com Cris, os mais divertidos, os meses loucos; fins de semana, bebidas e festas em que, pela primeira vez, Nina se havia esquecido de sua marca de nascimento, e até, ao lado de Cristina, tinha conseguido rir dela. "Todos temos manchas desde pequenos", dissera Cris uma noite, às tantas, bêbada o suficiente para ser sincera, e não tanto para dizer besteiras. "A tua simplesmente é mais visível." Também houvera rapazes naquela época, e Nina se acostumou logo a sair com sua amiga e voltar sozinha para casa. Não se importava muito, havia assumido seu papel secundário, e já não sentia a necessidade compulsiva de mendigar um pouco de sexo a qualquer imbecil. Sabia que Cris chegaria na manhã seguinte, normalmente antes do almoço, e lhe contaria sua aventura com todo o luxo de detalhes, com a ironia de quem usava os homens como estes haviam usado Nina até então. Foi sempre assim, até que Daniel apareceu, e Nina soube, como só uma amiga íntima pode chegar a adivinhar, que por mais que Cris se empenhasse em negar, aquele rapaz era diferente. Nina havia sorrido consigo mesma e desdenhado uma pontada de tristeza quando intuiu que as coisas mudariam, que nada mais voltaria a ser como antes.

O que não se esperava, e isso lhe doeu mais do que o progressivo afastamento de Cris, foi a intervenção de Ferran. Aquele triângulo inexplicável, para o qual nem sequer sua amiga tinha resposta, lhe pareceu estranho: um capricho, uma excentricidade. Anos depois compreendeu, ou achou que compreendia, que talvez Cristina houvesse sentido tanto medo de sua atração por Dani que tivera de complicá-la de algum modo. No mundo de Cris, as coisas não podiam ser simples.

Olhou em redor, desorientada, notando cada vez mais o ar frio que parecia soprar só para castigá-la. Estava em uma praça que lhe era familiar, com uma torre altíssima coroada por um relógio. De repente, um vendaval começou a sacudir as árvores, arrancando uma avalanche de folhas que caíram em sua cabeça como um deslocado augúrio de outono. Uns meninos que jogavam futebol com uma bola de plástico viram um gol se frustrar devido àquela rajada traidora, e os que tomavam uma bebida em mesas nas calçadas olharam para o céu. Os mais previdentes se apressaram em pagar a conta ou procurar um lugar dentro dos bares; os indecisos, por sua vez, tiveram que fugir apenas alguns minutos depois, quando uma chuva torrencial começou a cair, transformando a praça em um mar de cadeiras abandonadas.

Nina contemplou o aguaceiro, as pessoas que corriam ao seu redor, fugindo da água como se fosse uma chuva radiativa. A bola, que havia ficado abandonada perto da base do relógio, rodava na sua direção, mas ficou presa em um charco. Ela sentia o cabelo empapado, as gotas frias machucando-lhe as costas, a roupa grudada no corpo. Ficou imóvel sob a chuva, lembrando que de pequena costumava fazer isso, convencida de que as gotas que caíam do céu tinham o poder miraculoso de apagar sua mancha.

De súbito, resolveu o dilema que a havia atormentado nas últimas semanas; avançou devagar, deliberadamente, como se a tempestade fosse um incidente sem importância, até uma rua um pouco mais larga, onde esperou que um táxi de luz verde a pegasse e a levasse aonde ela queria ir.

35

A pesar de estar escurecendo, Eloy Blasco resistia a abandonar a espreguiçadeira em que estava lendo, ou pelo menos tentando ler. Havia saído de uma Barcelona escurecida pelas nuvens e descobrira, surpreendido, que elas pareciam ter-se estendido exclusivamente sobre a cidade. Em Vallirana, a vinte quilômetros de distância, o céu estava limpo. Por isso, quando chegou ao chalé de seus sogros, decidiu ficar na piscina, mais para fugir das conversas do que por vontade de nadar.

Tinha levado um livro para o jardim, para ter alguma coisa para fazer, mas sua mente, incapaz de se concentrar, afastava-se da leitura e perambulava pelos corredores sinuosos dos últimos acontecimentos. Diante dele, a água calma da piscina convidava a um banho, apesar de a temperatura estar bem mais fresca. Indeciso, fechou o livro, deixou-o na espreguiçadeira ao lado, onde havia pouco estava Belén, e continuou olhando a água; a preguiça se debatia com o prazer de mergulhar e nadar um pouco, e ele deixou que o acaso decidisse. Se Belén, que tinha ido se vestir, não aparecesse antes de cinco minutos, ele cairia na água.

Enquanto esperava, levantou-se. A cerca que rodeava o jardim, alta o suficiente para preservar a privacidade, não o impedia de ver a paisagem, que com a luz do crepúsculo tomava um novo tom de verde, quase negro. Ao longe, as nuvens começavam a avançar para eles, como um exército carregado de raiva, decidido a ampliar seu cerco. O silêncio era absoluto e sossegado. Eloy não conseguia acreditar que Barcelona, com seu tráfego e suas multidões, estivesse a apenas meia hora de carro. Aqueles pinheiros altos, impassíveis, o situavam mentalmente muito mais longe da cidade.

Voltou à piscina e mergulhou imediatamente, sem pensar mais. A água estava gelada. Nadou com vontade de um extremo a outro, eram vinte metros, e deu a volta sem se deter. Repetiu o percurso mais duas vezes, e pretendia repetir o exercício outra vez, para chegar aos cem metros, um número redondo, perfeito, quando distinguiu Belén na beira da piscina, esperando por ele com uma toalha grande na mão.

– Você vai ficar gelado – gritou ela.

Eloy continuou na água, com as mãos apoiadas na pedra e os pés na parede.

– Não está tão ruim.

Ela estremeceu exageradamente.

– Eu não suporto nem quando faz sol.

– Vou nadar mais uma piscina e saio.

– Você não muda! Mas não te quero resfriado no casamento – disse ela sorridente.

"O casamento", pensou ele enquanto nadava. O único tema de conversa, o bordão de qualquer frase. A nuvem rosada que pairava sobre eles todos os dias, derramando gotas de sabor açucarado. Acelerou o ritmo das braçadas em um *sprint* final, nadando os últimos metros como se estivesse competindo contra um fantasma na piscina vazia. Saiu e andou devagar até a toalha que Belén havia deixado dobrada no chão. Secou-se de pé e a contemplou: ela tinha sentado sem se recostar, e seu vestido cor de creme se confundia com o colchonete; ocupava a mesma espreguiçadeira que costumava escolher quando tomava sol, sempre de tarde, para não se queimar, porque só queria pegar um bronzeado suave. Para o casamento, claro.

Eloy jogou a toalha sobre a sua espreguiçadeira e sentou-se sobre ela. Observou Belén, que tinha se arrumado e maquiado para jantar em casa, com seus pais e com ele. Seu cabelo liso, castanho e brilhante, o rosto ovalado, os olhos pequenos – "olhos de esquilo", dizia ele às vezes, anos atrás, para deixá-la irritada –, e uns lábios finos que ela realçava com um batom cor de morango excessivamente cremoso.

– Você deveria ir se vestir. Vai se resfriar – repetiu ela.

– Já vou... – Passara o dia inteiro com vontade de lhe dizer aquilo, mas diante dos sogros não conseguira. – Belén, você não acha que deveríamos adiar tudo?

– O quê?

– A cerimônia. É que receio que vá coincidir...

– Não.

Se Belén tivesse disparado uma arma, a contundência não teria sido maior do que aquela negativa direta. Seus olhos se transformaram quase em linhas brilhantes. E, para o caso de ele não ter ouvido, ela repetiu:

– Não. Nem pensar.

– Mas, Belén, querida...

Ela sorriu. Inclinou-se para ele e lhe pegou as mãos. As dela, pequenas, quase se perdiam nas suas; no entanto, havia força nelas, e as unhas, compridas e pintadas no mesmo tom de morango, eram pequenos alfinetes que deixavam marca.

– Já falamos disso, qual é? É uma pena que depois de tanto tempo os resultados dessas terríveis análises cheguem quase na data do casamento. Não importa. Como eu disse à mamãe, se chegarem antes, perfeito. Faremos o enterro rapidamente, e pronto. Se chegarem logo depois, eles farão a mesma coisa, mas sem nós.

Nesse momento ele sabia que devia lhe dizer: "Não, claro, nesses dias estaremos nas ilhas Seychelles", sorrir e lhe dar um beijo. Em vez disso, sem conseguir evitar, ele disparou:

– Cristina tinha razão. Você não gostava muito dela.

– O que você quer dizer?

– Isso. Ela era tua irmã.

Eloy havia falado em um tom mortiço, talvez contagiado pela atmosfera noturna e agradável, pelo leve tremor da água da piscina, ou porque receava que, se não a controlasse, a voz sairia em forma de grito. Acusador, claro e forte. "Ela era tua irmã. Você não gostava dela a ponto de nem encarar agora a remota possibilidade de adiar o teu precioso casamento."

Belén afastou os olhos deliberadamente. Suas mãos se afastaram. Ela olhou para a cerca, para as nuvens que cavalgavam em direção ao povoado.

– Para ser sincera, mal me lembro dela – disse. – Quando eu era pequena, ela me dava medo. Não sei por quê, não acredito que ela tenha feito nada, mas ainda conservo aquela sensação. Ela estava sempre no colégio, e só vinha nas férias. Acho que você tem razão – concluiu. – Eu não gostava muito dela.

Disse isso com tanta sinceridade que era ridículo acusá-la daquilo.

– No fundo, você a conhecia melhor que eu – prosseguiu Belén, e sua voz, como os lábios e as unhas, era de um tom de morango ácido.

– Cris e eu sempre nos demos bem. Nós também não nos víamos muito. Eu fiquei no povoado, ela estava aqui. De fato, não tornei a vê-la até os dezoito anos, quando teu pai começou a me pagar a universidade em Barcelona. Nós tínhamos lembranças de infância em comum, mas pouco mais que isso. Nós nos escrevíamos. Mas não acho que nos teríamos reconhecido se tivéssemos nos encontrado na rua.

Ele estava mentindo. Teria reconhecido Cristina em qualquer momento, em qualquer lugar. Às vezes até lhe parecia vê-la na rua, ao longe, caminhando sem se dar conta da sua presença. Naquelas ocasiões seu coração pulava, e ele quase chegava a chamá-la. Quase, porque sabia que não era Cris.

– Estou sentindo frio – disse Belén.

Eloy compreendeu o que ela queria dizer com isso: a conversa acabou, vamos mudar de assunto. Ele não tinha vontade de entrar na casa; preferia continuar ali, falando com Belén, de Cris, de sua infância, de tudo – revivendo-a por alguns instantes antes de a enterrarem para sempre.

– Gostaria que você fosse comigo algum dia a Vejer – sussurrou Eloy. – Para te mostrar os lugares aonde eu ia quando era pequeno. Existe uma capela antiga em Barbate, que...

– Claro – interrompeu ela. – Tua mãe virá para o casamento. Podemos organizar isso então. Papai continua mantendo a casa lá; será bom ir no verão, não acho que teremos vontade de fazer outra viagem longa depois da de núpcias.

Ele fechou os olhos, contou até dez mentalmente e se obrigou a sorrir.

– Ótimo.

– Eloy, por favor, não levante a questão do adiamento. Com meus pais, quero dizer. – Belén falava devagar, sem o fitar. – Como te falei antes, já conversamos sobre isso entre nós, e papai ficou nervoso. Você sabe como ele fica quando está nervoso. Além disso, seria um transtorno enorme trocar a data agora, então está decidido. Eu sempre tive a fantasia de me casar no dia 25 de junho, o dia do meu aniversário. É uma bobagem, já sei.

Ele se levantou e lhe estendeu a mão. Belén, que mal lhe alcançava o queixo, ficou na ponta dos pés para lhe dar um beijo.

– Você está gelado. Venha, vamos.

Ela o arrastou pela mão, como uma garotinha levando um são-bernardo para passear. Eloy sabia que ela tinha razão: o banho e a toalha molhada o tinham deixado gelado. Ele resistiu um instante, depois agachou-se para pegar o livro que havia deixado sobre a espreguiçadeira. "Eu não me esqueço de você, Cris", pensou, enquanto fingia sorrir e seguia docilmente Belén até a casa.

36

Haviam bebido a terceira rodada de cervejas, e a quarta estava quase no fim. Leo já não protestou quando Isaac foi fazer o pedido. A chuva talvez tivesse esvaziado as ruas, mas não havia atraído clientes para o bar, de maneira que continuavam sozinhos, em uma mesa de canto onde podiam conversar com liberdade.

– Estão procurando informações sobre o dinheiro – disse Leo, mas tanto Hugo quanto Isaac já sabiam disso. – Eles não têm a mínima ideia de como aqueles dez mil euros apareceram na mochila com os cadáveres, mas estão estranhando.

– Como você sabe que são dez mil? – perguntou Isaac. – Ninguém me disse isso.

Leo o fitou com o mesmo ar de superioridade que costumava adotar anos atrás.

– Falei com a mãe de Dani. Ela me contou.

– Bom, e o que aconteceria se descobrissem? – perguntou Hugo. Tinha deixado a cerveja na mesa e arrancava a etiqueta com uma concentração inusitada. – Quero dizer, a quem importa agora? Já passaram milhares de anos.

– Claro que importa – replicou Leo, inclinando-se para o amigo para poder baixar a voz. – Você não entende? Eles estavam com dez mil euros. Nós sabemos por quê. O que ignoramos, pelo menos eu, é onde está o resto. Os sessenta e cinco mil que faltam da parte dele.

Hugo deixou a garrafa na mesa. A etiqueta tinha ficado grudada em sua mão, e ele a sacudiu.

– Alguma vez vocês pensaram no que teria acontecido se não tivéssemos encontrado aquele dinheiro?

– Vai começar a filosofar agora? – A pergunta de Leo não passava de um comentário mordaz. – É efeito do cavanhaque ou da idade?

– Deixa de ser babaca.

– Pelo que parece, para você e para a tua namorada, eu sou o vilão do filme. Muito cômodo atribuir o papel a alguém e fugir de qualquer responsabilidade. Você mesmo disse na época: "O dinheiro não tem nome". Todos nós concordamos em ficar com a grana.

– Eu não queria deixar Dani de fora – interveio Isaac. – Vocês insistiram nisso. Você insistiu, Leo.

Ele havia falado pouco durante toda a tarde, tal como costumava fazer no passado. Na época era um rapaz que ainda não tinha feito vinte anos, um pouco complexado perante Leo e Dani, universitários mais ou menos recentes.

– Ah, tá bom – exclamou Leo. – Agora você põe a culpa em...

– Você, claro! – Hugo acabou a frase e todos riram, inclusive o objeto da brincadeira. O riso desanuviou um pouco o ambiente. – Não, sério, ninguém está te culpando de nada. Eu só queria dizer que a nossa vida mudou, que de algum modo nós deixamos tudo de lado. O que queríamos, nossos projetos.

– Também não tínhamos tantos assim – enfatizou Isaac. – Pelo menos eu. Para falar a verdade, comecei a ter alguns a partir daquele momento.

– E quais eram? O que fizemos? Falo por mim: tenho um bar que está a ponto de fechar. Na verdade, estou como há sete anos. Era isso que eu queria dizer. Naquela época achamos que o dinheiro seria eterno, que nos ajudaria a alcançar uma porção de metas. Que cem mil euros resolveriam, se não a vida, pelo menos uma boa parte do futuro.

— Éramos uns ingênuos, isso é verdade. Mas quem não é aos vinte e poucos? Porra, cem mil euros eram uma grana, Hugo — disse Leo.

— Afinal acabou sendo menos — replicou Hugo.

— Sim. O sacana do Dani levou o que considerava ser a sua parte.

— Tem certeza? — duvidou Hugo.

— Agora mais do que nunca. De onde ele e Cris teriam arranjado dez mil se não fosse assim?

Hugo se calou, não tinha resposta para isso. Isaac bebeu e ficou brincando com o isqueiro.

— Ora, também não cometemos nenhum crime — interveio Leo.

— Ah, não? — Isaac sorriu. — Vamos, Leo, esse dinheiro era de Vicente. De sua mulher, de seu filho.

— Para com isso! A grana estava no furgão, e ele estava morto quando vocês o encontraram. Talvez ele pensasse em dividi-lo com sua mulher, ou talvez pensasse em se mandar e queimá-lo com putas e drogas. Não, aqueles trezentos mil euros estavam ali, e, como disse o Hugo, não tinham dono.

— Se você acha... — concedeu Isaac.

— Acho que em parte foi a quantidade, vocês não pensaram nisso? — perguntou Hugo. — O que nos fez deixar Dani de fora na hora de repartir. Cem para cada um. Parecia perfeito.

— Não se faça de ingênuo, Hugo — exclamou Leo. — Não o demos porque ele não merecia. Porque nos deixou na mão e reapareceu no local três dias depois com aquela cara de menino bonito, como se não tivesse acontecido nada. "Rapazes, tive um problema. Calma, logo teremos outros *shows*." Foi então que decidimos não dar a grana para ele, e sei que tornaria a fazer a mesma coisa agora.

— Você também voltaria a bater nele? — perguntou Hugo.

— Ele levou algumas porradas — replicou Leo. — Fazia tempo que ele estava à procura disso, e acabou levando. Além do mais, Dani não era bobo; era óbvio que estava acontecendo alguma coisa. Estávamos muito emocionados, e ele teria acabado descobrindo por quê. Pelo menos a briga serviu para que ele fosse embora e não fizesse mais perguntas.

Apesar da explicação, nenhum dos outros dois tinha esquecido a raiva que dominava Leo quando ele se lançara contra Dani; seus socos carregados de um ódio que não combinava com aquele discurso lógico.

– O que não me entra na cabeça é como ele ficou sabendo que tínhamos a grana – concluiu Leo.

A última frase parecia uma acusação. A mesma que havia sido levantada sete anos atrás, quando descobriram que faltava uma quarta parte exata do dinheiro encontrado. Naquele momento, haviam sentido o mesmo mal-estar, aumentado porque não conseguiram localizar Dani nem Cris. Quando se deram conta do roubo – se é que se podia chamar de roubo aquela subtração proporcional –, o casal já tinha partido.

– Já conversamos sobre isso, Leo. – Hugo não tinha vontade de tornar a discutir aquilo. – A grana ficou no local, e Dani tinha uma chave, como todos nós. Deve ter ido quando não havia ninguém lá; encontrou o dinheiro por acaso e achou que uma quarta parte lhe pertencia.

Leo assentiu a contragosto.

– Estava bem escondido.

– Não tínhamos por que contar para ele. Nós todos perderíamos com isso, não acha?

– Isaac queria lhe dar uma parte.

– Ei! – protestou o referido. – Já lhes disse que não fiz isso, nem contei para ninguém.

– Agora não importa mais – insistiu Hugo. – Amanhã iremos à delegacia, e quero que saibam que acho melhor contar a verdade.

– A verdade? – perguntou Leo.

– Pelo menos a parte que eu sei. Escutem, era diferente quando achávamos que Dani e Cris tinham se mandado. Já sabemos que não foi assim. Não quero esconder nada desta vez.

– Você está louco?

– Hoje me encontrei com vocês para dizer isso. Rapazes, já não temos vinte anos. Isso é uma investigação de assassinato ou homicídio, ou lá como se chame. Não vou me meter em confusão por causa de um dinheiro que, pelo menos no meu caso, nem existe mais. Porra, Dani e Cris estão mortos! Alguém deu cabo deles a porradas. Sem piedade. De algum modo, ficar calado é se transformar em cúmplice de um assassino.

Aquela verdade irrefutável caiu sobre os três. Lá fora o dilúvio continuava. Um temporal poderoso, daqueles que deixavam as ruas limpas e cheirando a capim mesmo em plena cidade. Dentro do bar, ao contrário, respirava-se um calor tedioso, opressivo; um ambiente que encharcava as consciências e exalava um fedor culpado, receoso. Desconfiado.

– Ninguém tem por que descobrir – disse Isaac. – Se guardamos o segredo até agora, tudo depende de nós. – Procurou a confirmação nos olhos dos outros dois.

– Nina não sabe de nada – replicou Hugo. – Eu lhe disse que tinha recebido uma herança da minha avó, e que não tinha comentado muito porque ela não tinha deixado nada para o meu irmão. Mas também não tenho quase nada. Entre reformar o bar, as viagens, algum capricho... Que merda! Naquela época parecia tanto, não é mesmo? E afinal durou apenas alguns anos. Mas isso já não importa. Repito que vou contar tudo para os *mossos*. O que você acha, Leo?

Leo respirou fundo e não respondeu logo. Depois, sem levantar a vista da mesa, admitiu o que o preocupava desde que os *mossos* o haviam interrogado, desde que se lembrara de que, em uma noite de sexo e confissões, havia se gabado perante Gaby de suas aventuras juvenis. A vida dela parecia tão conturbada, tão apaixonante em comparação com a de um rapaz bem da Barcelona pós-olímpica, que não conseguira evitar bancar o dissoluto, o safado metido em badernas juvenis, o canalha que queimava carros e ficava com uma grana encontrada por acaso.

Isso excitava as mulheres, e ele enfeitou a história o melhor que pôde, bancando o líder diante da namorada, que o olhava estupefata e um pouco cética.

– Genial – disse Isaac quando o outro havia terminado. – E essa fulana? É das que sabem guardar um segredo?

– Já não estamos juntos. Não terminamos bem – concedeu Leo.

– Então é mais uma a meu favor – disse Hugo. – Prefiro contar a verdade a deixar que eles descubram de outro modo. Gostem vocês ou não, vai ser melhor para todos. E o mais decente.

– Não me venha com decência agora, Hugo – objetou Leo. – É tarde demais para isso. Estive pensando, e tenho uma ideia melhor do que contar a verdade. Escutem bem antes de decidir.

Eles o ouviram, e, como de costume, a segurança de Leo começou a desgastar suas próprias convicções. Este percebeu que eles terminariam concordando; tinham feito a mesma coisa no passado. Hugo se mostrou mais reticente, tomado por aquele ataque de sinceridade que parecia ter-lhe confundido o juízo. Isaac ficou em silêncio e só concordou no final, quando Leo acabou de expor sua teoria. Pela primeira vez se colocou automaticamente do seu lado, e sua postura acabou eliminando as dúvidas de Hugo.

O que nenhum dos outros sabia era que Isaac tinha suas próprias razões para estar de acordo. "À merda o dinheiro", pensou ele. "Se tudo der certo, se amanhã os *mossos* acreditarem nessa história, vou começar do zero. É a coisa mais decente que posso fazer."

Nina nunca havia visitado um centro psiquiátrico na vida, de maneira que não sabia muito bem o que ia encontrar. Não esperava, no entanto, a visão daquele espaço cuidado, de amplos jardins empapados de chuva. Percebeu que ela mesma continuava molhada, e que o taxista lhe dirigia um olhar de reprovação quando a deixou na porta, ao verificar as marcas úmidas no assento de trás.

Ela pagou, acrescentando uma gorjeta como um pedido de desculpa, e cruzou a porta do que parecia ser a recepção de um hotel antigo, com soleira. A única diferença era o uniforme branco da recepcionista. De resto, ela teve a impressão de estar comparecendo a uma entrevista, em vez de visitar um paciente. Sim, Ferran Badía a esperava, indicou-lhe a enfermeira amavelmente. Na biblioteca.

Fazia sete anos que ela não o via, e nem mesmo naquela época eles tinham se visto muito.

– Fico feliz com a sua vinda – disse ele quando ela cruzou a porta.

Ela, em troca, não tinha certeza de querer estar ali. Ferran tinha telefonado semanas atrás com um pedido incomum. Aquele rapaz nunca lhe parecera simpático, ou pior, naquela época, seu súbito aparecimento na história de Cris e Dani a incomodara. Ela tinha dificuldade de admiti-lo; naqueles dias ela também havia se conformado com um terceiro lugar, com o fato de ser um vértice do triângulo. Cris e Dani haviam escolhido Ferran, e isso, na época, a tinha magoado. Era absurdo. Agora, com o tempo, alegrava-se com o modo como as coisas tinham acontecido; ela estava com Hugo, era feliz; Ferran, em vez disso, estava ali, trancado em uma clínica com ares de balneário antiquado.

– Como está você? – perguntou ela.

– Muito melhor – disse ele. – Você trouxe o que eu te pedi?

Ela abriu a bolsa. Tirou o caderno.

– Espero que não tenha molhado. – Hesitou antes de entregá-lo. – Ferran, você sabe que encontraram os corpos?

– É claro. Um inspetor veio me ver ontem.

Ele disse aquilo com uma calma espantosa.

– Eu não os matei, Nina. Eu os amava. Como você. Acho que você não acredita em mim, mas é verdade.

Ele havia dito a mesma coisa em suas ligações, que haviam começado três semanas antes. Tinha repetido a mesma coisa até que ela havia começado a acreditar nele. Mesmo assim, ignorava para que ele queria o caderno onde Cristina escrevia. Ela o havia lido sem encontrar nada estranho naqueles contos que não conseguia compreender de todo. Entregou-o, e Ferran se lançou sobre ele como se fosse um tesouro. Folheou as páginas até encontrar o que procurava, e em seguida sorriu. Era estranho, sua boca sorria, mas seus olhos se encheram de lágrimas.

– Agora falta pouco – murmurou ele.

– Pouco para quê?

– Pouco para terminar o livro. Para que a história chegue a seu desenlace.

Ele estava louco; o brilho de seus olhos e a ênfase em suas palavras a assustaram. Arrependeu-se de ter ido, de ter lhe entregado o caderno, que tinha ficado aberto na mesinha, e injustamente culpou Hugo por se empenhar em viajar para Barcelona.

– Que história, Ferran?

– A deles. A nossa. A do assassino. – O sorriso havia desaparecido. – Amanhã a estas horas tudo terá terminado.

–Você está me dando medo.

– Você nunca simpatizou comigo, eu sei. Mas você e eu os amávamos. Isso nos transforma em aliados, de algum modo.

Nina se sentiu pouco à vontade, porque era verdade e ao mesmo tempo não era. O que a perturbava tinha pouco a ver com o sossego de viver com Hugo. Naquela época, quando Cristina e Daniel voltaram de onde quer que estivessem e se instalaram no apartamento delas, Nina havia optado por fugir. Eles eram apenas um casal, mas ela sempre soubera que não poderia conviver com eles sem cair naquele triângulo tentador, como Ferran. Agora, ao pensar naquilo, não sabia qual dos dois sentimentos a teria preenchido mais.

– O que você procurava no caderno? – perguntou ela. Aquele passado deliberadamente enterrado aflorava e a mergulhava na mesma insegurança de sete anos atrás. Como a mancha, que, mesmo que por momentos se esquecesse dela, continuava ali.

Ele sorriu de novo.

–Você os leu?

– Sim.

– Então deveria saber. – Ele lhe pegou a mão e a apertou com força. – Promete que não vai dizer nada disto até amanhã. Quero que o livro acabe do meu jeito.

– Ferran, não estamos em nenhum livro.

Ele aumentou a pressão.

– Você está me machucando.

– Desculpa. – Soltou-a um instante, mas seu olhar continuou fixo nela, quase hipnotizando-a. – Você promete?

– Prometo.

Antes de ir embora, Nina tentou ver a página na qual Ferran tinha deixado o caderno aberto. Só conseguiu ler a primeira linha, escrita em maiúsculas. Era um título: "Os amantes de Hiroshima".

37

Fazia muito tempo que não visitava o seu túmulo, mas naquela sexta-feira à tarde, antes de sair para a casa de Pals, Lluís Savall sentiu a necessidade daquela companhia intangível que os mortos fazem. Dirigiu até o Cemitério de Collserola, e uma vez ali, protegido pelo velho guarda-chuva que tinha no carro, caminhou entre os túmulos até encontrar o sepulcro de sua família. "Sepulcro", pensou, "uma palavra grandiloquente não muito apropriada para a realidade daquele jazigo austero, quase abandonado." Helena era uma daquelas pessoas que cumpria as tradições e se dava ao trabalho de levar flores a cada 1º de novembro; em maio, seis meses depois, a única coisa que restava nos vasos era água suja e galhos mortos. Ali repousavam seus pais, ambos falecidos anos atrás. Ali jaziam também os restos de sua irmã.

Savall tinha certeza de que sua irmã não teria querido passar a eternidade, se é que ela existia, enterrada com sua família. No entanto, quando chegara o momento de decidir, havia sido a solução mais prática. Ele não acreditava muito na outra vida, e afirmava que pouco lhe importava o que fizessem com seu corpo uma vez morto. "Não é bem verdade", pensou. No fundo todos desejamos que sintam falta de nós, e um lugar físico onde centralizar essa saudade torna tudo mais fácil.

"María del Pilar Savall i Lluc, 1951-2003." Sua irmã havia falecido com menos idade do que ele tinha agora, mas, para ser sincero consigo mesmo, Pilar tinha morrido muito antes. O câncer pusera fim a uma existência vivida com apatia; havia destruído o corpo, sim, mas quando a alma já estava em pedaços. Às vezes ele achava que, antes de se espalhar, o mal havia começado por ali, roendo seu espírito destroçado e frágil.

Quem dera tivesse sabido antes. O muro de silêncio que haviam construído em sua família era tão impenetrável como o mármore da lápide, e tivera como consequência a quase ruptura de relações entre ele e Pilar, que na verdade nunca haviam sido muito unidos. Quando olhava para trás, tentava recordar alguma frase, alguma palavra que ele tivesse podido interpretar, e chegava à conclusão de que, se as houvera, o jovem Lluís não prestara atenção nelas. Seu pai tinha se empenhado em mandar o rapaz estudar em um internato religioso, e quando Pilar sofrera sua tragédia, aquela que a marcara por toda a vida, ele com certeza estava praticando aqueles malditos saltos de ginástica artística ou fazendo flexões. As lembranças seguintes que tinha de sua irmã mostravam uma jovem apática e insatisfeita, que havia amargurado a vida de seus pais. A ele, de fato, ela não dirigira a palavra durante anos, desde que soubera de suas intenções de ingressar na corporação. Cabe acrescentar que o silêncio da irmã também não tivera muita importância para ele.

Pilar havia abandonado a casa da família e raramente voltava, a não ser para pedir dinheiro a sua mãe. Nunca tivera um trabalho com futuro, nem um namoro estável, nem uma mostra de consideração para com a família. Nem mesmo havia assistido ao casamento do irmão. Ao enterro de seus pais, sim, mas não se dignara a derramar uma única lágrima por eles. Por isso, sua reaparição no fim do verão de 2002, nove anos atrás, o surpreendera. Ela estava muito doente, e a visão de seu rosto macilento o impressionara: a pele parecia uma capa de cera; as maçãs do rosto, duas saliências agudas, capazes de atravessar as faces descarnadas. Ela se negara a fazer quimioterapia, e optara por ridículos tratamentos alternativos cujo único resultado era fazer com que ela se consumisse de dor. Não tinha ido vê-lo para se queixar nem para tentar uma reconciliação com o único irmão que tinha antes de abandonar uma vida que não lhe importava muito. Tinha ido pedir ajuda e reclamar vingança; tinha ido lhe contar uma história do passado que a devorava por dentro da mesma forma que o câncer.

Pilar tinha dezenove anos quando a prenderam e a levaram às dependências policiais de Via Laietana. Dezenove jovens e revolucionários anos. Savall meneou a cabeça; os indignados que clamavam pela falta de democracia deveriam ter vivido na época em que aquela ordem de coisas vigorava. Ela não havia sido a única; com a chegada da democracia, foram muitos os que contaram uma história parecida: o terrível pânico que as salas do segundo andar da delegacia inspiravam fazia com que muitos contassem o que sabiam e o que não; os mais reticentes, os que resistiam, eram surrados. Mas o caso de Pilar havia sido diferente, em parte porque o sujeito que a denunciara, aquele esbirro com cara de anjo, abusara dela, talvez porque já a conhecesse da universidade e já a desejasse. Ele não se contentara em espancá-la apenas; aquele covarde queria outra coisa, e em uma cela isolada, sem possibilidade de saída, por entre as zombarias dos quatro amiguinhos fiéis que o incitavam do lado de fora da porta, a violentara durante dois dias consecutivos, até que um superior decente – havia alguns até mesmo naquela época – havia posto fim à tortura.

"Não posso suportar a ideia de que ele sobreviva a mim", dissera ela naquela tarde. "Já que vou morrer, quero ver seu cadáver antes." Seu irmão soube então quem era aquele "ele", seus nomes e sobrenomes – o homem que havia torturado e violentado sua irmã na delegacia, um esbirro da época em que a corporação admitia sádicos com licença para torturar: Juan Antonio López Custodio, o Anjo – que, segundo Pilar, viera do inferno.

Não deveria ter consentido; devia ter refreado a compaixão e a raiva, mas não conseguiu. Descobrir coisas sobre aquele homem foi o seu primeiro erro. Se suas pesquisas tivessem revelado a figura de um derrotado, ele teria ignorado os desejos da irmã.

Mas não foi assim. Juan Antonio López era rico, vivia bem. À medida que foi conhecendo o personagem, seu ódio ficou mais forte. Ordenar uma morte era fácil quando se sabia a quem recorrer. E ele conhecia o homem perfeito para isso.

"Foi a única coisa que pude te dar, e sei que você gostou", murmurou ele diante do túmulo da irmã. A chuva derrubou os vasos, e o resto das flores deslizou pela lápide. A última coisa que ela lhe disse, antes de a inconsciência se apoderar dos restos de seu corpo maltratado, foi um sentido "obrigada". Durante anos, até que tornara a ouvir aquele nome nos lábios de Omar, Savall estava convencido de que a justiça fora feita. Pagar pela morte de outro o transformava moral e legalmente em um assassino, e no entanto ele nunca se sentira assim. Ele não o tinha visto morrer, não havia disparado uma arma ou empunhado uma navalha. Só havia entregado uma boa soma de dinheiro em troca de um serviço, e o pagamento incluía a discrição. Era óbvio que, por alguma razão, a pessoa a quem havia contratado havia dado com a língua nos dentes. O velho Omar parecia saber de tudo. "Tomara que você apodreça num buraco bem escuro", sussurrou.

Nos dias que se seguiram à estranha proposta do velho curandeiro, ele ficara apreensivo, até que, constatado o desaparecimento de Omar, decidira intervir de maneira ativa. Proteger Ruth, levando-a para uma casinha que havia sido a única propriedade de sua irmã no momento de sua morte, e que ele se negara a vender, movido por um romantismo absurdo. Lá ela estaria segura, pensava Lluís Savall. Ninguém poderia encontrá-la em uma casinha em Tiana nos três dias que faltavam para que se cumprisse o maldito prazo imposto por Omar. Eram setenta e duas horas. Apenas três dias.

Nunca se sentira tão culpado como naquele momento. A oração acudiu a seus lábios, apesar de ele não se considerar religioso. Lluís Savall rezou por ele, por Pilar. E por Ruth Valldaura.

38

O choro sonoro de Abel pedindo comida havia chegado bem a tempo. Depois de uma tarde inteira de argumentações, de hipóteses infundadas, de suspeitas que roçavam a paranoia, o menino havia reclamado alimento com uma instintiva sensatez, e ela se apressara a proporcioná-lo. Enquanto isso, Héctor fumava no pequeno terraço, um espaço diminuto com direito a vista, em uma mostra de discrição que ela apreciou.

Na última hora ela havia entrado em seu escritório, onde ele permanecia fechado desde a manhã. Não era um comportamento habitual, e menos ainda com a porta fechada, completamente isolado. Ela logo notara que alguma coisa estava acontecendo com ele, e, depois de uma curta hesitação, lhe pedira que confiasse nela. Já em seu apartamento, tinham repassado aquela história que sabiam de cor. Alguns fatos que não mudavam e que deixavam margem à especulação. O tráfico de mulheres; a morte brutal de Kira, a garota nigeriana; a surra no doutor; a suspensão de Héctor; a visita de Ruth ao consultório. Depois, o assassinato de Omar pelo seu advogado, algo que em teoria encerrava definitivamente o caso. Um final falso, que tivera um epílogo trágico e desconcertante quando Ruth desaparecera de sua casa, e ao qual agora se somava esse capítulo inesperado, essa carta saída do nada. A identidade do remetente era mais uma pergunta em uma história que já tinha perguntas demais, e à qual se incorporava, além disso, a figura de um esbirro da época franquista.

Leire contemplou Abel, pensando que naqueles dias em que Ruth havia desaparecido o menino era apenas uma possibilidade, uma leve suspeita. Uma presença ausente, aó contrário de Ruth agora; sua ausência era tão palpável que quase doía pensar nela.

Juan Antonio López Custodio; apelido: o Anjo. Um novo episódio para acrescentar àquele mistério. E havia mais uma coisa que ela não quisera explicar a seu chefe, para não o inquietar. Leire também não conseguia esquecer a cara de Bellver dias atrás: um olhar rancoroso, daqueles que gente como ele só lançava pelas costas. Definitivamente covarde.

Abel terminou, e ela se levantou, com o menino apoiado no ombro; sabia que ele adorava descobrir o mundo daquela altura privilegiada. Héctor se voltou um pouco e, ao lhe sorrir, ela teve consciência de que, depois de passar toda a tarde ali, discutindo um caso como teriam feito em uma das salas da delegacia, sentia-se estranha em sua própria sala de jantar. Talvez por isso, deu a volta e passeou com Abel nos braços, enquanto Héctor entrava novamente.

– Acho que está na hora de ir. Já parou de chover, e passei a tarde toda invadindo a tua casa.

– De *okupa*? – brincou ela. – Bom, enquanto você não pintar quadros macabros nas paredes, pode ficar. Apesar de que um toque de decoração não seria ruim.

Ele riu, quase a seu pesar.

– Apesar de meus inúmeros talentos, duvido que eu possa te ajudar nessa questão.

"Pelo menos consegui lhe arrancar um sorriso", pensou Leire, imaginando como ele devia ter se sentido sozinho nas últimas horas. A ideia a comoveu um pouco, o que a fez forçar uma mudança de assunto.

– Você não chegou a me contar que impressão teve de Ferran Badía.

Era verdade; tinham ficado tão absortos que durante algumas horas se esqueceram completamente do outro caso.

– O rapaz sem dúvida é perturbado – disse ele depois de uma pausa, escolhendo as palavras com cuidado. – E intuo que ele sabe mais do que conta a respeito da morte de seus amigos.

– Mas ele os amava? Não consigo imaginá-los juntos. Pelo que os outros disseram, eram tão diferentes...

– Acho que sim. Às vezes coisas assim acontecem: as pessoas se apaixonam por quem menos lhes convém. Ou por quem não devem. Ou simplesmente por quem não lhes dá bola.

– Sim. – Leire percebeu que Abel havia adormecido e o deitou no berço. – Nisso somos igualmente complicados.

– Nem sempre – disse ele. – Às vezes as coisas surgem de forma natural: você é jovem, se apaixona, se casa. Claro que isso não significa que vá durar para sempre, apenas que o começo foi fácil, ou assim nos parece agora. Quando Ruth e eu nos conhecemos, nós éramos umas crianças. Eu tinha vinte e um anos, e ela tinha acabado de fazer dezoito.

– Onde foi?

– Em um *show*. Bom, nós já tínhamos nos visto antes, mas foi lá que... Já sabe. Era um *show* muito comprido, patrocinado pela Anistia Internacional ou algo assim. As melhores bandas da época estavam se apresentando. O último foi Bruce. Ele cantou "The river". Imagina só. Rios de hormônios juvenis, a menina mais linda do lugar, um garoto argentino sem muitos amigos. A correnteza nos levou – acrescentou ele com um sorriso triste. – Mas o casamento nunca é o final de nada, apesar do que dizem os filmes e os contos de fadas.

Leire sorriu para si mesma. Seu chefe deixava escapar o sotaque argentino apenas em determinados momentos, e a saudade devia ser uma das alavancas que provocavam esse efeito. Em uma coisa ele tinha razão: o casamento não era o desenlace, mas o começo de outro filme.

– Não me diga isso agora.

– Está planejando casar?

– No momento são apenas planos – admitiu Leire.

Ela não entendia por que a conversa, que durante a tarde havia sido impecável e profissional, estava escorregando aos poucos para um tom mais íntimo. Talvez fosse a noite, a sala em meia penumbra, para que a luz não incomodasse Abel, ou a tempestade de primavera que havia despencado de surpresa sobre a cidade. Talvez fosse apenas o fato de, fora do trabalho, ambos estarem atravessando uma situação pessoal delicada, por razões distintas.

– Você quer comer alguma coisa? Além de cuidar incrivelmente bem de Abel, a *baby-sitter* às vezes ainda consegue um tempinho para me preparar o jantar.

Ela disse aquilo sem pensar, e mal acabara de falar, já estava arrependida.

– Não. Preciso voltar para casa. Já chega por hoje.

– Como quiser. – Haveria uma nota de decepção em sua própria voz, ou era apenas uma impressão sua?

Talvez ele tivesse notado algo, porque, em vez de ir embora, disse, em voz subitamente baixa:

– Não tenho nem um pingo de fome, mas agradeceria muito um café.

– Claro. Vem para a cozinha. Aqui o café é de verdade, não é como o da delegacia.

Leire colocou uma cápsula na máquina, e a cozinha mínima se encheu de um aroma reconfortante que sempre lhe fazia lembrar um farto café da manhã.

– Leite, açúcar?

– Tudo – disse ele sorrindo.

Sem saber muito bem por quê, ela se sentiu estranha preparando um café para seu chefe em sua cozinha.

– Obrigado, Leire. – Ele estava apoiado na bancada, e pegou a xícara. – Por tudo. Mesmo.

Olhou-a fixamente ao dizer isso, e em seus olhos cansados ela viu que, de alguma forma, apesar de as coisas não terem mudado, Héctor havia tirado durante algumas horas o peso que tinha nos ombros. Compartilhá-lo não resolvia nada, era óbvio, só aliviava a carga.

−Vamos continuar trabalhando, inspetor − disse Leire. −Vamos esclarecer isso.

− Às vezes acho que não é possível. Que a morte de Omar me roubou a possibilidade de fazer justiça, além de fazer justiça a Ruth.

− Não. − Ela deu um passo na direção de Héctor, e naquela cozinha pequena, um passo, em qualquer direção, era significativo. − Confie em si, inspetor Salgado. E confie um pouco em mim também. Não vamos deixar que ganhem essa partida de nós. Estamos juntos nisso, Héctor.

O que aconteceu em seguida não estava previsto, mas depois Leire não pôde dizer que a tivesse surpreendido muito. Foi uma sequência de pequenos gestos que começou talvez com aquele plural, com o passo à frente, com a mão dela suspensa no ar, sem se atrever a se apoiar em seu braço, e continuou com um olhar de Héctor em que o desejo se mesclava com a surpresa, como se estivesse vendo a agente Leire Castro pela primeira vez, como se a palavra "juntos" tivesse um significado implícito que acabava de descobrir. O primeiro beijo foi um simples roçar de lábios, e poderiam ter parado por ali, aquele deveria ter sido o momento em que um dos dois usaria o bom senso, a prudência, a mais pura precaução − conceitos que lhes cruzaram a mente em um segundo e foram descartados em menos tempo ainda, jogados no chão como a roupa e pisoteados sem consideração, porque em ambos os casos não passavam de barreiras que atrapalhavam o movimento das mãos e a súbita necessidade do contato de pele com pele.

39

Do outro lado do espelho, Héctor observava seus agentes interrogando Leo Andratx sem conseguir evitar que seus olhos se fixassem mais do que deviam em Leire. Ainda não conseguia acreditar no que havia acontecido na noite anterior, aquele arrebatamento que os tinha levado a despir-se na cozinha e a fazê-lo passar dali para o quarto com ela nos braços. Em todos os seus anos de carreira, nunca havia dormido com uma colega, muito menos com alguém sob a sua autoridade, e ficara atônito ao comprovar como tudo decorrera tão simplesmente. Como se estivessem esperando por aquilo havia muito tempo, os corpos de ambos se haviam ajustado perfeitamente. O único constrangimento fora o despertar. Tinha se sentido deslocado ao contemplar o corpo nu de alguém com quem trabalhava, a quem tinha que dar ordens. Como um ator na cena errada. Héctor havia tomado um chuveiro e, ao sair do banho, a mulher que cuidava de Abel já tinha chegado. Ela não disse nada, nem precisava; a calcinha de Leire no chão da cozinha contava toda a história sem necessidade de que nenhum deles acrescentasse nada.

Por sorte, os interrogatórios dos três membros de Hiroshima os haviam mantido ocupados, mesmo porque, para sua surpresa, os três se haviam mostrado muito dispostos a colaborar. As investigações que Fort e Leire haviam feito nos últimos dias indicavam gastos superiores aos ganhos, e no caso de Isaac Rubio, sem trabalho conhecido, ficava evidente que havia uma fonte não declarada de dinheiro. Apesar disso, poderiam ter passado horas justificando-se, mas não o fizeram.

Hugo Arias fora o primeiro, e havia admitido toda a questão do dinheiro, expondo o que acontecera com uma coerência em alguns momentos tingida de remorso. Em linhas gerais, sua história se mostrava convincente, e começava quando Vicente Cortés pedira a Isaac o furgão de Leo que o resto dos membros da banda também usava de vez em quando. "É só por algumas horas", dissera ele, e o rapaz finalmente lhe emprestou as chaves, porque no bairro ninguém negava nada a Vicente. Horas depois, quando viu que o outro não voltava, ele começara a se inquietar. Leo armaria um escândalo se o furgão sofresse algum prejuízo, de modo que, cansado de esperar, ele ligara para Hugo e lhe pedira que fosse junto com ele procurá-lo de moto. Hugo havia achado a ideia absurda, mas Isaac estava tão desesperado que ele aceitou ir até lá e, com o outro na garupa, dar algumas voltas pelo bairro. Duas horas depois, quando Hugo já estava decidido a desistir, encontraram o furgão.

Ele estava parado no acostamento da estrada de Montjuïc, como se o motorista tivesse parado para ver a cidade do alto. Vicente, claro, já estava morto. Caído sobre o volante, sem sinais de violência. A morte parecia tê-lo pegado à traição. A impressão inicial havia sido seguida de mais um impacto. No banco traseiro havia uma maleta velha de couro. O dinheiro estava dentro dela: trezentos mil euros. Uma quantia maior do que Héctor ou seus agentes haviam imaginado. Os três decidiram deixar o cadáver na montanha, onde depois foi encontrado, e levar o furgão a um descampado afastado onde pudessem queimá-lo impunemente.

A declaração de Isaac Rubio seguira mais ou menos a mesma linha. Fort se encarregara do interrogatório, pois Héctor achou que o rapaz se sentiria menos intimidado com ele que com Leire.

Isaac se mostrara sucinto e confirmara por meio de monossílabos e frases curtas a versão de Hugo. Héctor não acreditou muito no que eles disseram que haviam feito com o dinheiro depois de encontrá-lo — uma versão que, tinha certeza, Leo Andratx contaria novamente em alguns instantes a seus agentes.

— A que horas ligaram para Hugo e Isaac? — perguntou Leire, enquanto Fort permanecia em segundo plano.

Leo titubeou, e sua expressão passou da hesitação à apatia.

— Não me lembro muito bem. Eu já estava dormindo, deviam ser pelo menos duas horas.

— E você foi se encontrar com eles? Apesar da hora?

Ele sorriu.

— Claro. O assunto merecia, não acham?

— Imagino que sim. Quando decidiram ficar com o dinheiro?

Leo desviou o olhar para Fort, procurando uma cumplicidade que, aparentemente, só esperava encontrar em alguém do mesmo sexo.

— Acho que não hesitamos em nenhum momento. — Tentou sorrir. — Olhem, Isaac tinha nos contado quem era o morto. Tratava-se de um delinquente, e era evidente que aquele dinheiro só podia ser ilegal.

— É por isso que estamos perguntando — interveio Fort, aproximando-se da mesa. — Não ficaram com medo?

— Nós tínhamos vinte e poucos anos, agente. O senhor sabe o que significava aquele dinheiro para nós? O medo não chegava aos pés das outras sensações: emoção, expectativa. Só precisávamos deixar o corpo entre os arbustos, nos desfazer do furgão e guardar o dinheiro por algum tempo. Segundo Isaac, ninguém sabia que Vicente tinha lhe pedido o furgão. — Ele suspirou. — E no pior dos casos, se as coisas ficassem feias, nós podíamos devolver o dinheiro. Por isso eu insisti em guardá-lo, pelo menos até passar o verão. Para o caso de alguma coisa dar errado.

– Entendo – disse Leire. – Naquela noite estavam os três, Hugo, Isaac e você. E Daniel?

– Dani não estava. Fazia dias que não o víamos.

– Não sabiam dele?

Leo balançou a cabeça.

– Ele não foi ao *show* e não apareceu de novo até dois dias depois que encontramos a grana.

– Então, isso foi no dia 22 de junho?

– Sinto muito, não me lembro do dia.

– Então, queimaram o carro e levaram o dinheiro. Para onde?

– Para o lugar onde nós ensaiávamos. – Ele sorriu. – Já sei que parece absurdo, mas não tínhamos outro lugar. Não podíamos pegar os trezentos mil euros e pôr no banco.

– Trezentos mil? – perguntou Fort.

– Claro. Acha que é pouco ou muito?

– Bastante – retrucou o agente.

– Não dava para reclamar. Vocês imaginam o que é encontrar essa quantia assim, do nada? Claro que, dividido, impressionava bem menos.

– Com Daniel incluído na divisão? – perguntou Leire.

– É claro.

A afirmação foi feita de um modo que pretendia eliminar qualquer dúvida, mas, na verdade, teve o efeito contrário.

– É claro? Vamos, Leo; Daniel os deixou na mão bem na hora em que precisavam dele. Por que iam dividir com ele?

– Éramos amigos. Não entendem? Claro que ficamos fodidos, desculpe a expressão, quando Dani faltou ao *show*, mas continuávamos sendo um grupo. E chegamos a um acordo – repetiu.

– Então dividiram o dinheiro em partes iguais?

– Não logo. Vejam, eu não queria que Isaac começasse a gastar como um louco e chamasse a atenção. Eu os convenci a esperar até depois do verão, para o caso de alguém ir à procura dele. Daniel queria ir embora com Cris, então achei que não haveria problema se ele levasse algum adiantado. Dez mil euros. Se ele fosse para longe, para mim dava na mesma.

Fort e Leire olharam um para o outro. Aquilo explicava os dez mil euros que haviam encontrado com os cadáveres. Ambos duvidavam de que a divisão tivesse sido feita de forma tão pacífica como Leo queria dar a entender. No entanto, ninguém podia negar que aquela peça do quebra-cabeça se encaixava no que os rapazes haviam contado.

— Quer dizer que, com o desaparecimento de Daniel, a quantia por cabeça aumentou — insinuou Leire.

— O que a senhora quer dizer com isso? Ah, claro, ficaram uns vinte mil euros a mais para cada um, é verdade. Mas acredita mesmo que nós teríamos matado Dani e Cristina por isso?

— Tem gente que mata por menos — retrucou Leire.

— É verdade, agente. Não duvido. E acha que essa gente capaz de matar por essa quantia deixaria outros dez mil com os cadáveres?

— Qualquer um dos três pode ter matado Dani e Cristina e ter ganhado vinte mil euros na divisão.

Estavam os três no escritório de Héctor, e Leire havia acabado de fazer o resumo da situação.

— E deixar dez mil com os cadáveres? — perguntou Salgado. — Nisso Leo tinha razão. Por quê?

— Certo, isso não se encaixa.

— Nem o tipo de assassinato, não é? — perguntou Fort. — Arrebentaram com Cristina Silva. Em Daniel deram apenas um golpe, que acabou sendo mortal.

Eles se entreolharam, sem chegar a nenhuma conclusão clara.

— E o que vocês acharam? Estou falando dos rapazes e de sua relação com as vítimas.

Os dois hesitaram. O tempo transcorrido fazia com que qualquer opinião não passasse de mera conjectura.

– Eu diria que Leo não gostava de Cristina, nem das mulheres em geral – comentou Leire. – Apesar disso, acho que ele gostava de Dani, e que o fato de ele os ter deixado na mão o deixou mais chateado do que está disposto a admitir.

– Hugo parece ser o mais normal. Ele reconheceu que admirava Dani, e que inclusive o imitava em coisas como a roupa – acrescentou Fort.

– Sim. E Isaac?

– Ele é um pouco limitado, não é? – disse Leire. – Às vezes parece uma criança grande. Minha mãe diria que lhe falta maturidade.

Héctor sorriu.

– Mas ele amava Daniel – replicou ele, e os outros concordaram. – Na verdade, acho que ele o via como um irmão mais velho. Esse rapaz devia estar muito perdido aos dezenove anos. Sem família, sem trabalho. E no bairro onde vive havia muitas drogas naquela época. Poderia ter-se saído muito pior; pelo que consta em sua ficha, ele nunca se meteu em confusões, e era o que tinha mais probabilidades de se descontrolar com um monte de dinheiro nas mãos. De qualquer modo, algo me diz que essa divisão não foi feita de modo tão tranquilo como eles estão tentando nos vender. Na verdade, eles não tinham por que dividir com Daniel, nem mesmo razão para lhe contar.

– O senhor acha, inspetor? – disse Leire, ruborizando um pouco. – Aos vinte e poucos, contar o que aconteceu faz parte do prazer de viver.

Héctor sorriu outra vez. Talvez os vinte anos estivessem longe demais para que se lembrasse deles.

– Senhor, esta manhã recebemos o endereço de onde postaram as fotos dos quadros – anunciou Roger Fort.

Héctor olhou o relógio. Os interrogatórios tinham sido mais curtos do que o previsto, mas ele ainda queria falar pessoalmente com Nina Hernández, a quem havia intimado para a tarde.

40

"O ateliê do Artista fica num dos bairros menos boêmios de Barcelona", pensou Leire a caminho da Calle Casals i Cuberó, paralela à Via Júlia. Estava contente por se encontrar fora da delegacia. Fazia frio, e a chuva tinha limpado a atmosfera da cidade, apesar de não ser essa a razão do seu alívio. A verdade era que estar tão perto de Héctor horas depois de ter estado realmente perto começava a deixá-la pouco à vontade. Ela e Fort tinham saído da Ronda de Dalt e caminharam até dar com o Parque de la Guineueta, enquanto conversavam sobre o que seria de sua vida se encontrassem trezentos mil euros abandonados em uma maleta sem dono.

A rua que procuravam terminava no dito parque, e era de agradecer o espaço verde em uma área de edifícios altos e uma grande densidade de população. Nou Barris, assim se chamava a região, era um bairro tradicionalmente trabalhador. Às vezes seus habitantes ainda diziam que "iam a Barcelona" quando se deslocavam ao centro da cidade, como se onde moravam fosse outra coisa e não tivesse muito a ver com o resto da capital.

Localizaram o ateliê sem dificuldade, mas deram com uma persiana metálica fechada. Por sorte, bem ao lado havia uma porta e, no porteiro eletrônico, uma campainha um tanto separada do resto. Leire tocou, e abriram pouco depois com um zumbido, sem que ninguém perguntasse quem era. Diante deles se elevava uma escada estreita e, à esquerda, uma porta entreaberta que, logicamente, devia dar para aquele espaço que de fora parecia fechado a sete chaves.

– Tem alguém aí? – disse Fort em voz alta.

Uma garota bem jovem e muito magra se aproximou ao ouvi-lo, depois um cachorro latiu sem muita convicção.

– Quem estão procurando? – perguntou a garota, ao mesmo tempo que segurava o animal. – Acho que erraram de apartamento.

Seu tom de voz era amável, quase doce, o que contrastava com uma imagem que poderia ilustrar um manual sobre o movimento *okupa*. Trancinhas rastafári loiras, dois *piercings*, um na sobrancelha e outro no nariz, e uma tatuagem em forma de borboleta que se insinuava em seu ombro. Seus olhos eram tão azuis que chegavam a ser translúcidos, e ela cheirava a perfume fresco, a limpeza.

– Estamos procurando um homem a quem chamam de Artista – disse Leire, identificando-se como *mosso*.

A garota mudou de expressão ao ver o distintivo. Leire não saberia dizer se seu rosto demonstrava antipatia ou medo.

– Os vizinhos se queixaram outra vez? – disse ela em um tom que demonstrava sua irritação com o assunto. – Eles nunca se cansam...

– Não é isso – assegurou Fort. – Podemos entrar?

– Lucas não está. – E o cão reforçou a frase com uma série de latidos.

– É importante, e não tem nada a ver com os vizinhos nem com suas queixas, pode acreditar – replicou Leire.

A garota se afastou da porta. Enquanto ela os deixava passar, o cachorro os farejou, e, compreendendo que sua dona permitia a entrada deles, afastou-se em seguida, sem deixar de observá-los. O interior estava na mais absoluta obscuridade. Apenas algumas velas dispersas iluminavam o suficiente para que ninguém tropeçasse.

– Eu estava trabalhando – disse ela –, e me concentro melhor no escuro. Um momento, vou acender a luz.

Ela o fez, e ambos lhe agradeceram, apesar de a iluminação, uma lâmpada fluorescente no teto, dar um ar sem graça ao local. De repente eles se viram no que, sem dúvida, havia sido uma espécie de garagem, e agora fora transformado em estúdio. Havia uma mesa comprida, esquecida perto de uma parede, e várias telas inacabadas.

– De tarde os outros vêm, mas a esta hora costumo estar sozinha. Com Lucas.

– Vocês moram aqui? – perguntou Leire.

Ela riu.

– Não. Temos um apartamento perto daqui. Este lugar estava vazio, então nós fizemos um acordo com o proprietário. Nós pagamos bem pouco, e em troca ele assiste às aulas. Ele é um pintor amador.

– Ah...

– Se não vieram por causa dos vizinhos, pode-se saber para que estão procurando o Lucas? – perguntou afinal a garota, claramente nervosa.

– Estas fotos te dizem alguma coisa? – perguntou Leire aproximando-se da mesa, onde depositou as imagens tiradas na casa. Apesar de já ter se acostumado a vê-las, ao colocá-las novamente uma ao lado da outra, reviveu a sensação estranha que havia experimentado na primeira vez em que as vira pessoalmente, quando ainda não eram meras reproduções, mas quadros que decoravam um quarto lúgubre.

A garota ficou ainda mais tensa e desviou os olhos.

– É melhor que esperem o Lucas.

– Como você se chama? – perguntou Leire. Queria aproveitar o fato de tê-la encontrado sozinha, e não sabia muito bem como ganhar a sua confiança.

– Diana – respondeu ela, e tanto Leire como Fort sorriram: o nome lhe caía perfeitamente.

– Diana, estas fotos foram tiradas em uma casa abandonada. Sabemos que vocês pintaram esses quadros. Não sei se foi você que os fez, ou Lucas, ou algum dos rapazes.

A jovem continuou sem dizer nada.

– O problema não são os quadros – prosseguiu Leire em um tom amigável –, mas os cadáveres que encontramos no porão desse lugar.

Diana se afastou um pouco da mesa. Seu olhar implorava por ajuda, mas não a encontrou nos olhos de Roger Fort.

–Vamos, os corpos estavam lá há muitos anos, e não têm nada a ver com vocês. Só quero saber por que vocês escolheram essa casa e por que pintaram isto em particular.

– Lucas decide que casas decorar – murmurou Diana, reticente. – E nos disse que não falássemos disso. Que esquecêssemos.

Ela beliscava o lábio inferior com os dedos, como uma menininha.

– Mas você não esqueceu, não é? – interveio Fort.

Talvez o cão tivesse notado a tensão no ambiente, mas a verdade é que depois dessas palavras ele se aproximou deles e emitiu um grunhido surdo, ameaçador.

– Prenda esse cachorro! – ordenou Leire, e a garota tentou, mas era evidente que seu tom não expressava a convicção necessária.

Foi uma voz masculina que o acalmou com um sonoro "Klaus, *sit!*".

Os três se voltaram para a voz, e o cão latiu, dessa vez de alegria, mas seus pulos de boas-vindas foram frustrados por uma segunda ordem que ele obedeceu imediatamente. "Ora", pensou Leire, "Lucas é um homem que sabe mandar. E não é nada feio", disse a si mesma em seguida.

O indivíduo que tinha entrado sem fazer barulho devia ter cerca de um metro e noventa de altura, e havia nele algo que fazia pensar em um deus *viking*. Muito bronzeado, o sol lhe havia deixado muitas rugas na pele ao redor dos olhos, que eram azuis, não tão diáfanos como os de Diana, mas mais apagados, meio acinzentados. Usava uma barba comprida e descuidada, e vestia *jeans* e uma camiseta larga. Era difícil calcular sua idade; mais perto dos quarenta e cinco que dos quarenta, decidiu Leire. Além disso, era atraente, e tinha consciência disso.

– Bom dia – cumprimentou o deus escandinavo da pintura. – Diana, por que você não vai dar um passeio com Klaus? Ele parece nervoso.

O tom afável não conseguia esconder a ordem implícita. E ela, entre obediente e aliviada por sair dali, se dispunha a fazer o que lhe diziam quando Fort a deteve com um gesto.

– É melhor você ficar. Queremos falar com os dois.

O deus nórdico não gostou nada de que alguém frustrasse seus desejos, mas, além de lançar um olhar fulminante, não insistiu.

– Como queiram – disse ele sem sorrir. – Podem me dizer por que vieram?

Disse isso como se fosse um imperador cujo palácio tivesse sido invadido pela ralé, exatamente o tom que irritava muito alguém como Leire Castro.

– Estamos aqui porque vocês estão metidos em uma confusão. E porque queremos que tenham a oportunidade de nos explicar aqui, em vez de levá-los à delegacia.

– À delegacia? Acusados de quê? – A pergunta era irônica. – De pintar em casas vazias?

– Não. De cumplicidade em um caso de homicídio. Ou de obstrução da justiça. Depende.

– O quê? Não me faça rir.

– Nós estamos rindo? – Roger Fort deu um passo à frente.

– Tudo bem, tudo bem. Calma. – O gigante se deixou cair em um sofá desmantelado que mal parecia aguentar o seu peso. – Nós não temos nada a ver com os mortos. Imagino que tenham vindo por causa disso, não é? Por causa dos quadros da casa do aeroporto.

Fitou-os com a altivez de quem já havia lidado em outras ocasiões com agentes da lei. Diana se sentara no chão com as pernas cruzadas e observava a cena com aqueles incríveis olhos azuis extremamente abertos, enquanto acariciava o cachorro, que tinha deitado ao seu lado.

371

– Nós costumamos atuar em casas vazias em sinal de protesto – continuou Lucas. – Deixamos nossa arte ali, para demonstrar que esses lugares merecem ser habitados. Ao mesmo tempo, isso nos dá a possibilidade de mostrar nossa obra. Não me digam que eles não são bons. – Ele sorriu. – Esses fui eu mesmo que fiz.

Leire tinha as fotografias na mão.

– Acho que você os fez por alguma razão. Essas imagens poderiam ser as ilustrações de um conto.

– Que inteligente! Elas são. Foi uma encomenda. Alguém me mandou um livro com um conto assinalado, "Os amantes de Hiroshima", e me pediu que criasse o que esse conto me sugerisse em troca de um bom pagamento. O dinheiro não fazia diferença, costumo fazer isso gratuitamente, mas gostei do conto. Além disso, cobrar me pareceu uma boa ideia, para variar: os artistas também comem todos os dias.

– Quem os encomendou?

O pintor balançou a cabeça.

– Não tenho a menor ideia. Ele me disse que preferia não se identificar, e que eu receberia em dinheiro vivo. Também me pediu que eu me ocupasse dos quadros pessoalmente, tanto de pintá-los como de pendurá-los no endereço que ele me deu.

O cachorro soltou um grunhido, e Fort adivinhou que Diana tinha parado de acariciá-lo.

– E você, Diana? Sabe de quem se tratava?

– Ela não sabe de nada – respondeu o pintor.

– Ela é capaz de responder por si mesma – replicou Leire, e, dirigindo-se a Diana, repetiu a pergunta em um tom mais suave. – Olha, é importante descobrirmos a verdade. Você tem alguma ideia de quem estava por trás dessa encomenda?

A jovem não respondeu, e Leire se aproximou dela.

– Eu já disse que ela não tem nada para declarar – interveio Lucas colocando-se entre elas.

– Muito bem – interrompeu Fort pegando as algemas. – Já que não querem colaborar, vamos todos para a delegacia.

– Não! – O grito havia saído da garganta de Diana, e ressoou naquele espaço vazio com tanta força que o cachorro se escondeu, assustado. – Não me prendam em nenhum lugar. Não vou suportar!

Ela tremia, apavorada.

– Estão vendo o que fizeram? – disse Lucas, e agachou-se para abraçar a garota pelos ombros. – Calma, não vou deixar que te levem a nenhum lugar.

Ela se levantou e se deixou abraçar. Ao lado do deus, parecia uma mortal fraca e assustada.

– Por que não nos dizem a verdade? – perguntou Leire em tom conciliador. – Toda a verdade.

– Nós já dissemos. Nos pagaram para pintar e pendurar esses quadros na casa. Foi só isso.

– E o que vocês fizeram com o livro? – De súbito, Fort se lembrou da descrição que Mayart havia feito da garota que lhe pedira para autografar o exemplar de *Os inocentes*.

Por uma vez, Lucas pareceu não ter resposta. Diana continuava em silêncio, protegida pelos braços fortes do pintor.

– Diana, você foi ver Santiago Mayart, o autor do livro, e lhe pediu que o dedicasse a Daniel e Cristina. – Ele falava em voz baixa e calma. – Nós sabemos que você fez isso. Só queremos que nos diga por quê.

Lucas também olhou para a garota, com uma expressão entre curiosa e irritada. Sem dúvida, não estava acostumado com o fato de ela lhe esconder alguma coisa.

– Diana, você fez isso? – perguntou o Artista.

Ela concordou.

– Foi um favor. Não te contei porque não gosto de falar daqueles meses e das pessoas que conheci lá. Me pediram que eu desse o teu *e-mail*, Lucas, para te mandar a encomenda. Sabiam que algum dinheiro nos viria bem a calhar. Desculpa.

– Agora entendo por que você insistiu para eu ler o bendito conto. E quem te pediu isso, porra?

– Quieto! – disse Leire. – Aqui quem faz as perguntas somos nós. Diana, fala, quem foi?

– Ferran. – Os olhos azuis de Diana haviam se enchido de lágrimas. – Eu o conheci na Clínica Hagenbach, quando me internaram em outubro, por causa do princípio de anorexia. Nós ficamos amigos, e quando saí continuamos em contato.

Ela tornou a olhar para Lucas, que se afastara um pouco dela e a observava como se não pudesse acreditar que a garota tivesse vida própria.

– Eu fiz isso por você, por nós... Não fique chateado – repetiu ela. – Eu não sabia nada dos mortos, juro! Ferran só me disse que nos encomendaria os quadros se eu conseguisse o livro autografado e o fizesse chegar à polícia. Ele não me contou por quê, só me pediu aquilo como um favor. Quando você entra em um lugar como aquele, você precisa de amigos, e ele ficou do meu lado.

Ela olhou para Fort e acrescentou em voz baixa:

– Depois que você foi à escola onde eu estudava, um amigo me avisou, e... Eu o segui até a sua casa e o vi com o cachorro; era o mesmo que rondava a casa enquanto estivemos lá. No dia seguinte voltei com Klaus. O seu cachorro saiu correndo ao reconhecê-lo. Você já sabe o resto.

– Eu não tenho nada a ver com toda essa loucura – afirmou o deus nórdico, que parecia ter descido de seu pedestal. – Só pintei os quadros e os pendurei na casa. Quando fiquei sabendo dos cadáveres, apaguei qualquer rastro das fotos na nossa página.

Diana o fitou, e em seus olhos azuis se lia algo que podia ser tristeza ou decepção.

41

Nina apareceu na delegacia às três em ponto, como haviam combinado. Caminhou até o escritório sem hesitar e o cumprimentou, gélida.

– Em vez de ir a uma das salas de interrogatório, ficaremos aqui. É mais confortável.

Por alguma razão, Héctor não queria que o ambiente definisse os papéis: ele de um lado, em posição dominante, ela do outro, sentindo-se vulnerável e interrogada. Em seu escritório havia uma mesa redonda que ele usava nas reuniões informais com sua equipe. Héctor deixou que Nina escolhesse uma cadeira e sentou-se ao seu lado. Estava disposto a continuar averiguando a vida de Cristina Silva através da única mulher que, ao que parecia, havia sido sua amiga.

– Como era Cristina? – perguntou ele sem rodeios.

– É difícil responder a essa pergunta. Cris... – Nina suspirou. – Cris era complicada. Não era todo mundo que gostava dela. Às vezes ela era muito direta, como se não se importasse com nada. Estou fazendo tudo errado. Tenho tantas coisas para contar que não sei por onde começar, o que é mais importante.

– O que foi importante para a senhora?

Nina quase sorriu.

– Tudo. Não, não me entenda mal. – Ela mostrou a face esquerda. – Está vendo isto? Eu sempre tive complexo disso.

Cris conseguiu me fazer esquecer dela de verdade. E não é fácil ignorar uma coisa que você vê refletida nos olhos de todo mundo.

Ela fez uma pausa, e Héctor pressentiu que a vergonha podia fechar a torneira das confidências. Mas não foi assim; Nina tomou fôlego e continuou falando:

– Pouco depois de começarmos a morar juntas, fui trabalhar em uma loja do McDonald's. Não era nada incrível, apenas um salário para pagar as contas durante alguns meses. Eu trabalhava no caixa, atendendo pedidos, até que um dia uma supervisora passou por lá. – Ela sacudiu a cabeça, como se tivesse dificuldade para continuar. – E me despediram, muito educadamente, é claro. Eu a ouvi falar com o encarregado antes: "Por acaso você não tem noção de qual é a nossa filosofia? Este é um estabelecimento feliz, nós atendemos a famílias felizes e temos empregados felizes. Porra, nós até desenhamos um puta sorriso com *ketchup* nos hambúrgueres! Você acha mesmo que essa moça transmite felicidade?"

Héctor não sabia o que dizer. O mundo moderno se mostrava tolerante com muitas coisas; no entanto, os defeitos físicos visíveis continuavam sendo imperdoáveis. O medo da rejeição era algo que se aprendia depressa quando os adultos esboçavam um sorriso compassivo, e as crianças, uma careta cruel.

Nina deve ter notado o seu desconforto, por que continuou:

– Fique tranquilo. Só estou lhe contando isso para que tenha uma ideia. Cris me ajudou a superar isso. – Ela sorriu. – Eu lhe expliquei o que acontecera dois dias depois; tive de lhe dizer que havia ficado sem trabalho. Mais tarde saímos de casa, já era de noite. Ela havia me perguntado o nome da supervisora, e tinha conseguido o endereço dela. Talvez eu não devesse lhe contar isso. Ela levou duas latas de pintura em *spray*, como as dos grafiteiros, e começamos a desenhar carinhas sorridentes na porta da casa dela. Depois ela acrescentou mais uma coisa: "*Be happy*, filha da puta". Um vizinho quase nos pegou ao sair do elevador; fugimos correndo escadas abaixo. Foi uma cretinice e não resolveu nada, eu sei.

— Mas isso a fez sentir-se melhor?

— Sim, bem melhor, para dizer a verdade. Cristina era assim: decidida, descarada, divertida. "Eu sou má", ela dizia às vezes, como se não conseguisse evitar fazer essas coisas.

— Ela era uma garota forte?

— Muito. A maioria das pessoas só via isso nela, sua força. Sua convicção, sua ausência de tabus. Cris fazia o que queria, ia direto ao objetivo. E te ajudava, se pudesse.

Héctor assentiu com um gesto de cabeça.

— Disse que as pessoas só viam isso, a força. Quer dizer que existia outra Cris? Uma mais insegura?

— Não sei se era insegurança. Eu diria que era tristeza. Tristeza de verdade, dessas que doem.

Héctor repetiu o gesto. O retrato de Cristina Silva que obtivera até o momento era quase irreal: a mulher jovem do século XXI, liberada, sincera, assertiva. Ninguém tão jovem podia ser de todo assim, e depois de ter lido suas cartas e da conversa com Eloy, não lhe surpreendeu a palavra "tristeza" aplicada a ela.

— O que a deixava triste?

— Não sei. Nunca soube. Não é que ela se pusesse a chorar nem nada disso; às vezes, um belo dia, ela se fechava em si mesma, não conversava. Eu já a conhecia e a deixava em paz.

— Alguma vez tentou averiguar o que acontecia com ela?

— Se o senhor a tivesse conhecido, não perguntaria isso. Cris tinha a capacidade de transmitir com um único olhar que não queria conversar.

— Em alguma ocasião Cristina mencionou um irmão? — A pergunta foi feita em um tom neutro, motivada pela menção à melancolia de Cristina Silva, mas a reação de Nina foi evidente.

— Irmão? Cris? Ela tinha uma irmã, não?

— Na verdade, sim. — Ele preferiu não dar maiores explicações, e mudou de assunto. — Você pode me falar dela e de Dani?

Nina sorriu, e seu sorriso não tinha nada de malicioso.

– Cris estava muito apaixonada. Mais do que gostava de admitir. No tempo em que vivemos juntas, não houve ninguém tão importante para ela como Dani. E eles formavam um casal incrível.

– E Ferran?

A pergunta teve a virtude de apagar imediatamente a saudade do rosto da moça e mudá-la para uma sombra de apreensão.

– Não tenho a menor ideia. Cris o admirava; adorava o que ele escrevia, o fato de ele ter lido muito a fascinava, sua cultura. Não sei por que os três se juntaram. Foram juntos para Amsterdã por quatro ou cinco dias, e voltaram de lá de rolo.

– E Cris deixou de morar com você. Na prática.

– Sim. Ela não abandonou o apartamento definitivamente, mas passava quase todo o tempo com eles. Com os dois. Depois, mais para a frente, as coisas se complicaram.

– Por quê?

– Imagino que essas coisas nunca são fáceis de administrar. Na verdade, pelo que Cristina me contou, o pai de Daniel apareceu um dia na casa deles e pilhou os três na cama. Isso poderia ter sido desagradável e não passar disso; no entanto, depois de falar com o pai, Dani mudou. O velho tinha lhe cascado a bronca típica: o que você está fazendo da tua vida, e por aí vai. Isso pegou Dani de jeito; ele começou a se afastar, não apenas de Cris, mas também dos rapazes, da banda.

– E eles puseram a culpa em...?

Nina sorriu novamente.

– Os homens sempre se protegem. Para eles, Cris era a vilã da história.

– Me parece que houve um *show* no qual Dani não apareceu. Houve alguma briga? Alguma discussão? Entre os membros de Hiroshima?

Nina hesitou. Ela não tinha ido falar daquilo, e a pergunta a deixou pouco à vontade. Como se estivesse traindo Hugo.

– Acho que sim. É melhor perguntar isso para eles.

Era óbvio que ela não queria continuar falando do assunto. De fato, de repente ela olhou o relógio. Héctor não estava disposto a deixá-la ir ainda.

– Calma, eu já fiz isso. – Ele abriu a pasta e tirou a declaração de Nina de sete anos antes. – Naquela época você disse que Cris tinha medo de Ferran. Lembra disso?

– Sim.

O ambiente de confidência tinha se desvanecido, e Nina havia adotado uma postura tensa, defensiva.

– Como foi isso? Se importa de me contar?

– Tudo começou quando Cris foi viajar por alguns dias. De repente, sem avisar ninguém. Nem mesmo Dani. Ela me deixou um bilhete dizendo que ia viajar e que voltaria logo.

– Quando foi isso?

– Pouco depois de o pai de Dani ter ido lá. Alguns dias antes do *show*.

– Sabe para onde ela foi? Ou por quê?

Nina balançou a cabeça.

– Achei que ela tinha brigado outra vez com Dani. Ele estava abatido. Veio à minha casa me perguntar pelo paradeiro de Cris, porque fazia dias que não tinha notícias dela. Eu lhe disse a verdade: não tinha a menor ideia de onde ela estava.

– Estavam preocupados com ela? Achavam que podia ter lhe acontecido alguma coisa?

Nina desviou o olhar.

– Dani estava apavorado. Tinha metido na cabeça que Cris podia ter feito algo consigo mesma. Eu o tranquilizei. Pelo menos tentei. Cristina falava muito da morte, mas isso não significava que quisesse morrer.

– Você sabia para onde Cristina tinha ido?

– Não. Dani recebeu uma mensagem enquanto estava em casa, e saiu logo depois sem dizer nada. Eu deduzi que Cris tinha escrito para ele. Seja como for, ele não voltou a tempo para o *show*. Eles só retornaram vários dias depois, e, quando chegaram, Cris estava estranha.

— Tensa?

— Nervosa. – Nina franziu a testa ao se lembrar disso, seus ombros caíram, seu rosto se encheu de dúvidas. – Como se estivesse arrependida de ter ido, e ao mesmo tempo eufórica. O que estava claro era que eles estavam pensando em se instalar em casa. Preferi deixá-los sozinhos, e fui com meus pais para o apartamento da praia. Passei a verbena[1] com eles, e fiquei lá vários dias. E não voltei mais a ver Cris. No dia 25, ela me ligou para me dizer que eles iam viajar juntos, ela e Dani. Estava contente, e eu fiquei feliz com isso. Era o que convinha para eles. Ela não me disse para onde, só que primeiro passariam alguns dias em seu refúgio, e depois ficariam fora o verão inteiro, ou mais. Disse que seria bom para eles afastar-se de todos, e eu deduzi que ela se referia principalmente a Ferran.

— Você mencionou o refúgio. Tinha ideia de onde ficava?

— Não. E foi nesse dia, antes de ir embora, que Cristina mencionou que o melhor era que eles se separassem de Ferran. "Ele tem que se esquecer de nós." Foi isso que ela disse.

— Ela acrescentou mais alguma coisa? Expressou algum receio concreto em relação a ele?

— Cristina não era das que confessam ter medo, inspetor. Ela repetiu várias vezes que ela e Dani estavam fazendo mal a ele, que em sua nova vida não havia espaço para ele. Depois do verão, quando me interrogaram, pensei que Ferran podia ter se sentido traído.

Aquilo enfatizava muito a declaração de anos atrás, e Héctor se sentiu na obrigação de insistir.

— Então, Cristina disse que tinha medo de Ferran ou não? – perguntou ele diretamente.

---

1 Festividade pública; espécie de quermesse que recebe esse nome porque, segundo a tradição espanhola, as festas se prolongavam até a madrugada, horário em que a planta usada para fins medicinais é colhida. (N. da E.)

– Acho que não. Isso foi há muito tempo – disse ela em tom de desculpa. – Naquela época achei que qualquer outra garota teria sentido medo daquele amante abandonado.

Héctor assentiu. Tinha conseguido saber o que queria, e estava na hora de mudar de assunto.

– Você sabia do dinheiro que os membros da banda encontraram?

Ele teria jurado que Nina ficaria indignada ao ouvir a pergunta, não tanto porque ele a formulara, mas porque ela teria de admitir que não sabia daquilo.

– Não. Hugo me contou só na sexta à noite.

– Cristina não tinha lhe contado nada?

Ela negou com a cabeça. Sim, não havia dúvida de que ela estava irritada. Ninguém havia confiado nela; nem sua amiga, nem seu namorado, nem nenhum dos outros.

– Não, inspetor. O senhor precisa de mim para mais alguma coisa?

Era óbvio que o assunto a tinha deixado pouco à vontade.

– Uma última pergunta, por favor. Cris lhe falou alguma vez de Santiago Mayart, seu professor de escrita criativa?

– O reprimido? Cris o chamava assim. Ela zombava bastante dele, mas continuava assistindo a suas aulas.

– Zombava?

– Bom, ela sempre o chamava assim: o "reprimido".

– Houve alguma coisa... algum problema com ele por parte de Cris?

– De Cris? Não, inspetor. Ela não tinha esse tipo de problema com os homens. E além disso, pelo que ela me contava, duvido que o professor gostasse de garotas.

– Ele é homossexual? – A ideia não lhe parecia impossível, simplesmente não lhe havia ocorrido.

– De acordo com Cris, ele vivia dentro de um armário do tamanho do Ateneu.

– E como ela sabia disso?

– As mulheres sabem dessas coisas, inspetor. Nós as percebemos logo. Principalmente se o sujeito em questão está meio apaixonado pelo nosso namorado ou por algum amigo.

– O que você quer dizer com isso?

Nina riu.

– Cris tinha certeza de que o professor sentia algo especial por Ferran, e não a suportava por isso.

De repente, assim que Nina lhe falou de Santiago Mayart, o telefone do escritório de Héctor interrompeu a conversa. Ele falou rapidamente com Fort, que lhe contou o que tinham descoberto no estúdio do Artista. Em seguida, tomado por um súbito impulso, discou o número da Clínica Hagenbach. Seu pressentimento não estava errado. Ferran Badía não estava no hospital. Havia saído naquela manhã e não voltara. Diante de uma Nina atônita, Héctor procurou na pasta o telefone e o endereço da casa de Santiago Mayart. Quando levantou a cabeça, Nina estava junto do painel, observando as anotações e as fotografias. A mancha de seu rosto havia escurecido. Ela se sobressaltou e se afastou em seguida, como se tivesse sido surpreendida fazendo algo que não devia.

– E esses quadros?

– Estavam lá – respondeu ele. – Na casa onde eles foram encontrados. A casa que também se vê na foto.

Mas ela não a olhou. Continuava observando aquele leito de flores amarelas, aqueles corpos abraçados, e depois a única foto que Héctor havia pendurado dos cadáveres. Mal dava para vê-los, estavam cobertos com a tela de plástico, mas Nina estremeceu.

– Alguém pintou... esses mortos?

– Receio que sim. E agora, se me desculpa, teremos que continuar nossa conversa em outro momento.

42

A Calle Padilla era uma daquelas ruas que sempre se confundiam com suas paralelas, a típica do Ensanche barcelonês, agradável e sem muitas características próprias. Héctor dirigia a toda a velocidade naquela tarde instável de sábado, confiando que Fort e Leire tivessem chegado à casa do professor. Continuava tendo o pressentimento que o havia dominado em seu escritório. Tinha ligado para Mayart, e ninguém atendera o telefone. Por alguma razão, receava o pior.

Se Ferran tinha encomendado aqueles quadros era porque guardava um ressentimento profundo por seu antigo mentor. E inclusive suspeitas de que ele pudesse ter matado seus amigos. Héctor não sabia o que pensar. Enquanto dirigia, não podia ignorar um fato evidente; Mayart teria que estar muito louco para publicar um conto em que se recriavam mortes que ele tivesse provocado, mesmo disfarçando-as de ficção.

Quando chegou ao número em questão, percebeu que seus agentes já estavam lá. Fort o esperava perto da porta.

– Leire está lá em cima, senhor. Não respondem. Talvez não haja ninguém.

– Espere aqui, para o caso de algum dos dois sair.

O elevador subiu, desesperadamente lento, até o terceiro andar, onde ficava o apartamento de Mayart. Pela última vez, Héctor ligou para o celular do escritor, que continuava desligado. Na dúvida, ele se deixou levar pelo instinto. Alguma coisa lhe dizia que atrás daquela porta fechada não havia exatamente um apartamento deserto. Olhou para Leire, dando-lhe uma piscada de cumplicidade, e lhe fez sinal para que se afastasse um pouco. Ele fez a mesma coisa e lançou-se contra a porta, mas esta não cedeu. Héctor repetiu a operação, e então conseguiu abri-la.

Foram recebidos por um corredor vazio, que à direita dava na sala. Eles avançaram depressa. À primeira vista tudo parecia tranquilo. Ao acender a luz, no entanto, a impressão mudou. Houvera uma luta naquela sala: havia um computador portátil no chão, bem como alguns papéis esparramados. Héctor levou alguns instantes para distinguir Santiago Mayart deitado no tapete. Aproximou-se correndo e lhe tomou o pulso.

– Ele está vivo! Chame a ambulância. Agora!

Enquanto Leire cumpria suas ordens, ele deu uma olhada rápida ao seu redor; imaginou a cena: uma luta entre dois adultos que acabava com um empurrão. Uma queda. Procurou com o olhar e descobriu um rastro de sangue no bico de uma mesinha antiga, afiado como uma faca, sem dúvida responsável pela ferida que sangrava na nuca do escritor. Depois contemplou os papéis amarrotados que rodeavam o corpo de Mayart. Inclinou-se para poder ler sem precisar tocar neles. Só precisou de duas linhas para reconhecer o texto de "Os amantes de Hiroshima".

Deixou Leire junto ao corpo e saiu de novo no corredor, mas dessa vez continuou na direção contrária. Foi abrindo as portas do corredor, bruscamente, de uma em uma. Tudo estava vazio. Tudo, menos o quarto do escritor.

A luz estava apagada, mas assim que entrou Héctor soube que aquele rapaz encolhido em um dos cantos do quarto era Ferran Badía.

– Este não é o final que eu queria – sussurrou Ferran, cujo corpo se agitava num tremor nervoso incontrolável. – A história não devia terminar assim.

Ele gaguejava. De vez em quando sua voz falhava. Ele ficava repetindo a mesma coisa sem parar. A ambulância tinha chegado muito rápido e levara Santiago Mayart inconsciente, gravemente ferido. A calma tinha voltado ao apartamento, e Héctor disse a si mesmo que talvez não tornasse a ter outra oportunidade como aquela de pressionar Ferran para sacudir sua máscara e obter uma confissão sincera.

– Ferran, por que você veio aqui hoje?

O rapaz o olhou como se ele estivesse falando em uma língua estrangeira, em um jargão incompreensível.

– Ferran, responda. O que aconteceu?

– Nós lutamos – disse ele afinal. – Quando eu o acusei de ter roubado o conto, ele ficou enlouquecido. Tentou me tirar o caderno. – Ele passava a mão no cabelo sem parar. – Sinto muito, sinto muito. Não era o final que eu tinha imaginado. Não saiu como eu queria.

– Roubado o conto? De quem? De que caderno você está falando?

– "Os amantes de Hiroshima" – balbuciou o rapaz. – Cristina o escreveu. Eu o li no caderno dela. Ela não gostava que ninguém lesse suas coisas, mas eu li.

Héctor tentou processar a informação. Se aquele conto havia sido escrito por Cristina, como Mayart o conseguira?

– Ela… ela me disse que pensava em entregar todos os trabalhos do ano para Santi antes de sair de férias. E ele se apropriou do conto. Ele o incluiu em seu livro como se fosse dele!

Héctor começava a compreender; aquelas frases começavam a formar uma história com sentido. Apesar disso, ainda restavam muitas perguntas sem resposta.

– Espere um pouco. Você precisa me explicar isso direitinho. – Héctor falava devagar, recorrendo a um tom calmo, que incitava à sinceridade. – Você leu o livro de Mayart há tempo, não é? E ficou sabendo que ele havia usado o conto de Cristina.

Ferran concordou.

– A nova terapia me deixa a cabeça muito mais clara. Quando eu li o conto, eu o reconheci imediatamente.

– Você falou com ele?

– Não. A princípio fiquei sem saber o que fazer. Depois... depois comecei a pensar. A me lembrar. Cristina tinha me falado do refúgio aonde costumava ir às vezes, antes sozinha, e de vez em quando com Daniel. Eu... eu sabia mais ou menos onde ficava, mas ela nunca tinha me convidado.

– Por que você não nos contou a respeito do refúgio? Nós teríamos encontrado o corpo deles há anos!

Ferran o olhou com a superioridade de quem sabe mais, de quem sabe de tudo.

– Cristina queria morrer, inspetor. Era o seu sonho. Tínhamos conversado sobre isso muitas vezes, sobre como seria lindo descansar para sempre nos braços do teu amante. Eu... eu só desejava que ela me escolhesse para isso, mas ela escolheu Dani.

– Cristina e Daniel não se suicidaram. Alguém os golpeou na cabeça até matá-los. Você entende?

Héctor intuiu que durante anos Ferran havia montado uma versão da história ao seu arbítrio, em que a morte de seus amigos, seus amantes, obedecia a um motivo romântico. Ou isso, ou ele estava mentindo com a frieza de um psicopata.

– Há dois meses procurei o refúgio. Eu os encontrei no porão. Estavam abraçados, eternamente juntos, como no conto. Vi seus crânios partidos, e senti raiva, muita raiva. Contra eles e contra quem havia usado sua história em proveito próprio.

– Você não tinha ido até lá antes?

– Não tive coragem. Eu achava que eles tinham me deixado de fora, e nem tive a coragem de me matar. Eu tentei.

– Eu sei. Continua.

– Então eu achei que Santi devia pagar pelo que havia feito. Que ele merecia que o mundo soubesse quem ele era. Um medíocre. Um plagiador. Ou talvez algo pior.

– Você achou que ele os tinha matado?

Ferran encolheu os ombros.

– Sempre achei que eles tinham se suicidado, mas quando os vi, depois de ter lido o conto, me lembrei de como Santi odiava Cristina. Por minha culpa.

– E você encomendou os quadros? Para se vingar dele?

Pela primeira vez o tremor parou completamente, e no rosto de Ferran surgiu um ligeiro sorriso.

– Sim. Na clínica eu conheci uma garota.

– Diana – disse Fort, que assistia ao interrogatório em segundo plano.

– Vocês já sabem? Diana me contou que ela e seu namorado decoravam casas vazias com quadros pintados por eles. Eu lhes enviei o conto e lhes pedi que pintassem ilustrações para pendurá-las nas paredes da casa. Também precisava do autógrafo de Santi no livro.

– Já sabemos. Foi você que ligou para Mayart para lhe meter medo?

O sorriso se alargou.

– Sim. Consigo mudar bastante a voz quando quero, e fazia anos que ele não falava comigo.

– Bom – disse Héctor –, e o que aconteceu hoje?

– Hoje as coisas não deram certo. Eu... – O tremor começou novamente. – Eu só queria que Santi confessasse o que havia feito. Quando o senhor me deu o livro, compreendi que o estava investigando, e quis... Queria eu mesmo fazê-lo confessar, antes dos *mossos*. Eu só precisava do caderno de Cristina para ter certeza de que tinha em meu poder a principal prova contra ele.

– Ele não estava com você?

– Tinha ficado com Nina, ela me trouxe ontem. Foi por isso que eu vim vê-lo esta tarde. Eu já tinha tudo, podia obrigá-lo a dizer a verdade.

– Mas ele não confessou.

– Ele ficou furioso. Tentou me arrancar o caderno das mãos. Nós lutamos, e eu o empurrei. Ele está... morto?

– Não. Não está, mas seu estado é muito grave. E você se meteu em uma tremenda confusão.

Héctor disse a si mesmo que precisava de tempo para avaliar a história. Tempo e uma mente mais clara. "Pelo menos a parte dos quadros ficou explicada", pensou. Os quadros e, se os rapazes não tivessem mentido, o dinheiro também. Mas ainda havia uma questão a esclarecer, agora mais do que nunca. Se Ferran tivesse dito a verdade – se ele havia realmente acreditado durante anos que seus amigos se haviam suicidado –, ele era inocente da morte deles. E por mais que Héctor se esforçasse em imaginar o cenário, também não via Santi Mayart usando o conto de uma jovem que ele tivesse assassinado.

– Você tem que me acompanhar. O juiz vai querer falar com você.

Ferran Badía se deixou levar com a mansidão dos fracos. Ele era realmente assim ou sua cabeça, capaz de conceber e pôr em prática toda aquela trama, também o havia levado a criar uma história na qual Cristina e Daniel morriam pela sua mão porque ela havia fantasiado aquela ideia mórbida e romântica de passar a eternidade nos braços do amante?

43

Quando despertou, Héctor não sabia muito bem que horas eram, nem se era domingo ou segunda. De fato, fazia muitos dias que não dormia tão profundamente, e a desorientação se manteve durante alguns minutos, antes que o relógio e os ruídos lhe confirmassem que continuava sendo domingo, já que Guillermo estava andando pela casa. Tomou um longo banho de chuveiro, necessário para apagar do corpo os últimos resíduos do cansaço dos dias anteriores. Santiago Mayart havia sido transferido para o Hospital de Sant Pau de Barcelona, e seu prognóstico, quando o levaram, era grave. Ele tinha entrado em coma, e os médicos asseguravam que as vinte e quatro horas seguintes seriam críticas. Ferran Badía havia sido detido, acusado de agredir o escritor. Por enquanto. Héctor foi para a sala de jantar, pensando na possibilidade de voltar à delegacia à tarde; a visão de seu filho sentado à mesa, comendo sozinho, o deteve.

– Bom dia.

Como se a tivesse diante de si, Héctor viu os olhos de Ruth olhando-o com severidade, e com toda a razão do mundo. Concordou: podia tirar algumas horas para descansar.

– Deixei macarrão para você – disse seu filho. – Ah, e o teu celular tocou. Duas vezes. Deixei tocar.

Héctor se sentou e contemplou o prato, sem fome; depois desviou o olhar para o celular. O nome de Lola aparecia na pequena tela, de um vermelho acusador. Uma mensagem lhe indicou que ela estava em Barcelona, tinha vindo de improviso, e, claro, queria vê-lo.

– Lola é uma amiga. Uma boa amiga – disse ele à guisa de explicação.

Seu filho assentiu.

– Guille... – Ele começou a frase sem saber muito bem como terminá-la. – Não sei se você acredita nisso, mas a vida continua.

– Não para todos – murmurou o filho.

– Não. Só para os vivos.

Na mesma hora se arrependeu, mas já estava dito. O silêncio que acompanha as palavras indesejadas invadiu a sala de jantar. Guillermo se levantou com o prato na mão e se dirigiu à cozinha.

Héctor o seguiu. Apoiou as mãos em seus ombros e o obrigou a dar a volta. Mal pôde resistir ao olhar dolorido que lhe disparava acusações difíceis de rebater.

– Escuta. Escuta bem. Ninguém aqui esqueceu a tua mãe. Nem você, nem eu, nem Carol. Ninguém que a tenha conhecido pode fazer isso. No entanto, temos que seguir em frente. Você precisa continuar a estudar, a se divertir. Levar uma vida normal. Isso não significa que você não a ame nem que não sinta falta dela. Isso só quer dizer que você está vivo.

– Você vai me dizer que é isso que ela teria querido?

– Sim.

Guillermo baixou os olhos. Com catorze anos, já tinha vergonha de chorar na frente do pai. Héctor o atraiu para si para abraçá-lo, e disse a si mesmo que não podia mais fazer isso. Seu filho já era quase tão alto como ele. No entanto, nesse momento o acolheu como se ele fosse um menino, e sentiu sua raiva, a dor que todo o seu corpo transmitia, aquele tipo de dor que não se liberava facilmente.

– Tenho tido muito trabalho ultimamente. – "E não apenas trabalho", pensou com remorsos. – Mas hoje vamos passar o dia juntos. Nós merecemos.

– E as ligações?

Héctor hesitou um instante.

– Vou encontrar Lola mais tarde. E você também, se quiser – decidiu ele de repente. – Ela é uma amiga, Guillermo. Uma jornalista muito inteligente e muito boa gente.

–Você está... namorando?

– Acho que sim. As coisas são complicadas: ela vive em Madri, eu aqui. Nós nos reencontramos há alguns meses; estamos os dois sozinhos, e às vezes precisamos de companhia. Por enquanto é tudo o que posso te dizer. – Não queria continuar falando disso, e ao mesmo tempo pressentia que a sinceridade, o fato de o fazer participar de sua vida, era a chave para conseguirem se entender. Já havia segredos suficientes no ar para acrescentar mais algum, desnecessário. – E você? Tem alguma garota na tua vida?

A resposta o pegou de surpresa.

– Bom, tem alguém.

– Sim?

Seu filho havia enrubescido, mas em seus olhos já não havia a mesma expressão dolorida de antes.

– Ela se chama Anna. Acho que... Bom, eu gosto dela.

– Nossa! Definitivamente, você tem muitas coisas para me contar.

Guillermo encolheu os ombros. Já se libertara do abraço, e Héctor imaginou que a simples menção à tal garota lhe havia devolvido a compostura. Os adolescentes com namorada não choravam na cozinha nos braços do pai.

Foi uma tarde agradável, dessas que acontecem quando os planos são improvisados e todos os implicados se deixam levar sem pensar muito nisso. Héctor e Guillermo deram um passeio pelo bairro, e mais tarde, perto das seis, pegaram Lola na esquina da Plaza Catalunya com Paseo de Gràcia. Os manifestantes continuavam na praça, tinham sobrevivido ao dilúvio e estavam animados com o êxito e com a repercussão que estavam obtendo em diversas mídias. Na opinião de Héctor, os cartazes eram extremamente heterogêneos e demonstravam uma insatisfação global: desde os que clamavam contra os despejos até o mais popular, criticando a democracia como um sistema bipartidário. Ficou surpreso ao comprovar que não havia apenas jovens; pessoas mais velhas também rondavam por ali, e o ambiente era de protesto alegre e caótico. Lola, é claro, estava exultante, mas ele não pôde deixar de notar as forças policiais que rodeavam a praça, em um assédio uniformizado, com agentes dispostos a entrar em ação assim que recebessem a ordem.

– Não vão mais conseguir parar isso – comentou ela mais tarde, enquanto tomavam alguma coisa em um bar do Barrio Gótico, não muito longe da catedral.

A expressão de Héctor deve ter demonstrado um grande ceticismo, porque ela acrescentou:

– Não me refiro ao da praça, que vai terminar de um jeito natural ou forçado, mas à mensagem de fundo. As pessoas estão fartas, Héctor, e já não se importam de dizer isso em voz alta.

Ele não tinha vontade de discutir, e menos ainda diante de Guillermo, então limitou-se a dizer:

– O protesto contra tudo costuma ser inútil. Apesar de eu concordar que é muito saudável.

Lola o fitou com um sorriso irônico e ergueu a garrafa de cerveja para brindar.

– Pelo protesto saudável, então!

Guillermo se mantinha à margem da conversa. Ele observava Lola, e seu pai deduziu que ela não lhe desagradava. Pelo contrário. Procuraram um lugar para jantar, que Lola escolheu, dizendo que perto dali, na Via Laietana, faziam as melhores pizzas de Barcelona. Eram quase onze horas quando arremataram o jantar, uma pizza enorme, além de gostosa, com uma sobremesa caseira.

– Você quer acompanhar Lola até o hotel? – perguntou Guillermo, aproveitando que ela tinha ido ao toalete.

Héctor levou alguns segundos para responder. A verdade pura e simples era que tinha vontade de dormir com ela, mas ao mesmo tempo sabia que não se sentiria bem com isso. Não quando havia estado com Leire duas noites atrás. Não sem antes falar com ela e decidir de uma vez por todas onde ia dar aquela história.

– Esta noite não – respondeu ele afinal. – Amanhã nós dois temos que trabalhar.

Não saberia dizer se Lola se incomodou com o fato de ele a escoltar ao hotel, localizado na Calle Pelai, acompanhado pelo filho à guisa de dama de companhia, mas não disse nada a respeito. Só um "amanhã nos falamos", seguido de um beijo que teria ultrapassado os padrões de castidade dos filmes do século XX.

– Foi um prazer, Guillermo – disse ela com um sorriso. – Espero repetir outras vezes.

A despedida foi curta; a noite não estava boa, estava começando a ventar, e Héctor e o filho se apressaram a chegar em casa antes que a chuva atacasse de novo naquele fim de semana.

Fazia muitas noites que ele não deitava no sofá para ver um filme, o que sempre o relaxava, e quando chegou em casa não hesitou. Dessa vez não escolheu um ao acaso, mas procurou em sua filmoteca, que ocupava várias estantes da casa, até dar com o que tinha em mente. Guillermo havia decidido dar por terminada sua etapa sociável do dia e se refugiara em seu quarto e em seu computador, mas ele também não podia dizer que aquilo o incomodasse muito.

Tinha lido que o filme *Os inocentes*, com roteiro de Truman Capote, era uma adaptação mais que confiável da novela *Outra volta do parafuso*. Lembrava-se vagamente de tê-lo visto anos atrás, e foi se lembrando da trama à medida que o filme avançava. Era claramente uma história de terror, rodada com a elegância de um melodrama gótico. Debora Kerr, uma atriz linda de estilo contido, viajava para uma casa de campo para cuidar de duas crianças órfãs,

Miles e Flora. Logo ficava claro que o menino, Miles, tinha um comportamento estranho, e a mesma coisa se podia dizer de sua irmã. A própria preceptora começava a ter visões de uma mulher, uma antiga babá, que tinha morrido. As crianças pareciam ter visto coisas entre aquela senhora fantasmagórica e um criado, também falecido – cenas que crianças não deveriam ver. A trama do filme o absorveu completamente, e ele não conseguiu evitar lembrar-se do conto de Cristina Silva. Das imagens eróticas que aquela mulher via no espelho, dos fantasmas que pareciam sentir falta dela e depois castigá-la.

Ele foi invadido por um nervosismo estranho, o mesmo que costuma atacar o estômago quando alguém está a ponto de se lembrar de algo, de um nome, uma situação, e a memória não ajuda. Acendeu um cigarro e se levantou para abrir a janela, mas a sensação de formigamento mental não parou. O céu preparava as armas para uma nova tormenta que também não se decidia a estourar. Inquieto, deitou-se de novo a tempo de ver uma cena que não teria passado pela estúpida censura dos tempos modernos. O menino, Miles, seduzia a preceptora: seus lábios pousavam nos dela em um beijo sensual, adulto. A ideia estava clara: aquelas crianças, principalmente ele, estavam marcadas, condenadas à perversão, talvez possuídas pelos espíritos do casal. Mas a dúvida continuava persistindo nele, como espectador: não poderia ser que a preceptora, obviamente reprimida em sua sexualidade, estivesse imaginando tudo aquilo? Quem beijava quem?

O cigarro lhe queimou os dedos, e ele o soltou, cada vez mais tenso. Pareceu-lhe ver o relampejar de um raio longínquo, e, ao mesmo tempo, o celular tocou com força. A campainha soou como um alarme na noite, e ele respondeu em seguida.

44

"Como muitas outras cidades mediterrâneas, Barcelona não combina com chuva", disse Ginés a si mesmo pela enésima vez nos últimos dias. Ela tirava a graça dos mosaicos de Gaudí, amortecendo suas cores, e entristecia uma arquitetura concebida para brilhar ao sol. Nessa noite, sentado no único bar de seu bairro, o Poble Sec, onde serviam uma imitação decente do polvo galego, Ginés observava a chuva através das vidraças, enquanto pedia outra taça de vinho. A dona, uma dessas mulheres magras e silenciosas que em outra vida devia ter sido sacerdotisa de algum culto estranho, a serviu sem dizer palavra.

Os domingos eram um bom dia para os negócios de Ginés: muitos executivos casados tinham reuniões na cidade na segunda--feira e contavam para as esposas a história de que era melhor viajar na noite anterior para evitar imprevistos. Alguns, velhos conhecidos, já o avisavam no meio da semana, para que ele lhes reservasse a garota que desejavam; outros se conformavam com a que estava livre, ou preferiam ir variando. Para Ginés, tanto fazia; de fato, com o tempo, ele desenvolvera um instinto eficaz na hora de combinar, mesmo que fosse só durante algumas horas, suas trabalhadoras com os clientes. Em geral, é preciso dizer, nem eles nem elas se mostravam muito exigentes, mas ele, por escrúpulo profissional, se sentia satisfeito quando um desses homens lhe pedia expressamente a mesma garota da vez anterior: era sinal de que ele havia acertado, e ganhara um montante mais ou menos fixo.

Ginés tomou um pequeno gole de vinho e consultou o celular. As garotas lhe mandavam uma mensagem quando chegavam ao hotel designado, para lhe informar que tudo andava conforme o previsto, e outro na saída. Era meia-noite, uma hora tranquila, já que a maioria das empregadas em tempo parcial já estava em pleno trabalho e não terminaria até cerca de duas horas mais tarde. Não costumava haver problemas, mas sempre existia a possibilidade de que algum cliente bancasse o idiota ou exigisse serviços não incluídos no cardápio. Já fazia tempo que Ginés havia eliminado de sua lista aqueles que desejavam um tipo de sexo muito fora do convencional, não por preconceito, mas porque assim evitava problemas. Em algumas ocasiões tivera que invadir um quarto de hotel ou um apartamento para tirar dali uma suposta submissa a quem um dominador imbecil com complexo de capataz sulista estava castigando além da conta. Não, preferia perder um cliente a se arriscar. "Resultado", dizia a si mesmo com uma mescla de alívio e saudade antecipada, "logo perderei todos eles."

De repente teve a sensação de se sentir observado, e dirigiu o olhar a um balcão onde a dona falava com uma jovem e, efetivamente, o indicava com a cabeça em um gesto não muito dissimulado. "Mais uma que vem pedir trabalho", pensou ele. Nas últimas semanas ele havia se encontrado com mais de uma mulher que se aproximava por esse motivo. A última, uma dona de casa com três filhos pequenos e cujo marido estava desempregado, era a mulher menos parecida com uma puta profissional que ele já tinha visto, e ele estivera a ponto de lhe negar o trabalho. Depois pensou melhor: nenhuma delas nascia sendo puta, e se aquela mulher precisava do dinheiro, quem era ele para julgar? Pelo menos poderia lhe garantir clientes decentes.

A garota do balcão se voltou para ele, e, ao ver seu rosto, Ginés se deu conta de que estava perdendo o olho clínico. Por mais maquiagem que usasse, por mais que rebolasse para dar um toque sensual a seus movimentos, a pessoa que se aproximava dele não podia ocultar que havia nascido homem: o pomo de adão, as mãos e inclusive o exagero daquela feminilidade aprendida, do alto de saltos altíssimos, o delatavam escandalosamente e transformavam aqueles peitos generosos, mal contidos por um *top* de lantejoulas douradas, em dois adornos que pareciam ter vida própria.

– Me disseram que você é Ginés.

Falava em voz baixa, quase sem mover os lábios pintados de vermelho raivoso.

Ele se levantou e lhe indicou a cadeira livre que tinha diante de si.

– Agora sei que você é mesmo um cavalheiro – prosseguiu ela. – Quando o descreveram, me falaram de seus bons modos.

– Minha mãe me educou bem – replicou Ginés sem sorrir.

– A mim também. Ela me ensinou a reconhecer um cavalheiro.

– Quer tomar alguma coisa? Vinho? Cerveja?

– Não bebo. Uma Coca-Cola zero, por favor.

Ginés se aproximou do balcão e voltou com a bebida.

– Aqui está – disse ele. – E posso saber como você se chama?

– Candela. – Ela enrubesceu um pouco, principalmente quando Ginés começou a rir. – Olha, não acho legal...

– Não, não é isso – conseguiu dizer ele, sem parar de rir. – É que fazia tempo que eu não ouvia esse nome. Candela – repetiu. – Era o nome da minha mãe.

Candela sorriu, e ele deu um longo gole no vinho.

– O que a traz aqui? Está procurando trabalho?

Ela negou com a cabeça e passou a mão grande pelos cachos falsos, que permaneceram imutáveis.

– Eu não sabia se devia vir ou não. Na verdade, não sabia o que fazer.

– Agora você já está aqui. Diga em que eu posso ajudar.

– Não é para mim. Olha, eu não gosto de confusão. Já tenho o suficiente para me manter ocupada. Mas... Que merda, por que não se pode fumar em lugares como este?

– Fumar faz mal.

– Digamos que há vícios piores.

– Com certeza. Mas o meu é o fumo, não se engane.

Candela tornou a mexer nos cachos, que se agitaram como uma cortina esticada. Ginés pensou que ele devia ter sido um rapaz bonito, de olhos grandes e traços clássicos. Também notou que seu interlocutor era muito jovem: debaixo de toda aquela pintura havia um rapaz, ou uma garota, de apenas vinte anos.

– Eu só fumo. Não tomo droga nenhuma. Isto aqui é caro demais – disse ela indicando os seios.

– Sei. – Ele começava a ficar curioso; se ela não estava à procura de trabalho nem de drogas, não conseguia entender o que podia querer dele. – Me diga, por que você veio me procurar?

Candela olhou para trás antes de responder.

– Me disseram que você andava perguntando por um sujeito. Um tal de Charly.

– É verdade. – De repente Ginés ficou sério.

– Não sei por que você está procurando por ele, nem em que confusão ele está metido.

– Você o conhece?

Ela sorriu.

– Nós nos conhecemos rapidamente ontem. Bom, não tão rapidamente, para dizer a verdade.

– Ele está por aqui?

Candela assentiu.

– Você não é o único que está perguntando por ele, sabe?

– Sim. Mas eu não quero encontrá-lo para lhe fazer mal.

– Os outros sim, não é?

– Receio que sim. E agora me diga tudo o que você sabe. É importante.

– Era o que eu temia. Esse Charly é amigo seu?

– Amigo de um amigo. Então, imagino que poderíamos dizer que sim.

Candela tornou a olhar para trás e baixou ainda mais a voz:

– Juro que eu não queria metê-lo em confusão. Ontem à tarde ele entrou em contato comigo pela internet e marcou um encontro em sua casa. Bom, não era na sua casa; enfim, no lugar onde ele mora. Estivemos juntos.

– E depois?

– Depois o idiota me disse que não tinha dinheiro para me pagar. A verdade é que não me importei muito; costumo cobrar adiantado dos que não gosto, e me dei bem com ele, mas fiquei puta da vida por ele tentar me passar a perna.

– Sei.

– Agora há pouco fui tomar alguma coisa com as meninas, e uns caras nos abordaram. Me mostraram a foto: era Charly. Pensei que o cretino não merecia muita lealdade, então contei onde eles poderiam encontrá-lo. Eles me deram uma gorjeta.

– Merda! – exclamou Ginés.

Candela franziu a testa e enrugou os lábios em uma careta não muito natural.

– Fiz besteira, não é? Foi por isso que vim te procurar. Uma das garotas me disse que você também tinha perguntado dias atrás por esse tal Charly.

– Me diz onde ele está. Agora!

Ginés tirou o celular do bolso e procurou o número de Salgado. O que ouviu em seguida da boca de Candela o deixou ainda mais assombrado, e ele levou alguns instantes para processar tudo antes de fazer a ligação. Tinha certeza de que o destinatário dela estaria acordado. Héctor era uma ave noturna.

– Ginés?

– Chefe, receio que você não vá gostar do que vou te dizer. Acho que sei onde está o filho da tua vizinha. Charly.

– Ah, é?

Ginés lhe resumiu rapidamente a conversa que acabava de ter com Candela, e depois tomou fôlego antes de acrescentar:

– E agora escuta com calma o que eu vou dizer. Charly está instalado no apartamento da tua ex. Sim, no *loft* de Ruth.

– O quê? Que diabo, como ele foi se enfiar lá?

– Pelo que sei... – Ginés hesitou e tentou lhe dar a melhor versão. – Pelo que me disse essa garota, Charly lhe contou que o filho de um amigo lhe havia deixado as chaves do *loft* de sua mãe.

– Ele se referia a Guillermo? – O tom expressava incredulidade e irritação ao mesmo tempo.

– Acho que sim, mas agora não há tempo para broncas. Já se passaram pelo menos três horas desde que o traveco lhes disse onde ele estava. Se esses sujeitos tiverem entrado no apartamento, o filho da sua amiga pode estar passando um mau bocado.

Não havia tempo a perder, e Héctor sabia disso. Ainda assim, não conseguiu deixar de entrar no quarto do filho. Guillermo dormia, e talvez tenha sido isso, a visão de um adolescente dormindo com a inocência da juventude, o que deteve sua vontade de sacudi--lo e lhe perguntar aos berros como diabo lhe tinha ocorrido semelhante disparate. Como diabo ele se deixara convencer a alojar Charly no apartamento de Ruth. Héctor jamais havia encostado a mão no filho, mas nessa noite não teria posto essa mesma mão no fogo se o tivessem obrigado a jurar que, se Guillermo estivesse acordado, não lhe teria dado uma boa bofetada.

Procurou o revólver no armário, abandonado na prateleira superior por falta de uso e porque, em sua época, Ruth não suportava olhar para ele. Era o único sinal de que o trabalho do marido implicava violência, armas de fogo, coisas que ela preferia ignorar. Tirou-o do fundo, junto com as balas, e antes de sair ligou para a delegacia pedindo reforços. Não quis que um dos carros viesse buscá-lo, de modo que tomou um táxi e o mandou dirigir-se a toda a velocidade para a Calle Llull, para o *loft* de Ruth, certo de que, dada a proximidade, chegaria antes deles.

Assim foi. Sabia que era mais prudente esperar; no entanto, a mera ideia de permanecer na rua enquanto algo terrível podia estar acontecendo lá em cima lhe parecia mais difícil de assumir que o risco que corria entrando. Subiu a pé pelas escadas e aproximou o ouvido da porta. Não se ouvia ruído algum. Por um instante, respirou tranquilamente; talvez não fosse tarde demais; talvez aquilo se resolvesse com Charly em segurança e uma bronca monumental em seu filho.

Ele trouxera a chave do apartamento e resolveu usá-la, maldizendo o mundo em geral e os reforços que estavam demorando em particular. Empurrou a porta com cuidado, tentando fazer o menor barulho possível. O longo corredor do *loft* que ligava o estúdio com a moradia estava às escuras, e, depois de dar uma olhada rápida na sala de jantar vazia, Héctor deslizou pelo corredor até o outro lado. O silêncio era o que se esperava de um apartamento desabitado, e, enquanto avançava, ele começou a duvidar da história de Ginés. Talvez ele tivesse entendido mal o endereço, ou talvez aquele travesti tivesse mentido. Ou talvez tudo já tivesse acabado.

A porta do estúdio estava aberta, e a primeira coisa que lhe chamou a atenção foi, no centro da grande sala, uma cadeira colocada de costas para a entrada. A segunda coisa foi o cheiro, o leve, mas inconfundível, fedor de carne queimada.

Entrou correndo e parou diante da cadeira. Tinham amarrado e amordaçado Charly com fita isolante, e depois tinham lhe queimado as pernas e os braços com um maçarico. Ele respirava fracamente.

Afinal os reforços chegaram. Ele ouviu claramente as sirenes dos carros e a ambulância, justo antes que um ruído no outro extremo do *loft* o alertasse. Havia alguém mais ali dentro.

Ele saiu a toda a pressa, sem pensar em nada a não ser em agarrar os filhos da puta capazes de fazer aquilo com um sujeito amarrado a uma cadeira. Viu uma sombra fugindo pela porta e compreendeu que, quem quer que fosse, não iria muito longe. Eles o agarrariam, sem dúvida. Persegui-lo era um risco inútil.

Ouviu os gritos que acompanharam a prisão e optou por voltar para perto de Charly, ao mesmo tempo que pedia pelo celular que o pessoal da ambulância subisse logo. Não chegou a terminar a frase. Justo quando ia cruzar a porta do estúdio, uma figura enorme investiu contra ele, jogando-o contra a parede. O ataque foi tão imprevisto, tão forte, que o celular saiu voando pelos ares, e ele só pôde sentir o golpe, que o deixou sem alento durante um segundo. Em seguida sentiu uma dor pungente, uma mordedura que entrava no interior de sua carne. O presente se apagou entre o barulho de passos e gritos de alarme. Escutou um disparo.

Foi a última coisa que ouviu antes de perder a consciência.

Os carrascos

45

Do banco onde havia sentado, à sombra de uma árvore, Leire vê Tomás chegar. O uniforme de trabalho, terno e gravata, apesar do verão, lhe dá um ar clássico que ela sempre considerou atraente. "Abel está cada vez mais parecido com você", pensa ela ao vê-lo de perto: o formato do rosto, os olhos cor de mel, inclusive as sobrancelhas. Ele senta ao seu lado e afrouxa a gravata em um gesto automático. Não sopra nem um resquício de brisa, e aquele nó deve ser como uma corda no pescoço. Em outras circunstâncias ele a teria beijado, pensa Leire, e de certo modo sente falta disso.

– Obrigada por vir – diz ela, e a seus ouvidos a frase soa tão ridícula como aos dele.

– Nunca nego um encontro a uma garota bonita. – Ele pisca o olho para ela, sorridente.

Uma coisa que ela jamais poderá reprovar nele é a tendência a fazer drama. Quando ela finalmente lhe disse que não se casaria com ele, sem dar maiores explicações, Tomás não insistira; e quando ela acrescentara que, evidentemente, isso não mudava nada em relação a Abel, ele a havia olhado muito sério e dissera: "Não tenho dúvida disso". Desde esse dia, no entanto, aconteceram muitas coisas, e Leire já não tem certeza de ser a mesma. Também não está segura de que ele sinta o mesmo por ela. De fato, se antes se deixava ficar em sua casa todos os dias, agora permanecia três dias sem ver o filho.

– Como está o Gremlin?

– Bem. Faz dias que você não vem. Não... não estou te recriminando.

– Estava pensando em ir. É só que é difícil para mim te ver. Isso é mais difícil do que eu havia imaginado. Mas vou superar.

A franqueza de Tomás sempre a desarma.

– Foi por isso que você me ligou?

– Não, claro que não. Eu te liguei porque queria falar com você. Fora de casa.

– Em terreno neutro?

Os carros continuam circulando sob um sol terrível. Leire sente a boca seca, mas não tem certeza de que seja devido ao calor. Pensa no verão anterior, em sua gravidez, em uns croquetes requentados e em uma porção de decisões a tomar. Se alguém lhe tivesse dito então o que ia lhe acontecer nos próximos doze meses, ela o teria taxado de louco.

– Estamos perto do teu trabalho. Como terreno, é pouco neutro.

– O que você quer, Leire?

Ela tinha pensado em mentir. Ultimamente isso tem sido comum: ela vem adotando o engano como parte da sua realidade. Inclusive, em alguns momentos, chegou a mentir para si mesma. No entanto, não pode enganá-lo.

– Quero que você more lá em casa. Quero que Abel tenha um pai com ele o tempo todo. Bom, quando você não estiver trabalhando. Eu não gostaria que... – Ela se interrompe, porque não deve continuar.

– E eu? Você me ama?

A pergunta é simples, e é aí que ela sabe que deveria olhá-lo nos olhos e lhe dizer que sim, com uma voz firme, que dissipe qualquer dúvida. Não. Tomás não merece uma atuação de donzela apaixonada, e com certeza também não acreditaria nela.

– Eu te amo menos do que deveria. Mas te amo muito. Já... já sei que não é uma boa resposta.

– Nós sempre dissemos a verdade um para o outro.

"Começar a chorar não é uma boa opção", pensa Leire, e inclina a cabeça para trás bruscamente.

– O que você está propondo é que nós vivamos juntos sem manter uma relação? Se é isso, acho que não consigo aguentar. Nem por Abel. E não me parece justo que você me peça isso.

– Não. Não é isso.

– Então?

Leire se volta para ele; pega a sua mão. Sempre gostou das mãos dele. São diferentes das de Héctor, e, ao mesmo tempo, têm em comum a força e a delicadeza.

– Você quer se casar comigo? – pergunta ela, e, apesar de Tomás tentar se soltar, ela não deixa. – Ser meu marido, viver ao meu lado. Criar juntos o nosso filho. Espera, antes de dizer alguma coisa, me deixa acrescentar isto. Antes você me perguntou se eu te amava, e eu te disse que não tanto como deveria. É a verdade. Mas a nossa nunca foi uma história de filme romântico. Você me disse: transamos como loucos, tivemos um filho sem nos conhecermos direito. Acho que, se não tentarmos, nunca saberemos o que teria acontecido, e acho que Abel merece que nós tentemos. Não sei se te amo dessa forma que nos vendem o amor, nem sei se esse amor existe, ou se sou capaz de senti-lo.

Ele a olha entre divertido e perplexo.

– Vou te dizer que sim por uma razão – responde ele. – Aconteça o que acontecer, de uma coisa eu tenho certeza: a vida ao teu lado nunca será chata. Mas eu tenho uma condição – acrescenta.

– Já estamos negociando?

– Tem uma coisa de que eu sinto falta desde que Abel nasceu.

Indica um hotel, um monstruoso e velho edifício de quando a rainha ainda era princesa.

– Só me casarei com você se agora atravessarmos a rua e pedirmos uma suíte nesse hotel, onde quero passar a tarde toda transando com você como um selvagem. Sem bebês que choram ou pedem comida ou tenham cólicas.

Ela sorri. É evidente que sua história nunca serviria de exemplo para um romance cor-de-rosa, e ela duvida que possa contá-la a seus netos, se é que os terá algum dia. Mas, seja o que seja, é autêntica.

— Agora eu deveria dizer que serei tua até a meia-noite? — pergunta ela em um tom ironicamente inocente.

— Agora cala a boca, Leire Castro, e deixa comigo.

Os silêncios são significativos em qualquer interrogatório. Falam por si sós, expressam às vezes mais do que as palavras, são difíceis de sustentar por parte do entrevistado. Teorias que Héctor conhece e que outras vezes lhe serviram de apoio. Agora que está na cadeira oposta, no lugar onde se centram os focos, compreende que nem todas essas ideias são certas. A pausa que se seguiu à última parte do seu relato, o que aconteceu no apartamento como um prólogo do que viria depois, o tranquiliza. Certamente porque, apesar de certos esquecimentos deliberados, tudo o que contou é a pura verdade, e essa é uma arma poderosa quando se sabe que em algum ponto a partir daí começarão as mentiras.

— E o que me diz do revólver?

A pergunta não o pega de surpresa, e o que responde continua sendo verdadeiro.

— O de Charly? Como o senhor deve compreender, me esqueci dele. Saí dali na ambulância, quase inconsciente; a última coisa de que me lembro é de um agente inclinado sobre mim. Na verdade, não tinha voltado a pensar nele desde que Carmen o mencionou, e também não me lembrei de sua existência depois.

— Quer dizer que o revólver ficou na casa? Nenhum dos agentes o encontrou?

— É óbvio que foi isso que aconteceu. Naquele momento a prioridade era atender Charly e eu, e perseguir os sujeitos que haviam nos atacado. Eles os prenderam naquele dia mesmo.

O homem assente e reafirma em tom seco:

– Sei disso.

Ele pigarreia, olha as horas em seu relógio e depois, pelo canto do olho, o companheiro.

– Desculpe, tenho que dar um telefonema urgente. São só quinze minutos, e depois continuamos.

– Claro. Não vou a lugar nenhum.

Uma troca de sorrisos que poderiam passar por cordiais. Quando ele fecha a porta, Héctor se volta para o outro, um indivíduo que permaneceu calado durante todo o interrogatório.

– Posso fumar um cigarro?

Seu interlocutor hesita antes de lhe autorizar o favor.

– Aqui dentro não. Venha comigo.

Ele o escolta pelo corredor até o fundo, e depois descem. Um andar abaixo, saem pela porta de emergência, que por sua vez dá para uma espécie de plataforma exterior e para uma escada. "A nicotina é cancerígena, não há dúvida, mas poucos venenos caem tão bem", pensa Héctor, e de repente lhe ocorre uma dessas promessas das quais depois se arrepende: se tudo der certo, se tudo terminar de acordo com os seus desejos, mandará os cigarros para o caralho. Com essa decisão, acaba o cigarro e, antes que seu acompanhante proteste, acende outro. Por via das dúvidas.

– O último – adverte este. – Precisamos voltar.

– Tudo bem.

– Deve ter sido uma época dura – comenta ele fitando-lhe os olhos quase com simpatia. – O ferimento, o hospital, e depois... Bom, já está passando.

"Passando?" Sem querer, Héctor esboça um meio sorriso irônico.

– Um homem morreu. Isso não é fácil de esquecer.

– Imagino que não. – O sujeito parece abalado. – Eu estava me referindo a tudo isto. Os interrogatórios, as suspeitas...

O cigarro lhe deixa um sabor ruim na boca, como se estivesse se vingando de suas intenções de abandoná-lo com um gosto amargo. Ele toma fôlego e abre a porta que conduz de novo ao interior. Sim, deseja que tudo acabe o quanto antes. Por um segundo lhe cruza a mente a ideia de que essa necessidade de acabar rapidamente é a pior das companhias nessa viagem que se aproxima do trecho final, o mais perigoso, o mais comprometido. Sabe que a pressa leva ao erro, e o erro leva diretamente ao desastre. Mas não consegue evitar que seus passos de volta à sala se apressem, nem que seu coração bata um pouco mais forte. Falta pouco para contar, e ele quer fazer isso já, sem interrupções, sem adiamentos.

46

"Os quartos de hospital parecem cárceres brancos dos quais não se pode escapar", pensou Héctor. Não podia evitar as enfermeiras, guardas uniformizados e ditatoriais que iam aparecendo a intervalos regulares para comprovar que tudo continuava em ordem; os médicos, encarregados de UTI com tendência a dizer o mínimo com uma expressão séria; as visitas, que tentavam animar o aposento quando o que gostaria era de sair dali. Custava-lhe ignorar o cheiro de doença, a espera nervosa, a inquietação que flutuava nos corredores. "E principalmente assusta pensar naquele centímetro, naquela distância ridícula e ao mesmo tempo transcendente que separa a vida da morte. Um centímetro mais para cima, mais à esquerda, e o ferimento teria sido letal. Um centímetro de diferença, e tudo teria terminado. A vida não pode ser tão valiosa se depende de uma distância tão pequena", havia dito Héctor a si mesmo em alguns momentos durante a convalescença, depois da operação. Não muitos, na verdade; por sorte, o ambiente lhe provocava também uma sonolência constante, imprescindível para suportar o quarto e ir retomando a vida em pequenas doses. Dormir se havia transformado no melhor passatempo, na maneira mais útil de superar alguns dias que às vezes se empenhavam em se arrastar, indiferentes à angústia que criavam com seu ritmo lento e indolente.

Naquela manhã, no entanto, o efeito sonífero do ambiente hospitalar brilhava por sua ausência. O sol entrava aos borbotões pela janela, e Héctor só conseguia pensar no final da pena, ou, quando muito, no começo do período de liberdade vigiada.

— Posso entrar, chefe? — A cabeça de Ginés Caldeiro surgiu na porta.

— Entra, achei que este lugar te dava alergia.

Alegrava-se muito em vê-lo. O senso comum daquele homem era um bom antídoto contra as besteiras.

— Não é alergia — disse Ginés. — São as más vibrações. Tenho certeza de que os vírus que tiram dos pacientes à base de remédios procuram outro corpo para se instalar.

— As punhaladas não contagiam — replicou Héctor, contendo uma gargalhada. Rir ainda doía, mas pelo menos essa dor era provocada por uma boa causa.

— Não, essas não. Foi por isso que eu vim. Não existe risco.

Ginés se sentou ao seu lado, na cadeira dos acompanhantes, um móvel que havia acomodado as noitadas de várias pessoas nos últimos dias. Guillermo, Fort, Carmen. Lola tinha se instalado em Barcelona e passava para vê-lo com uma frequência que o fazia sentir-se agradecido e um pouco culpado. Também havia notado as ausências, e uma, em especial a de Leire, o havia afetado um pouco.

— Preciso dizer que hoje o senhor parece estar melhor que nos outros dias. Pelo menos aqui dorme e come como se deve. E com certeza não o deixam fumar.

— Não seja chato, Ginés! Você está se aproveitando da minha fraqueza.

— O senhor nunca esteve fraco na vida, chefe. Quando não consegue mais, aguenta e continua. Devia encarar isto como um descanso. E como um aviso também.

Héctor assentiu. Nesses últimos dias tivera que aguentar frases parecidas, e não tinha vontade de tornar a discuti-las.

— Garanto que me dou por descansado e por advertido. Está feliz?

— Não.

Héctor se voltou para o seu visitante; Ginés estava inabitualmente sério.

— Não consigo deixar de pensar que um pouco mais e sabe-se lá o que poderia acontecer, chefe. Tudo bem, já sei que não é culpa minha, e sim daqueles valentões, mas...

"Valentões é pouco", pensou Héctor. Gente com quem Charly nunca devia ter se metido, e que ele tentara deixar para trás. Talvez para Carmen servisse de consolo pensar que seu Charly tinha se afastado daquela gentalha quando, depois de um assalto, comprovara que eles eram muito mais violentos do que diziam. No entanto, aquela classe de gente não esquecia facilmente, e, obviamente, não praticava o perdão, mas a vingança. Charly podia agradecer por ter saído disso com vida, mas Héctor duvidava muito de suas palavras de arrependimento. Com um pouco de sorte, aquilo devia servir para ele não se meter em confusões por uma temporada apenas, nada mais.

— Bom, na verdade eu vim vê-lo para me despedir também. Meu tempo por aqui acabou — continuou Ginés.

— Você vai para a Galícia? Fazer companhia aos grilos?

— Aos grilos, à chuva e ao meu quintal.

— Você não me parece muito convencido.

— É difícil ir embora, não nego. Havia muitas coisas para fazer: eu queria deixar minhas meninas bem colocadas, encerrar alguns assuntos... — Ele piscou um olho.

— Não me conte — disse Héctor sorrindo. — E você decidiu tudo isso nestas duas semanas?

— Sim. Decidi e pus em prática. No próximo fim de semana eu vou embora.

— Vai voltar algumas vezes?

— Agora eu diria que não, mas que sei eu? Pelo menos posso dizer que vou demorar para voltar. Mas você pode ir me visitar.

— Não sou muito de lugarejos.

Ginés se inclinou para ele. Havia apoiado as mãos nos joelhos e baixou a voz para continuar falando:

– A gente precisa saber quando parar, chefe. Veja só esse Charly. Salvo pelo gongo. Veja o senhor. A mesma coisa. Existe outro tipo de vida em algum lugar. A gente só precisa ter colhões e pular. Lembre-se do que vou lhe dizer agora, que o senhor ainda não é velho: esqueça o passado, corte pela raiz tudo o que não é importante, agarre seu filho e vá embora.

– Não posso levar Guillermo comigo como se ele fosse um bebê. Ele já toma suas próprias decisões.

– O senhor vai ver. Dizem que não existe pior surdo que aquele que não quer ouvir. Eu só lhe digo o que eu faria se estivesse em seu lugar: agarre esse seu garoto pelo pescoço e vá embora para bem longe.

– Eu já falei com ele. Está tudo esclarecido. Ele sabe que fez uma cagada. E já está bem mal de me ver aqui; acho que não há necessidade de mais castigos.

Era verdade. Guillermo tinha feito uma besteira, tinha se deixado embromar por Charly, mas Héctor tinha certeza de que aquela lição seria indelével. As consequências para Charly, que se recuperava lentamente da seção de tortura, e para ele mesmo eram daquelas que deixavam marca.

– Quem está falando de castigos? Já vi isso muitas vezes, inspetor: o passado se mistura com as ervas daninhas e afoga as plantas jovens. Seu garoto não é nenhum delinquente, é apenas isso, um garoto. Por isso ainda está em tempo de cortar essas ervas e começar em outro lugar.

– Fugir não é a solução, Ginés. Nunca foi.

– Falou o xerife da cidade – brincou Ginés. – Fugir é uma opção tão inteligente como outra qualquer. Veja os animais, por acaso os cervos não fogem dos leões?

– Não lhes serve de muita coisa. E obrigado pelo cervo; sempre me considerei mais um leão.

– O senhor? – Ele riu com uma mescla de afeto e ironia. – Morde, é claro, como fazemos todos. Mas os leões são outros. Os leões nasceram para ser os reis da floresta. O senhor não.

– Então me conceda pelo menos o papel de caçador.

Ginés suspirou.

– Lá vem o senhor, chefe. Saia à caça, dispare contra as feras. Depois me conte como foi, e se compensa ter a cabeça do bicho pendurada na chaminé.

Héctor ia responder quando a porta se abriu. Eram Carmen e Guillermo, de maneira que Ginés deu a visita por terminada. Deslizou com uma piscadela dois maços de cigarro para cima da mesinha de cabeceira; depois viu Carmen tirar um pacote da bolsa e aspirou o aroma de carne refogada que ganhou de goleada do ambiente asséptico que flutuava ali.

– Meu Deus, fazia tempo que eu não sentia um cheiro tão delicioso!

Carmen sorriu, orgulhosa.

– Pois não é para o senhor.

– Já sei. – Ele sacudiu a cabeça. – Para mim ninguém prepara ensopados.

A mulher o olhou de cima a baixo.

– Tenho certeza de que mais de uma os preparou para o senhor com carinho alguma vez. E que o senhor preferiu... como posso dizer?... uns sabores mais modernos.

– *Touché*, senhora. Mas na minha idade a gente aprende a reconhecer os pratos autênticos.

– Na sua idade, cavalheiro, o que lhe resta é fazer dieta.

Héctor e Guillermo assistiam à troca de frases sem dizer palavra. Um Ginés ruborizado se despediu de todos com um gesto que era mais uma rendição que um adeus.

– Quem era esse? – perguntou Carmen enquanto tirava um jogo de talheres da bolsa.

– Alguém a quem eu devia ter te apresentado antes – disse Héctor.

No entanto, diante do olhar feroz que sua zeladora lhe lançou, decidiu obedecer a suas ordens: erguer-se na cama, comer até que não sobrasse nem sombra de carne no prato e depois tirar uma sesta. Sem resmungar.

* * *

Héctor cruzou a entrada do cemitério e perambulou perdido, incapaz de se orientar naquelas ruas marcadas por nichos e túmulos. Ele caminha depressa, quase correndo, porque sabe que tem de encontrá-la antes que escureça de todo, antes que as nuvens que se formam sobre ele sejam devoradas pelo manto noturno. Seus passos rangem sobre as folhas secas, e o vento compõe uma melodia dissonante de uivos furiosos. Ele deixa para trás um mausoléu enorme, barroco, flanqueado por anjos sujos. Nunca gostou desses lugares, nem entende a perversão de tentar embelezá-los com figuras simbólicas, querubins alados de olhar perdido ou damas de mármore pálido que soluçam sem lágrimas. Ao lado dessas amostras de arte necrófila, as cruzes lhe parecem mais sinceras, amostras austeras de bom gosto entre tanta ostentação mortuária. Apesar da urgência, ele cai na inevitável tentação de parar diante de algumas e ler o nome do ocupante, a data de sua morte e a de seu nascimento, o epitáfio que o acompanha ao outro mundo como se fosse uma rubrica. "Juan Antonio López Custodio", lê em uma delas antes de seguir adiante, e o nome lhe parece vagamente familiar. Um dos túmulos está coberto de flores amarelas, frescas, apesar de carentes de perfume; só de vê--lo, sabe que nela jazem enterrados dois jovens amantes a quem a morte levou cedo demais.

Não há mais visitantes, unicamente ele e alguns pássaros escuros, de longas asas, que sobrevoam o lugar. O vento não amaina e sacode as nuvens, rompendo-as em farrapos, e ele começa a recear não conseguir chegar a tempo. Acelera o passo com determinação; começa a ignorar os enterrados e suas circunstâncias, preocupa-se apenas em encontrá-la, para tirá-la dali, mesmo que seja arrastada. Olha para o céu, calcula o pouco de luz que ainda resta, e é então que percebe que um bando de aves se aproxima dele devagar. Elas voam tão perto umas das outras que se diria que são uma só, gigante e negra. Uma sombra lenta e implacável que o vigia do alto. Ele corre, já sem disfarçar, algo que lhe parece uma falta de respeito por aquele lugar e o que ele significa. Interna-se no labirinto de caminhos e pressente que ela se encontra cada vez mais perto.

Quando a vê, de costas e imóvel, com os cabelos escuros agitados pelo vento, seu coração dá um pulo. Não tanto pelo fato de encontrá-la como pela magnífica estátua que ela observa com atenção e que ele também não consegue ignorar. Ela representa um jovem de joelhos, nu e exangue, suspenso por um esqueleto alado e de linhas abruptas que lhe beija a fronte, dando-lhe as boas-vindas a seu reino gélido. O jovem se rendeu, jaz sem forças e se deixa acolher por aquela figura horrenda, a Morte, agradecido por aquele beijo tão descarnado como sensual.

Ele caminha em direção a Ruth, hipnotizado tanto por ela como por aquele casal de pedra; a única coisa que deseja é abraçá-la, retê-la no mundo dos vivos e lhe oferecer um beijo longo e vital. Enquanto se aproxima, pensa que é curioso que aquele esqueleto, aquela representação clara da morte, pareça estar mais vivo do que eles.

Então ouve o grito dos pássaros, um rumor surdo e ameaçador, e ergue a vista por um segundo apenas, não mais. As aves estão descendo e pousam sobre a estátua sem o menor cuidado. Um lindo pássaro de asas brancas apoia as garras no ombro de Ruth, que não parece se incomodar de modo algum. Ao contrário, ela inclina a cabeça para o animal, e este a acaricia com suas asas suaves, abrindo o bico como se lhe cochichasse alguma coisa ao ouvido. Ela ri, talvez pelo roçar das asas ou pelas cócegas. Ele os observa, e sabe, com uma certeza instintiva, que aquele bicho não é bom.

A ave levanta a cabeça por um momento e depois, de repente, com um grito histérico, crava o bico afiado na fronte de Ruth, que lança um grito abafado e se agita, convulsa, enquanto o animal continua preso a ela, ávido e voraz, mergulhando a cabeça na ferida, sugando-lhe a vida. Com um último esforço, antes de desabar, ela consegue arrancá-lo de seu corpo; o maldito pássaro empreende voo, com o bico gotejando sangue, e esse é o sinal que o resto deles esperava para entoar um canto selvagem de grasnidos antes de desaparecer em um céu que os acolhe e os oculta entre as nuvens densas.

Quando ele a alcança, Ruth jaz no chão; não se move mais. E ele sabe que a única coisa que pode fazer é lhe dar um beijo de despedida na fronte.

47

A delegacia lhe parecia vazia sem Héctor, e naquela manhã Leire não teve ânimo para suportar aquela porta fechada, o escritório que lhe recordava seu dono. Ou talvez o que ela não aguentasse era exatamente a sensação de sentir falta dele. Depois de ficar sabendo que ele havia sido ferido e de se certificar de que estava fora de perigo, ela dissera a si mesma que aquilo era o melhor que lhes podia acontecer. Uma temporada de separação forçosa poria as coisas em seu lugar antes que eles se descontrolassem de todo.

Leire se conhecia bem: podia se deitar com um homem e se esquecer dele; a repetição do ato costumava complicar muito as coisas. E no caso de Héctor, não podia negar que houvera aquele momento especial que transforma um encontro erótico em outro tipo de ligação. Mais forte inclusive que suas primeiras vezes com Tomás, porque seu companheiro não era um desconhecido, mas seu chefe, e um amigo com quem antes havia compartilhado muito mais do que sexo desenfreado. A mescla de desejo e ternura era explosiva, e a sensação de fazer algo proibido estimulava sua libido. Aquela noite que haviam passado juntos não seria fácil de esquecer, nem que ela se empenhasse nisso com todas as suas forças.

Apesar disso, o que acontecera com Héctor também tivera uma vantagem inegável, e serviria para que ela tomasse uma decisão: mesmo que a aventura não levasse a parte alguma, era evidente que não podia se casar com Tomás. Ela era honesta o suficiente para reconhecer isso, e já havia passado a hora de lhe dizer. Ele levara aquilo na esportiva, e ela se alegrara com isso; apesar da firmeza da resolução, Leire não podia deixar de reconhecer que queria continuar a tê-lo por perto, como amigo, como pai de Abel, mais do que como marido.

A visão de Dídac Bellver acabou de vez com qualquer fantasia remotamente sensual. O inspetor a olhava com uma intenção que ela não conseguiu discernir. Ela o viu passar diante de sua mesa antes de entrar no escritório do delegado e fechar a porta. Leire tentou se concentrar no que estava fazendo, com pouco êxito. A reunião entre Bellver e Savall durou um bom tempo, e a cara séria que o primeiro exibia ao sair a inquietou ainda mais.

A falta de uma investigação com que se ocupar também não facilitava as coisas. Ferran Badía havia sido detido e acusado de tentativa de homicídio de Santiago Mayart, à espera de que um interrogatório com o escritor acabasse de esclarecer o caos dos amantes mortos. Mayart tinha saído do coma setenta e duas horas depois, mas não se lembrava de nada dos acontecimentos anteriores à perda da consciência. Na verdade, durante os primeiros dias sua memória havia desaparecido por completo, até que, pouco a pouco, começou a saber quem era e o que fazia. Segundo os médicos, havia muitas possibilidades de que em um prazo relativamente curto as lembranças voltassem. Enquanto isso, a única coisa que podiam fazer era matar o tempo. Badía havia repetido sua história até a saciedade, diante deles e do juiz de instrução. Leire não podia dizer que acreditava nele; algo naquele rapaz a comovia e exasperava.

– Leire – chamou Fort de sua mesa; nos últimos dias, desde o ataque ao inspetor, ele estava mais taciturno que de costume. – Não consigo tirar Jessy García da cabeça.

– Por quê? – Ela era a última pessoa em quem Leire pensaria. Eles a tinham interrogado dias antes, e ela não observara nada estranho.

– Você não a conhecia. A primeira vez que falei com Jessy, ela me pareceu uma mulher amargurada. Insatisfeita, desconfiada, pronta para meter o pau em tudo e ficar furiosa diante da menor provocação. No outro dia, em vez disso, ela tratou do assunto com uma tranquilidade espantosa.

Isso era verdade. Precisavam de uma declaração escrita de Jessica na qual constassem as intenções de Cortés de ir buscar sua recompensa. Era uma mera formalidade, já que os rapazes do grupo haviam confirmado a história do dinheiro.

– Eu estava relembrando as palavras dela: "A vida é assim. O que vou fazer agora? Não se pode voltar atrás. Vicente morreu, a questão material não me importa muito".

– Bom, em parte ela tem razão. Se ela espera arrancar alguma coisa daqueles três, receio que esteja perdendo tempo. Reclamar o dinheiro implicaria gastar com advogados e ações, e não serviria para nada; nesses sete anos eles gastaram tudo.

– Sim, mas isso revela uma atitude muito filosófica, você não acha? Eu estava esperando uma enxurrada de insultos, de queixas. Até de ameaças. Jessy não me parecia ser uma mulher capaz de aceitar a notícia com tanta calma.

– As mulheres reagem com mais firmeza diante das crises do que vocês imaginam – comentou Leire meio de brincadeira.

– Talvez seja isso – replicou ele.

Não parecia estar muito convencido, e continuou em silêncio o resto do dia. Quando chegou a hora de ir embora, Leire respirou aliviada. Aquela manhã não teria suportado nem um minuto mais do que o necessário sentada diante de sua mesa. Tentou sacudir aquelas sombras a caminho de casa, e obteve algum resultado quando pegou Abel no colo. "Dizem que os filhos sentem falta do calor materno", pensou ela, "mas é o contrário: na verdade, as mães é que precisam senti-los perto de si, abraçá-los, cheirá-los como as lobas cheiram seus filhotes." A menção do animal a fez pensar em Bellver e em seu sorriso falso.

– Foi tudo bem hoje? – perguntou a Teresa.

– Sim. Perfeito, como sempre. Na verdade, ele dormiu quase toda a manhã. Ele acorda e chora um pouco uns quinze minutos antes que você chegue. Como se soubesse que você está chegando.

– E também porque ele tem fome, não é, Gremlin?

Teresa foi embora como de costume: fechava a porta com suavidade e desaparecia até o dia seguinte. Depois, o ritual costumava prosseguir sempre da mesma maneira: ele sacudia os bracinhos loucamente e, depois de alguns segundos de expectativa frenética, agarrava o peito como se o mundo fosse acabar. Minutos depois, quando o bebê já tinha voltado a sua segunda atividade diurna preferida, os pensamentos de Leire retornaram àquela cena na delegacia, àquele olhar duro de Bellver, àquela sensação de que estava acontecendo alguma coisa de que ela não ia gostar. A sensação incômoda persistiu e não a deixou em paz até que, de repente, uma ligação telefônica transformou o que era um simples presságio em algo real e tangível. Era Carol Mestre, a ex de Ruth, que ela havia conhecido brevemente quando estava investigando o desaparecimento de sua parceira. Ela queria vê-la, nessa tarde se possível, portanto Leire marcou com ela no terraço de um dos bares da Avenida Gaudí, às seis horas.

Carol não era de ficar embromando. Fazia meses que Leire não a via, e logo à primeira vista constatou que aquela moça continuava sem se recuperar de sua perda, apesar de não ter sido a tristeza nem a saudade o que a levara a telefonar para ela naquele dia de princípios de junho.

– Eu te liguei porque não sabia o que fazer – soltou ela depois da troca de cumprimentos que a boa educação exigia e de Carol ter admirado com pouco interesse o bebê que, no carrinho, se esforçava inutilmente para atrair sua atenção. – Há dois dias me interrogaram de novo, por causa do que aconteceu com Ruth. – Ela tomou fôlego, e sua voz adquiriu um tom brusco. – Na verdade, queriam saber coisas sobre Héctor. Como eles se davam, que tipo de relação tinham, como ele havia reagido à separação. Você entende.

— Sobre Héctor? — O que acabava de ouvir a havia deixado tão abismada que ela teve dificuldade para disfarçar sua reação. — Agora?

— Foi o que eu pensei, e eu disse isso ao inspetor que me interrogou. Um tal Bellver.

— E o que ele respondeu?

— Nada concreto, na verdade. Que continuavam investigando o caso, e que os ex-maridos ou ex-mulheres são sempre suspeitos.

Leire assentiu com a cabeça. Aquilo era lógico, mas não explicava a atitude de Bellver aquela manhã. Um sentimento de preocupação gelada começou a lhe percorrer a espinha dorsal.

— E o que você contou para eles? — perguntou ela em voz baixa.

— O que eu podia dizer? A verdade. Que eles se davam tão bem que eu morria de ciúme. Talvez eu não devesse ter me expressado assim, agora vão pensar que eu...

— É verdade que eles tinham uma relação tão boa? — Leire sabia que seu interesse era mais pessoal que profissional, e ficou um pouco ruborizada ao formular a pergunta.

— Como eu posso dizer? Não é que ligassem um para o outro todos os dias, nem nada do tipo. Tratava-se mais de uma conexão, um vínculo que parecia indestrutível. — Carol desviou os olhos; era óbvio que tornar a abordar aquele assunto não era nada fácil para ela. — Olha, tem uma coisa que eu não te falei. Ruth e ele dormiram juntos uma vez mais depois de se separarem. Ela me contou depois. Segundo Ruth, essa trepada serviu para confirmar que ela já não sentia esse tipo de amor por ele. Não é que eu tivesse gostado de ouvir aquilo, claro, mas o que eu podia fazer?

— Todos os ex-casais dormem juntos algumas vezes. Acho que faz parte do ritual, como um epílogo.

— Pois para os novos parceiros isso não tem nenhuma graça. Principalmente neste caso.

— Entendo.

– Não estou te contando isso para me lamentar. Ruth ficou muito preocupada depois desse encontro, não pelo fato em si, mas pelo que aconteceu depois. No dia seguinte foi que encontraram o cadáver daquela garota nigeriana, e Héctor perdeu a cabeça e caiu de porrada em cima daquele sujeito.

Leire remoeu a informação sem saber muito bem se gostava do sabor dela. Custou a engolir aquilo.

– Você quer dizer que Ruth acreditava que, por alguma razão, essa transa de despedida havia afetado Héctor mais do que parecia?

– Exatamente. Acho que foi por isso que ela foi ver Omar. – Carol suspirou. – Ruth tinha a tendência de se responsabilizar por tudo, Leire. Ela não conseguia cortar as amarras com o passado, e não era só por causa de Guillermo. Eles tinham um filho em comum, mas isso não era a única coisa que os unia.

"O amor gera dívidas eternas", pensou Leire, e quase disse isso em voz alta.

– Na verdade – prosseguiu Carol –, não sei por que contei isso para o inspetor. Eu não tinha dito isso para ninguém. Imagino que eu queria lhe demonstrar que Ruth se preocupava com ele, que a relação entre os dois era boa. Tenho a impressão de que ele não entendeu desse modo.

"É claro que não", pensou Leire. Provavelmente isso o teria feito pensar que, de certo modo, o rompante de violência de Héctor estava relacionado com sua ex. Como se ele tivesse descarregado sua fúria naquele indivíduo por sentir-se abandonado. Uma raiva que podia ter continuado ali, crescendo, até tornar a explodir na pessoa que realmente a provocava.

– Você fez o que devia, Carol – disse ela. A frase não pareceu convincente nem a seus próprios ouvidos.

– Então por que estou com a impressão de ter feito uma besteira?

– Não se agonie. Sério. Se eles tivessem algo contra Héctor, alguma prova real, não estariam te interrogando. – Ela pensava ao mesmo tempo que falava, com a intenção de tranquilizar a si mesma e à mulher que tinha diante de si. – Obrigada por me contar.

– De nada. Não sabia a quem procurar. Héctor está no hospital, e eu não queria lhe contar isso. Ele está melhor, não é?

Leire assentiu.

– Muito melhor, acredito. Ouvi dizer que não vão demorar a lhe dar alta.

– Fico contente. Nunca pensei que diria isso, mas ele é um sujeito decente.

– Sim. Héctor é boa gente.

Se Carol notou algo especial em seu tom de voz, não deu sinal disso. Elas se despediram, e Leire voltou ao seu apartamento, empurrando o carrinho. Por uma vez seus pensamentos estavam muito longe do bebê que estava ali. Ela estava convencida de que Bellver não encontraria nenhuma prova real contra Héctor, mas também de que ele não se daria por vencido facilmente. O nome de Juan Antonio López Custodio lhe voltou à cabeça, apesar de ao longo daqueles dias ela não ter descoberto nada além das informações que o próprio Héctor tinha averiguado. Não conseguia entrever a ligação que podia existir entre aquele subinspetor de outra época e o caso de Ruth Valldaura. Ela nem tinha nascido quando aquele sujeito estava na ativa, e ele havia abandonado o país pouco depois.

Ela parou na metade da rua, desconcertada. Quase paralisada por uma ideia que de repente lhe surgiu à cabeça. Difusa, obscura, improvável. Mas era o único fio que podia seguir.

48

Desde que decidira se unir aos *mossos*, Roger Fort tinha ouvido falar do instinto policial, aquela espécie de sexto sentido difícil de definir e que acaba distinguindo os bons investigadores dos agentes comuns. Ouvia falar sobre isso e receava não possuir esse dom, essa capacidade de intuir ou de se deixar levar por um pressentimento até as últimas consequências.

No entanto, naquela tarde, Fort começou a se sentir intranquilo, inquieto; não conseguia permanecer sentado por mais de dez minutos ou se concentrar na papelada que tinha ficado parada nos últimos dias e que ele se propusera terminar de verificar antes de sair. Sua mente voltava sem parar para o caso dos garotos mortos, e mesmo que a parte disciplinada de si mesmo lhe ordenasse deixar aquilo de lado, algo indefinível o impedia de obedecer.

Por fim ele chegou a uma trégua interna: terminaria parte do que devia fazer, conscienciosamente e sem se interromper, antes de voltar ao que na realidade lhe ocupava a cabeça. Isso lhe pareceu justo, e, mais sossegado, ele se dispôs a cumprir o pacto. Entretanto, essa boa disposição durou cinco minutos exatos. Em seguida, ele se levantou da cadeira e saiu.

Uma vez solto, o instinto é persistente. Como havia dito a Leire, fazia dias que ele não conseguia tirar Jessica García da cabeça. Fort se dirigiu à calçada da Zona Franca; dada a hora, deduziu que Jessy devia estar trabalhando, e então se encaminhou novamente ao cabeleireiro.

– Espero que hoje tenha vindo para cortar o cabelo – soltou a dona quando ele cruzou a porta.

Roger olhou ao seu redor. O lugar estava quase vazio: uma das moças lavava o cabelo de uma cliente, e a outra estava sentada com a proprietária, folheando uma revista.

– Jessica García não está?

– Jessy não trabalha mais aqui – disse a dona em um tom que tentava ser neutro. – Ela se demitiu há alguns dias.

– Ela se demitiu? Por quê?

– Ela não me disse. A julgar pela cara dela, eu diria que tinha ganhado na loteria ou algo assim. E estou falando no sentido literal. Ela disse que já tinha trabalhado muito na vida, que sua sorte afinal tinha mudado.

A empregada que estava ao seu lado bufou.

– É. E agora ela não fala mais com os pobres. Cruzei com ela ontem, e ela nem me cumprimentou. Está dizendo no bairro que pensa em se mudar. É o que eu digo: ou ela ganhou na loteria ou arranjou algum velho cheio da grana.

Roger não esperou que elas continuassem criticando a nova-rica. Saiu a toda a pressa e se dirigiu ao endereço de Jessica García. Havia muito dinheiro envolvido naquela história. Dinheiro demais. E o de Jessy, pelo menos, só podia vir de Isaac Rubio. Não conseguiu localizá-la; apenas seu filho estava no apartamento, um garoto obeso chamado Pablo, que lhe disse que a mãe voltaria tarde. "Ele não tem idade para ficar sozinho", pensou Fort, que era muito tradicional no que se referia a famílias e mães. Frustrado, ligou para o celular dela, e ninguém respondeu. Ir para casa sem respostas não era uma opção viável. Pela primeira vez em sua carreira de investigador, Fort sentia o que os esportistas descrevem como a descarga de adrenalina que precede o triunfo, a sensação de que nada nem ninguém poderia detê-lo. E muito menos alguém tão limitado como Isaac

Rubio, a quem esperou no saguão, com uma paciência canina, até que este chegou, duas horas depois.

– Podemos ir para a delegacia ou começar a conversar aqui mesmo – disse ele quando o viu aparecer. Tinha passado a espera reorganizando as ideias, tentando antecipar as respostas para formular as perguntas corretas. Teria gostado de falar com Jessy antes; no entanto, não tinha a intenção de deixar escapar aquela oportunidade.

Isaac encolheu os ombros.

– Já contamos tudo – disse ele de má vontade.

– Não. Você não. Por que não me diz a verdade?

– A verdade sobre o quê?

– Sobre o dinheiro. O que você deu a Jessica há alguns dias.

– Eu ainda tinha algum, e fiquei com pena. Dei para ela.

– É melhor você ser mais convincente. Não dá para acreditar nesse tom. E as contas não batem, Isaac.

O rapaz estava assustado. Roger pensou que havia algo infantil nele; no moletom, nos modos, até em seu rosto.

– Olha, você está metido em uma encrenca, e tem tudo para se dar mal. Mais do que os outros. Vai me contar a verdade? Posso te levar para a delegacia e te prender por setenta e duas horas, se for preciso. Você vai acabar contando, e sabe disso. Por que não faz isso agora?

– Eu não tive nada a ver com a morte deles.

– Ninguém insinuou isso. Por enquanto. – Ele frisou bem as palavras. – Mas nós podemos acabar pensando nisso se você teimar em continuar mentindo. Não é razoável ocultar informações em casos de homicídio: isso faz com que você pareça culpado.

Isaac mordeu o lábio e baixou a cabeça.

– Vamos a um lugar onde se possa conversar com tranquilidade – disse ele afinal.

Ao fundo, a torre de comunicações do Estádio Olímpico se elevava como uma clave de sol. Eles caminharam juntos até um campo de futebol próximo. A tarde começava a cair, e alguns garotos estavam terminando o treino. Quatro pais formavam um pequeno grupo em uma das grades, e eles os evitaram, procurando um lugar bem afastado para conversar sem serem ouvidos.

– Você jogava futebol aqui?

– Eu dava patadas na bola mais do que jogava. – Isaac tirou um cigarro e o acendeu. – Nunca fui muito bom em nada.

– Eu também não gostava muito de futebol – replicou Roger. – Me dava melhor com rúgbi.

– Bom, eu tocava bateria, era alguma coisa.

– Sim, todos temos alguma habilidade. Me fale do dinheiro. Vocês não o dividiram com Dani, não é verdade? Leo não quis.

Isaac o fitou, entre assombrado e receoso.

– Claro que sim! O senhor já ouviu os outros.

– Não minta para mim! Você gostava de Daniel, ele era como um irmão para você, pelo menos foi isso o que você disse. Por acaso não quer que a gente prenda o culpado por sua morte? Isaac, me diz a verdade.

O rapaz diante de si tinha o aspecto de um bichinho assustado quando murmurou em voz quase inaudível:

– Não... não demos. Nem mesmo contamos pra ele. Leo e ele brigaram por causa do *show*, e Dani foi embora magoado e puto com todos.

– Mas você não estava de acordo. Achava isso errado; você gostava de Dani.

– Todos achavam que eu era um idiota. Todos. Eu... naquela época eu me drogava muito. Nem sempre pensava com clareza. Leo e Hugo ficaram discutindo sobre a grana, sobre dar ou não para Dani. E não fizeram o menor caso de mim. Porra, era muita grana. Por que se comportar daquele jeito horrível? É verdade, eu fiz isso por eles. Por Dani e por Cris. – Apesar da falta de luz, Roger viu como Isaac se ruborizava. – Ela... ela estava me ajudando em um assunto. Uma coisa pessoal. Eu tenho dificuldade para ler, sabe? Cris percebeu isso e estava me dando uma mão. Sem dizer nada para ninguém. Achei que ela merecia saber daquilo, então eu a procurei e lhe contei. Eu tinha certeza de que, se Dani insistisse, os outros dois acabariam cedendo.

– Como Cristina reagiu?

– Ela me olhou com aqueles seus olhos enormes, como... como se me desprezasse. A mim e ao resto. Ela me disse que Dani não precisava mendigar para nós. Que nós podíamos ficar com aquele dinheiro e deixá-los em paz. Que ela cuidaria dele. Não... não entendi muito bem do que ela estava falando.

– O que aconteceu depois?

– Eu já lhe disse que naquela época eu estava chapado a maior parte do tempo. Para cúmulo, era a noite da festa de São João. Eu fiquei dois dias fora do ar. Quando me recuperei, tive um momento de lucidez, passei no local e tirei a parte dele. Para ele.

– Mas você não chegou a lhe dar. – Fort lançou a frase no ar, convencido de que se ainda existia dinheiro suficiente para que Jessy se mostrasse tão contente como diziam suas colegas do cabeleireiro, Isaac devia ter ficado com bem mais do que a parte que lhe correspondia.

– Não consegui – replicou Isaac. – Eles tinham saído de férias. Eu fui à casa deles, mas ninguém atendeu.

– E você não o devolveu?

– Eu me enrolei, e fiquei tão angustiado que resolvi tomar alguma coisa para relaxar. Era o que eu fazia todos os dias naquela época. Quando... quando saí do barato, os outros já tinham percebido que o dinheiro havia sumido, e acharam que tinha sido coisa do Dani. Quando eu cheguei, Hugo estava convencendo Leo de que não era caso para brigar. Leo estava tão puto que dava medo, mas afinal cedeu. Acho que ele se convenceu do que nós dois vínhamos dizendo fazia dias: que havia o suficiente para todos, para os quatro. E eu achei que, já que ele tinha caído em si, eu daria aquela grana para Dani e Cris depois das férias.

– Mas eles não voltaram.

– Não. Eles não voltaram mais. – Isaac se voltou para o agente. – Eu não fiz mal a eles. Não queria que acontecesse nada com eles,

431

eu gostava muito deles. O senhor precisa acreditar em mim. Eu... fazia coisas assim. Tentava fazer alguma coisa direito, mas sempre acabava fazendo cagada. Mesmo agora. Eu dei o dinheiro para a Jessy e disse para ela ser discreta, para não fazer perguntas nem explicar nada para ninguém.

Fort ia compondo a trama, mas ainda lhe faltavam informações. E ele não tinha a intenção de ir embora sem elas.

— No outro dia, antes de testemunhar, vocês entraram em acordo para contar aquela versão bonitinha de que os quatro eram amigos e dividiam tudo.

— Isso foi ideia do Leo. Ele tinha falado com a mãe de Dani, e ela lhe havia contado sobre os dez mil euros. Ele disse que era a única forma de não parecermos suspeitos: dizer que nós tínhamos lhe dado aquele dinheiro e que tínhamos guardado o resto. Hugo não estava muito a fim.

— E ele os convenceu.

— Ele sempre mandava. Eu achei que era uma boa solução; também não queria que eles descobrissem que eu tinha mais dinheiro do que devia.

Pela primeira vez, Roger Fort tinha uma ideia clara da história daqueles rapazes. E isso levantava outra questão: era óbvio que o dinheiro encontrado em posse de Cristina Silva e Daniel Saavedra devia ter saído de outro lugar. A pergunta era em que diabo de lugar o teriam conseguido.

49

— Não!

Estavam havia horas discutindo naquela sala que nos últimos dias se transformara no cenário de conversas inauditas, e Lluís Savall quis terminar a disputa com esse monossílabo pronunciado com toda a energia que seu corpo era capaz de concentrar. Ele teria acompanhado a resposta com um soco na mesa ou na parede, se se atrevesse. Helena, no entanto, se mostrava imune a seus ataques, e abordara um assunto que ele, depois de ter confessado tudo, teria preferido esquecer. Para cúmulo, a ideia que ela acabava de expressar, com uma serenidade assustadora, era tremendamente arriscada.

– Por que não?

Quando ela adotava aquele tom, seu corpo, de aspecto frágil e flácido pela idade, se endurecia. Lluís Savall sabia que qualquer resposta se chocaria contra aquele muro desapiedado e até mesmo cruel, capaz de desviá-la para rincões insuspeitados de sua vida em comum.

– Eu já te disse. Não serviria de nada, e daria asas a um caso que eu quero ver enterrado. Você não entende? Não é capaz de compreender?

– A única coisa que eu sei é que Bellver tem certeza de que Héctor Salgado matou a mulher. Ele pediu hoje mesmo o teu consentimento para solicitar uma ordem de revista de sua casa. O imóvel de Ruth Valldaura seria a prova de que eles precisariam para armar um caso contra ele. Isso você não pode negar.

– E o que você quer que eu faça? Que limpe as impressões digitais do celular e o deixe ali enquanto os agentes revistam a casa?

– Exatamente.

Ele a fitou como se não a conhecesse. Desde que lhe confessara a verdade, Helena metera aquela ideia absurda na cabeça. Parecia ignorar os riscos, e mostrava-se obstinada diante de qualquer argumento.

– Fazer isso só teria uma consequência: Héctor se meteria no caso a fundo, e não haveria maneira humana de impedi-lo.

Ela avaliou a resposta durante alguns segundos antes de voltar à carga:

– Héctor estaria na prisão, e dali ia poder investigar muito pouco.

– Chega! Escuta, não quero voltar a discutir esse assunto. Isso é problema meu, e vou resolvê-lo à minha maneira.

–Você não tem sido exatamente hábil nas suas resoluções, não acha? É o teu futuro que está em jogo, Lluís, mas também o meu. O das tuas filhas. Dá a impressão de que você não tem consciência disso.

– Helena, já te repeti mil vezes. Minha única possibilidade é que esse caso seja arquivado. Que merda, eu o deixei sob a responsabilidade do inútil do Bellver, que nunca na vida trabalhou em um caso como Deus manda.

Helena meneou a cabeça, condescendente, como se estivesse falando com uma de suas filhas em pleno ataque pré-adolescente.

– Se você acha que Héctor vai se esquecer de Ruth, é porque você é mais ingênuo do que aparenta.

Nisso ela tinha razão. Salgado jamais havia deixado um caso pelo meio; tinha ficado sabendo que inclusive naqueles dias ele continuava dirigindo seus agentes do hospital naquela história dos garotos assassinados, apesar de, em teoria, já terem um culpado presumido atrás das grades.

– Tua única possibilidade – insistiu Helena – é que o caso seja mesmo arquivado. Para sempre.

Ela dissera isso com a mesma calma com que teria considerado uma troca de cardápio ou anunciado seu destino preferido de férias. Nos últimos dias, sua esposa o assustava. O alívio fugaz que sentira ao lhe contar a verdade tinha sido seguido por uma aflição constante que quase o fazia ter saudade dos momentos em que ele, e apenas ele, carregava o peso de seus pecados. Helena não se havia dado ao trabalho de absolvê-lo, mas ele precisava reconhecer que ela ficara do seu lado na mesma hora com uma lealdade feroz e, a julgar por suas sugestões, completamente amoral.

– Prefiro não perguntar o que você quis dizer com isso.

– Não, você nunca levou minha opinião em conta. Em troca, você teve consideração com sua irmã, depois de anos sem que ela te dirigisse a palavra.

– Deixa Pilar fora da conversa – resmungou ele.

– Como é que eu vou fazer isso? Ela é que nos meteu nisso. Ela te convenceu a embarcar nessa vingança ridícula. A culpa de tudo isso é dela.

Ele avançou para sua esposa. Nunca, em uma rotina matrimonial que mais se inclinava para a guerra fria que para o conflito aberto, havia tido tanta vontade de fazê-la calar a boca. Ele ergueu a mão, ameaçador. Se esperava que Helena se acovardasse com o gesto, enganava-se.

– Você vai me dar uma bofetada? – Ela riu sem se mover nem um centímetro e sem demonstrar o menor receio. – Você sempre foi um covarde, Lluís. Se pelo menos você tivesse se encarregado daquele esbirro por tua conta, agora não estaríamos nessa situação. Nesta vida é preciso sujar as mãos!

Lluís Savall parou abruptamente.

– As minhas já estão bem sujas, você não acha?

Estavam muito próximos. Isso era algo que eles haviam recuperado nos últimos dias. Uma intimidade cheia de segredos e de culpas. Uma proximidade como a de duas feras encerradas na mesma jaula, que se desafiam, disputando o espaço e a proeminência, mas ao mesmo tempo acabavam sucumbindo ao afeto que tinham um pelo outro. Helena lhe pegou o pulso com suavidade e aproximou os dedos do marido dos lábios.

– Aquilo foi quase um acidente – sussurrou ela. – Não perca tempo sentindo culpa. Você fez o que pôde para salvá-la.

"O caminho do inferno está calçado de boas intenções", pensou ele. Ainda assim deixou que Helena o abraçasse e apoiasse a cabeça em seu peito.

– Não vamos discutir mais, Helena, por favor. Eu vou resolver esse assunto – murmurou ele, porque precisava se convencer disso, persuadir-se de que tudo acabaria bem.

Como aquele domingo que logo cumpriria um ano. O domingo em que aquele caos parecia haver terminado. Omar estava morto, e seu advogado, detido e encarcerado. O pesadelo tinha chegado ao fim. Faltavam apenas algumas horas para que o prazo imposto por aquele velho louco terminasse, e enquanto dirigia até Tiana, para buscar Ruth e tirá-la de seu retiro protetor, ele se sentira tão eufórico que gostaria que o carro voasse pela autoestrada. Ele ganhara. Eles haviam ganhado. "Apodreça no inferno, Omar, seu filho da puta."

A voz da esposa o devolveu ao presente, a uns olhos que o fitavam cheios de dúvidas.

– O que você estava dizendo, Helena?

– Eu estava dizendo que no fundo você é o único que importa, Lluís, você não entende? A família, nossas filhas, os netos que virão. Os dias que nos esperam. A velhice, sim, mas tranquila, sem ameaças. Nós dois juntos. Não quero ficar sozinha nesta última etapa, não quero ser uma velha que caminha solitária pela praia de Pals.

Ele lhe deu um beijo na fronte.

– É evidente – prosseguiu Helena. – Héctor não vai parar até descobrir a verdade. Por isso as coisas têm que ser feitas ao contrário.

– Não estou entendendo.

– A revista agora seria uma má ideia. Como você bem disse, isso lhe daria um motivo a mais para continuar investigando. Não, é evidente. Isso tem de ser feito ao contrário. O celular da mulher dele deve ser encontrado depois.

– Continuo sem te compreender. Depois de quê?

Continuavam abraçados. Lluís tinha diante de si as fotos de suas filhas sorrindo. E uma dos dois celebrando seu vigésimo aniversário de casamento. Ele se lembrava daquele dia, do jantar no restaurante, e sua memória passeou pelas imagens de uma vida compartilhada, momentos que pareciam ter sido vividos só para desembocar ali, naquela sala, naquele abraço. A Helena maquiada e bem-vestida que erguia uma taça de *cava* diante da câmera de sua filha mais velha era a mesma que ele estreitava nos braços nesse instante, a mesma que, depois de uma breve pausa, se afastou dele alguns centímetros e disse:

– Depois que você o matar, é claro.

50

— Você dormiu bem?

A enfermeira daquela manhã era das mais simpáticas. Hector não tinha queixa de nenhuma delas, principalmente desde que, em geral, todas elas haviam abandonado aquele plural insultante que as incluía em suas perguntas e que ele considerava extremamente irritante.

– Dormi tarde – respondeu ele.

– Sei. Me disseram que de noite você escapa para fumar. – Ela disse isso em um tom alegre, enquanto lhe fazia a cama e ele esperava sentado, sentindo-se inútil. – Tomara que o médico não fique sabendo, ou ele vai pôr purê de cenoura na dieta. É o que nós fazemos com os pacientes desobedientes.

– É tão ruim assim?

– Pior. – Ela sorriu. – Além disso, não acredito que demorem muito para te dar alta, portanto é melhor se comportar bem. É um conselho. Só te restam alguns dias por aqui. Ou talvez menos, talvez o doutor te deixe ir embora amanhã mesmo, se não ficar sabendo das tuas correrias noturnas, claro.

Ele se divertia com o fato de aquela moça que poderia ser sua filha o chamar de você e o repreender com tanta familiaridade. Ela era ruiva natural e muito bonita; chamava-se Sonnia, com dois enes, e ele havia pilhado Guillermo observando-a algumas vezes. Ia lhe responder alguma coisa quando o celular tocou. Era tão cedo que ele estranhou.

– Sim?

– É Fort, inspetor. Não queria incomodá-lo, mas...

– Você não está me incomodando – assegurou Héctor. – Ao contrário, estou começando a precisar de um pouco de atividade.

A enfermeira o olhou pelo canto do olho e meneou a cabeça. Seus lábios desenharam três palavras: "Purê de cenoura".

Fort lhe contou o que acontecera na tarde anterior, inclusive a última conversa com Jessica García, na qual ela admitira que Isaac Rubio lhe havia dado uma parte do dinheiro.

– Isso é o cúmulo da coerência: lhe roubam trezentos mil, devolvem menos de um quarto e os dois ficam felizes – disse Héctor depois de ouvir a história. – A parte boa, ou não, é que afinal sabemos com certeza que aqueles dez mil euros não saíram dos que os rapazes encontraram no furgão.

– Receio que sim, senhor.

– E também sabemos que havia alguém muito enfurecido com Daniel, e provavelmente também com Cristina.

– Leo.

– E talvez também o outro, Hugo Arias.

Héctor permaneceu em silêncio por alguns instantes. Os fatos se acumulavam, e cada peça parecia deslocar as outras. Nunca havia acreditado que o motivo do crime fosse o dinheiro, e apesar de tudo, as provas pareciam confirmar isso. Tinha que conseguir ver o caso por outro ângulo, e isso não parecia simples.

– Fort, me faça um favor – decidiu ele afinal. – Venha ao hospital e me traga o conto. Sim, o de Hiroshima. E outra coisa: procure um exemplar de *Outra volta do parafuso*.

– Acho que não deveria trabalhar, senhor.

– Não vou trabalhar. Vou ler. Não é isso que recomendam que a gente faça no hospital?

O silêncio de Fort foi muito significativo, mas Héctor tinha certeza de que ele faria o que acabava de lhe pedir. Antes de terminar a conversa, não conseguiu resistir à tentação e perguntou:

— A agente Castro está por aí?

— Não, senhor. Quer dizer, sim, ela veio, mas não está em sua mesa agora. O senhor quer que eu dê algum recado para ela?

"Não", pensou Héctor. O que ele tinha vontade de lhe dizer não admitia intermediários.

— Hoje mesmo vamos interrogar Mayart, senhor. Os médicos nos disseram que ele recobrou a memória.

— Ótimo; quando passar para me trazer o que te pedi, me conte como foi. Muito obrigado, e bom trabalho, Fort.

Héctor teria gostado de ver a cara do agente e seu sorriso de satisfação quando desligou o telefone.

Héctor não esperava receber muitas visitas, mas empenhou-se em vencer aquela sonolência que o assaltava no meio da tarde por puro aborrecimento, e que depois lhe provocava eternas noites em claro. Naqueles dias havia tomado uma decisão: quando o caso dos amantes mortos estivesse encerrado, tiraria uma temporada para si. Para si e para Guillermo. Precisava de espaço mental e de tempo real se quisesse acabar de uma vez com os fantasmas que o assaltavam. Com as perguntas que rodeavam o caso de Ruth. Se fosse preciso pediria uma licença, algo que devia ter feito um ano antes. Desde que ela havia desaparecido. Como havia dito a Ginés, a proximidade da morte restabelecia a ordem de prioridades, e se ele tinha certeza de alguma coisa, era de que não queria deixar este mundo sem ter descoberto a verdade. Antes, no entanto, devia se ocupar do caso que tinha nas mãos. Não era capaz de deixá-lo pela metade depois das novas revelações.

O telefone vibrou na mesinha, e ele atendeu à chamada. Nunca havia imaginado a que ponto uma pessoa hospitalizada pode apreciar qualquer distração. Levantou-se para responder; tanto tempo deitado começava a irritá-lo. Para sua surpresa, era Celia Ruiz.

– Alô?

– Salgado! Vejo que já recuperou seu tom de sempre.

– Dra. Celia! Estou muito chateado com a senhora. Veio me ver no primeiro dia e depois não voltou mais – disse ele, reforçando o sotaque argentino.

– É. Com certeza o senhor sentiu muita falta de mim.

– Cada minuto, doutora. Fico percorrendo o quarto morto de impaciência.

– Pois se está de pé é melhor sentar, inspetor. Não sabia se devia ligar, mas me disseram que já está melhor, então... Bom, acho que vai querer saber disto.

– A senhora está me deixando nervoso. Vou ter que avisar a enfermeira.

– Obedeça e sente. Chegaram os resultados dos exames de DNA do caso de Saavedra e Silva. E temos surpresas.

– Surpresas?

– Corrijo: no singular. Só uma. Nenhum problema com o rapaz. É Daniel Saavedra, sem dúvida.

– E Cristina?

– Já lhe digo. O DNA da garota não coincide com o do pai. De fato, geneticamente não é nem parecido. De acordo com as provas realizadas, aquele cadáver não seria de Cristina Silva.

Ele não tinha sentado. Fez isso então, enquanto a dra. Ruiz continuava falando de porcentagens, repetição de análises e provas de fertilidade. Depois, quando a conversa terminou, ele ficou deitado na cama, olhando para o teto, avaliando aquela nova informação. Aquela inesperada brecha que se abria em um caso que teimava em não acabar.

A paz do hospital lhe oferecia uma oportunidade única para pensar sem ser interrompido, e a conversa com a dra. Ruiz havia aberto uma porta imprevista para terrenos inexplorados. A possibilidade de que a vítima encontrada não fosse Cristina Silva lhe parecia remota, mas não podia ser descartada. Com os olhos da memória, repassou sua conversa com o pai da jovem. O homem não lhe parecera especialmente simpático, e mesmo assim não gostaria de estar em seu lugar: havia pessoas a quem o destino se empenhava em flagelar sem a menor misericórdia, e aquele homem endurecido que havia perdido toda a família passara anos pensando que sua filha estava morta. No entanto, em vista dos acontecimentos, sua agonia estava se prolongando.

Ele se lembrou do rosto de Cristina Silva, daquele olhar intenso e poderoso, e dos comentários que as pessoas que a conheciam tinham feito sobre ela. Para Eloy Blasco, havia sido um amor platônico, mas nem por isso menos profundo – uma espécie de irmã mais nova pela qual nutria sentimentos contraditórios. Para Nina, sua amiga, Cris era uma pessoa forte, alguém em quem se apoiar, e também triste, algo que poucos, para não dizer ninguém, haviam mencionado. Santiago Mayart a havia acusado de indisciplinada, e Ferran... Ferran a amava, pura e simplesmente. Não conseguia mudar essa percepção, por mais que os fatos e as evidências o indicassem como culpado. No fundo, a história de Ferran, por mais perturbada que parecesse, ou talvez exatamente por isso, podia ser verdadeira.

Revisou mais uma vez a sequência dos fatos, com calma. O trio tinha vivido sua história em relativa harmonia até que o pai de Daniel enfrentara o filho com seus próprios preconceitos: ali é que as tensões haviam começado. Depois Cristina se havia mostrado afetada nas aulas de Mayart, enquanto analisavam o *Outra volta do parafuso* e falavam dos pesadelos; ela havia partido, abandonando tudo por alguns dias. Daniel tinha ido procurá-la, e naquele intervalo tinha perdido o *show*, deixando os amigos na mão. Os outros tinham encontrado o dinheiro e, segundo eles, o haviam repartido. Se aquela declaração era falsa, tal como acabava de saber graças a Fort, se os outros três haviam decidido excluir Dani do butim conseguido na sua ausência, Cristina teria se sentido obrigada a compensá-lo economicamente de algum modo? E nesse caso, onde ela teria conseguido o dinheiro em tão pouco tempo? Além disso, havia ainda mais uma pergunta; Cristina tinha ido para algum lugar longe o suficiente para que Daniel não pudesse se deslocar para cumprir o compromisso que tinha com os amigos. Cristina, Cristina. Todo aquele maldito caso se centrava nela. A garota que havia entregado seus contos a Mayart, a verdadeira autora daqueles amantes de Hiroshima. Amantes mortos como seriam depois ela e Daniel. Amantes assassinados por uma amiga, por alguém que dizia amá-los. Não, ele não devia se deixar levar por essas ideias; aquilo não era um conto sobre fantasmas. Cristina não podia saber o que ia lhe acontecer, nem muito menos reproduzi-lo friamente em um conto. Cristina só podia usar sua imaginação ou recriar o que já havia acontecido. Ele olhou o relógio. Fort devia estar para chegar. Ele precisava de alguém com quem trocar impressões. Héctor se deu conta de que, injustamente, quem ele desejava ver na realidade era Leire Castro. Mas ela não havia aparecido.

Quando Roger Fort chegou ao hospital, sentiu-se um pouco incomodado por ter que trabalhar com seu chefe de pijama. Trouxera consigo o que ele havia pedido, o conto e o livro de Henry James, e lhe contou a visita a Mayart. "Só alguns minutos", tinham advertido os médicos com severidade. Ele não teria precisado de mais do que isso: o escritor havia confirmado ponto por ponto a história de Ferran Badía. Este tinha ido a sua casa com o caderno de Cristina, acusando-o de haver utilizado os trabalhos da aluna. "Não acredito que ele quisesse me fazer mal", havia dito Mayart. "Me lembro de ter ficado irritado, de ter tentado tirar o caderno dele. Ele me empurrou, e não me lembro de mais nada."

– Quer dizer que pelo menos essa parte da história é verdadeira – concluiu Fort. – O sujeito me deu pena; em algum momento da conversa, tive a impressão de que ele havia perdido o fio da meada. Os médicos dizem que ele vai se recuperar, mas pode ficar com alguma sequela importante.

Ferran havia admitido ter encomendado os quadros e ter disposto um cenário que envolvesse seu antigo professor. Se fazia pouco tempo que ele tinha ido à casa do Prat e encontrado os cadáveres ou se tudo acontecera muito tempo antes, era algo que ainda estava por averiguar.

Héctor continuou ouvindo Fort em silêncio, concentrado, tentando encaixar algumas peças que sobravam, como se pertencessem a um cenário distinto. Ferran e os quadros, a vingança contra o professor que havia usado o trabalho de sua aluna morta. O dinheiro. Cristina e Daniel. Os amantes de Hiroshima, um triângulo estranho e mortal. Viu Fort se levantar para ir embora e se despediu dele, distraído, absorto em seus pensamentos. Depois se pôs a ler.

Começou pelo conto, pelas páginas plagiadas que pela primeira vez encarava como pertencentes à imaginação de Cristina Silva e não de Santiago Mayart. Ela havia escrito aquela história de amor e morte. Ela havia recriado um triângulo que podia ser o que vivia na própria carne com Daniel e Ferran Badía. Mas não era. Não. Ferran havia perdido a cabeça, como a protagonista do conto, mas uma descrição como aquela não podia se aplicar a ele:

> Apesar de minha juventude e inexperiência, acho que naquela época já sabia que aqueles instantes que Takeshi e Aiko compartilhavam faziam parte de algo que, por razões desconhecidas, sempre seria proibido para mim. Intuía que, mesmo que se passassem anos e eles se transformassem em lembranças apagadas pelo tempo, meus amigos continuariam se amando na velhice ou amando a outros, enquanto eu continuaria igual: intacta, blindada, sempre do outro lado daquela porta, incapaz de seduzir ou de ceder à sedução.

Não. Ferran Badía havia amado, havia vivido. Ferran Badía não era aquela mulher sem nome, ciumenta do amor alheio, que acabava trancando seus amigos para que eles não fugissem. A única dos três que sobrevivia à bomba, àquele engenho chamado *Little Boy,* que caía do céu para devastar a cidade. A casa. A vida daqueles jovens e de tanta gente. Homens, mulheres e crianças.

As crianças. As crianças da novela de James. Miles e Flora, pervertidos pelo que viam, por aqueles adultos que cometiam atos terríveis diante de seus olhos inocentes. Cristina havia estado obcecada com a morte e com o sexo; até mesmo Mayart, que a detestava, admitira isso. E também Nina Hernández. E Ferran, à sua maneira, citando "Os mortos", afirmando que às vezes eles estavam mais vivos que os que respiravam. Cristina adorava aquele conto, dissera ele. Depois, na última entrevista, Ferran havia afirmado que sempre acreditara que Cristina e Daniel se haviam suicidado, que ela havia arrastado o amante escolhido para seu leito de morte, deixando-o neste mundo. Cristina. Sempre, por mais voltas que desse, voltava para ela. Para sua tristeza escondida, para sua fascinação com a morte, para sua euforia dos últimos dias; para seus planos de férias, de uma nova vida. Planos. Mudanças. Para isso era preciso dinheiro. Dinheiro que os colegas de Daniel se haviam negado a lhe dar. Nina havia dito que sua amiga estava contente, não angustiada nem preocupada, apenas contente. Ela mesma se havia alegrado, apesar de seus sentimentos em relação ao casal serem mais que ambivalentes.

Ele deteve aquele fluxo desordenado de pensamentos e tentou se focar. Teria dado qualquer coisa para ter ao alcance aquele painel onde sua mão podia plasmar de maneira sintética as informações e as suposições. Tentou fazer isso de qualquer forma. Só precisava se concentrar. Deixar a mente em branco e refletir.

Informação número 1: Cristina, Daniel e Ferran formavam um triângulo amoroso desigual, mas bem-ajustado. Informação número 2: Cristina havia desaparecido pouco antes de sua morte, e ninguém sabia aonde ela fora. Tinha ficado vários dias fora, sozinha, e dali tinha ligado para Daniel. Este havia corrido para buscá-la, e eles tinham voltado, mais unidos do que antes. Informação número 3: os colegas de sua banda não tinham querido lhe dar nem um euro do dinheiro. Informação número 4: os amantes haviam sido encontrados com dez mil euros. Nesse período de tempo, ele ou ela haviam conseguido esse dinheiro. Informação número 5: o assassino se lançara contra ela com fúria e deixara o dinheiro ali — o que, se entrássemos no terreno das suposições, significava que ou ele desconhecia a sua existência ou isso não lhe importava. Informação número 6: o DNA do cadáver encontrado não coincidia com o de seu único familiar vivo.

"Os amantes de Hiroshima." A história de dois apaixonados vítimas tanto da bomba como do ciúme de um terceiro. Vítimas de *Little Boy*, um nome inocente de consequências fatais: fumaça, desolação, dor. *Little Boy*, a bomba que caíra do céu semeando a destruição, destroçando uma casa, muitas vidas, uma cidade. Mudando o mundo.

O telefone interrompeu sua reflexão, e ele estava quase a ponto de não responder ao verificar que não se tratava de nenhum número conhecido. Mas ele atendeu.

– Inspetor. É Nina. Nina Hernández.

Há vezes em que Deus, os astros ou a sorte se alinham em favor de alguém. Ele a ouviu, escutou o que a moça queria lhe dizer, o que a havia impelido a ligar para ele.

Meia hora depois, enquanto se vestia, percebeu que não lembrava nem quando a enfermeira havia entrado com a bandeja do jantar, que continuava intacto. Não lembrava quase nada dos últimos minutos além daquela ideia, daquela intuição perturbadora que surgira de repente e que agora brilhava na penumbra daquele quarto de hospital. Não seria capaz de comer, nem de dormir, nem de descansar, até que tivesse feito o que devia. Deixou o hospital sob o olhar atônito das enfermeiras de guarda, sem parar para ouvir os seus protestos. Não podia esperar pelo dia seguinte. Não podia aguardar que o médico lhe autorizasse uma saída de que precisava mais que do ar ou da comida.

Não podia aguentar a incerteza.

Tomou um táxi na porta. Se tinha certeza de alguma coisa, era de que precisava falar o quanto antes com Ferran Badía.

Havia várias coisas que Leire odiava com toda a alma. A primeira era que não respondessem a suas ligações, principalmente se ela tivesse um interesse especial na chamada. A segunda, derivada da anterior, era que não se dessem ao trabalho de ligar de volta. Obviamente, o desinteresse já podia ser considerado uma resposta em si — ela mesma havia utilizado esse argumento em relação a algumas ligações que acabavam sendo insistentes além da conta —, mas dessa vez precisava engolir o orgulho e insistir. A terceira, muito mais incômoda que as anteriores, era que, uma vez conseguida a ligação e depois de explicar e até suplicar, a pessoa do outro lado da linha se negasse a ajudá-la. Desde a noite anterior, duas dessas três situações se haviam concretizado, e quando ela intuiu que a terceira tinha todas as chances de acontecer, sentiu que seu ânimo decaía ao nível do chão. Andrés Moreno, o jornalista que lhe havia falado dos bebês roubados, estava se revelando um osso bem difícil de roer.

— Leire, minha resposta é a mesma agora que há seis meses. Esta minha profissão está indo para o diabo, mas permite que eu conserve pelo menos uma coisa chamada honradez pessoal. Aquela pobre mulher me facilitou a informação, e eu lhe jurei que a manteria no anonimato. E assim será.

— Andrés, por favor, eu não te pediria isso se não fosse importante.

— Não. Se é tão necessário, existem mecanismos judiciais para me obrigar a fornecer essa informação. Use-os. Garanto que não sou irracional; se eu receber as indicações legais adequadas, darei todas as informações de que vocês precisem. Até então, não vou mudar de opinião.

Leire havia repetido seus argumentos, consciente de que o esforço era inútil. Só estava lhe pedindo o nome da ex-freira, e não era para prendê-la nem nada parecido; a única coisa que desejava era falar com ela, por razões que nem Leire mesma chegava a compreender.

— Olha, Leire — lançou ele com vontade de terminar aquela ligação que começava a se mover em círculos. — Não me peça um favor pessoal como se fôssemos amigos, porque não somos. E quanto a colaborar com você na qualidade de agente dos *mossos*... Para falar a verdade, depois da repressão na Plaza Catalunya, vocês não gozam da minha simpatia. Está claro?

Alguns dias antes, a concentração havia sido dissolvida de uma maneira expedita, para usar uma expressão delicada. E apesar de em seu foro íntimo ela entender a posição dele, a frustração provocada pela mescla de assuntos que não tinham nada em comum a irritava. Estava a ponto de lhe dar uma resposta cortante quando ele concluiu a conversa. Leire ficou olhando a tela do celular, odiando a confidencialidade profissional, os jornalistas éticos e o mundo em geral. Mesmo assim, apesar do fracasso, continuava a remoer a ideia, e se deu conta de que precisava falar daquilo com alguém. Com Héctor, admitiu contra a vontade. Por isso, ligou para Teresa pedindo-lhe que fosse a sua casa por duas horas e foi para o hospital.

Enquanto se dirigia para lá, sentiu-se culpada por não ter ido visitá-lo antes, por aquela deserção voluntária. No entanto, não esperava dar com uma cama vazia, e menos ainda encontrar uma mulher no quarto.

– Olá. Acho que me enganei... – disse ela.

– Você está procurando Héctor? – perguntou a desconhecida.

– Sim.

– Então não se enganou, mas não vai encontrá-lo. Parece que ele saiu sem avisar ninguém.

Leire observou a mulher sem saber muito bem o que dizer, e então se lembrou das palavras de Guillermo, semanas atrás, quando ele lhe contara que seu pai tinha uma "namorada".

– Mas já lhe deram alta? – perguntou ela.

– Não. As enfermeiras estão bem chateadas. – Ela sorriu enquanto meneava a cabeça, como se os homens em geral e Héctor em particular fizessem questão de aborrecer as mulheres de propósito. – Comigo foi a mesma coisa. Cheguei aqui e dei com a cama desse jeito.

Leire sabia que o mais normal seria se despedir educadamente, dar meia-volta e dar por terminado aquele encontro inesperado, mas a mulher que tinha diante de si se aproximou, estendendo-lhe a mão.

– Eu sou Lola – disse –, uma amiga de Héctor.

— Leire Castro.

— Ah, você é Leire. Héctor me falou de você.

Cumprimentaram-se com um aperto de mão, e Leire notou o olhar de Lola, cheio de curiosidade. Sem saber muito bem o que dizer, ela perguntou:

— Faz muito tempo que vocês se conhecem?

— Bom, faz anos, sim. Eu cobria as notícias dos tribunais quando morava em Barcelona, e ele estava sempre por ali.

— Claro.

Ficaram em silêncio por alguns segundos, durante os quais Leire foi invadida por uma série de emoções díspares: ciúme, desconforto, e também, por incrível que parecesse, simpatia por aquela mulher. Solidariedade diante de seu desconcerto.

— E você sabe para onde ele foi? — perguntou ela. — Eu precisava falar com ele de um assunto urgente.

— Não tenho a menor ideia. Parece que ele não disse nada a ninguém daqui. Mais ou menos uma hora atrás ele se vestiu e saiu. Eu liguei para o seu celular, mas ele não responde. Talvez você tenha mais sorte.

Ela teria notado um matiz de ironia em seu tom? Leire teve certeza de que seu rosto enrubescera.

— Não. Dá na mesma. Falo com ele outro dia. — Decidiu ir embora. — Prazer em conhecê-la.

— Espere, eu também vou sair. Não vou ficar aqui. Já levei bronca de duas enfermeiras, como se fosse culpa minha que Héctor tenha escapado.

Leire sorriu, a seu pesar. Desceram juntas no elevador, e juntas cruzaram a porta de saída. "Mais alguns minutos e cada uma tomará seu caminho", pensou ela, desejando que esse momento já tivesse chegado. Mas, quando se dispunha a improvisar uma despedida cortês, Lola a surpreendeu com uma pergunta inesperada:

— Você esteve investigando o caso da ex de Héctor por sua conta, não é? Calma, ele me contou.

— Sim. Não posso dizer que tenha tido sucesso.

– Héctor me disse que você se empenhou muito nisso. Que você encarou o problema de um jeito quase pessoal.

Ela a olhava nos olhos com tanta franqueza que era difícil mentir. Além disso, de que serviria?

– Não sei se eu chamaria de pessoal – disse ela. – À medida que eu a investigava, Ruth me parecia cada vez mais interessante, uma mulher excepcional.

Lola assentiu.

– Ela era mesmo. E sempre vai estar aí, sabe? Entre Héctor e o resto do mundo. Ele não percebe, mas é verdade. Seu desaparecimento a transformou em um fantasma eterno. Mas talvez não seja só isso.

– Tenho certeza de que o caso vai se resolver algum dia – afirmou Leire, deixando passar a última frase.

– Assim espero. – Lola suspirou e esboçou um sorriso de resignação. – Está na hora de ir embora. Boa noite.

Então ela teve uma ideia. Estendeu a mão para deter Lola, que já estava de saída.

– Olha... Não... não sei como lhe pedir isso. É importante, e não posso te dar muitas explicações. Preciso de um favor, e acho que você é a pessoa indicada para fazer isso.

51

Leo Andratx sabia que não devia estar ali. Diante daquela mesma porta, montado na moto, enchendo-se de coragem para se atrever e tocar a campainha. Pela luz acesa, podia ver da rua que Gaby estava em casa.

Nas últimas semanas, mal havia pensado nela. Sua vida estava cheia demais de acontecimentos e emoções: o reencontro, a declaração, as mentiras. O receio de ser descoberto. No entanto, nem tudo havia sido negativo. Nessa mesma manhã havia comparecido a uma entrevista de trabalho para um cargo muito mais interessante do que o que ele havia ocupado durante anos, enquanto o dinheiro encontrado compensava um salário medíocre. Um de seus contatos do ciberespaço havia marcado uma entrevista com ele para lhe oferecer um trabalho em uma empresa de *marketing on-line* que ele tinha certeza de poder desempenhar sem problemas. Tratava-se de um emprego mais bem remunerado, apesar de os salários do setor, e não apenas daquele, estarem em queda livre. Leo estava contente, satisfeito com a melhora de sua situação em um momento em que o país caminhava para o desastre. Rodear-se das pessoas adequadas vale o esforço, pensou. A inquietação surgira naquela noite, quando, ao chegar em casa, se deu conta de que tinha uma grande notícia para dar, mas ninguém para compartilhá-la.

Por isso tinha ido até ali. Não queria constranger Gaby nem incomodá-la, tampouco sugerir que passassem uma noite juntos.

Só queria falar com ela, explicar o seu progresso. Convidá-la para jantar. Havia uma grande possibilidade de que ela não quisesse vê-lo, claro, mas não perdia nada por tentar. Dirigiu-se à porta e ia tocar a campainha quando os viu sair no terraço. Ela usava aqueles *shorts* que faziam suas pernas parecerem duas colunas esbeltas. E ele, porque havia um ele a seu lado, a abraçava pelos ombros enquanto passava um cigarro de seus lábios para os dela. O gesto não deixava lugar a dúvidas.

Ele ficou ali por um instante, observando-os, protegido no saguão. Não se atreveu a sair até que eles entrassem novamente, já que pelo menos onde estava eles não poderiam vê-lo. Ouviu-os rir, ou talvez tenha imaginado. Da mesma forma que depois, sozinho em sua cama, os imaginaria transando. Ouviria inclusive os gemidos de Gaby, acariciaria seus seios no ar e a penetraria com força, até saciá-la, até que seus lábios carnudos soltassem gritos de prazer.

– Você já lhe disse? – perguntou Hugo. E Nina assentiu.

Ele estava recolhendo a única mesa que estivera ocupada durante aquela tarde, dois cafés com leite eternos. Ela levantou a tampa da queijeira onde guardava os bolos, respirou fundo, tirou o que estava lá e o jogou na lixeira. O bolo bateu no fundo com um gemido brusco. Hugo voltou a cabeça ao ouvi-lo.

– Você acha que é importante?

Ela suspirou.

– Não sei, Hugo. Não quero mais pensar nisso. Simplesmente lembrei de repente que tinha visto antes aquela colcha de flores. Não tenho a menor ideia se isso tem importância ou não.

Hugo abaixou a cabeça. Isaac tinha ligado para eles para explicar sua conversa com o agente e para lhes avisar que esperassem uma intimação – ou lá como se chamasse – por obstrução da justiça, algo que eles também não sabiam muito bem o que significava. Para Hugo, o pior não tinha sido isso, mas ter que confessar aquilo para Nina, que se mostrara implacável. Ele a tinha lembrado do caderno, e ela havia ficado mais furiosa ainda, como se ambos os fatos não pudessem ser comparados. Talvez fosse verdade. Ele se aproximou do balcão e deixou as xícaras e os pratinhos na máquina de lavar louça.

– O que vamos fazer? – perguntou ele, dando uma olhada no lugar vazio.

Os cartazes de super-heróis pareciam rir deles das paredes, e Hugo se sentiu ridículo, como se aquela decoração estivesse deslocada em tempos de crise.

– Ir para casa, né? Precisamos dar de comer à gata.

– Nina...

– Que é?

– Nada.

Fecharam o bar e subiram para o apartamento. Desde que tinham voltado de Barcelona, não o abriam mais à noite, porque o dinheiro que recebiam por quatro drinques não pagava a luz e o ar-condicionado. O jantar transcorreu em silêncio. Nina também não era a mesma nos últimos dias. Às vezes Hugo achava que o fato de terem encontrado os cadáveres dos seus amigos havia enchido a alma dela de fantasmas do passado.

Sofia miou, impaciente, apesar de já terem posto a sua comida. Nina a fez calar-se com um grito seco e se deitou em seguida. Hugo ficou no sofá, ouvindo música nos fones de ouvido até o amanhecer. Então foi para a cama e se deitou com cuidado para não a despertar. Surpreendeu-se ao notar que ela o abraçava e o atraía para si, que o procurava com uma avidez silenciosa, como se quisesse satisfazer um desejo que pouco tinha a ver com ele. Hugo se deixou levar, e transaram sem palavras e sem beijos. Depois, Nina deu meia-volta e os dois fingiram dormir.

Trancado no toalete de um bar, Isaac contemplou a carreira de cocaína, perfeitamente reta, que acabava de preparar para si. Não se enganava. Sabia que não seria a primeira, mas a penúltima. Era sempre assim. Olhou o próprio rosto no espelho descascado e sujo que pendia da parede e viu a si mesmo anos atrás, como se a coca o rejuvenescesse mesmo antes de cheirá-la. "Você vai acabar na rua", disse a si mesmo, "jogado como um cão." Talvez seu destino fosse esse. Por mais que se empenhasse em fazer o contrário, mesmo tendo se enganado durante anos pelo contato acolhedor do dinheiro, sua história talvez já estivesse escrita. Sua mãe sabia disso, graças àquele instinto natural que elas parecem ter. "Também não é que a rua seja um lugar tão ruim", pensou ele ao se lembrar dela, trepada na escada, limpando freneticamente as prateleiras da cozinha para acabar com uma praga de baratas que, na verdade, se reduzia a um único exemplar que ela já tinha eliminado. Essa era a imagem que tinha dela desde sua morte, desde a tarde em que a escada havia cedido e ela perdera sua última batalha contra os insetos arrebentando a nuca contra o chão da cozinha.

Ele havia se esforçado muito para evitar esse final que, segundo parecia, era inevitável. Nem o dinheiro, conseguido por acaso, nem o fato de ter trocado o bairro por outros diferentes e afastados dos cenários de sua adolescência, tinham servido para nada. Haviam lhe concedido uma trégua, isso sim, um adiamento do que estava por vir. Compreendera isso repentinamente no dia em que reencontrara os rapazes. Sua oportunidade real, a única que tivera na vida, havia sido com eles. Com o grupo.

Hiroshima se perdera, e com esse desaparecimento desvanecera-se também a possibilidade de fazer algo que valesse a pena, algo que preenchesse sua vida. Durante anos ele acreditara que o dinheiro compensava aquilo, que na verdade saíra ganhando, mas não era verdade. Agora sabia disso. O curioso era que, durante o tempo em que o tivera, perdera o interesse pelas drogas. Ou achava que perdera. A verdade era que ele havia se limitado a sobreviver sem elas, dizendo a si mesmo que assim aquela rua fria que lhe haviam pressagiado como lar ficaria definitivamente fora do seu caminho. Ao tornar a ver seus antigos amigos, soube que o destino de todos estava escrito desde muito antes, e compreendeu que o dinheiro só tinha adiado o seu, o que ele já intuía quando era um garoto angustiado. Talvez ele fosse mais útil para Jessy, apesar de no fundo também duvidar disso. Ambos pertenciam ao mesmo mundo sem futuro. Sem esperança.

Quando cheirou a carreira, quando notou que aquela chuva de cristais diminutos subia pelas fossas nasais até explodir no cérebro, Isaac sentiu, pela primeira vez desde o seu regresso a Barcelona, que sua vida estava em ordem.

Que tinha voltado para casa.

52

"Assumpta Canals, sessenta e quatro anos, residente em Cubelles, província de Barcelona." Leire ia repetindo as informações conseguidas na noite anterior, em parte graças a Lola, que havia aplicado a teoria dos seis graus de separação para descobrir que entre ela e Andrés Moreno eles se reduziam a dois. Não o conhecia pessoalmente, mas uma busca rápida lhe havia rendido alguns artigos dele em publicações cujos responsáveis conhecera em seus muitos anos como jornalista. Em menos de meia hora de ligações, Lola havia conseguido que Moreno lhe desse o nome que procuravam. "Afinal, ser veterana deve ter alguma vantagem", havia dito a si mesma sem sorrir. Leire obtivera o resto das informações pouco depois. No carro que havia pegado na delegacia, a agente tomou a autoestrada e depois cruzou os túneis do Garraf. Fazia um dia lindo, e por um momento, ao notar a proximidade do mar, ela quase esqueceu o motivo que a levara até ali.

Cubelles era um município de catorze mil habitantes situado na costa do Garraf, a uns cinquenta quilômetros de Barcelona. Leire não se lembrava de ter estado ali, de modo que, sem saber muito bem por onde começar, dirigiu-se para o centro do povoado, claramente indicado pela igreja. Estacionou o carro e caminhou para o endereço que havia conseguido, rezando para que a mulher estivesse em casa. Os deuses não dão atenção àqueles que só se lembram deles para lhes pedir coisas: ninguém respondeu à campainha. Uma vizinha teve a boa vontade de lhe informar que Assumpta havia saído, como toda manhã, para ajudar na casa paroquial. Leire voltou à igreja e não demorou para descobrir um edifício situado muito perto dela; não sabia se era o melhor lugar para abordar Assumpta, mas também não tinha muitas opções. A porta estava aberta, e ela entrou.

Ouviam-se vozes ao fundo, e ela seguiu o som. No caminho cruzou com uma mulher de cabeça coberta pelo típico lenço muçulmano. Ela levava uma menina pela mão e um carrinho de compras cheio na outra. Quando entrou na sala de onde o ruído procedia, Leire compreendeu que aquela casa paroquial se dedicava à distribuição de comida: estantes cheias de vidros de legumes, latas de conserva, açúcar, sal, caixas de leite e de sopa, pacotes de biscoitos... Havia mais mulheres muçulmanas esperando a vez, apesar de não serem as únicas que faziam fila; as outras pareciam menos à vontade, como se nunca tivessem acreditado que a necessidade também alcançaria a população autóctone.

Duas voluntárias distribuíam os alimentos em função do número de integrantes da família que os pedia. Leire se perguntou qual das duas seria Assumpta Canals: a mais alta e magra, de óculos e cabelo cinzento muito curto, ou a outra, um pouco mais cheia de corpo e com um coque curioso na cabeça. Esperou pacientemente que elas terminassem; notou que as mulheres a olhavam em algum momento, sem prestar a menor atenção nela. Afinal avançou até a vitrine improvisada e, dirigindo-se às duas ao mesmo tempo, disse:

– Desculpem. Estou procurando Assumpta Canals.

A mulher do coque se voltou para sua companheira, que bem nesse instante estava entrando em uma espécie de pequeno armazém vizinho à sala.

– Assumpta, estão perguntando por você.

A referida senhora não pareceu muito contente em receber visitas. Respondeu com um seco "que esperem", e levou algum tempo para voltar. Enquanto esperava, Leire começou a conversar com a outra. Na verdade, limitou-se a concordar cortesmente com as queixas e os comentários que ouviu durante algum tempo.

– Viu a quantidade de gente que vem aqui? É horrível! E a cada dia o número aumenta. Não sei aonde vamos parar. Aqui nós fazemos o que podemos, mas é óbvio que isso não é suficiente. O marido da maioria dessas mulheres trabalhava na construção civil, e, claro, vai saber o que está fazendo agora! E isso porque muitos estão voltando para o país de origem. Que remédio, coitados! Eu sinto muito, principalmente por elas, o que posso dizer?... E pelas meninas. Vai saber que vida as espera!

Assumpta Canals voltou do armazém secando as mãos com um guardanapo de papel que depois dobrou e guardou no bolso. Apesar do calor, ela usava um casaco cinza de ponto fino de crochê que combinava com a saia.

– Está procurando por mim?

– Sim. – Havia algo em sua forma de falar que intimidava, o que levou Leire a pensar que seria melhor mostrar suas cartas o quanto antes. Identificou-se como agente e, em tom sério, acrescentou: – Sou Leire Castro. Acho melhor irmos para um lugar mais tranquilo.

Sua interlocutora concordou com isso; lançou um olhar rápido para sua companheira, que não perdia um detalhe da conversa, e assentiu.

– Moro muito perto daqui. Vamos para a minha casa, se não se importar.

Leire a seguiu. Não trocaram uma única palavra durante o caminho, e dez minutos depois estava sentada em um pátio pequeno, cheio de plantas. Assumpta lhe havia oferecido uma xícara de café, que ela aceitou. Em seguida disse o que a tinha levado ali.

– Por que não me deixam em paz? – exclamou Assumpta em voz baixa. – Já contei a Andrés Moreno tudo o que sabia sobre aquilo. E é uma época da minha vida que eu preferia esquecer, por muito que me custe.

– Escute, só estou procurando informações sobre uma de suas adoções. Não... não pretendo julgá-la, pode ter certeza.

– Aquele rapaz prometeu que não ia dizer nada de mim, que manteria meu nome em segredo. É claro que não podemos mais confiar em ninguém.

Leire quis ser justa.

– Andrés fez o que pôde para deixá-la fora disto. Mas, Assumpta, acredite em mim: se estou aqui é porque estou convencida de que pode me ajudar em um caso que talvez tenha começado naquela época, no Hogar de la Concepción. .

– O Hogar... – Assumpta sorriu. – Foi um custo superar o que aconteceu lá. Mas cada vez que ouço esse nome, o "Hogar", tenho vontade de rir.

– Como era? Como...?

– Quer que eu diga a verdade? A mais pura verdade? O pior de tudo é que durante alguns anos nem cheguei a sentir que havia feito nada de mau. No Hogar acolhíamos moças grávidas, normalmente solteiras, que não queriam ter os filhos, e procurávamos uma casa para eles. Uma boa família, sólida, cristã, que quisesse acolher em seu seio um recém-nascido que a mãe não quisesse ou não pudesse criar. Hoje em dia ninguém pode imaginar o que era para uma moça ser mãe solteira nos anos 1960, principalmente nos pequenos povoados. O país mudou muito. A sociedade mudou mais ainda. Os pecados vergonhosos daquela época são considerados normais hoje em dia.

– Eu sei. Mas, Assumpta, não estamos falando de mães que renunciavam a seus filhos. Ou não só disso.

– Isso... isso foi depois. Ou pelo menos eu fiquei sabendo disso mais tarde. Não estou pretendendo me desculpar. Simplesmente foi assim que aconteceu.

Ela pousou a xícara no pires, sobre a mesinha.

– Me lembro muito bem da primeira vez em que isso aconteceu. Era uma moça que havia chegado como as outras, grávida e sem marido. O processo foi o mesmo de sempre. Sóror Amparo, a madre superiora, procurou uma família. E, no entanto, à medida que a gravidez avançava, aquela moça mudou de opinião. Ela me disse que queria ficar com o filho, apesar da oposição de seus pais. Há uma força na gestação de um bebê que contagia as mulheres que os carregam dentro de si.

– O que aconteceu?

– Sóror Amparo se mostrou inflexível. Afirmou que se aquela moça tinha mudado de opinião uma vez, mudaria de novo. E que, definitivamente, a criança estaria melhor nas mãos de uma família normal. Eu protestei, mas foi em vão. Quando o bebê nasceu, sóror Amparo o levou imediatamente. Não havia sido um parto complicado, o normal para uma primípara. A moça estava esgotada, e ainda assim pedia para ver o filho. Sóror Amparo entrou em seu quarto, ficou conversando com ela, rezaram juntas. Depois eu fiquei sabendo que ela havia mentido: ela disse que o bebê tinha nascido morto, e que não era aconselhável que ela o visse. Para quê? Ver um recém-nascido morto seria uma imagem impossível de esquecer. Deus havia disposto as coisas desse modo, e ela não precisava se castigar ainda mais acumulando recordações dolorosas e impossíveis de esquecer. – Ela suspirou. – Sóror Amparo era muito convincente, e seus objetivos eram muito claros. Fico horrorizada em dizer que o dinheiro tinha um grande papel em tudo isso, mesmo disfarçado de boas intenções.

Leire assentiu. Era mais ou menos o que havia imaginado.

– Naquele dia comecei a fazer uma lista de nomes. Famílias adotivas, mães naturais. Dinheiro. Não apenas dos adotados de maneira ilegal, mas de todos eles. Não sei por que fiz isso. Acho que pensei que talvez algum dia viesse a ser útil. Eu li aquela lista tantas vezes que acabei decorando. Além disso, não foram muitos. A partir dos anos 1970 as coisas começaram a mudar. As mulheres se tornaram mais... valentes.

– O nome Valldaura lhe é familiar? Em 1971 eles adotaram uma menina nesse Hogar. Talvez tenha sido um daqueles bebês roubados...

– Andrés Moreno me contou isso na segunda vez em que me procurou. Ele me falou do desaparecimento de Ruth Valldaura. – Ela parou, como se tentasse pôr as lembranças em ordem. – Não. Lamento dizer que a mãe daquela menina não fez nenhuma objeção em renunciar à filha. Demorei um pouco para me lembrar dela, são muitos nomes, muitos dramas. Mas a história daquela moça era especial.

– Por quê?

– Ela chegou ao Hogar acompanhada pelos pais, e estava quase em estado de choque. Não entendo como eles a deixaram lá; pareciam boas pessoas. Ao longo dos dias em que esteve conosco, cheguei a conversar com ela várias vezes. No começo ela nem me respondia; depois, pouco a pouco, ela começou a se abrir comigo. A me contar coisas. Coisas horríveis.

– O que aconteceu com ela?

– Ela tinha sido presa na universidade. Naquela época isso era comum, muitos estudantes se opunham ao regime. E o Estado fazia o que podia para acabar com eles. A senhora já deve ter ouvido falar na Brigada Político-social, imagino.

– Sim.

– Meu Deus, falamos de quarenta anos atrás, e no entanto me lembro como se fosse ontem! Segundo me contou aquela moça, eles a levaram à delegacia da Via Laietana, onde a interrogaram. Eles não eram muito delicados naqueles tempos. Mas o pior não foi isso: um dos policiais abusou dela. – Assumpta enrubesceu. – Ele a violentou muitas vezes e a deixou grávida. Como a senhora há de compreender, ela não sentia o menor carinho pelo bebê que levava dentro de si.

Leire assentiu, pensando que os fios começavam a se unir, a formar um todo com sentido. Incompleto, mas coerente, apesar de tudo.

– O subinspetor que a violou pode ter sido um tal Juan Antonio López Custodio?

– Não me peça isso. Só sei que Pilar foi violentada por um sujeito que tinha o apelido de Anjo. Uma vez, quando tentei fazê-la rezar comigo, ela me retrucou: "Não me venha com anjos, irmã. Eu já recebi a visita de um, e ele me fez isto. Era assim que o chamavam na delegacia. O Anjo".

– E ela? A senhora se lembra do seu sobrenome? Pilar de quê?

Ela se levantou e entrou na cozinha, de onde voltou com uma caixa de lata redonda e azul. Ao abri-la, Leire viu que aquela antiga caixa de biscoitos tinha sido transformada em caixa de costura. E no lugar onde a ex-freira guardava seus segredos. Leire se reprimiu para não se levantar e tirá-la das mãos dela.

– Tenho o nome completo anotado na lista. Outubro de 1971. Ernesto Valldaura. A mãe natural se chamava Pilar Savall.

Leire se inclinou para a mulher.

– A senhora disse Savall?

– Sim. Por quê?

Leire tentou pôr as ideias em ordem, frear um raciocínio que talvez a levasse a conclusões precipitadas. Um sobrenome era apenas isso, não era prova de nada mais.

– Alguém mais lhe perguntou alguma vez por Ruth Valldaura?

– Pelos Valldaura, não. – Ela fez uma pausa e dobrou a folha de papel, colocando-a junto do resto. – Mas antes de Andrés Moreno, veio uma pessoa me perguntar por Pilar Savall. Era um homem de cor, velho, muito estranho. Ele não me inspirou a menor confiança, e eu o mandei embora. Alguns dias depois encontrei a casa toda revirada. Pensei que tinham entrado para roubar, mas não estava faltando nada. Escute, está passando mal? O café lhe fez mal?

"Sim", pensou Leire. "Não estou passando bem." O café lhe voltava à boca com um gosto de xarope amargo. Ela mal teve tempo de chegar ao banheiro antes de vomitar.

53

O prédio onde ficava a medicina legal e forense não era o lugar mais adequado para o que ia fazer, mas Héctor sabia disso. O olhar de Celia Ruiz, que teria feito empalidecer de medo um regimento inteiro de soldados, pousava nele sem a menor compaixão. Ele tinha fingido não o notar, e garantiu que estava se sentindo bem, o que era, evidentemente, uma mentira descarada. Os dias de repouso valiam um império, e ele tinha certeza de que o fato de sair do hospital antes do tempo significaria uma recaída. Quinze horas depois de ter abandonado o tranquilo quarto do hospital, já estava a ponto de desmaiar.

– Tenho macas livres para o caso de você sofrer uma morte súbita – soltou a doutora.

– Vaso ruim...

– O senhor primeiro. Olhe, aí vem ele.

Héctor se voltou para onde Celia Ruiz apontava e, de repente, recuperou a força perdida. Mesmo que fosse apenas por algumas horas, precisava dela toda.

– Bom dia – cumprimentou Salgado ao recém-chegado.

– Boas. Não imaginava encontrá-lo aqui. Me disseram que o senhor tinha sido ferido. Como está?

– Melhor – respondeu Héctor.

– Me ligaram esta manhã para que eu viesse pegar os resultados de...

– Sim. Pode me acompanhar, sr. Silva.

Por sorte, a doutora lhes havia cedido uma sala onde poderiam conversar tranquilos, e Héctor escoltou seu visitante até ela.

– Sente-se.

Ramón Silva ocupou a cadeira com um gesto cansado.

– Fale o senhor. Imagino que se trate de Cristina.

– Sim. É claro. Antes de mais nada, quero lhe agradecer por ter vindo esta manhã mesmo.

– Não deixaria de vir. Todos queremos acabar com isso, inspetor. Em casa estamos a poucas semanas de um casamento. É difícil me concentrar nos preparativos tendo um enterro pendente, e não quero que o casamento perca o brilho. Belén e Eloy merecem um dia feliz, sem sombras.

Héctor concordou e sorriu, tentando inspirar confiança.

– Como a doutora lhe disse pelo telefone, as análises relativas ao cadáver de Cristina foram feitas, o DNA dela foi comparado com o seu, o único familiar vivo. Seu pai.

– Muito bem. Então já podemos levá-la? Eu gostaria de enterrá-la o quanto antes. Isso tudo já durou demais.

Se esperava um gesto de assentimento por parte de Héctor, este não se produziu.

– O que acontece é que, uma vez avaliados os resultados, chegou-se a uma conclusão... inesperada. Receio que seja um golpe para o senhor saber que esse corpo não é o de sua filha.

– Como? Não pode ser. E o rapaz?

– Ele é Daniel Saavedra, sim, sem dúvida.

– E ela? Não, não entendo. Eles não estavam juntos? Onde... onde está Cristina?

– Eu não disse que não é Cristina, sr. Silva. O que eu afirmei é que ela não é sua filha. As análises não mentem.

O rosto de Ramón Silva se congestionou, os olhos se abriram muito, as faces enrubesceram. "Mesmo quem não tem coração pode sofrer um infarto", pensou Héctor.

– Não quero ser indiscreto, mas existe a possibilidade de que sua esposa o enganasse?

– Está... está insinuando que... Isso é vergonhoso, inspetor! Como se atreve a sugerir semelhante... obscenidade?

Ele tinha ficado de pé. A veia do pescoço pulsava, e saltava à vista que o ar lhe faltava.

– Acalme-se, sr. Silva. Por favor. Entendo que isso seja duro para o senhor, e por isso quis lhe dizer pessoalmente. Entre homens, essas coisas são mais fáceis de encarar.

Silva se deixou cair novamente na cadeira. Tirou um lenço do bolso do paletó e enxugou o suor.

– Eu não esperava por isso, inspetor. Sinceramente. Desculpe, o senhor tem um pouco de água?

– Sim, é claro.

Ramón Silva aproximou o copo de plástico dos lábios com a mão trêmula.

– Então o senhor nunca suspeitou de que sua esposa pudesse lhe ser infiel?

– Quem sabe, inspetor? – Sem perceber, ele esmagou o copo vazio entre as mãos. – Como alguém pode ter certeza disso?

– É verdade. Não pode. – Héctor usava um tom amável. – Deve ser um golpe duro. Não se preocupe, o senhor não será o primeiro nem o último a criar filhos que não são seus. As mulheres podem nos enganar nisso, e também em muitas outras coisas.

– As mulheres podem nos mentir nisso, sim – afirmou Silva. – E o que vai acontecer agora? Posso confiar em sua discrição?

– O senhor poderia contar com ela se não estivéssemos em um caso de homicídio. Sinto muito, mas a investigação requer que toda a verdade seja descoberta.

– Mas certamente isso não muda nada, não? Quero dizer que se aquele rapaz matou Cristina, pouco importa que ela fosse filha minha ou não.

Héctor assentia, compreensivo.

– Claro. O problema é que o caso não está encerrado. Não completamente. – Ele sorriu. – Estão surgindo novas provas, novas hipóteses.

– Ah, sim?

– Realmente. Agora sabemos, por exemplo, aonde Cristina foi antes de sua morte. Ela esteve em Vejer, na casa onde passavam os verões.

Silva se alterou; a menção ao lugar não lhe trazia, obviamente, boas recordações.

– E por que ela foi para lá? Eu devia ter vendido aquela casa!

– Eu também me perguntei isso. Seu futuro genro me contou o que havia acontecido nela: o incêndio, o acidente. Por que Cristina desejaria voltar a um lugar ao qual não ia desde pequena?

– Cristina era assim. Ela gostava de remoer o passado.

– O senhor não sabia?

– Que ela havia estado em Vejer? Não, é claro. Como ia saber?

– Bom, ela podia ter lhe explicado quando se viram. No aniversário de sua outra filha, no fim de junho.

– Mas não, ela não me disse. Não que Cristina conversasse muito comigo. Conosco.

– Entendo. Então, naquele dia, ela só lhe pediu dinheiro?

– Dinheiro? Não, ela não me pediu nada!

– Escute, tente me compreender. Encontramos dez mil euros com os cadáveres, e é claro que eles devem tê-los conseguido de algum jeito.

– E o senhor acha que fui eu que lhe dei? Dez mil euros? O senhor daria isso ao seu filho, assim sem mais? Não me faça rir!

– Não, é claro. Não sem um bom motivo. Mas às vezes a gente tem motivos para pagar. Para comprar o silêncio.

– Do que o senhor está falando?

– Disto. – Héctor tirou de sua pasta o caderno de Cristina, e de dentro dele algumas páginas dobradas. Clareou a garganta e começou a ler.

Hoje voltei à casa de Vejer, onde tudo começou. Fazia anos que não voltava lá, apesar de, na verdade, ter me dado conta de que nunca saí de lá. De que sempre, todo este tempo, estive lá.

— Escute aqui, inspetor, a que vem isso?
— Cale-se e escute. Cristina escreveu isto, portanto deveria lhe interessar.

Subi ao quarto das crianças, o quarto onde dormíamos quando íamos para lá no verão. Não entrei. Ainda não. Não me sentia com forças para cruzar a soleira, percorrer o quarto e abrir a janela. Em vez disso, passei ao largo e fui ao quarto de mamãe. Sempre penso nele assim, o quarto de mamãe, não de meus pais. Da porta entrevi sua cama, aquele leito que nas tardes de julho se agitava como que possuído por um furacão. Me lembrei dos lençóis enrugados e daquele cheiro especial que saía dali. E dos gemidos, da fricção constante dos corpos nus. Me lembrei de mamãe e do homem que vinha vê-la, e semicerrei os olhos e vi aquilo que jamais esquecerei. Seus braços, seus beijos, a luta dos corpos que naquela época me fascinava, e que agora sei bem a que se devem. Eles transavam. Mamãe e aquele homem transavam todas as tardes de verão, na hora da sesta, enquanto Martín e eu dormíamos. Ou, em meu caso, eu fingia dormir.

Fechei aquela porta e com ela as imagens de amor, ou de sexo. E afinal decidi entrar em meu quarto.

Héctor ergueu a vista. Ramón Silva o observava, mas ele não saberia dizer se ele o escutava ou se sua mente estava perdida naquela mesma casa, naquele mesmo passado. Decidiu prosseguir.

A janela. Aquela janela. A mesma que me persegue em sonhos, às vezes cheia de pássaros. Aves de pesadelo que vêm buscar o que não é seu. Atravesso o aposento e me dirijo a ela. "Não abra", digo a mim mesma. Eu havia dito isso a mim mesma mil vezes, e naquela tarde não levei isso em conta, porque a casa estava cheia de fumaça negra. Eu a abri e fui procurar mamãe, apesar de saber que ela não gostaria. Apesar de saber que ela não estava sozinha. Ao ir até lá, eu o vi: por entre a fumaça, no andar de baixo, uma sombra indo embora. Uma sombra que eu conhecia bem. A sombra de papai.

– Chega!

– Sr. Silva, compreendo que deve ser duro descobrir isso. O que passou por sua cabeça? Queimar a casa? Matar todos eles?

Ele não respondeu. Héctor também notou que sua voz começava a falhar. Sentiu um ligeiro enjoo, que afastou com decisão.

– Não sei do que está falando.

– Sabe, sim. Sabe muito bem. Sabe que Cristina o viu naquela tarde, mas durante anos essa lembrança permaneceu sepultada. Oculta por tudo o que aconteceu depois. A janela aberta, a queda do menino. Todos se esforçaram para que Cristina esquecesse, principalmente o senhor. Sua mulher enlouqueceu e morreu sem saber que alguém havia provocado aquele incêndio. Cristina não se lembrou disso até muito tempo depois, porque a morte de seu irmão menor a obcecava. Ela se sentia má, culpada. Outra pessoa a teria levado a um psicólogo, mas o senhor optou por mandá-la para fora. Por afastá-la. De acordo com suas palavras, "Cristina não se fazia amar".

Ele estava a ponto de ganhar. Sabia disso.

– O senhor teve má sorte, sr. Silva. A única coisa que Cristina lhe pediu foi um curso de escrita criativa, e o senhor pagou. E lá, em meio a diferentes tipos de exercícios, ela começou a se lembrar. Não de tudo, é claro. Algumas leituras a desconcertavam, principalmente se nelas havia crianças. Crianças que viam o que não se deve ver. Mesmo assim, ela não teve certeza até que foi a Vejer pouco antes de sua morte. Lá sim. Lá ela se lembrou de tudo. Não sei o que ela pensava fazer quando voltasse. Talvez não tivesse chegado a lhe dizer nada, ou talvez, mais provavelmente, o teria acusado publicamente de tudo. Me parece que isso teria sido mais próprio dela. Mas não. Ela o procurou e lhe pediu dinheiro.

Héctor seguia um raciocínio lógico, na esperança de que o homem que tinha diante de si desmoronasse. Não podia ter certeza, só podia intuir que o peso da verdade começava a agoniar Ramón Silva. E havia coisas que ele apenas podia supor. Daniel aborrecido com seus amigos que não queriam saber dele porque – e isso devia chateá-lo ainda mais – tinha falhado com eles. Cristina tentando compensá-lo porque, definitivamente, ele havia faltado ao *show* e fora excluído do grupo por ter ido buscá-la em Vejer quando ela lhe ligara. Cristina, que, armada com a verdade relembrada, havia enfrentado o pai, exigindo dez mil euros para se calar. Quem é que poderia ter lhe dado tanto dinheiro em tão pouco tempo? De onde ela e Daniel poderiam tê-lo tirado?

– Dinheiro – disse Silva entre dentes. – Eu a teria respeitado se ela tivesse pedido qualquer outra coisa. Se tivesse contado a verdade a todos. Mas dinheiro? Ela era como Nieves e como Eloy. Eu trabalhando como um burro enquanto eles trepavam, enquanto planejavam me deixar.

Héctor tentou não mostrar reação alguma ao ouvir o nome do amante. Podia entender a reação de desejar matar o falso amigo, a esposa infiel. Atear fogo na casa e deixar que os dois queimassem. Mas as crianças?

– Quando o senhor soube que era estéril? – perguntou ele de repente.

– Me fizeram alguns exames por causa de outro problema. Eu já suspeitava dela, mas quando me deram os resultados, não restaram muitas dúvidas. Duro foi descobrir quem era ele.

– Seu amigo, o pai de Eloy, poderia ser também o pai de Cristina?

– Filho da puta! Ele trepava com ela todos os verões fazia anos... Cristina também havia nascido na primavera, portanto Nieves deve ter ficado grávida nas férias, mas durante anos eu não suspeitei de nada. – Ele sorriu. – Eles mereciam morrer. E, de fato, estão todos mortos.

Héctor estremeceu. Ao longo de sua carreira havia lidado com criminosos desapiedados, mas poucas vezes tinha encontrado aquela absoluta falta de empatia, de remorsos. De humanidade.

— Nieves ficou doente, e o senhor colaborou para que ela piorasse, não é verdade?

— Não faltava muito. Ela estava trepando enquanto seu filhinho caía no vazio. Que mãe poderia suportar isso?

— E o pai de Eloy...

— Fiquei tão puto com o fato de meu amigo me trair que o teria matado com minhas próprias mãos, mas Deus ficou do meu lado; ele morreu de um infarto pouco tempo depois. Agora seu filho me chama de pai, a mim!

— Mas não foi Deus quem levou Cristina. O senhor a matou, a ela e a Daniel. Seguiu-os até aquela casa e os massacrou com um bastão. Ela era sua filha, pelo amor de Deus!

— Não, inspetor. Não era.

Ele parecia ofendido, como se aquela recriminação fosse pior que a acusação.

— Ela era filha daquela cadela e do bastardo do Eloy. Havia saído a eles. Ela me chantageou e depois foi trepar com o namorado. Eu os vi. Fiquei olhando enquanto eles se esfregavam naquela cama velha. Como Nieves e Eloy, desfrutando como bichos. Por isso escondi os corpos daquele jeito, abraçados. Por isso deixei o dinheiro lá. Eles que apodrecessem juntos, eles e o dinheiro. Há coisas mais importantes na vida, inspetor. Coisas como a honra.

Héctor não estava aguentando mais. Era fraqueza, ou talvez nojo, o que inundava seu corpo e o fazia desfalecer.

Por sorte, Fort estava na porta, pronto para entrar e prender Ramón Silva. Sinceramente, ele não teria sido capaz.

—Você está pálido — disse a dra. Ruiz, tratando-o por você pela primeira vez na vida, em um tom quase maternal.

— O ambiente me contagiou.

– Não sei como ainda te resta ânimo para brincar.

–Vocês não fazem isso? Com os cadáveres?

– Isso é uma calúnia – replicou ela. – Com franqueza, prefiro lidar com mortos do que com sujeitos como esse.

– Não acho que Ramón Silva aguente muito tempo. E também não acredito que ninguém chore muito por ele.

– A história do relato escrito deu certo.

Héctor sorriu. Havia truques que não deviam ser contados, nem mesmo aos colegas. Depois de Nina ter ligado para lhe contar que tinha visto a colcha quando Cristina voltara daquela viagem com destino desconhecido e lhe disse que era uma recordação de infância, o conto se encaixou afinal em um cenário diferente, e tudo começou a fazer sentido. Um sentido perverso, monstruoso: o casal de amantes, o menino morto, os medos de Cristina, o dinheiro conseguido com tanta rapidez. Era óbvio que não havia nenhuma prova, de maneira que na noite anterior ele tinha ido ver Ferran Badía e lhe havia pedido que escrevesse o relato fictício. Por sorte o rapaz estava lúcido e tinha feito um bom trabalho. Agora devia estar melhor. Na verdade, o fato de se esclarecer o que realmente tinha acontecido o ajudaria a recobrar o juízo.

– Para dizer a verdade, teus agentes não te deixam em paz.

– Por quê?

– Leire Castro ligou. Disse que quer falar com você. Que é urgente. Rapaz, se eu fosse você, teria ficado no hospital.

54

O apartamento de Ruth. O *loft* onde tudo começara. "Ou não", pensou Héctor. Quando as tragédias tinham realmente começado? Quarenta anos atrás, talvez, com uma garota violentada e grávida, carregada de ódio, destruída por dentro. Ou muito depois, no verão anterior a esse, quando ele atacara Omar e lhe dera uma surra. Ou alguns meses mais tarde, no dia em que Ruth havia desaparecido. Procurar o início não era simples, e no entanto ele tinha quase certeza de que aquele espaço, aquele apartamento amplo onde Ruth tinha vivido seus últimos meses, seria o cenário do fim.

Leire tinha feito questão de acompanhá-lo, apesar de ele ter lhe implorado que não o fizesse. "Você está muito fraco para enfrentar isso sozinho", dissera ela. Ele não se sentia fraco, mas precisava admitir que em algumas ocasiões sua mente se mostrava incapaz de assumir tudo o que havia descoberto nas últimas horas. "Peças soltas como as de um quebra-cabeça", pensou ele ironicamente, "que compõem um retrato definitivo."

Naturalmente, havia furos, peças perdidas no tempo, detalhes que careciam de explicação. Uma coisa estava clara: se a mensagem não mentia, se o homem que havia encomendado a morte daquele subinspetor tinha as respostas do desaparecimento de Ruth, esse homem podia ser o que ele estava esperando. O mesmo que havia concordado em se reunir com ele naquela manhã ensolarada. E que, em menos de dez minutos, tocaria a campainha.

Ele contemplou Leire, que o observava, tensa, sem ânimo para sorrir. Haviam passado juntos todo o dia anterior, certificando-se de que a coincidência de sobrenomes não era apenas isso. Pilar Savall i Lluc, morta anos atrás, era irmã de Lluís Savall. Isso e a declaração de que ela havia sido violentada pelo Anjo eram os únicos elementos sólidos que amparavam suas suspeitas. O resto era um fundo difuso, apagado, povoado de ângulos escuros. Héctor não se esquecia de Omar, de sua vingança, de uma capacidade para o mal que lhe parecia cada vez mais aterradora. Mais distorcida. Claro que ainda havia a possibilidade de que o homem a quem esperava fosse inocente, uma vítima a mais naquele quebra-cabeça sinistro.

Leire avançou até ele e apoiou uma das mãos em seu ombro. Tinham feito amor nessa noite pela segunda vez, o que, ao que parecia, os convertia em amantes. Havia sido tão diferente da primeira noite... um sexo descansado, necessário, quase terapêutico, diferente do arrebatamento passional da vez anterior.

– Ele deve estar para chegar – disse ela.

– Quando ele tocar a campainha, vá para outra parte do apartamento. – Ele a impediu de objetar com um gesto. – Não proteste. Preciso falar com ele a sós.

A campainha soou na hora exata.

Lluís Savall hesitara muito antes de se decidir a aceitar aquele encontro. Héctor lhe ligara na noite anterior pedindo um encontro às dez em ponto. "Eu sei que Bellver tem interrogado a minha gente", dissera ele. "Quero falar com você fora da delegacia. Fora de casa também. Tenho uma coisa importante para te contar, e prefiro fazê-lo em um lugar tranquilo, onde possamos conversar sem que nos incomodem." Ele não se enganava: o apartamento de Ruth não podia ser considerado território neutro.

Ele não dissera nada a Helena. Não queria ouvir suas advertências nem suas insinuações. Apesar de tudo, apesar de ter descartado as ideias de sua esposa como propostas descabidas, estava armado. Pegar o revólver havia sido um gesto instintivo, e, enquanto subia para o apartamento, apalpou-o com a mão. As armas, assim como o dinheiro, proporcionam segurança.

Por um instante, Héctor se arrependeu de ter pedido a Leire que se afastasse. Sua proximidade lhe dava ânimo. Não, era melhor assim. Ele e o delegado Savall deviam falar cara a cara, sem testemunhas.

– Héctor, você não está com uma aparência muito boa. Tem certeza de que está bem?

A mesma afabilidade de sempre, acompanhada de uma expressão desconcertada.

– Por que você quis que nós nos encontrássemos aqui?

– É um lugar como qualquer outro, Lluís. E, como eu te disse ontem à noite, o que tenho para te contar tem muito a ver com Ruth.

– Escuta, você pode ficar tranquilo no que se refere a Bellver. A tua possível implicação no caso era algo que precisava ser investigado, e você sabe disso. Ele só está fazendo o seu trabalho, mas devo te dizer que é uma hipótese que começa a cair por si só. Como eu já esperava, nem mais nem menos.

Héctor assentiu. Não sabia se teria força suficiente para encarar tudo o que estava por vir. Por alguma razão, ambos continuavam de pé. Ele apoiado na mesa, de cara para a porta; Savall diante dele, olhando-o com expectativa. O delegado Lluís Savall, com quem ele havia compartilhado horas de trabalho, casos e decisões. Tentou afastar tudo isso da mente e concentrar-se no que precisava fazer.

– Eu te pedi para vir porque descobri uma coisa que concerne a você, Lluís. Algo que talvez você não saiba, e que pode te afetar pessoalmente.

—Vamos, deixa de preâmbulos, Héctor. Fala logo. Você está me deixando nervoso. — Ele sorriu. — E na minha idade não estou a fim de surpresas logo cedo.

Sim, pensou Héctor. Não podia esperar mais. Havia chegado o momento da verdade.

—Você sabe que eu nunca abandonei o caso de Ruth, apesar das tuas ordens a respeito. Não podia fazer isso. E afinal acho que tenho uma informação que pode esclarecer parte do mistério. — Ele tomou fôlego, e notou que seu joelho direito tremia de maneira incontrolável. —Você sabia que Ruth tinha sido adotada?

Savall não esperava por isso. Sua cara de surpresa o demonstrou sem deixar margem para dúvidas.

— Não fazia a menor ideia. Você sabia? Nunca me disse nada...

— Não, eu também não sabia. E acho que ela ignorava. Ruth foi adotada pelos Valldaura pouco depois de nascer.

— Sei. Bom, essas coisas aconteciam antigamente. Os pais adotivos muitas vezes não diziam nada aos filhos. É pior, segundo ouvi dizer. Mas o que isso tem a ver com o que aconteceu?

— Não tenho certeza. Descobri quem eram seus verdadeiros pais. É uma história longa e terrível. — Ele olhou para o chefe fixamente. — Uma história que, em certo sentido, tem a ver com você.

— Comigo?

— Há quarenta anos uma garota foi detida pela polícia franquista. Interrogada. Violentada por um dos subinspetores da corporação. Um filho da puta chamado Juan Antonio López Custodio, conhecido como Anjo.

Agora já era evidente que Savall sabia do que estavam falando. Seus olhos demonstravam que cada palavra era um golpe, um direto em um corpo que se esforçava para se blindar diante deles.

— Juan Antonio López morreu em 2002, em um acidente de carro suspeito. O curioso é que um amigo do subinspetor recebeu há pouco tempo uma carta em que se dizia que a pessoa que havia encomendado a sua morte era também responsável pelo desaparecimento de Ruth.

Ele se calou. Savall continuava rígido, imperturbável.

– Tudo isso é um pouco estranho, Héctor. O que a pobre Ruth tem a ver com esse sujeito?

– Foi isso que eu pensei. Até descobrir o nome da garota. A estudante violentada. A moça que ficou grávida daquele energúmeno.

– Grávida?

A verdade abria caminho espontaneamente. O olhar de Savall denotava uma estranheza mesclada de pesar.

– Sim. A moça que ficou grávida e deu à luz uma menina no Hogar de la Concepción, em Tarragona, que foi dada em adoção. O bebê era Ruth, Lluís, e aquela garota... Ela se chamava Pilar. Pilar Savall. A tua irmã.

Savall deu um passo para trás. Sua cabeça se negava a aceitar aquilo, e o coração acelerou o ritmo. Levou uma das mãos até ele e roçou o revólver. Ele estava ali. Duro, resistente. Útil. Sem se dar conta, ele o sacou, e sentiu a tensão de Héctor ao vê-lo.

– Aquele porco maldito! Ele sabia disso. Sabia de tudo.

– Lluís, você está bem? Solta isso, solta o revólver!

– Não! – O delegado ouviu o próprio grito e reconheceu sua voz, alterada por um ódio que jamais pensara chegar a sentir. – Ele sabia! Omar investigou todos nós.

– Sim. Acho que ele sabia. Acho que ele utilizou essa informação. E acho que você pode me dizer como a usou.

O ar se negava a entrar em seus pulmões. Lluís Savall abriu mais a boca, tentado capturá-lo. Tentando respirar.

– Eu... eu só queria protegê-la. Protegê-la de Omar. E quase consegui. Sim, estive a ponto de conseguir. A ponto de salvá-la.

Lembrou-se do rosto dela, do alívio e da satisfação que ambos sentiam naquele domingo de tarde, quando fora buscá-la.

– Está tudo bem, Ruth. Acabou. Aquele velho tarado morreu, e você está a salvo.

Estavam no carro, a caminho de Barcelona. Ainda estavam atravessando a urbanização de casas isoladas, um caminho asfaltado e solitário. Ao fundo, a estrada logo os devolveria à cidade, à ordem, à tranquilidade.

– Você me devolve o celular? Quero ligar para Guillermo. Ele deve estar me esperando.

Ele levou a mão ao bolso interior do paletó.

– Droga, sinto muito. Ele deve ter ficado no outro casaco. Se você sabe o número, pode usar o meu.

– Na verdade não sei. Mas você deve ter o de Héctor na agenda, não?

– Claro.

Ele se dispôs a lhe dar o celular quando ela disse, olhando o relógio do painel:

– Tanto faz. Chegaremos em meia hora. Na verdade, ainda vai dar tempo de pegar o carro e ir buscar Guillermo, como tínhamos combinado. Vamos ver se as coisas começam a voltar à normalidade.

– Sinto muito, Ruth. De verdade. Por absurdo que pareça, isso era necessário.

– Imagino que sim. – Em sua voz, no entanto, advertia-se uma nota cética.

– Você se aborreceu muito? Quero dizer, na casa.

– Não, fiquei lendo. Havia alguns livros interessantes. – Ela ficou pensativa por alguns instantes, e depois prosseguiu: – É curioso, sabe? No dia em que fui ver Omar, ele me disse um monte de bobagens.

– Esquece. Aquele monstro está morto. Tira o Omar da cabeça.

Odiava dirigir à noite. A idade se notava nessas coisas; as luzes ao longe o incomodavam.

– Sim. Será melhor. Mas há coisas que não são fáceis de esquecer. Na tarde em que o vi, ele me fez um discurso estranhíssimo. Segundo ele, todos na vida têm uma nêmesis. Alguém que pode nos destruir. Poderíamos tentar evitá-la se soubéssemos seu nome.

Ele disse, por exemplo, que sabia que a sua era Héctor Salgado, antes de conhecê-lo.

– Bobagem, Ruth! Ele queria te impressionar, mais nada.

– Sim. Foi isso que eu pensei.

Uma valeta traiçoeira fez o carro dar um tranco para a frente.

– Desculpe – disse ele.

– Não foi nada. – Ela se agarrou à maçaneta e continuou falando. – De acordo com Omar, minha nêmesis, o homem que poderia me causar um dano irreparável, era um tal Juan Antonio López Custodio. Ele me forneceu inclusive o seu apelido: o Anjo. Eu nunca tinha ouvido esse nome, mas...

Savall acelerou sem querer. Não queria ouvir o que ela estava dizendo, não queria ouvir aquele nome em seus lábios. Algo deve ter se refletido em seu semblante, porque ela acrescentou:

–Você está bem? Eu estava dizendo que não tinha ouvido falar desse homem nem antes nem depois... até este fim de semana. Bom, na verdade não ouvi. Estava procurando um livro e encontrei um obituário sobre a sua morte. Ao que parece, ele era policial. Alguém havia escrito uma mensagem horrível na margem da nota de falecimento, insultos obscenos dirigidos ao falecido. Bom, pelo menos acho que posso ficar tranquila. – Ela riu. – Se ele morreu, não representa perigo, não é? Mas eu gostaria de saber mais a respeito dele. Esse nome te diz alguma coisa?

Ele teria dado qualquer coisa para que ela se calasse. Para lhe cortar a voz pela raiz. Para enterrar aquele Anjo para sempre. Um monstro que insistia em voltar para a sua vida. Um fantasma que, ao que parece, nunca o abandonaria, nunca o deixaria em paz.

Foi uma manobra rápida, um giro rápido no volante para não pegar outra valeta, que acabou sendo mais brusco do que o necessário, em consequência de seus nervos à flor da pele. Ele controlou a direção bem a tempo de não sair da estrada, em outro giro do volante que jogou Ruth contra a porta; depois ele freou bruscamente. Ao seu lado, Ruth soltou um gemido de dor, e ele suspirou, aliviado.

Tinha sido apenas uma pancada, a cabeça de Ruth havia se chocado contra o vidro da janela.

– Sinto muito – murmurou ele.

Enquanto dizia isso, ele pensava que ela podia ter morrido nesse acidente estúpido, e com ela todas as perguntas. O que Ruth faria agora? Esqueceria aquele desgraçado ou ia procurar um jeito de descobrir mais coisas a respeito dele? E, o que era pior, ele tinha certeza de que aquele maldito Omar, à sua maneira, havia planejado tudo aquilo. Ele tinha dado a Ruth um nome, e o havia desafiado a salvá-la. Ele os havia unido com a esperança de que esse momento chegasse. O que ele tinha dito? "Eu nunca matei ninguém. Como o senhor, eu prefiro que outros se encarreguem do trabalho sujo." Sim, mesmo depois de morto, seus atos continuavam tendo consequências.

Naqueles segundos, ele maldisse sua irmã por guardar a bendita nota de falecimento, e a si mesmo por ter caído no jogo de Omar. Por tê-la levado para lá. A culpa era sua, e ele logo compreendeu que a solução também estava nas suas mãos. Ele sentiu um impulso incontrolável de rodear o pescoço dela com as mãos. Quando ela o fitou, espantada, ele viu medo em seu olhar. Já não tinha como voltar atrás. Apertou a garganta dela com força, até notar que a resistência se desvanecia, que aquele corpo havia deixado de respirar.

– Tudo havia acabado. Tudo. Omar estava morto, Ruth estava a salvo. Eu estava feliz – murmurou ele com a voz trêmula. – Acho que fiquei louco, Héctor. Quando ela disse aquele nome, eu perdi a cabeça. Vou te confessar uma coisa: pagar para matar aquele porco foi um ato do qual não me arrependo, mas a morte de Ruth... Meu Deus, juro que não consegui esquecê-la um único dia!

Héctor continuava em pé, pálido, consciente de que havia chegado ao fim. Um ano de perguntas encerrado com aquela verdade obscena e dolorosa. Seu olhar pousou nas mãos de Savall, armas assassinas de um falso amigo que haviam envolvido sem piedade o pescoço de Ruth. Durante o relato do delegado, Héctor havia viajado mentalmente até aquele carro, aquela conversa, aquele instante em que o crime se impusera à sensatez. Tinha certeza de que, se fechasse os olhos, só veria o rosto exangue de Ruth. Um rosto amado, vencido, morto... Teve consciência da raiva que começava a arder em seu interior: do calor intenso daquele fogo que contrastava com o suor frio que lhe banhava a pele. O aposento desapareceu, e ele viu a si mesmo preso em uma espécie de túnel escuro, rodeado de um silêncio inflamável. Diante dele, no fundo daquele corredor reto e estreito, irrespirável, encontrava-se Lluís Savall, com os braços estendidos, pedindo um perdão indecente que ele não estava disposto a conceder.

Héctor tentou dissipar aquelas imagens, focalizar o olhar no homem que tinha diante de si, e ao fazê-lo se deu conta de que o gesto do outro não era de piedade, mas de ameaça. Lluís Savall tremia como um animal encurralado, e sua mão direita apontava o revólver com uma firmeza que contradizia a agitação que dominava o resto de seu corpo.

– Sinto muito, Héctor – disse ele, e de repente a aflição desapareceu, substituída por um tom resoluto, ameaçador. O cano do revólver se elevou na sua direção. – Nunca pensei que chegaríamos a isto. Já não tenho nada a perder.

O grito de "solte a arma" o surpreendeu tanto quanto a Savall, que se voltou. Leire foi a primeira a disparar.

Os descendentes

55

— Leire foi a primeira a disparar — repete Héctor, e depois fica em silêncio.

A história terminou, e ele nota que parte da tensão que o atazanava desaparece com a última frase. Mesmo assim, torna a ver a cena em sua mente. Seu grito. O disparo inesperado. O corpo de Savall desabando após o impacto. O sangue. Tenta afastar as imagens. Relembrar a cena exata só pode lhe causar problemas. É melhor não se desviar do relato fabricado, quase certo. As coisas poderiam ter ocorrido assim.

— A agente Castro declarou que encontrou o revólver no estúdio de sua ex-esposa. E que, quando viu que Savall o ameaçava, decidiu intervir.

— Exatamente.

— Acha que o delegado Savall teria disparado contra o senhor? Ou contra a agente Castro?

— Ele estava fora de si. Ficou algum tempo brandindo o revólver, e eu... — Tinha vergonha de confessar sua fraqueza. — Um momento antes de Leire surgir, eu estava convencido de que o delegado ia me matar.

O interrogador pega o revólver, devidamente travado, e comenta:

— No revólver foram encontradas outras impressões além das da agente Castro.

— Imagino que a arma tenha passado por muitas mãos.

O outro assente, e durante alguns segundos fica pensativo.

– Tem uma coisa nessa história que não consigo entender. Nós investigamos a morte de Juan Antonio López. Na época já se suspeitava do acidente, mas nada foi provado. E, como sabe, encontramos os restos de sua ex-esposa, Ruth Valldaura, enterrados nos arredores da casinha que o delegado tinha em Tiana.

– Sim. – Ele responde com firmeza, para desfazer o nó que se formou em sua garganta.

– Dada a confissão do delegado Savall, ouvida pelo senhor e pela agente Castro, podemos afirmar que ele foi o responsável por ambas as mortes. No entanto – ele se detém, e Héctor pressente o que ele vai dizer em seguida –, se o dr. Omar desejava se vingar do senhor, escolheu um modo muito complicado para fazer isso. As coisas poderiam ter acontecido de maneira totalmente diferente.

Sim. Héctor havia pensado nisso mil vezes. Sua mente percorrera uma porção de cenários diferentes, mas ele tinha certeza de que Omar havia previsto que o temperamental inspetor Salgado se deixaria levar pela ira e mataria o assassino de Ruth com suas próprias mãos. Nisso, pelo menos, ele havia falhado.

– Imagino que Omar devia dispor de planos alternativos. Talvez ele planejasse se ocupar da morte de Ruth por outros meios. Ou da minha. Quem sabe? O certo é que ele morreu pouco depois, então não podemos saber quais teriam sido os seus passos se o delegado não tivesse levado Ruth. De qualquer modo, fico feliz por ele não ter podido desfrutar de todo o mal que causou. Acho que esse é o meu único consolo.

– Compreendo. O senhor parou para pensar que Omar devia ter um cúmplice? Alguém que enviou a carta àquele homem, Collado.

– É claro. Mas podia ser qualquer um de seus clientes ou pacientes. Tenho certeza de que ele estava pensando em ir embora. Ele não teria se arriscado a ficar por aqui se acontecesse alguma coisa com Ruth. Então ele deve ter encarregado alguém disso.

Se não tivesse acontecido nada com Ruth, aquela carta não teria servido de nada.

– Apesar de tudo, o senhor não acha que se trata de uma vingança muito tortuosa? Maquiavélica, eu diria.

– Sabe de uma coisa? Estou há um ano pensando nisso, tentando esclarecer o desaparecimento... a morte de Ruth. Não quero lhe dar a satisfação de continuar obcecado com isso, ou aquele sujeito terá ganhado a parada mesmo do túmulo. Ruth morreu pelas mãos do delegado Savall; agora seu corpo descansa em paz. Não posso me dar ao luxo de continuar remoendo essa história. A vida precisa continuar, para mim e para meu filho.

– Como está seu filho? – Pela primeira vez Héctor percebe uma nota de sincero interesse no outro. E nesse instante compreende que ganhou.

– Bem. Ele ficou alguns dias na casa dos avós maternos, e eu o mandei para Buenos Aires depois do enterro de Ruth. Meu irmão mora lá, e eu vou me encontrar com eles quando tudo isto terminar. – Ele sorri. – Quando os senhores me deixarem. Nós dois precisamos passar algum tempo longe daqui.

– Bom, devo admitir que sua declaração e a da agente Castro coincidem nos aspectos fundamentais. Além disso, encontramos o celular de sua ex-mulher no paletó do delegado Savall. O senhor tem alguma ideia da razão de o celular estar com ele?

– Não. Não sei.

– Então... acho que acabamos. Inspetor, eu lhe agradeceria se o senhor mantivesse a discrição sobre tudo isto, na medida do possível. Faremos o que esteja ao nosso alcance para encerrar este caso o quanto antes. O senhor compreende, não é?

– Pode acreditar, não tenho nenhum interesse em prolongar isso além do necessário. E tenho certeza de que a agente Castro tem a mesma opinião.

– Sim. Eu também. Não é fácil para um agente abrir fogo contra um superior, mas, dadas as circunstâncias, não vejo que outra coisa ela poderia ter feito. Haverá um julgamento, é claro, mas não acredito que ela tenha problemas.

– Ela não merece isso. A agente Leire Castro salvou a minha vida. Se precisarem de mim, estarei aqui até que o julgamento seja feito.

"Enganar o sistema. Sobreviver."

56

Álvaro Saavedra esperava o amigo no lugar de sempre. O calor de verdade já havia chegado, e umas indiscretas gotas de suor lhe caíam pela fronte. Não eram provocadas apenas pela temperatura. Naquela manhã, a porta do banco onde trabalhava havia amanhecido pichada. "Assassinos." Já era a terceira vez que faziam isso naquele verão, mas as mensagens, todas insultantes, variavam. E Álvaro Saavedra sabia por quê. A notícia do falecimento de um dos pais de família que iam ser despejados, o mesmo com quem ele havia cruzado na ponte semanas atrás, havia corrido como pólvora em Girona. Poucos discutiam o fato de a pressão exercida pela caixa ter contribuído para o infarto daquele pobre homem. O próprio Álvaro tinha poucas dúvidas a respeito.

Ele se alegrou ao ver que o amigo se aproximava. Nas últimas semanas, seu aspecto havia melhorado. Ferran estava enfrentando uma acusação por agressão, mas isso era muito melhor do que saber que ele era um assassino. Além disso, a prisão de Ramón Silva parecia ter lhe devolvido parte do equilíbrio: Cristina não o havia abandonado para se suicidar; ela e Dani, seu Daniel, haviam morrido nas mãos daquele animal a quem Álvaro odiava com todas as suas forças, com um sentimento tão intenso, tão visceral, que de madrugada o fazia fantasiar a possibilidade de matá-lo ele mesmo.

– Como vai? – cumprimentou Joan.

– Assim – respondeu ele. – Driblando as dificuldades.

– Os tempos estão difíceis. E Virgínia?

Ele já não tinha paciência para eufemismos, então respondeu sucinto:

– Alcoolizada a maior parte do tempo. Estou tentando convencê-la a se tratar, mas ela se recusa terminantemente.

O silêncio às vezes é a melhor resposta. Joan sabia disso, e limitou-se a apoiar uma das mãos no braço do amigo.

–Você ouviu falar das pichações no banco? – perguntou ele.

– Sim. Você precisa compreender, Álvaro. Isso vai passar com o tempo, mas agora o ambiente está muito tenso. Aquele homem...

– Sim. Eu também acho, pode acreditar.

–Tenho certeza.

Ficaram contemplando o escasso volume de água do regato. Ao longe ouviam-se os gritos dos garotinhos que corriam na sua direção. Vinte anos antes, Daniel também brincava naquele lugar. Álvaro se lembrou de quando ele era pequeno: ativo, forte, desobediente e lindo. As pessoas diziam que ele era parecido com o pai, mas este sempre tivera dificuldade em admitir isso, talvez porque distinguia no filho um traço indolente, caprichoso, que não lhe agradava. "Isso não significa que eu não o amasse", pensou. São coisas completamente diferentes. Pode-se amar um filho e notar os seus defeitos, ou querer bem à esposa e não suportar seu hálito de álcool. Ou sentir pena de um pai de família e ao mesmo tempo exigir que ele entregue a casa onde mora.

A vida era assim injusta, assim dura em algumas ocasiões. Assim desapiedada. Os garotos que corriam para eles ainda ignoravam isso.

– Que merda de futuro terão essas crianças, Joan? – perguntou Álvaro de repente.

Se Joan disse algo, a gritaria infantil engoliu sua resposta.

57

As malas já estavam feitas. Toda uma vida trancada naqueles dois receptáculos fechados, prontos para viajar primeiro até o aeroporto e depois a Buenos Aires, seu destino final. Pelo menos por algum tempo. Afinal, Ginés tinha razão. Partir nem sempre era uma fuga; às vezes era a única maneira de continuar. Restava o dia seguinte para se despedir uma vez mais de Carmen, mas aquela ia ser a última noite em muito tempo que passaria naquele apartamento, sua casa durante vinte anos. Também havia falado com Lola. Agora que sua relação tinha se transformado definitivamente em amizade, percebeu que sentiria falta dela. "Há histórias que nunca encontram o seu momento", pensou ele. E talvez fosse assim que devia ser.

Subiu para o terraço e contemplou as plantas que cresciam, ignorantes de sua iminente orfandade. Carmen havia prometido cuidar delas, e apesar de a mulher já não estar em condições de subir escadas, Héctor sabia que ela cumpriria sua palavra. Ele as regou bastante e depois fez o gesto automático de procurar um cigarro. Isso ainda lhe acontecia, cada vez menos. No entanto, tinha conseguido parar. Fazia doze dias que não fumava.

O céu escurecia sobre uma cidade que lhe pareceu vazia. Nos fins de semana de verão as ruas ficavam abandonadas, entregues ao domínio das hordas de turistas mais ou menos bárbaros. O mar abraçava o sol, apagando-o; Héctor sentiu a carícia da brisa enganosa que precede a noite. Nesse momento teria dado um ano de vida por uma tragada. Dirigiu o olhar para a calçada. Os postes começavam a se acender, uma esteira de luzes artificiais iluminando o silêncio. Então ele a viu, e ela o cumprimentou com a mão.

Sentar-se no terraço parecia mais agradável do que no apartamento abafado, e ao mesmo tempo menos arriscado. Ambos sabiam disso. Também tinham consciência de que deviam isso a si mesmos: um adeus sereno, um encontro breve. Um beijo de despedida.

— Já preparou tudo? — perguntou Leire.

— Mais ou menos. Também não vou embora para sempre.

— Isso nunca se sabe. Um ano é muito tempo — disse ela com um ligeiro sorriso. — Sentiremos a sua falta, inspetor Salgado.

— E eu a de vocês. A tua.

Ele não conseguiu evitar especificá-lo, apesar de ter prometido não transformar a cena no final de um melodrama.

— Fort passou ontem por aqui — continuou ele para minimizar o comentário anterior. — Ele tem alguns golpes escondidos. Você sabe que ele queria chamar o cachorro de Héctor? Cuide bem dele. Ele é um bom sujeito.

— Acho que ele sabe cuidar de si mesmo sozinho, mas farei isso. Não é com ele que estou preocupada. — Ela lhe fitou os olhos. — Como está Guillermo?

— Bem, acho. Pelo menos meu irmão disse que ele está tranquilo. Tenho muita vontade de vê-lo. Temos muitas coisas para conversar.

— Eu sei.

— Leire, obrigado. Tudo bem, eu sei que já te disse isso hoje e muitas outras vezes. Mas nunca é suficiente.

— Fizemos o que devíamos fazer. Tive certeza disso desde o princípio, desde que cheguei na casa de Ruth. Desde que encontrei Savall estendido no chão, morto.

– Ainda assim, você se arriscou muito. Poderíamos ter inventado outra história, na qual eu é que tinha apertado o gatilho.

– Não. Eles acabariam descobrindo a verdade. Ninguém teria acreditado que você estava escondido enquanto eu encarava Savall. A única mentira lógica era essa. Que você conservasse o seu papel. E que eu assumisse o outro, o papel de Guillermo.

Héctor sabia. Tinha demorado a concordar, mas tivera que reconhecer que aquela era a única opção viável, a que conservava uma alta porcentagem de verdade. Só três fatos fundamentais mudavam. Leire não o havia acompanhado ao *loft*, apesar de sua insistência, mas, desobedecendo suas ordens, estava no bairro, ali perto. Savall havia sacado o revólver, sim, mas tinha-o pousado na mesa, arrasado pela revelação de que, sem saber, havia matado a filha de Pilar. O golpe emocional havia sido definitivo, a confissão havia brotado de seus lábios espontaneamente, e Héctor o havia escutado, absorto. Sua mente havia mergulhado a tal ponto na história, no instante final de Ruth, que quase se podia dizer que ele a tinha visto morrer. Talvez tivesse sido aquela dor dilacerante que aplacara a ânsia de vingança, a ira que sempre imaginara sentir quando encontrasse a pessoa que havia matado Ruth. Ou talvez fosse a fraqueza de seu corpo, que estava aguentando mais do que poderia suportar. Ele voltara do susto bem a tempo de descobrir que não estavam sozinhos.

Guillermo devia ter ido passar a manhã ali, como fazia tantas vezes, e estava bem atrás de Savall, a dois metros de distância, com o revólver de Charly na mão e um olhar que seu pai nunca vira. Héctor ouviu a si mesmo gritando: "Guillermo, não!", e viu Savall se voltando, desarmado, segundos antes de soar o disparo. Depois ambos haviam caído: Savall ferido de morte, Guillermo abatido e quase inconsciente, como se ao apertar o gatilho tivesse perdido as forças.

– Saiu tudo como queríamos – assegurou Leire. – Pelo menos conseguimos salvá-lo. Ruth ficaria satisfeita.

– Você soube imediatamente o que era preciso fazer.

– E você também. No fundo, nós dois percebemos isso imediatamente. Não podíamos deixar que a vida de Guillermo fosse arruinada por um processo que não ajudaria ninguém. Não era justo. E por outro lado também não foi tão complicado. Só tínhamos que ajustar as histórias. Ninguém suspeitou nem remotamente que ele estava lá. Agora você é que tem de ajudá-lo a viver com isso.

– Ele vai ter que fazer isso. Esquecer não é a melhor solução. Ele tem que aceitar o que fez e seguir em frente.

– Ele vai conseguir. É um garoto forte. Como Ruth e como você.

– Acho que se tem alguém realmente forte nessa história, não somos nós, Leire. Ninguém teria corrido tantos riscos como você.

– A vida sem riscos não vale a pena. Às vezes, a gente simplesmente sabe o que deve fazer.

Sim, pensou Héctor. Os argumentos de Leire o haviam convencido de que mentir era a melhor solução, a única possibilidade de resgatar Guillermo de um destino que ele não poderia perdoar a si mesmo. Os escrúpulos de consciência se transformam em folhas secas quando algo que amamos mais do que a nós mesmos está em jogo; o vento os leva, varrendo-os com um leve ruído que somos capazes de ignorar, acumulando-os em uma pilha, junto com outros dejetos.

Héctor a observou, e disse a si mesmo que a autêntica beleza acabava sendo o reflexo de todo um mundo interior: segurança, honestidade, coragem. Não é que Leire não fosse bonita sem essas qualidades, só por seus traços físicos, mas era a combinação de tudo aquilo que a tornava irresistível a seus olhos. Irresistível e inalcançável. Ambos deviam continuar a vida longe um do outro. Isso, por desgraça, também fazia parte do pacto. Apesar de odiar o papel de galã maduro, Héctor se sentiu tentado a quebrar aquele acordo: eles mereciam uma última noite, uma despedida de verdade. Estendeu a mão para a cadeira que ela ocupava, e ao mesmo tempo Leire se levantou, afastando-se. Ele sorriu por dentro. De novo, Leire mantinha o bom senso pelos dois.

– Tomás e eu vamos nos casar depois do verão. – Héctor percebeu que o anúncio, que aliás ele já esperava, continha uma advertência explícita. – Quero que Abel tenha um pai, uma família. – Ela sorriu. – Nunca pensei que diria algo assim; eu me ouço falar e acho que não sou eu, que é outra Leire. Para falar a verdade, não sei se tudo isso vai acabar bem, se Tomás e eu passaremos um ano juntos, ou dois, ou a vida toda. Apesar disso, tenho certeza de que Abel merece que nós tentemos. Talvez te pareça antiquado, talvez no fundo eu seja mais tradicional do que parecia. Ou talvez eu só tenha medo de não conseguir continuar vivendo sozinha. Não é fácil criar um filho. Bom, você sabe muito bem disso.

Leire se aproximou da grade do terraço, como se receasse que ele rebatesse aqueles argumentos dos quais nem mesmo ela estava plenamente convencida. Héctor optou por continuar sentado, observando-a. Ela estava de costas para ele, diante da cidade que logo pertenceria ao seu passado, e sua silhueta se fundia com as luzes que cintilavam na paisagem noturna, formando uma imagem que Héctor se esforçou por imprimir na memória, para evocá-la nas longas tardes de inverno que o esperavam longe dela. Longe dali.

Agradecimentos

Quando se chega ao final de um romance e se volta o olhar para trás, percebe-se a quantidade de pessoas que estiveram aí ajudando, muitas vezes sem ter consciência disso. Tentamos reconhecer isso no dia a dia, mas nunca é demais registrar por escrito essa colaboração desinteressada e valiosa.

A minha família e meus amigos, círculos imprescindíveis para que não nos percamos nos tentadores atalhos da ficção.

Aos autores que conheci ao longo desses anos, colegas que, em muitos casos, acabaram se transformando em amigos.

Aos livreiros e aos leitores, elos dessa cadeia mágica que resiste, apesar de tudo.

Ao pessoal da Penguin Random House. Já sei que está na moda criticar as grandes editoras, mas acreditem em mim quando lhes digo que eu não poderia ter eleito melhores acompanhantes para esta viagem.

A Ana Liarás, por ter aceitado minhas ausências e ter me facilitado um caminho que, sem ela, teria sido mais difícil.

A Juan Díaz e María Casas, por terem estado ao meu lado no momento oportuno, dizendo as palavras certas e animando-me a seguir adiante.

E, finalmente, a Jaume Bonfill. É difícil sintetizar em poucas linhas toda a sua contribuição tanto para este livro como para os anteriores: uma visão crítica, uma lógica indiscutível, uma inteligência amável e colaboradora, e, principalmente, uma paciência infinita e um comprometimento profissional que foram além do que se poderia esperar.

Muito obrigado.

Este livro, composto com tipografia Bembo
e diagramado pela Alaúde Editorial Limitada,
foi impresso em papel Snowbright sessenta
gramas pela EGB – Editora Gráfica Bernardi
Limitada no décimo oitavo ano da publicação
de *Gone, baby, gone*, de Dennis Lehane.
São Paulo, maio de 2016.